Das Buch

»Joyce Carol Oates stürzt sich in dieser Erzählung mit einem nahezu rasenden Hunger nach Wirklichkeit auf ein Stück amerikanischer Existenz, das vermutlich entscheidende Erfahrungen ihrer Kindheit enthält: Childwold, ein verkommener Weiler im Norden Neuenglands, nicht weit von den großen Seen, eine lärmende, chaotische, kinderreiche und vaterlose Sippe, ländliches Proletariat, die unbesiegbare Mutter, strotzend in ihrem schönen Fleisch, die fragwürdigen Galane, die Tochter Laney, mitten in der Pubertät, intelligent und trotzig, ungezähmt, von wilder Traurigkeit gequält, in ihrem Gesicht ein verletzlicher Zauber, dem Kasch, ein vierzigjähriger Mann mit einer lebensgierigen und todessüchtigen Passion verfällt ... Die Autorin faßte das Lolita-Tabu unerschrockener ins Auge als der große ironische Nabokov. Sie beförderte es in eine andere Dimension. Sie stellte es als eine der letzten Inseln der Wahrheit unserer Menschen-Natur ins Licht. Sie weiß mehr von ihm als Nabokov. Sie ist eine Frau«, schrieb Klaus Ha[illegible] über diesen Roman.

Die Autorin

Joyce Carol Oates, geboren am 16. Juni 1938 in Lockport/New York, lehrt an der Princeton-University und gehört heute zu den großen Namen der amerikanischen Gegenwartsliteratur. Wichtige Werke: ›Grenzüberschreitungen‹ (dt. 1978), ›Lieben, verlieren, lieben‹ (dt. 1980), ›Letzte Tage‹ (dt. 1986), Erzählungen; ›Jene‹ (dt. 1975), ›Ein Garten irdischer Freuden‹ (dt. 1981), ›Bellefleur‹ (dt. 1982), ›Unheilige Liebe‹, ›Engel des Lichts‹ (dt. 1984), Romane.

Joyce Carol Oates:

Im Dickicht der Kindheit

Roman

Deutsch von Eva Bornemann

Deutscher
Taschenbuch
Verlag

dtv

Von Joyce Carol Oates
sind im Deutschen Taschenbuch Verlag erschienen:
Grenzüberschreitungen (1643)
Jene (1747)
Lieben, verlieren, lieben (10032)
Ein Garten irdischer Freuden (10394)
Bellefleur (10473)

Ungekürzte Ausgabe
September 1986
Deutscher Taschenbuch Verlag GmbH & Co. KG,
München
Lizenzausgabe mit freundlicher Genehmigung der
Deutschen Verlags-Anstalt, Stuttgart

Titel der amerikanischen Originalausgabe:
›Childwold‹

ISBN 3-421-06126-2
Umschlaggestaltung: Celestino Piatti
Gesamtherstellung: C. H. Beck'sche Buchdruckerei,
Nördlingen
Printed in Germany · ISBN 3-423-10626-3

Des Menschen Zustand ist eine
in Hieroglyphen geschriebene Antwort
auf Fragen, die er stellen würde.
Er lebt ihn als Leben, ehe er ihn
als Wahrheit begreift. *Emerson*

Wir sind nicht die Zuschauer,
sondern die eigentlichen Mitwirkenden
des Welttheaters. *William James*

Für John Ditsky

Eins

In jenem letzten Jahr meines Lebens habe ich oft von Evangeline geträumt, wie sie in ihrer Bodenkammer schlief, in ihrem hohen, windgewiegten, mondverwunschenen Bett in jenem verfallenen Farmhaus am Fluß: Meine Zähne knirschten wie einst die ihren, meine Stimme war kehlig und schlaferfüllt. Meine Knöchel bluteten, ich muß auf sie gebissen haben.

Ich träumte, daß sie im Schlaf Worte murmelte, die ich nie hören würde, ihr Kindergesicht verzerrt, ihr Haar eine helle, lockige Aureole um ihren Kopf, die kleine Faust ihres Herzens hart und ruhig, ruhig schlagend, obwohl ich aufhören würde zu existieren.

Der Mond ist ein Stein. Der Mond ist nichts als Fels. Du mußt ihn dir so vorstellen, aber gewichtslos, nichts wiegend: An Gott kannst du so nicht denken. Ein Gedanke drängt den anderen beiseite.

Du schläfst oben im Haus, der Wind wird dich wahrscheinlich aufwecken, der Nußbaum direkt vor deinem Fenster schlägt um sich, im Getreidespeicher seufzt es. Du wirst vielleicht vom Strahl des Mondes gestreift. Es ist, als ob der Wind ins Zimmer weht. Licht fällt durch das enge Fenster, ein Wunder, daß es dich findet, im Dunkeln, jenseits der Klettertrompeten, die das Fenstergitter überwuchert haben. Du bist wach. Du hast nicht geschlafen. Jemand hat gestöhnt: Gott, laß es nicht zu, Gott, hilf uns, bitte Gott, sie flehte Gott im Schlaf an, rieb die Knöchel an den Zähnen, aber du warst es nicht – du hast die ganze Nacht wachgelegen.

Der Mond ist ein Fels, aber er wiegt nichts. Er hat kein eigenes Licht. Du könntest dich flach auf seine Oberfläche legen, die Arme und Beine ausgestreckt, das Gesicht auf den Fels gedrückt; es wäre etwas, das du fühlen, berühren kannst – es hilft dir, wenn du an etwas Festes denkst, das du anfassen kannst, wie die Kopfsteine und Felsen und Steine und kleinen Kiesel am Fluß, Dinge, die du berühren, greifen kannst, deren du sicher bist, die du aufheben kannst, wenn sie klein genug sind – die du wieder in den Fluß werfen kannst. Aber Gott: Gott läßt sich nicht anfassen. Kein Wunder, daß die Menschen lachen. Wenn du an Gott denkst, willst du beten; die Kehle tut dir weh vor Sehnsucht, als ob du weinen wolltest, du willst kriechen und winseln und betteln; du haßt den Klang deiner eigenen schmeichelnden Stimme, Gott, hilf uns, Gott, laß es nicht zu; du haßt die Verzweiflung, bitte Gott, hilf der Mama, hilf uns allen; es macht dich rasend, dir selbst zuzuhören, du klingst wie deine Schwester June, um Aufmerksamkeit winselnd, oder wie das Baby oder wie Mama in jener Nacht, als sie schwer verletzt wurde.

Der Mond ist ein Stein, der Mond hat keinen Sinn, das Licht, das über deine Beine fällt, hat keinen Sinn, wie die Scheinwerfer der Autos oder Lastwagen, die du nachts in der Entfernung vorbeistreichen siehst, draußen auf der Landstraße. Es gibt Nachtvögel – im Gras sind Grillen – Hunderte und Aberhunderte von Geräuschen. Einer der Apfelbäume knarrt im Wind, du kannst es deutlich hören, eine Schleiereule ruft nahebei, sie ist wohl im Heuschober, auch Schwalben und Tauben sind drin und Mäuse und Ratten – hab neulich eine Wasserratte unten am Fluß gesehen – hätte was nach ihr werfen sollen, aber vielleicht war es eine Bisamratte – jedenfalls war sie zu flink, schwamm unters Dock.

Gegen drei Uhr früh wird das Baby schreien, und Nan wird aufstehen und es stillen, und dann wird wieder Ruhe sein, bis dein Großvater aufsteht und das Haus durch die Nebentür verläßt, dem Hund befiehlt, ruhig zu sein. Du kannst ihn hören, obwohl er meint, niemand lausche, er denkt, er ist allein, fünf oder halb sechs, und alle anderen schlafen noch – das große, häßliche, verfallene Haus vollgestopft mit Schlaf.

Ein Fasan, ein Hahn ist es, flattert plötzlich auf: will mich erschrecken. Sah mich kommen, wartete auf mich. Das Geräusch ihrer Flügel – immer überrascht es mich.

Erinnerte mich an – ?

Etwas breitet die Flügel aus, so weit, daß der Himmel verdüstert ist – die Wolken und die Berge fließen zusammen, sind nicht mehr getrennt. Schwingen öffnen sich, breiten sich aus. Muß wohl ein Traum gewesen sein. Der Bussard, den ich vergangenes Jahr ans Scheunentor nagelte, die Flügel ausgebreitet, der Hals gebrochen. Im Traum war ich so siegreich wie im Leben. Der Vogel war ein altes Weib, eine dumme alte Frau mit einem zittrigen Hals, die Haut in tausend Falten. Ich schrie sie an, geh weg, geh weg, altes Weib, was willst du? – marsch, pack dich fort, pack dich endlich fort von hier! – und es gab keine Gefahr mehr.

Die Welt ist am besten in der Dämmerung. Der Mensch denkt dann am besten. Ich summe vor mich hin, heut fühle ich mich wohl, besser, als es mir seit Wochen gegangen ist; der Fasan war wunderschön, ganz einmalig ist seine Schönheit, sein Flügelschlagen ein gutes Geräusch, ungefährlich, bei Bussarden besteht manchmal Gefahr, wenn du Angst zeigst, aber sonst kommen sie dir nicht zu nahe, wissen, wem das Land gehört... Die Welt ist am besten in der Dämmerung, ehe die Sonne zu heiß wird. Spätsommer, Herbst: zu heiß. Vor siebzig Jahren, das Elend dieses ersten Herbstes – im Feld gearbeitet mit den Männern – an der Seite meines Onkels, schweißgebadet, Kopfschmerzen, solche Hitze, Tomaten am schlimmsten, die Qual dieses Vormittages und Nachmittages und frühen Abends, bin nach dem Mittagessen beinahe bewußtlos geworden, hab nie gewagt, mich zu beklagen...

Altes Weib, sagte ich zu ihr, für diesmal ohne Furcht, altes Weib, geh doch zum Teufel, du – zurück zum Teufel, wo du hingehörst.

»Ach ihr Rabauken! Paßt doch auf! – Laß das jetzt, Davy! Hast du gehört?«

Sie hätte gerne noch bis halb acht geschlafen, sie hätte gerne bis neun Uhr geschlafen, aber es war unmöglich, jeden Morgen gab es irgend etwas, das sie aufweckte, und natürlich konnte sie die Kinder nicht einfach aus dem Zimmer jagen, sich wieder ins Bett legen und weiterschlafen. Hatte der Tag erst einmal angefangen, gab es kein Zurück: Drei der kleineren Kinder kletterten ins Bett zu ihr, lärmten und alberten herum, draußen in der Einfahrt bellte der Hund, und – ihre Ohren waren so scharf in jenen Tagen – der alte Mann rumorte in der Küche, fegte etwas auf – hatte er schon wieder ein Glas zerbrochen? Er fegte die Scherben immer auf und verschwieg es ihr, kein Sterbenswörtchen, mit den anderen Gläsern war es genauso gewesen und mit der hübschen Porzellantasse und den Tellern, er verschwieg es und erwähnte auch mit keinem Wort, daß fast ein Drittel einer dieser großen Dosen mit gemahlenem schwarzen Pfeffer in die Fischsuppe gefallen war, die er letzte Woche gekocht hatte – der Deckel mußte lose gewesen sein, jedenfalls hatte er den Pfeffer direkt in den Kochtopf geschüttet und nachher behauptet, er hätte alles mit dem Löffel wieder herausgefischt, und die Fischsuppe wäre ganz in Ordnung. Aber hinterher hatte allen der Mund gebrannt, und dann hatte er noch die Frechheit, es *ihr* übelzunehmen.

»Raus mit euch, ich will mich anziehen, wirf das Kopfkissen nicht auf den Boden – der Boden ist nicht sauber – hört ihr denn nicht? June, laß Chuckie in Ruh, ich hab's genau gesehen! Willst du gleich als erstes eine Tracht Prügel haben?« Sie turnten herum und kicherten und verkrochen sich unter die Bettdecken, Arlene schlug nach ihnen, gab vor, Angst zu haben – steckte die Beine heraus und kreischte, sie sollten aufhören. Davy hatte sich einen Tunnel bis hinunter ans Fußende des Bettes gegraben und wollte sich auf die Erde fallen lassen, aber natürlich verhedderte er sich mit dem Kopf in den Bettlaken; eines der anderen Kinder griff nach seinen nackten Füßen und kitzelte sie. Was für ein Tohuwabohu, was für eine Strampelei, was für ein Gekreisch. War es ein Wunder, daß Arlene sich niemals ausschlafen konnte, daß sie am späten Nachmittag völlig erschöpft war? Und diese Ränder unter den Augen! – im Spiegel der Frisierkommode erhaschte sie ihr Gesicht, das genügte, danke sehr, dieses Gesicht brauchte sie nicht näher zu inspizieren. Sie stellte sich schwer und träge und nachdenklich vor die Kommode, den Kopf vom Spiegel weggewandt, mit zusammengekniffenen, unausgeschlafenen Augen und zwinkerte rasch ein paarmal. Was war heut für ein Tag? Was für ein Wochentag? Welches Datum? Sie hatte einen widerlichen Geschmack im Mund. Ihr kunstseidenes Nachthemd war unter dem Arm zerrissen. Und wie es im Zimmer aussah, erst vorgestern hatte sie versucht, es in Ordnung zu bringen... Und was fiel den Kindern ein, so auf der Matratze herumzutoben! Sie langte nach einem, gab dem anderen einen Klaps. Schon jetzt war das Bett reif für die Müllkippe, konnten sie das nicht begreifen? – wollten sie die Sprungfedern total ruinieren?

Sie rannten aus dem Zimmer, lachend und kreischend.

»Ihr verdammte Bande! Wartet nur, ich krieg euch doch, ich mach euch Feuer unterm Hintern!« schrie Arlene.

Und da lehnt Laney im Rahmen der Küchentür und kaut an einer Scheibe Brot mit Holundermarmelade. Setzt sich nie hin zum Frühstück. Nimmt sich nie Zeit dazu. Es ist Weizenvollkornbrot, die letzte Scheibe des Laibs, den Arlene erst gestern der alten Mrs. Arkin abgekauft hat, es ist wenigstens gesünder als das Weißbrot, das die meisten Kinder in sich hineinstopfen. Sie sollte sich wirklich an den Tisch setzen, etwas Warmes zu sich nehmen, und sei es nur ein Glas Milch. Aber nein. Sinnlos, mit ihr zu argumentieren. Da ist Laney, wie eine Katze, arrogant, hält sich abseits, ißt so hastig wie einer der kleinen Jungen, als wäre es etwas, das sie hinter sich bringen wollte. Tut so, als wäre die Mutter nicht da. Ein flüchtiger Blick in Arlenes Gesicht und diese winzige, verletzte Grimasse, dieses Aufflackern von Schmerz und Angst und Verzweiflung – weiter nichts! Und wie sie angezogen ist – lächerlich. Ihre üblichen fleckigen Jeans und eine billige dünne Jerseybluse von Kresge's in einem häßlichen, trüben Gelb, und dazu diese Jacke aus imitiertem Samt mit Messingknöpfen, weinrotes Material, die Ellbogen und die Manschetten bereits abgeschabt. Natürlich kam sie sich sehr schick vor, wie ihre Schulfreundinnen, diese angeberischen, jämmerlichen vorlauten Mädchen vom Gymnasium. Was für ein Aufputz! Und die Schuhe – Plattformsohlen, plump, häßlich, wie Kanonenstiefel, mit rotkarierten Schuhbändern geschnürt. »Verdammt nochmal, Laney!« schrie Arlene, »kannst du dich denn nicht an den Tisch setzen? Mußt du allen den Weg versperren? – Wie sie im Türrahmen steht, so hochnäsig! Und noch dazu in ihrem Sonntagsstaat!«

Sie sah unverwandt zum Fenster hinüber, ignorierte Arlene. Wie eine der Katzen, schlau und nur mit sich selbst beschäftigt und so leise, daß Arlene sie manchmal überhaupt nicht hörte, weder auf der Treppe zum Bodengeschoß noch in ihrer Dachkammer; wenn sie sich herabließ, etwas zu sagen, war ihre Stimme leise und heiser und unerwartet, eher die Stimme einer reifen Frau als die einer unfertigen vierzehnjährigen Göre in einem Aufputz, bei dem Arlene nur den Kopf schütteln konnte, so absurd war er.

»Sag mal – willst du wirklich *so* weggehn! In *diesem* Aufzug? In die Schule, in die Stadt?«

Laney sah sie an und kniff die Augen zusammen.

»Ich zieh mich an, wie's mir paßt, verdammt nochmal«, antwortete sie.

»Ich möchte dich sobald als möglich wiedersehen. Geht es heut abend? Ich könnte dich von der Schule abholen und dich später nach Hause bringen...«

»Nein.«

»Meine hübsche Evangeline...«

Sie drehte sich weg, verärgert. Ließ es nicht zu, daß ich sie berührte oder ihr auch nur ins Gesicht sah. »Ich heiße Laney«, sagte sie kalt. »Aber ich will auch nicht, daß Sie mich Laney nennen – nicht einmal das.«

»Wie soll ich dich denn nennen?«

»*Gar nicht!* Sie sollen mich in Ruhe lassen!«

Er zitterte, sein Körper zitterte vor –

Er war so –

Konnte manchmal kein Wort herauskriegen, seine Zähne schlugen aufeinander, die Augenlider zitterten –

Eines Samstagabends, es war in Port Oriskany, achtzig Meilen von der Farm seiner Eltern in Childwold entfernt, war Vale Bartlett in eine Hafenkneipe gegangen und hatte sofort – instinktiv war sein Blick auf ihr gelandet – seine Mutter erkannt, wie sie an der Bar lehnte, in enganliegenden roten Hosen, lachend, den Kopf in gespielt guter Laune zurückgeworfen, die Finger umschlossen den Unterarm eines hochgewachsenen, dickbäuchigen Mannes mit vollem dunklem Haar, einem karierten Sporthemd und einem wiehernden Gelächter, das so laut war wie das ihre.

Zorn stieg wieder in ihm auf, so überwältigend, daß er fürchtete, ohnmächtig zu werden –

Auf einer Art Podium hinten in der Kneipe sangen zwei Männer und eine Frau über den Lärm hinweg und bearbeiteten dazu ihre Gitarren. Vale sah von seiner Mutter weg, drehte sich um, als wollte er die Darbietung begutachten. Er stand da, die Hände in die Hüften gestemmt, breitbeinig, mit leicht gebeugten Knien und bewegte den Kopf im Rhythmus der Musik.

Du weißt doch, ich bin der Einz'ge für dich,
Warum bist du so grausam zu mir?
Warum willst du, daß mir das Herz dabei bricht,
Wenn du weißt, es gehört doch nur dir –

Vale war mit einem Mädchen namens Molly gekommen, sie arbeitete in der Konservenfabrik und bildete sich ein, hübscher zu sein, als sie in Wirklichkeit war. Er hatte es nicht vergessen und würde es auch nie vergessen, wie sie sein vernarbtes Gesicht angestarrt hatte, als sie einander zum erstenmal begegnet waren. Dumm und rüde und verängstigt und eingeschüchtert zugleich. Er faßte sie am Arm, zerrte sie weg, sie protestierte, lachte, zupfte ihn an den Fingern. Die Frau an der Bar war verdeckt. Der Mann an ihrer Seite hatte sich auf einmal verdoppelt, die laute Musik war lärmender und verzweifelter geworden, denn keiner hörte zu, vielleicht war die Frau in den roten Hosen doch eine Unbekannte, sie trug das Haar zurückgebunden in einem Kopftuch. Vales Mutter trug es niemals so. Er hatte keine Zeit, darüber nachzudenken, sein Zorn steigerte sich zu einem Beben, das Mädchen, das fortwährend kicherte und an seinen Fingern zupfte, würde gleich etwas erleben, das kleine Miststück würde was erleben, er war nicht umsonst als Freiwilliger in die Armee der Vereinigten Staaten eingetreten, um die Welt und zurück verschifft und dann ehrenhaft entlassen worden, nur um sich von so einem kleinen Miststück anstarren zu lassen, das nach Parfüm stank, die Brüste lose in einem knallorangefarbenen Pulli; sie nannte ihn *Vale*, mit atemloser, einschmeichelnder Stimme, als wären sie ein Liebespaar im Film, und alle Welt schaute zu. Er zerrte sie durch die Leute, die den Eingang verstellten, erklärte ihr, er habe nicht die Absicht, in diesem elenden Schuppen zu bleiben, die Musik war zum Kotzen – er konnte es nicht aushalten, allein würden sie sich besser amüsieren.

Du tust mir weh, Vale! Verflucht nochmal!

Dann beweg dich schneller, sagte er.

Wach, ehe es hell wurde. Sommer, Winter. Konnte nicht schlafen. Menschen spazierten durch seine Träume, murmelnd, sie sprachen von ihm, als wäre er nicht da oder gelähmt oder tot. Dieser blaßgesichtige, knochige Mann – ein Unbekannter – melodische Stimme – plötzliches Zerschmettern des Tisches, des Büffets, der Kristallschale – eine geflochtene Reitpeitsche, die er aus dem Stall mitgebracht hatte – mußte wohl sein Vater gewesen sein, sein toter, harmloser, verhaßter Vater, den er dreiundsiebzig Jahre nicht mehr gesehen hatte. Dreiunsiebzig Jahre! – Ein Pferdehändler, Bankrotteur, Säufer, jeder wußte es – empfand für seinen jüngsten Sohn Joseph so wenig, daß er ihn nach Amerika schickte, den schmächtigen Zehnjährigen, zu Verwandten nach Boston, die ihn wie Dreck behandelten und ihn schließlich weiter nach Westen verfrachteten, als in Massachusetts die Gesetze gegen Kinderarbeit erlassen wurden – der arme, beinahe sprachlose Joseph, der dann von einem entfernt verwandten Vetter – oder war es ein Onkel? – namens Lenehan aufgenommen wurde. Lenehan hatte ein paar Morgen fruchtbares Ackerland im Eden Valley. Er war verbittert, böse, kinderlos.

Er hatte seinen Vater nicht gehaßt. Konnte sich an keinen Haß erinnern. Hatte ihn gefürchtet – wie alle –, hatte Angst gehabt vor seinen Wutanfällen, seinen trunkenen Tränen, seiner unvermittelten Zuneigung – ein kindischer Mann, nun hatte Joseph es begriffen – er hatte für seine Grausamkeit nichts gekonnt – im einundvierzigsten Lebensjahr war er dann gestorben, und Joseph, sein Sohn, war nun dreiundachtzig Jahre alt, alt genug, um ihm verziehen, um triumphiert zu haben.

Das Gesicht verschwamm, verblaßte, konnte ihm nicht mehr weh tun. An seine Mutter konnte er sich nicht erinnern, hatte sich niemals gut an sie erinnert. Eine Schürze, gedunsener Leib, gekochte Eier, Gebete und der Rosenkranz und im Schlafzimmer das kleine Weihwasserbecken aus Gips, Wutgeschrei, Enttäuschung, Schmerz – kreischendes Gelächter – Aber wo war das Gesicht geblieben, weshalb konnte er kein Gesicht mehr zusammenbringen – weshalb erschien ihm statt dessen das Gesicht seiner eigenen Frau – er sah es und verdrängte es gewaltsam. Seine Mutter hatte Nuala geheißen, sein Vater Robert. Sie waren die Hurleys aus Watland, vierzig Meilen von Galway entfernt. Namen, Worte. Er erinnerte sich nicht mehr. Er erinnerte sich nicht mehr an seinen Schmerz oder an seine Furcht oder an seinen Haß. Nuala: gesichtslos. Jung genug, um nun seine Tochter zu sein. Enkelin. Eine verschmierte Schürze – Blut? – ein keuchender Kampf mit Milchkannen – Joseph, der ihr half – beide schleppten sie sie gemeinsam – Stallgeruch – glänzende grünschwarze Fliegen – aber ihr Gesicht, ihr Gesicht? – und der Geruch des Moores, der wilden Gräser, der Sumpflilien, des Torfes – der winterliche Regen – Hügel, die abgetragene Berge waren, anders, ganz anders als die Berge hierzulande: Hier waren sie noch majestätisch, mit Kiefern bestanden, ein paar der Gipfel sogar schneebedeckt. Nein, seinen armen zerbrochenen Vater hat er nicht gehaßt, auch den Priester nicht, der ihn bei den Schultern ergriffen und durchgeschüttelt und ihm erklärt hatte, er würde ein böses Ende nehmen – warum hatte ihn der Mann angefaßt, was hatte er verbrochen? – konnte sich nicht erinnern. Kein Haß, keine Wut. Verbraucht. Verblaßt. Vergessen. Außer, daß auf dem Fußboden des Schlafzimmers ein Schildpattkamm gelegen hatte, auf einmal sah er ihn, gehörte er der Mutter, der Großmutter, einer älteren Schwester? Jawohl, er sah ihn deutlich, bückte sich, um ihn aufzuheben – ihn näher zu betrachten – unbeobachtet –

Opa!

Da rief jemand von ihnen nach ihm, vorwurfsvoll, ungeduldig. Er zwinkerte. Hob den Kopf. Mit einer unsicheren Hand wischte er sich etwas Nasses vom Kinn, rasch, damit sie es nicht sah, und er war bereits im Bilde und hatte erkannt, was passsiert war: Eins der Kinder war in den Hühnertrog gefallen.

Ja, ja! Ich sehe es! Ich sehe es ganz genau!

Die Frau machte ein Aufhebens um das Kind – Frauen machen immer ein Aufhebens um Kinder, damals hatte man auch um ihn ein Aufhebens gemacht, er hatte nachgegeben und erlaubt, daß man sein Gesicht wusch, sein Haar kämmte, er hatte sich Mühe gegeben, die weichgekochten Eier, die ihn aufpäppeln sollten, hinunterzuschlucken, und dann hatten sie ihn von sich gestoßen, hinaus auf den großen, wogenden Atlantischen Ozean – er war so seekrank gewesen, er wäre fast gestorben. Eine junge Frau mit einer keifenden, scharfen Stimme schalt ihr Kind, schalt ihn, einen Augenblick lang konnte er sie nicht nur nicht erkennen, sondern er weigerte sich, sie zu erkennen. Dann aber erhob er sich, durchaus nicht schwach, und kam herunter von seinem schattigen Sitz und fragte, ob er helfen könnte; er wußte genau, daß nichts weiter passiert war, jedenfalls nichts Ernstes, das Kind war nur durchnäßt und verdreckt, die Muttter wollte nur ihre Herrschaft über das Kind und über ihn ausüben, sie war leicht erregbar, schrie leicht. Ach ja, es war seine Enkelin, nicht seine Tochter: seine älteste Enkelin Nancy, die graugrünen Augen dicht beieinanderliegend in dem sonnengebräunten, vollen Gesicht. Sie war zwar nicht seine Lieblingsenkeltochter, aber er mochte sie trotzdem gut leiden.

Ich muß eingenickt sein –

Schon gut, Opa. Es war nichts.

Hat er sich weh getan?

Es war nichts! Nur ein bißchen Schlamm.

Der Mond ist weg, der Himmel gehört ganz der Sonne, dünn verschleiert und glühend hart und heiß. Du bist den Wrezsin-Jungen davongelaufen, über die Schulter hinweg hast du sie angeschrien, Miststücke, ordinäre Mistviecher sind sie, du hast dich nicht von Brad anfassen lassen, hast dich gegen die Wagentür gedrückt, als du mit ihm nach Yewville fuhrst, er hat die Kurven geschnitten, der Wagen hat geschleudert, er hat nichts gesagt. Mama meint, die Bartletts müssen immer für Klatsch herhalten, alles erstunken und erlogen, Laney, sagt sie und dreht dich herum, will dir ins Gesicht sehen, also gib den Leuten keine Ursache, sich die Mäuler zu zerreißen, verstehst du? ...denn wir sind genauso gut wie alle anderen hier, genauso gut wie jeder Mensch auf dieser Welt. Mamas Gesicht voller Blutergüsse, das linke Auge noch immer blutunterlaufen, die Augenbraue und ein Stück Stirn mußten genäht werden, eine Hexe, eine abstoßende Hexe, mit einem schwarzen Faden zusammengenäht, und sie und Nancy hatten einander gerade gestern erst die Haare getont, silberblonde Strähnen im Braun, Laney, sagt sie und reibt dir den Nacken, daß du zurückzuckst, ich liebe euch alle, ich will nicht, daß die Familie auseinandergerissen wird, ich kann mir Geld besorgen, ich kann von den Behörden mehr bekommen, uns steht mehr zu, wir sollten nicht betteln müssen, wir sind genauso gut wie alle anderen, wenn dein Vater noch am Leben wäre... Du weichst zurück, willst sie schlagen. Hör auf! Halt den Mund! Sie liebt ja nur die Kleinen, die Babys, vor allem Nancys Baby, sie denkt nicht daran, daß du ihre Tochter bist, sie hält dich für eine Frau wie sie, erzählt dir Dinge, die du nicht wissen willst. *Ein klein, zwei klein, drei kleine Bartletts, vier klein, fünf klein, sechs kleine...*

Und eins unterwegs. Du bist den Wrezsin-Jungen davongelaufen, noch ehe der Schulbus in Sicht war. Du bist in Brads Wagen gestiegen, außer dir, dein Gesicht vor Haß wie gebläht. Du haßt sie, haßt sie, möchtest sie umbringen, die Wrezsins und Arkins und Krassovs, jeden, der dich kennt, der deine Familie kennt. Brad will dich anfassen, du wehrst ihn ab, streitest ab, daß die Mutter wieder einmal schwanger ist, und er pfeift und verzieht das Gesicht und sagt, um Himmels willen, Süße, hab ich das denn behauptet?

Entsetzlicher Gestank. Verdrehte Augen, geschwollene, schwarze, heraushängende Zunge, Hals wundgescheuert, gebrochen, der Strick glüht, wimmelt vor Insekten in der Hitze des späten Augusts, der Hitze eines nicht enden wollenden Sommers, unkenntliches Gesicht, es schwirrt, wimmelt, summt vor Aktivität, Fliegenschwärme, Kolonien von Würmern, unerkennbare Kreatur, niemandes Leichnam, Gestank von Fäulnis und Exkrement, nein nein nein, vom Balken baumelnd, Totgewicht, Gewicht des Toten, schwer wie Beton: nein nein nein nein Nein. Niemandes Leichnam.

Bartstoppeln, sechs Tage alt. Melancholie. Schmutzige nackte Füße. Whisky, altbackenes Roggenbrot, Erdnußbutter. Selbstmord unpraktisch in dieser Hitze. Endloser Sommer, endlose Augustmonate. Vierzig Augustmonate. Pascal zu asketisch, Thoreau zu knabenhaft, Vaters alte Bibel einfach langweilig, wo nicht lachhaft, Kierkegaard pervers, geschwätzig, enttäuschend, turtelnde Tauben auf dem Dach, eulenähnliche Rufe, leises Stöhnen, Gurren, Murmeln, jahrzehntealter grauweißer Vogeldreck, jahrhundertealt. Verkrustet wie hartgewordener Zement, Jahrhunderte, Augustmonate, Betäubung, Kasch der Sohn von Kasch, ein freiliegender Eichenholzbalken, Strick, Strickabschürfungen, ein wenig Blut, viel unartikuliertes Geschrei. Unpraktisch. Balken könnte nachgeben, termitendurchlöchert, so alt. Staub. Dreck. Spinnweben und winzige Panzer toter Insekten, jahrzehntealt. Selbstmord zu mühsam. Zu sensationell. Schlagzeilen KASCH, DER SOHN VON KASCH, dann Vergessen. Tauben, Trauertauben, Eichhörnchen auf dem Schieferdach als einzige Zeugen. Sinnlos. Selbstmord verlangt nach einem Objekt, verlangt nach Zufügen von Schmerz an diesem Objekt. Rache. Reflex des Todes im Blick der Überlebenden. Schuldbewußt. Leichnam, am Strick hin und her baumelnd, Finger am Hals festgekrallt, nur Tauben und Eichhörnchen, ein grausamer Scherz, keine Tragödie, Antiklimax, würde tagelang nicht entdeckt werden. Entsetzlicher Gestank. Keine Pracht. Einzig überlebende Verwandte Miss Leita Kasch, siebenundsiebzig Jahre alt, seit ihrer Geburt in Yewville ansässig, unschuldige Tante des Verstorbenen, die Treppe der Remise hinaufhastend und ihre schmerzende Seite haltend, die Anordnung ihres Neffen, ihn nie zu besuchen, mißachtend, bemerkt den Gestank, hält inne, weißverwelktes Gesicht entsetzt. Nein nein *nein*. Kann's nicht. Ein grausamer Scherz. Niemandes Leichnam.

Stolperte die Treppe hinunter. Rannte. Vision von gesichtslosem Leichnam, Fliegen und Würmer und Hitze, Tante Leita und der Museumsleiter und ein Polizist aus Yewville im Türrahmen, entsetzt, entsetzt, der Gestank ein guter Scherz, auch eine Art, den Sommer zu beenden. *Nein.* Tue es jemand anderem an! Bring jemand anderen mit ins Zimmer! Schnaps, ein Hieb über den Kopf, der Strick, der Balken. Grunzend. Schwer. Eine ausgewachsene Kreatur unpraktisch. Lieber ein Kind? Ein Kind. Junge, Mädchen: was soll's. Vielleicht Mädchen. Mädchen. Kasch von Sinnen vor Aufregung, vor schmerzender Ekstase, Vergessenheit. Kasch, Sohn von. Auch Perverse einsam, wie jeder andere. Nein nein nein nein. Wirklich, nein. Muß an etwas anderes denken. Pascal befiehlt: *Unsere Würde besteht daher im Denken. Nur dadurch sollten wir uns erheben, und nicht durch Raum und Zeit, die wir nicht füllen können. Deshalb lasset uns gut denken; dies ist das moralische Prinzip.*

Stolperte in die Welt hinein, sechs Tage Besäufnis, entsetzt über das Hitzegeflimmer, die Üppigkeit. Yewville. Freitagabend, acht Uhr dreißig, die Sonne immer noch ein glühendheißes Orange, seltsam, in einem Körper zu stecken, einen Körper zu manövrieren, Auferstehung des Fitz John, Welt auf ihrer

Achse verschoben und Sonne zu nah, Seefahrer, Pilger, Heimatstadt nach vierzig Jahren. Bring jemand mit zu dir. Nein. Ja. Hab niemals. Noch nicht. Erhängen unpraktisch, ungeschickt, kann keine Knoten machen, würde – oder nicht? – dazu einen Seemannsknoten benötigen – niemals gelernt – kein Pfadfinderlager, keine Anweisungen. Ein Mädchen: ja. Irgendwen. Hab sie alle oft genug belauscht, unten am Fluß. Mädchen, Jungen. Im Park, in Autos. Gelächter aus der Dunkelheit aufsteigend. Oh, welch ein Schmerz! – stechend nadelscharfer exquisiter Schmerz. Gelächter, Kichern, Mädchenstimmen. Zerbrochene Flaschen. Bierdosen achtlos in den Fluß geworfen. Dunkel. Leuchtkäfer. Sanftes Glühen, an und aus und an und aus und an, Herzpochen, erhöhter Puls, unsichtbar. Kasch unsichtbar. Wahnsinniger. Spanner. Aber einsam: einsam. Nimm dir jemand mit aufs Zimmer. Entsetzlicher Gestank, muß etwas Verschüttetes, in den Boden Gesickertes sein. Nagetierexkremente. Keine Schuld. Tante Leita nicht willkommen, niemand willkommen, keine Aufwartefrau, niemand. Experiment. Spirituell. Rückzug aus der Illusion. Rückzug aus der Begierde. Experiment im Gange. Irrsinnig komische Resultate. Wo ich lebte und wofür ich lebte. Wie ich lebte. Warum. Muß ein Mädchen finden und sie mit mir nachhause bringen. Ekstatischer Schmerz. Ihrer. Deiner. Muß unschuldig sein. Yewvilles Straßen voller Menschen, Freitagabend, Auspuffgase, Würstchen, Hamburger, Peperoni, Senf und Ketchup, Popcorn in Fast Billy's Arcade, Bierlachen, Straßen und Gehsteige lärmend, Wanderarbeiter schreien, sind betrunken, schwarzgebrannt von der Sonne, glücklich. Wo ich lebte und wofür ich lebte. Ich kehrte nach Yewville, meiner Geburtsstadt, zurück, weil ich bewußt leben, mich von der Geschichte zurückziehen wollte, von der privaten und der kollektiven; ich wollte mir in die Seele schauen, langsam und gründlich und liebevoll, ich wollte aus der Tiefe leben und alles Mark aus den Knochen des Lebens saugen, so sagt man doch, das Leben in eine Ecke drängen, es auf seinen kleinsten Nenner bringen. Bin ich nicht edel, bin ich nicht einmalig, mit schwachen Augen in die Sonne blinzelnd, wilde Ansichtskarte, die zweispurige Brücke und der

Eden River und die orangefarbene Feuersglut, oh wie herrlich, herrlich, darum leben wir, ich mache keine grausamen Scherze, es ist mir ganz ernst, zurückgekehrt nach Yewville nach zwanzigjähriger Abwesenheit, Vater und Mutter tot, Weg frei für die Erforschung des Selbst, der Erinnerung, der Seele. Edel. Altehrwürdig. Mystisch. Buddha im Lotossitz, eine Hand weist in die Lüfte, luftiges Bewußtsein, die andere erdwärts. Darf die Erde nicht vergessen. Darf nicht frei schweben. Darf mich nicht freistrampeln. Vom Balken baumelnd, Fingernägel in den Strick gekrallt, termitendurchlöcherter Balken krachend und im Begriff nachzugeben. Grausamer Scherz. Nein. *Nein.* Wollte das Leben in eine Ecke drängen und es auf seinen niedrigsten Nenner bringen, ob es vom Teufel ist oder von Gott werden wir sehen, wir werden zuerst dort ankommen. Experiment. Seagram's Whisky. Kasch der einundzwanzigjährige Verlorene Sohn, zwanzig Jahre lang auf der Wanderschaft, Genie, ungeheure Pläne, kolossale, milchstraßenweite Pläne und nun halbblind durch die Straßen von Yewville torkelnd.

Parfüm einer Frau, die dicht vorbeigeht. Stützt sich auf einen Mann, fast noch ein Knabe, beide lachen. Geruch von gerösteten Nüssen, Popcorn, Zuckerzeug. Ein Fest, ein Jahrmarkt? Nein. Freitagabend. Menschenmengen, Schwärme. Junge Leute, Erwachsene, Kinder, die Taumelnden, die Torkelnden, die Halbblinden. Viele Betrunkene. Viele. Fünf Tage lang im Tal Obst pflücken, Freitagabend, Lohn, Bier, Wein, Zuckerwatte, grell gefärbte Würstchen und grell gefärbte Essigfrüchte. Verrufene Gegend. Schlimmer als ich sie in Erinnerung hatte. Allein in der Bridge Street elf Kneipen. Besoffener im Eingang zur Bus-Station. Schlafend? Tot? Kasch ohne seine Brille. Taumelnd blind. Inneres Auge: innere Weisheit. Muß Glauben haben. Experiment. Rockerbande vor einem Billardsalon. Albern mit den Mädchen herum. Mädchen jung. Sehr jung. Motorräder. Lärm. Wanderarbeiter, weiß, schlägt eine Frau – seine Frau? – in einem Durchgang. Schreie. Motorradknattern. Ventilator vom Restaurant, übelmachend, Bratfett, Hitze. Muß ein Bier trinken – Riverside Inn. Kehle ausgedörrt, ganz trokken. Seagram's und Roggenbrot und Erdnußbutter. Gott sei uns gnädig.

Sonne geht unter, jetzt ist sie fort. Erleichterung. Abenddämmerung. Alter Mann am Rinnstein, ein Schuh ausgezogen. Singt. *Sie schob ihren Karren durch Straßen, die waren...* Rüstiger alter Bursche. Beneidenswert. Bingohalle, elektronische Automatik, *sieben Tage die Woche* 1.500 $ Hauptgewinn, Bier stößt auf, Rülpser, einen schrecklichen Moment lang Angst vorm Übergeben. Aber nein. Erhole mich. Liebenswürdiger Kasch, dunkeläugig. Beginnende Glatze. Jung-alter Mann. Möchte ein Mädchen, möchte ein Mädchen zum um die Taille Fassen, zum Fingerverschränken in heißfeuchtem Fleisch, zum lachend aneinander Lehnen, zum Grinsen. Selbstmord unpraktisch. Sinnlos. Niemand, der überlebt, niemand, der trauert, niemand, der erschüttert ist. Nur Tante Leita. Taub. Unschuldig. Siebenundsiebzigjährige alte Jungfer, Vaters Tante, Vater tot, Grundbesitz an den Landkreis verpachtet, Landhaus ein Museum, Kasch vermodernd in einer alten Remise, und wen kümmert's? – eine Belästigung, dieser Junge. Selbstmord unbekannt in Yewville, wo man Messer und Revolver zum Töten benutzt. Wild, Fisch, Menschen. Hier wird nicht differenziert. Stadt der Kindheit, jetzt von Fremden bevölkert, Mädchen und Jungen berühren sich in aller Öffentlichkeit, Musik verstärkt durch Lautsprecher im Plattenladen, eine neue Generation, immer neuer, Jungen vom Lande mit Koteletten und seidigen, bis zum Nabel offenstehenden Hemden, Mädchen von der Farm mit schwarzumrandeten Augen, durchsichtigen Blusen, winzigen Brüsten und winzigen Brustwarzen, enge Jeans, nackte Füße, Pantinen mit hölzernen Absätzen, schrilles, entzücktes Gelächter, Motorräder knattern vorbei in langsamem, feierlichem Tempo, ein Funkstreifenwagen biegt um die Ecke. Spannung in der Luft. Erregung. Treibt Leben in die Straße, kann es schmecken, riechen. Bin davon geblendet. Jungen und Mädchen auf der Jagd aufeinander. Männer auf der Jagd, einzelne Männer, allein, sie wittern Beute, sie strengen sich an nicht zu torkeln. Freitagabend. Drama. Glamor. Einziges Kino, Leuchtschrift schon abmontiert, aber Vorstellung noch im Gange, noch nicht geschlossen. Film mit Paul Newman als Star, Gruppen von Jungen draußen vor dem Eingang. Musik. Hupen. Auspuffgase. Mädchen in rosa Hosen. Kasch kurzsichtig, zwinkernd. Welt regenbogenfarben, durch Wasser gesehen. Straßenlaternen verschleiert. Erweitert. Mädchen in rosa Hosen erscheint, geht auf ihn zu, unbegleitet, sieht gut aus, sollte einen Karton mit Bier kaufen, sollten hinunter zum Fluß schlendern, zurückgehen in meine Wohnung, die Treppen hinaufsteigen, uns gegenseitig umfassen, weiße Bluse, Volant, fest in den Hosenbund gesteckt, Parodie eines Schulmädchens, rosa Synthetikhose, hochhackige Schuhe, rötlich-blondes, toupiertes Haar, die Männer glotzen, jemand in einem abgestellten Wagen starrt, Kasch ist hellwach, Kaschs Hand streicht über die Bartstoppeln, Kaschs kurzsichtige Augen brennen vor Anstrengung, etwas zu sehen. Altes, mit Brettern vernageltes Wilberforce Hotel, Überbleibsel aus Großvaters Glanzzeit, Mädchen rennt fast in eine Farmersfamilie hinein, Kinder mit Eiscremetüten, Schachteln mit Popcorn – Curleys Nuts – die dickliche, sonnengebräunte Frau trägt einen riesigen, gelbgoldenen Pandabären mit Knopfaugen – Mädchen geht unbeirrt weiter und hinein in Kaschs Gesichtsfeld, eine Frau, mindestens so alt wie er, mit einer Synthetikperücke, porige Haut, kleine, viel zu stechende Augen auf Kaschs Gesicht gerichtet, auf Kaschs starren Blick. Nichts Anziehendes an ihr. Wollen Sie...? Wie wär's mit uns, Mister, wie wär's? Schöner Abend heute, was? ... Dann nicht, Miststück, verschwinde, verpiß dich!

Hastiger Rückzug. Keine Zeit für Würde.

Flucht: Hinüber zur Main Street, Beine laufen wie von selbst, die Verachtung der Frau im Rücken, aber ignoriert, ignoriert. Eine kleine Schar von Frauen verhöhnt Kasch, lacht wiehernd, Hölle gerammelt voll von ihnen, zeigen mit Fingern auf seinen Makel, sein Versagen, seine kleinen, privaten, verdammten Hoffnungen. Dann nicht, verschwinde, verpiß dich, Mister... Main Street fast menschenleer. Läden verdunkelt. Sommer-Schlußverkauf, rote Banner in den Auslagen, altmodische Fassaden – Stuck, Kalkstein – etwas Grimmiges und

Verschmutztes und Jämmerliches um Yewvilles altes Stadtzentrum, selbst neue Geschäfte billig, ordinär. Eine Fußgängerzone mit Läden wird an der Ausfallstraße entstehen, ein gigantisches Einkaufszentrum am Nordrand der Stadt, ein zweites ist im Süden geplant. Muß mit dem Fortschritt im Lande mithalten. Yewville, karge Stadt meiner Geburt, einst ein Holzfällerzentrum, eine Handelsniederlassung, ein wichtiger Knotenpunkt am Fluß. Mein Namensvetter Fitz John. Wurde reich und errichtete sich seine Stadtvilla und ließ sich als Kongreßabgeordneter aufstellen und gewann und kandidierte ein zweites Mal und verlor, 1860 war er Antirepublikaner, das war gefährlich, man rottete sich zusammen – erzählt man – und bedrohte sein Leben, warf Brandbomben auf sein stattliches Haus. Südstaatensympathisant, riefen sie. Verräter der Union. Mein Namensvetter, störrischer, verwegener Bursche, hat sich über Lincoln mokiert, hat fast als einziger in diesem Teil des Staates die Position des Südens verteidigt: nicht etwa, weil er für die Sklaverei war, sondern weil er meinte, die Südstaaten hätten das Recht, sich von der Union zu trennen, wenn ihre Bevölkerung sich trennen wollte. Ist beinahe umgebracht worden, wurde zusammengeschlagen, ging für den Rest seines Lebens an Krükken, exzentrisch, mutig, wahrscheinlich auch ein wenig verrückt, weigerte sich, Yewville zu verlassen, es hat Jahre gedauert, bis er sein Haus wieder aufgebaut hat. Schließlich hatte er es geschafft: eine steinerne Villa, ein steinernes Monstrum, so brandsicher, wie es damals, um 1860, der Baumeister garantieren konnte. Brandbomben sind jedenfalls nie wieder daraufgeworfen worden, es ist unbeschädigt geblieben. Mein Geburtshaus, Szene meiner Kindheit, am besten vergessen. Zu dunkel, Holztäfelung innen zu überwältigend, Wendeltreppengeländer, hohe Decken, stattliche Säulen und Türen, zentnerschwer; eine Festung, ein Mausoleum. Ich denke nie daran. Ich habe mich von meiner persönlichen Geschichte gelöst. Jetzt ist es dem Land zur dauernden Pacht überschrieben, man kennt es als das Kasch-Gedenkmuseum, ein schäbiger, prätentiöser Ort, in dem indianische Kultgegenstände, Kristalle und Mineralien und »authentische« alte Uniformen und Kostüme ausgestellt sind, vergilbte alte Zeitungen, versteinertes Heldentum. Ich besuche ihn niemals. Niemals. Hier, in einer Nebenstraße, steht auch eine Bibliothek mit dem Namen meiner Familie – unweit des Gymnasiums. Auch sie besuche ich nie. Meine Eltern, Sydney und Elvira Kasch, berauscht von ihrer Selbstüberschätzung, ihrer geistigen Großzügigkeit; Schmalspuraristokraten. Was blieb ihnen denn sonst? Beeindruckten die Nachbarn mit ihrer Wohltätigkeit, gaben so viel her, weil sie so viel besaßen. So viel geerbt hatten. Auch heute ist das Vermögen noch beachtlich: Aktien und Wertpapiere und Grundbesitz in der Stadt, wo nur? – Main Street? – wahrscheinlich ein paar Häuserblocks – es sei denn, sie wurden vor Jahren verkauft und man hat mir nur nichts davon gesagt. Und diese Straße, Millgrove: vertrauter Name. Führt hinunter zu der alten Mühle und zu dem Stück Land, auf dem dann Loblaw's Filiale erbaut wurde, unser Grund, unsere Geldanlage, der erste »Supermarkt« in diesem Teil des Landes und sehr erfolgreich. Die Leute vom Land kamen jeden Samstag in Scharen, sie wanderten einfach nur staunend herum, Frauen aus dem Hügelland ringsum und ihre vielen Kinder, fasziniert, eingeschüchtert, ehrfürchtig wegen der eingespielten Musik, Kästen, Dosen, Flaschen, Wunder der Verpackungskunst, das frische Gemüse – Salatköpfe und Karotten und vor allem Spargel – das war so *sauber*. Im Stadtzentrum, auf dem Wochenmarkt, wo jedermann feilschte, war alles schmutzig: Fliegen summten herum und setzten sich einem aufs Gesicht und auf die Arme; der Lehmboden stank und wurde, wenn der Samstag zu Ende ging, ganz schlammig; manchmal war der Markt von fünf Uhr früh bis abends um acht geöffnet, lärmend, lebendig, überwältigend, dem Untergang geweiht. Gerüchte über den Supermarkt zirkulierten: daß in den großen Bananenbündeln riesige haarige Giftspinnen versteckt seien, daß ein Kind gebissen worden und auf der Stelle gestorben sei und daß man die Sache vertuscht hätte, oder aber, daß eine Farmersfrau den ganzen Tag in den Gängen zwischen den Regalen verbracht hätte, weil ihr die Sperre mit den Registrierkassen unheimlich war und daß ihre Familie sie am Ende hatte abholen müssen... Das Gebäude ist jetzt abgerissen...

Freitagabend, die Läden in der Main Street dunkel, immer noch eine »bessere« Gegend; heute abend spielt sich das Leben woanders ab, Vater-&-Sohn-Schuhe. Woolworth. Yewvilles Damenmoden. Grady's Kurzwaren. Montgomery Ward. Berardi's Imbißstube. Kresge. Menton, Abel & Klein's Kaufhaus. First National Bank and Trust. Christlicher Verein Junger Frauen – Christlicher Verein Junger Männer, solides Natursteingebäude, recht alt. In einer Nebenstraße das ehemalige Rialto-Kino, die Leuchtbuchstaben werben nun für verbilligte Möbel. Altes Postgebäude, roter Backsteinbau, drinnen wurden damals die Wehrdienstpflichtigen vereidigt, die breiten Treppen hinauf und dann rechts, entsinne mich noch der Plakate. Eindrucksvolle Plakate. Aufregend. Kasch wird das Privileg der Selbstaufopferung nicht zuteil, Kasch ist verzweifelt: asthmatisch, halbblind, Migräneanfälle. Abtrennung von Klassenkameraden, von meiner Generation, von einem bestimmten Sektor meiner Generation, von einem bestimmten Abschnitt der Geschichte. Mein Schicksal. Wäre wahrscheinlich von der Armee, von dem Kollektiv fertiggemacht worden; hatte tatsächlich die Absicht, ins Marinecorps zu gehen; muß meine Eltern schockiert, andere amüsiert haben, die es besser wußten. Tapferer, bemitleidenswerter Kasch, gescheite Augen, die hinter Brillengläsern zwinkern, der ewig Pubertierende, nicht wissend, was für einen Gesichtsausdruck er aufsetzen, was er mit den Händen machen soll. Jetzt bin ich erwachsen, gehöre zu den Erwachsenen dieser Welt. Jetzt bin ich jemand, der Verantwortung trägt... Wo aber ist sie? Wo ist das Mädchen? Straßenkreuzung leer. Drugstore geöffnet, Türen weit offen, Mädchen und Jungen lungern herum. So jung. Polizist im Streifendienst am Rinnstein, lehnt sich gegen den Sattel seines Motorrades, plaudert mit zwei der jungen Mädchen. Sein Gesicht ein verschwommener Fleck, kann es nicht erkennen, mein eigenes Gesicht ein verschwommener Fleck, der sich rasch auflöst. Ein Erwachsener. Einer der Erwachsenen dieser Welt. Inmitten der Reise, Leben genannt. Hindernislauf. Reihe von Experimenten. Wo ist sie, wo wartet sie, das ideale Opfer... Keines dieser Mädchen, so kreischend lustig. Beide rauchen.

Ein drittes Mädchen gesellt sich zu ihnen, kann wohl kaum über dreizehn sein; der Polizist grinst, er weiß Bescheid. Man versteht einander. Ich bin unsichtbar.

Das alte Rathaus: neoklassizistisch. 1899 auf dem Eckpfeiler. Denkmal amerikanischer Unabhängigkeitskrieg, schäbiger Rasen, etwas bewegt sich im Schatten – menschliche Gestalt liegt dort – krallt sich einen Augenblick in die Erde, liegt wieder still. Du da, will ich rufen, kennen wir uns? Brauchst du Hilfe? Bist du eine Form meiner selbst? Bist du krank? Stirbst du? ...Leben ist woanders.

Ein abgemagerter junger Mann mit bloßer Brust lag vor vielen Jahren in einem Park in Boston, es war am frühen Abend, er stöhnte, tastete nach einer Flasche, die weggerollt war. Die Menschen gingen vorbei, hasteten vorbei. Hilfe, brauchen Sie Hilfe? Nein, sie hasteten vorbei. Den Blick abgewandt, manchmal starrend, irgendwie faszinierend, die Sterbenden zu unseren Füßen. Auch ich hastete vorbei. Ich spürte plötzlich Angst – etwas war in dem Gesichtsausdruck dieses jungen Mannes – verzerrt, kindlich und doch fast gescheit, fast *tiefgründig* – etwas in der Lage seines Körpers, in der Art, wie er sich verdreht hatte, den einen Arm ausgestreckt, eine schmutzige Hand tastete nach der Flasche, die ihm niemand entgegenrollen würde. Kaum einen Meter vom Bürgersteig entfernt. Da lag er und stöhnte. Wir gingen vorbei, rasch. Er lag dort, stöhnend, sterbend. Liegt stöhnend, sterbend. Ich lag neben ihm, befangen in meiner teuren Kleidung.

Wo ist sie, wo bist du?

Denn du bist Erde und sollst zu Erde werden. Muß mich beeilen.

Es ist reiner Zufall (später bemerkte er es), daß Kasch nicht die Richtung Bridge Street nimmt, sondern ziellos und scheinbar harmlos in eine andere Straße einbiegt, die zum Fluß führt. *Es ist reiner Zufall.* Unendliches Universum, unendlich sich ausdehnend, Prinzip der Unbestimmbarkeit, *reiner Zufall*; in der einen Richtung der madenwimmelnde Leichnam mit dieser idiotischen Zunge, in der anderen ein kaum fünfzig Kilo wiegender Engel, grauäugig, blondlockig, das Haar wie eine Aureole um ihren Kopf stehend, schmale, zusammengepreßte Lippen, kleine harte Brüste, sonnengebräunt, schön, Kasch verschlägt es den Atem, ein Schrei entringt sich ihm. Herausgerissen.

Am Fluß herumlungernd, unweit der Überführung, Eisenbahnviadukt, mit Brettern vernagelte Mühle. Vor vielen Wochen. Hatte zugesehen, belauscht. Hatte phantasiert. Mädchen, Jungen. Jungen, Mädchen. Liebespaare. Auto am Flußufer hinter der Kneipe abgestellt. Autoradios, Gelächter, Bierflaschen, die am Ufer geköpft werden, an den Felsen. Sommer. Endloser Sommer. Wasserturm. Bande junger Leute. Jemand springt ins dunkle Wasser. Gejohle, Beifall, Schreie, Gelächter. Bierdosen nachgeworfen. Flüche. Kasch auf seinem Lauschposten hinter dem Gesträuch zieht an seiner vorgeschobenen Lippe, an seinen elastischen, sabbernden Lippen, Kasch der Affe, Kasch der Pilger im Geiste, auf dem Rückzug von der Welt, der das Leben in eine Ecke drängt, um ihm dort das Mark auszusaugen, es zu schmecken und abzuwägen und zu transzendieren. Experiment im Gange. Experiment vorläufig mißglückt. Wo ich lebte, wofür ich lebte, Knie zitternd, durchdringende Lust, ein Mädchen stöhnt in einem Auto nahebei, Stille, das ersehnte Erdbeben, bebend, oh mein Gott, es ist wie immer, kann nicht sein, es kann nicht sein, ist überwältigend, ein Schlag, ein Auslöschen, die Stimme des Mädchens erhebt sich wieder, rein, fast unhörbar. Kasch zitternd, schwitzend, schaudernd, Wasserturm zeichnet sich schwarz gegen Mond ab. Auf seinem Rückweg trifft Kasch einen anderen einsamen Spaziergänger, auch ein Spanner, mit wirrem Haar, total betrunken, ein Mann um die fünfzig, Penner, aber immer noch Mensch genug, um sich zu genieren. Torkelt weiter, in entgegengesetzter Richtung, diskret.

Heute nacht niemand sonst. Gras feucht. Steile Böschung zum Flußufer. Mond hinter Wolken. Opalisierend. Parkbank, Gestalten, Mädchenstimme erhoben – Zorn, Alarm. Fünf, sechs, sieben Leute. Ganz jung. Neid auf ihre Jugend, nein, Eifersucht auf ihre Jugend, nein, kein Wunsch, noch einmal so jung zu sein, schrecklich, würde es alles noch einmal erleben, furchtbar, könnte es nicht ertragen, die überschwenglichen Pläne, die kaputte Ehe, einstige Ehefrau umhertreibend im Nichts, Erinnerungen an Fitz John murmelnd, trauriges Grinsen, abscheulich anzusehen, grausamer Scherz. Warum habe ich *sie* nicht umgebracht? Zu spät. Keine Leidenschaft. Verloren. Kein Neid auf diese jungen Leute, nicht einmal auf Männer, von Leben pulsierend, mit strotzenden Gliedern, Genitalien, Bäuchen, mit muskulösen Armen, Schultern, Schenkeln, sie werfen sich das Haar aus dem Gesicht, sie nehmen sofort alles wahr, nicht kurzsichtig, die Mädchen unter ihnen stöhnend, Mädchen, deren Finger sich in ihr langes, dichtes Haar krallen, ihre heroischen Gesichter, selbst die Pickel und Beulen und Narben heroisch, denn durch ihre Lenden pulsiert die Zukunft. Nicht neidisch. Nicht eifersüchtig. Mag sein, ein wenig sehnsüchtig. Nicht mehr! Dies und nicht mehr! Begierig, mich näher heranzuschleichen, zu lauschen, zu sehen, zu wissen, im Einklang zu zittern. Mich zu erniedrigen. Sabbern. Keuchen. Schaudern. Nicht mehr, kein bißchen mehr! Ein Kreis böse blickender, rotgesichtiger Teufel schaut ihm zu, grinst, kichert, schnattert wie Affen, hängt an der Decke von Kaschs elender Zuflucht, schaut auf ihn herunter, wie er im Bett liegt, herunter auf sein Junggesellenbett, in dem er sich in seiner uneifersüchtigen Lust windet, hitzig, stacheln ihn an bis hin zu den abscheulichsten Folgen, Kasch in Kasch kriechend, kein Liebender, nur Kasch. Heute abend gibt es keine Liebespaare, ihre Autos sind anderswo. Ein Mißklang stört das Kinderspiel. Jemand ist betrunken und wütend, und jemand anderes ist verängstigt und wütend, und die anderen lachen, die anderen stehen herum und lachen, roh scherzend, herzhaft gutmütig, das Mädchen sagt: Laßt das! Laßt das! Verdammt nochmal, laßt das! Einer der Jungen zerrt an ihr, sie stößt ihn weg, einer lacht, einer lacht immer. Kasch denkt, jetzt ist es an der Zeit wegzugehen.

Kasch überlegt: Jetzt ist es an der Zeit für ihn, sich zu entfernen, sich vernünftig zu verhalten, diskret zu sein, klug.

Er will nur die Lust des Voyeurs haben, nicht die eines Helden. Den Pulsschlag, das Beben. Diese jungen Leute spaßen nicht. Einer sitzt auf einem Picknicktisch, die Füße auf den Rand eines Drahtpapierkorbs gestemmt und brüllt etwas Unverständliches – bestialische Häme. Andere Jungen, überlaut. Sie sind betrunken. High. Rudel davon in Yewville, Boston, Los Angeles, selbst London – ein neues Phänomen im Leben des armen Kasch. Glasige Augen, breites Grinsen. Auch die Mädchen. Wild und verzweifelnd in ihrem Gelächter, kein Übergang von den Lauten rasender Lust zu denen der Furcht. Das Mädchen, auf das sie es abgesehen haben – macht es ihr wirklich Spaß? Könnte sein, denkt Kasch, sie hat es verdient?

Er steht da und beobachtet sie, zusammengekrümmt. Steht hinter einem Baum wie eine Witzfigur.

Laßt das doch – nicht – *nicht* –

Er wird weggehen. Auf Zehenspitzen. Er muß weggehen. Ein Spanner, kein Held; kein Märtyrer. Kam in die Stadt seiner Geburt, nicht um sich durch Taten, nicht um sich in der Zeit zu erfüllen, denn das hatte er ja versucht – mit bitterem, bitterem Erfolg –, sondern um sich zurückzuziehen, zu isolieren, um für immer als Einzelgänger neben dem Leben zu stehen. Sich nicht einlassen. Keine Wiedertaufe in den Wassern der Welt, kein Neubeginn. Er wird einfach weggehen. Er wird –

Statt dessen aber hört er sich rufen. Hört seine eigene Stimme, laut und durchdringend und stark. Was macht er nur! Was wird geschehen! Aber zum Überlegen ist keine Zeit: Er brüllt hinunter zu ihnen, fuchtelt wild mit den Armen. Er brüllt: Polizei! Hierher! Wachtmeister! Rührt euch nicht vom Fleck, ihr –

Und dann rennt er, rennt auf sie zu. Rennt tatsächlich. Brüllt immer noch, fuchtelt immer noch mit den Armen. Polizei! Bleibt, wo ihr seid! Seine Stimme gellt, ist lauter als er sich entsinnen konnte. Die Gruppe löst sich auf, plötzlich, in einzelne. Sie hat keine Macht. Keine Kraft. Einer der Jungen dreht sich sofort um und rennt davon; flink wie ein Rehbock rennt er! Der Junge, der die Füße auf den Rand des Drahtpapierkorbs gestellt hatte, gibt ihm einen Stoß, der Korb fällt um und rollt den Pfad hinunter. Alles ist in Bewegung geraten, unkoordiniert, panisch, eigentlich komisch. Kasch ist komisch, aber niemand bemerkt es. Er rennt die Böschung hinunter, tut so, als ob er sich nicht entsetzlich fürchtete, und die jungen Leute nehmen Reißaus. Er wagt alles. Riskiert alles. Kasch der Poet, Kasch der Spanner: Jetzt: Kasch der Held. In seinem einundvierzigsten Lebensjahr. In der Mitte der Reise. Rennt.

Die Jungen laufen am Ufer entlang, zwei Mädchen folgen ihnen, verängstigtes, betrunkenes Lachen, dann Stille, und er und das andere Mädchen, das weinende Mädchen, sind allein... Der Mond kommt auf einmal wieder heraus. Kaschs Augen brennen, und sein Herz hämmert so stark, daß er fürchtet, er wird die Besinnung verlieren.

Was wollten sie von dir? fragt er. Alles in Ordnung? Die Brise vom Fluß her hat den süßlichen Haschischgeruch und die Dünste von Bier und Wein noch nicht vertrieben. Das Mädchen, sehr jung, steht da und verbirgt das Gesicht hinter kindlich vorgehaltenen Händen, ihr Atem geht in langen, stoßweisen Zügen.

Komm mit mir, wird Kasch flüstern. *Ich kümmere mich um dich...*

Komm.

Vale bahnte sich einen Pfad durch das hüfthohe Farnkraut. Seltsam, wie hoch sie waren, die Halme. Daß sie so hoch waren, daran konnte er sich nicht erinnern.

Er kletterte über heruntergefallene Äste. Dort standen ein paar Haselstauden – daran erinnerte er sich, obwohl sie eigentlich nicht dort hingehörten – hatte er nicht Angelruten aus ihnen gemacht? – er und seine Spielkameraden? Und dann hatte es noch den riesigen Ameisenhaufen gegeben, den sein Großvater vor vielen Jahren, als Vale noch ein Kind war, mit Petroleum übergossen und angezündet hatte. Die Ameisen waren wie verrückt herausgekrabbelt, in alle Richtungen gerannt, und Vale und Opa Hurley und Billy Arkin – und war da nicht noch jemand dabeigewesen – wollten sie zertreten. Tritt drauf! Tritt drauf! Aber sie waren so flink.

Tritt drauf!

Er hörte Schreie. Er hörte Explosionen.

Nein, es war still, nur der Fluß rauschte. Er bahnte sich einen Pfad durchs Gebüsch. Es war ein wenig höher als gewöhnlich, aber es war ihm vertraut. Er hatte sich nicht verlaufen. Schließlich war dies ja seine Welt, er wußte, wie die Dinge hier hießen. – War das nicht eine Explosion? Nein. Er war allein. Es war still. Er bahnte sich einen Pfad durch die Haselstauden und befand sich auf einmal am Flußufer, wo er und die anderen Jungen damals geangelt hatten; er hatte sich also nicht verlaufen. Stachelbarsche, Rotaugen, Schwarzbarsche hatten sie gefangen. Manchmal auch Karpfen – die taugten nichts, die konnte man nicht essen, aber sie fangen, das machte Spaß.

Mama sagte: Schau mal, Herz, ich würde sie ja liebend gerne für euch braten, aber nur, wenn ihr sie draußen ausnehmt, ja? Gebt die Eingeweide den Katzen.

Er hatte sich nicht verlaufen.

... Lächelte ein wenig, entsann sich an eine riesige Schnappschildkröte, die er im Sumpf am Fluß gefangen hatte. Hatte sie buchstäblich zermalmt. Mit großen Steinen in beiden Händen, zermalmt, zermalmt. Das Vieh hatte sich wie ein Alligator gewehrt! Es waren bösartige Tiere, sie verdienten es zu sterben, konnten einem den Finger abbeißen, die ganze Hand! – verdienten es zu sterben. Er hatte sie mit großen Steinen in beiden Händen zerschmettert, während die anderen ihn anfeuerten, Vale schlug sie abwechselnd mit beiden Händen zu Tode. Der Panzer war geborsten, beide Panzer. Und drinnen wand sich der kräuselkrepp-fleischige Körper des Reptils, und der lange Hals schoß hervor, und die Kiefern schnappten, die kleinen gelben Augen voller Todesangst. Nimm das! Ich bring dich um! Miststück! Widerliches, dreckiges Miststück!... Vale keucht, sein Atem pfeift. Mein Gott, war das eine Schweinerei. Blut, Eingeweide, Scheiße. Wie alt? Jahrhunderte. Die Steine am Flußufer, Vales Kleidung und Arme und Gesicht bespritzt, er fuhr mit dem Arm übers Gesicht, wischte sich den Mund sorgfältig ab.

Er hat sich nicht verlaufen. Er ist wieder zuhause.

Erwachte und schlief wieder ein und erwachte wieder, sein Schnarchen rauh und laut wie Wespengesumm. Katergefühl. Hatte am Vorabend nichts gegessen. Erwachte und war völlig angezogen, außer den Schuhen – wo waren sie? – das Bett leer, rief sie beim Namen, aber da war keiner, niemand. Molly? Hallo. Hallo, du. Setzte sich auf, in seinem Kopf hämmerte es. Speichel rann ihm aus den Mundwinkeln. Panische Erinnerung; er war wieder im Lazarett. Man hatte ihn per Air-Lift aus Hué City dorthin gebracht. Drähte, durch seinen Körper geführt, hielten ihn zusammen, winzige Stromstöße hielten ihn zusammen, Stimmen flüsterten auf ihn ein, sprachen ihm Mut zu – Sie werden wieder ganz hergestellt sein, Sie werden wieder ganz gesund – können Sie uns hören? – Vale Bartlett? Können Sie die Augenlider bewegen, Vale? hören Sie uns? Aber draußen fuhren nur Lastautos vorbei. Das Haus erzitterte. Es war das De Sales Hotel, 3 $ die Nacht, 18 $ die Woche, nur ein paar Häuserblocks entfernt von Lake Oriskany. Er entsann sich. Er wußte es.

Er lachte vor Erleichterung. Wie weit er doch gereist war, um die ganze Welt hatte man ihn geschickt in seiner schmucken Uniform, wie tapfer er sich geführt hatte, ein außergewöhnlich mutiger Einsatz, hatten sie gesagt, und jetzt war er wieder zuhause oder beinahe wieder zuhause und wieder völlig hergestellt. Völlig gesund.

Molly! rief er.

Molly, wo zum Teufel hast du dich versteckt?

Nun hatte es Macht über ihn gewonnen. Nun brauchte er lange Spaziergänge, Angelausflüge, Unkrautjäten, die Beschäftigung mit den Enkelkindern und Arbeiten im Haus, um es zu betäuben.

Etwas breitete die Schwingen aus – öffnete sie wie ein Fächer, um den Himmel zu verdüstern – die Landschaft verdunkelte sich, die Berge traten in den Schatten – er mußte einfach die Arme bewegen, wild mit ihnen herumfuchteln, um alles wieder zu klären.

Acht Morgen. Ein Teil davon gutes Schwemmland, ein dichtes Stück Wald, Weiden, überwuchert von Unkraut, Brombeergesträuch, Schößlingen – wenn er sie doch nur ausroden könnte – er murmelte laut, so stark war das Verlangen. So bitter. Wie eine Kuh, die bettelt, gemolken zu werden. Acht Morgen, brachliegend, nur ein Küchengarten, den er beackern konnte. Zu seiner besten Zeit gehörten ihm zweihundertfünfzig Morgen am Flußufer bis weit südöstlich, bis an die Yewville Road, es gehörte ihm noch immer, es war wirklich *sein* Land. Er kannte es genau. Hatte es beackert. Es gehörte ihm: Die Leute sprachen immer noch von der Hurley-Farm und meinten damit das Land, all das Land bis hinunter zur Yewville Road und dem Dorf Marsena.

Acht Morgen. Jeden Tag inspizierte er seinen Besitz, mitunter auch zweimal täglich. Vor dem Frühstück und während der warmen Jahreszeit auch nach dem Abendessen. Nachmittags schlief er in seinem Zimmer, das nach hinten hinausging, es lag neben der Küche; schlief von drei bis fünf Uhr nachmittags, wenn die Schmerzen in seinen Beinen und Händen unerträglich waren. Manchmal schritt er in seinem federleichten Schlaf seine Farm ab, das, was von ihr noch übrig geblieben war, inspizierte seinen Besitz. Zäune mußten geflickt werden, die tiefer gelegenen Äcker waren vom Flutwasser beschädigt. Manchmal warf er die Decken verärgert beiseite und sprang aus dem Bett und zog sich hastig an und ging in den Stall und sattelte sein Pferd und ritt aus... Muß die Zäune nachsehen, den Viehbestand prüfen, kontrollieren, ob der Regen Schaden angerichtet hat, ob Sturm gewesen ist, der Regen zu Hagel gefroren ist, die Rinder krank sind, was bedeutete dieses Brombeergestrüpp, was bedeuteten diese riesigen, seine Sicht durchziehenden Raupen, diese rätselhafte mittägliche Sonnenfinsternis...

Der alte Mann, Lenehan, sitzt im Pferdestall, die Arme schlaff auf den Schenkeln. Sah sich nicht um, als Josephs Schatten auf ihn fiel. Beängstigend, dieses Schweigen des alten

Mannes, den es so schwer getroffen hatte. Wer war gestorben? – die alte Frau? Auch Joseph hatte geweint, auch Joseph fehlte sie. Aber er hatte es bald vergessen: ein Winter und ein Frühling und ein Sommer. Der alte Mann jedoch saß da drinnen, den Pferden den Rücken zugekehrt, er sah sie nicht, sie waren nicht da, Hemdsärmel aufgerollt über langärmeliger grauer Unterwäsche, Latzhose nicht ganz zugeknöpft, Dung trocknete an den Stiefeln.

Was ist denn? fragte Joseph leise.

Als sein Onkel sich nicht umdrehte, trat Joseph zurück, lief weg.

Was ist denn? fragte seine Lieblingstochter.

Arlene, die sich ihre Hände abtrocknete und das Handtuch auf die Anrichte warf. Arlene, magerer als ihm lieb war, das Gesicht immer noch voller Blutergüsse, schwach pflaumenfarbig, orangetönig, fahl, aber sie trug Lippenstift. Mußte wohl ins Dorf oder in die Stadt wollen.

Wirst du deswegen zur Polizei gehen, zum Sheriff? fragte er. Sie sah ihn groß an. Zwinkerte. Aber Papa, wir wollten doch Mr. Krassov besuchen, erinnerst du dich nicht? – Du hast mich doch wer weiß wie geplagt, damit ich dich hinfahre. Bist du fertig, können wir gehen?

Er hatte es in der Tat vergessen, aber er ließ es sich nicht anmerken, unterdrückte jede Spur von Überraschung auf seinem Gesicht. – Ich fragte dich wegen der Polizei, Herz. Du weißt, daß ich das wissen wollte.

Und ich hab's dir *gesagt.* Hundertmal!

Sie stapfte aus der Küche, der Boden zitterte, krachte unter ihren Absätzen. Wütend. Immer schlecht aufgelegt. Sie würde nicht zur Polizei gehen, und in Wirklichkeit wollte er es auch nicht, er wollte diese Art von Aufsehen nicht, wollte überhaupt kein Aufsehen bei den Leuten in der Stadt – bei Leuten, die sie nicht kannten und die sie nicht verstanden. Nancy wollte es auch nicht. Nur Laney – Laney wollte es. Aber Laney war ja noch ein Kind, wußte nicht, wie die Dinge standen, hatte keine

Ahnung. – Trotzdem hatte sich seine Stimme quengelnd und keifend erhoben, hörte er sich seine Tochter ausschimpfen, als ob diese Worte von ihm erwartet würden oder als ob er damit verdecken wollte, wie sie sich eingeschlichen und ihn in seiner eigenen Küche überrascht hatte: Du weißt, wie sich die Leute über uns die Mäuler zerreißen! Du weißt, wie sie über uns klatschen, hinter unserem Rücken über die Hurleys lachen – Du *weißt,* wie mich das kränkt –

Damals, sagten sie, warst du drei Jahre alt, bist am Flußufer entlangspaziert, Mama war oben im Haus und Papa in der Stadt, deine Cousine Gretchen sollte auf dich aufpassen. Und Vale und Billy Arkin waren unten an der Anlegestelle, sie flickten das Dock, wo es im Frühling vom Eis beschädigt worden war, und du hattest dich hinter hohem, blühendem Unkraut versteckt, um sie zu belauschen – und das Wasser rauschte so, die Wellen rauschten, wogendes vorwärtsdrängendes Wasser, eine Möwe wollte auf der Oberfläche laufen, sank und flog dann gleich wieder hoch, ihre langen geschweiften Flügel schlugen, und dann sank sie wieder ein mit gespreizten Krallen – es war dasselbe Wasser, es waren dieselben wogenden Wellen, es war dasselbe Geräusch, das du nachts hören konntest, wenn die Fenster offenstanden, aber nun war es lauter – hinein und hindurch und auf und ab und in jeder Richtung, es pochte in deinen Ohren, hämmerte in deinem Kopf. Du hast Vale gerufen, aber er hat dich nicht hören können, du ranntest die Uferböschung hinunter zu der Stelle, wo die Jungen waren, und etwas schoß dir vor die Füße – eine Schlange, später hast du gesagt, es war eine Schlange, aber in Wirklichkeit hast du gar nichts gesehen, es hätte ein Erdklumpen sein können, den du selbst losgetreten hattest – und plötzlich bist du hingefallen, bist schreiend hingefallen – und dann warst du im Wasser, und es war steinig, wo du hingeschlagen bist und sehr kalt, und es war, als ob dir jemand den Kopf festgehalten und ihn zum Spaß ganz untergetaucht hätte – Vale hat dir damals das Leben gerettet. Du hast Vale geliebt, liebst Vale. Wenn du an ihn denkst, stellst du ihn dir vor, wie er war, ehe er ins Truppenübungslager ging, ehe man ihn nach Übersee schickte. Du erinnerst dich, wie peinlich es dir war, Abschied zu nehmen, wie du seinen Arm gedrückt hast, während Mama hysterisch war und wie ein Baby weinte, du erinnerst dich, daß du ihm sagen wolltest: *Du hast mir einmal das Leben gerettet, ich werde es nie vergessen* – aber es war nur Vale, breitschultrig, grinsend, mit fleckigen Vorderzähnen und großporiger Haut, Vale mit den braunen Augen, dem sonnengebleichten dunkelblonden Haar, das jetzt ganz kurzgeschoren war, es war nur Vale, um den sich alle drängten, mit dem sie herumalberten, Vale, der ein wenig beschwipst war, und du hast kein Wort gesagt: Du hast kein Wort gesagt.

Sie haben ihn getötet. Dort drüben. Sie haben ihn getötet, er ist tot, er ist verschwunden, sie schickten einen anderen zurück, Vale starb, Vale wurde zermalmt, sein Gesicht ist falsch wieder zusammengebastelt worden, die beiden Hälften paßten nicht zueinander, die neuen Zähne waren zu weiß, wie Porzellan, es war nicht Vale, Vale starb, wurde weggeschickt in einem riesigen Düsenflugzeug und kam nie zurück: Und du hast kein Wort gesagt.

Sie nahm die Hände vom Gesicht.

Mein Gott, sagte ich... Gott.

Ein vollkommenes Gesicht, ein Engelsgesicht. In dem undeutlichen Mondlicht war ihre Haut wie blasses Porzellan, durchscheinend, wie das weiße Porzellan meiner Mutter und meiner Großmutter; gegen das Licht gehalten gab es seine zerbrechliche Natur preis, man konnte den Finger, der dahinter entlangstrich verfolgen: welche Schönheit! Im Mondlicht hatte ihr Gesicht keine Farbe, die Augen waren dunkel in ihren schattigen Höhlen, die kleinen, offen stehenden Lippen farblos, die kleine, leicht stupsige Nase ganz weiß. Mein Gott, sagte ich, ein Kind, ein Mädchen, ein vollkommener kleiner Engel. Ihre Wangen waren feucht, in den Augen schimmerten Tränen. Ich stammelte.

Aber du – du bist – du bist doch noch zu – wie konntest du es erlauben, daß sie dich anfassen – du?

Verblichene Shorts aus gekürzten Jeans, ausgefranst und hoch an den Schenkeln abgeschnitten, dazu ein blaues Oberteil, am Hals zugebunden, ihr Bauch nackt, die Füße so winzig, ich hätte sie mit meinen Händen umspannen können. Ein Engel, kaum einen Zentner schwer. Ihre kleinen Brüste bebten, ihr lockiges Haar schien elektrisch vor Erregung, einen langen Augenblick stand sie so da und starrte mich an, die Hände immer noch gehoben, als wollte sie das Gesicht umrahmen…

Das Kind stank nach Wein, nach dem roten Fusel, der mir Übelkeit verursacht.

»Dieses Gedudel!… schalt bitte ab!«

»Ich mag aber Radiomusik. Ich…«

»Dann dreh sie leiser. Klingt ja wie Katzenmusik.«

Sie lenkte den Wagen, den Earl ihr im vergangenen April zum Geburtstag geschenkt hatte. Sie hatte sofort das Autoradio angeschaltet, sie wollte nicht allein sein mit ihren Gedanken, dachte beim Fahren immer an ihn.

»Die beste Musik ist keine Musik: nur Stille.«

»Ach Papa…«

Er schien heute gereizt, nervös zu sein. Wollte nicht zugeben, daß ihm die Fahrt in die Stadt zu schaffen machte. Hatte es sich zur Gewohnheit gemacht, den Kopf zu schütteln, die Stirn zu runzeln, die Mundwinkel herunterzuziehen, bös herunterzuziehen, so daß winzige, tiefe Falten auf seinen Backen erschienen.

»Ach Papa«, äffte er sie nach.

Sie schaltete das Radio leiser, dann ganz ab.

»Ich muß sagen, so gefällt es mir viel besser«, sagte er.

Sie warf ihm einen Blick zu. Irgendwie gefiel ihr seine Nörgelei, seine schlechte Laune; es gab ihr Gelegenheit, ihn aufzuheitern. Außer er war wirklich verstimmt oder hatte zuviel getrunken… Sie war schließlich seine Lieblingstochter. War es immer gewesen.

Aber es war doch überraschend, ihn plötzlich anzusehen und festzustellen, daß er alt geworden war! Manchmal, ganz unvorbereitet, überkam sie eine solche Traurigkeit, daß sie hätte weinen mögen. Achtzig Jahre alt, zweiundachtzig Jahre alt – oder waren es schon dreiundachtzig? – sein Kopf zitterte manchmal, seine Hände zitterten, an den Gelenken häßliche Gichtknoten. Sein schlimmes Knie schlimmer als je zuvor, er hinkte. Vielleicht sollte er am Stock oder gar an Krücken gehen – aber natürlich würde er das niemals wahrhaben wollen: tat, als sei alles völlig in Ordnung.

(Vor Jahren hatte ihn einmal ein Pferd getreten und ihm beinahe die Kniescheibe zertrümmert. War niemals wieder richtig geheilt.) Ach, wie traurig es war, wie traurig! Arlene hoffte, daß er nicht zu sehr litt. Gicht war ja angeblich schrecklich, und wie er hustete und nach Atem rang, das mußte ihm auch wehtun, aber darüber sprach er nicht – sprach überhaupt niemals zu irgend jemandem über sein Befinden. Weigerte sich, zum Arzt zu gehen. Männer sprechen nicht über solche Dinge, sagte er.

Fängt ein Mann erst einmal an, über seine Gesundheit zu reden, meinte er, dann wäre es das Ende, dann benehme er sich wie ein Weib. Könnte sich genausogut umdrehen und sterben.

Arlene mußte zugeben, daß sie auf den alten Mann stolz war. Schließlich, wenn man bedachte, in seinem Alter und nach diesem Herzanfall vor ein paar Jahren... war er nicht noch gut beisammen? sie fand ihn immer noch sehr stattlich, mit seinem vollen weißen Haar und seinen buschigen Brauen, dem starken Mund. Aber er wusch sich nicht sehr oft; Arlene fürchtete sich jedesmal, das Thema zur Sprache zu bringen. Seine Wutausbrüche! Seine fistelige, aufgebrachte Stimme! Und wie er ihr vorgehalten hatte, sie wollte ihn herumkommandieren, wollte den Platz ihrer toten Mutter einnehmen... Sein Nacken war ein Netzwerk von Runzeln, schmutzverkrustet; seine Fingernägel stets schwarz, selbst die Häute zwischen den Fingern waren schmutzig. Wenigstens rasierte er sich, ein-, zweimal die Woche, und er bat sie auch, ihm die Haare zu waschen, etwa zweimal im Monat. Natürlich wusch sie ihm die

Wäsche, obwohl es manchmal nicht einfach war, sie von ihm zu bekommen, und außerdem wollte er sie nie in sein Zimmer lassen, damit sie seine Bettwäsche wechselte. Deshalb waren die Laken manchmal völlig verdreckt, ehe sie sie endlich in die Waschmaschine stecken konnte. Er roch nach ungelüfteter Kleidung, nach Stall, nach Tabak, nach Essensresten, nach Zwiebeln – die er roh kaute –, sein Atem süßlich-sauer. Die Zähne mußten ganz verfault sein, seit Jahren war er nicht mehr beim Zahnarzt gewesen; Arlene fiel ein, wie er sich vor vielen Jahren mit einer Kneifzange einen Eckzahn gezogen und ihr den Zahn dann mitsamt den blutenden kleinen Wurzeln gezeigt und nach ihr geschnappt hatte. Jetzt kommst du dran, Großauge! Warte nur, das nächste Mal kriege ich dich!

Manchmal hatten sie seine Scherze erschreckt. Und seine Geschichten von Mördern und Kidnappern und Brandstiftern, von seltsamen Wesen, die oben in den Bergen hausten, von riesigen Tieren, Schwarzbären und Killer-Elchen, Berglöwen, tollwütigen Füchsen, Vielfraßen, Wildkatzen. Von Krähen, die einem die Augen auspickten, Bussarden, die sich unvermutet aus der Luft fallen ließen und sich an einem festkrallten. Großauge, so nannte er sie damals und nahm sie auf den Schoß. Meine Hübsche... Und er erzählte ihr von Dingen, von denen er behauptete, sie wären tatsächlich passiert: geheimnisvollen Morden, Racheakten, Liebenden, die nach ihrem Tode auf bestimmten Wegen wandelten, Friedhöfen, auf denen man sich nach Einbruch der Dunkelheit lieber nicht aufhielt, er sprach von der überdachten Brücke auf der Straße nach Marsena, wo es angeblich spukte (ein Glück, daß man das baufällige alte Ding vor ein paar Jahren abgerissen hatte: Arlene hatte sich immer davor gefürchtet) und wo angeblich das Gespenst eines neunzehnjährigen Jungen, der im Fluß ertrunken war, umging. Und dann gab es noch heulende Geisterbabys in Brunnen und Zisternen und alten Scheunen und sogar ein Geisterbaby, das den Tod eines lebendigen Babys verursacht hatte, indem es das Kind, das an der Mutterbrust trinken wollte, wegdrängte; die Mutter konnte es nicht verhindern... eine Geschichte, welche die kleine Arlene immer besonders verängstigt hatte.

Aber es waren ja nur Geschichten gewesen, und sie hatte sie sehr gerne gehört, sie wußte genau, daß sie erfunden waren, nicht wirklich, und außerdem waren sie ja vor langer Zeit passiert, ehe sie geboren war. Alles hatte damals stattgefunden, alles, was überwältigend und furchterregend und berichtenswert war! Die wahrhaft schlimmen Gewitter, Tornados, Wirbelstürme, Schneestürme, Hochwasser, Dürrezeiten, Schädlingsplagen... Es machte ihm Spaß, davon zu berichten, und besonders *ihr.* Arlene war der Nachkömmling in der Familie gewesen, das jüngste Kind von sechs überlebenden Geschwistern. Ihre Mutter mußte gute achtunddreißig Jahre alt gewesen sein, als Arlene zur Welt kam, und sie war niemals besonders robust gewesen. Wie traurig, daß Arlenes Mutter sterben mußte, damals, ein paar Jahre nach der Geburt, und daß Carrie so viel Verantwortung zu tragen hatte, denn sie war ja auch noch jung gewesen...

Arlenes Vater hatte mit neunundsechzig Jahren einen Herzanfall gehabt: Vormittags war es gewesen, als sein Herz das erstemal aussetzte. Er hatte es niemandem erzählt, wie schmerzhaft es gewesen war, wie er nach Luft gerungen hatte, aber mittags, nachdem er schon viele Stunden lang auf dem Feld gewesen war, kam dann ein zweiter, viel schwererer Anfall. Er hatte in der Gluthitze geschuftet, trotzig, allein, und war zum Essen nachhause gekommen, da war er dann zusammengebrochen... Es war schrecklich, Papa, die Hand in die Brust gekrallt, nach Luft ringend, mit pfeifendem Atem, stohnend vor Schmerz. Arlene war zu Tode erschrocken. Nachher sah sie, daß er alt war, alt geworden war, ihr Vater war nun wirklich ein alter Mann; das Unglaubliche hatte stattgefunden, das Undenkbare, sie konnte es nicht ändern. Er schämte sich vor sich selbst, schämte sich, bettlägerig zu sein. Über das, was passiert war, sprach er nie. Hatte niemals richtig darüber gesprochen, außer daß er manchmal auf seine »Sorgen« anspielte. Aber er hatte sich verändert, allmählich und unwiderruflich. Prahlend und laut und eigenwillig wie eh und je, aber manchmal auch schwach, launisch, ängstlich. Die Haut war faltig geworden wie ein alter Handschuh, die Nasenflügel erschienen größer, weil das Nasenfleisch eingefallen war. Borstige graue Haare wuchsen ihm aus den Nüstern, aus den Ohren... so drahtig, als wären es keine gewöhnlichen Haare. (Zu Arlenes Aufgaben gehörte es, sie ihm von Zeit zu Zeit zu schneiden, wenn sie allzu lang geworden waren – aber vorsichtig, vorsichtig: Er war immer noch eitel und bekam einen Wutanfall, wenn sie etwas Falsches sagte.)

Jähzornig wie Earl, dachte sie. Aber nicht so gemein.

Heute trug er seinen dunkelblauen Gabardine-Anzug, den einzigen, den er besaß, blankgescheuert und außer Fasson nach gut fünfundzwanzig Jahren. Dazu ein weißes Oberhemd, ein wenig vergilbt vom vielen Waschen und eine schwarze Schnürsenkelkrawatte, ein Weihnachtsgeschenk von Arlene, mit der er wie ein alter Texasrancher aussah. Gut sah er aus, nicht wahr? Trotz seiner düsteren Miene. Jedenfalls stand ihm die sonnengebräunte Haut gut. Und sein Kopf wackelte auch nicht so sehr wie manchmal, wenn er erschöpft war... Doch, sie fand, daß er sehr stattlich aussah. Und neuerdings schien es ihm besser zu gehen, er machte ausgedehnte Spaziergänge, kümmerte sich um den Garten – auch in der August- und Septemberhitze. Sinnlos, ihm Vorhaltungen zu machen, sie versuchte es nicht einmal; es hätte doch nichts genützt. Es war *sein* Küchengarten. Die Erde war zu fest, mußte mit der Hacke gelockert werden, meinte er, und außerdem gehörte er ihm, war sein kleines Königreich. Die Kinder durften ihm helfen, aber in Wahrheit gehörte er nur ihm allein. Er wollte für das, was er erntete, gelobt werden, dachte sie, und es hielt ihn davon ab, sich, wie er es jahrelang getan hatte, bitter zu beklagen, daß er kein richtiger Farmer mehr sein konnte. Radieschen, Karotten, Gurken, Zuckermais, rote Rüben, Kraut, Zwiebeln, Auberginen, Paprika, Melonen, Kartoffeln, Erdbeeren, grüne und Wachsbohnen, Salat, Bleichsellerie, sogar ein paar Kästen mit durchaus eßbaren Erdnüssen und natürlich Tomaten, so viele Tomaten! Stauden und noch mehr Stauden, täglich reiften neue Früchte, was sollte man nur damit anfangen? Soviel die Familie auch aß, es reiften immer wieder welche nach, wurden sogar faul. Sie schmeckten herrlich, es waren wunderbare runde, rote Tomaten, aber niemand konnte sie alle aufessen, und andererseits waren es nicht genug, um sie auf dem Markt in der Stadt zu verkaufen. Einmachen war zu mühsam, früher tat man es wohl, aber Arlene hatte keine Zeit mehr dafür... Es schien ihn zu kränken, daß sie nicht mehr so viel einkochte, eben nur Birnen und Kirschen für die Kinder.

Als hätte er Arlenes Gedanken lesen können, sagte er: »... hätte was mitbringen sollen, eingemachte Birnen zum Beispiel oder eine Melone... Das hätte ihm Freude gemacht, sicherlich. Aber ich hab's völlig vergessen.«

Arlene stimmte zu.

»So vergeßlich heutzutage, was ich doch für ein alter Trottel bin«, brummte er. »... Ist es zu spät umzukehren?«

»Aber Papa, natürlich ist es zu spät«, sagte Arlene. »Wir sind ja fast da! Schau doch, siehst du, wo wir sind? – Fast da.«

Du bist mit ihm gegangen, ohne zu wissen, wer er war, er sagte: Komm mit, komm mit mir, du hast gezittert vor Kälte in deinen Shorts und dem Oberteil und ohne Schuhe, dir war ein wenig schlecht, du warst auf einmal fertig; komm mit mir, hat er gesagt, mit gütiger Stimme, leise, seine Hand streifte deinen Arm, daß die Haare kitzelten und du den Arm weggezogen hast, weggezogen, so, daß er es zwar merkte, aber doch nicht beleidigt war. Du warst ein wenig high, dir war ein wenig übel. Nicht wirklich übel, du hast gezittert, weil er so laut »Polizei!« gerufen hatte und die Böschung heruntergerannt war – Gottseidank ist die Polizei nicht gekommen, sie hätten sich noch von früher an dich erinnert, von damals, im Juni, drei Streifenbullen, die nichts Besseres zu tun hatten, als sich an dich und deine Freunde heranzuschleichen, als du am Cranberry Lake Bier und Wein getrunken hattest, diese Mistkerle, als wäre es eine Art Spiel, und dann hatten sie auf einmal gerufen: Na wird's bald, Kinder, wird's bald? – Hierher! Mistkerle.

Brauchst du Hilfe, kann ich dich nach Hause fahren? Möchtest du mitkommen zu mir, dich waschen, dein Gesicht ist verschmiert – du hast geweint – kann ich etwas für dich tun? Brauchst du eine Bleibe – wie alt bist du?

Seltsam, sanft, gütig. Er gefiel dir. Ob er wohl deinen Vater gekannt hat? War unrasiert, trug zerknitterte Kleidung, Hemd offen, Ärmel aufgerollt, aber kein Arbeiter – auch kein Farmer – nicht mit dieser Stimme. Kasch heißt er. Kasch. Du willst es nicht glauben. Was? Kasch? Kasch, so heißt der alte Bürgermeister, es ist der Name der Bibliothek, des Museums – Er zieht sich am Kinn, fährt sich nervös über den Stoppelbart, aber er lügt nicht: er ist wirklich ein Kasch.

Du bist mit ihm etwa eine Meile bis Indian Trail gelaufen, wo das Museum steht, aber du bist nicht durch den Vordereingang gegangen – die Eisengitter waren geschlossen –, sondern du gingst mit ihm eine Nebenstraße entlang bis zu einem rückwärtigen Tor, das er aufstieß, es war nicht verschlossen. Wohnen Sie im Museum? Wohnen Sie tatsächlich hier? Du fängst an zu lachen. Niemand wohnt hier!

Du überlegst, ob du mit ihm durch das Tor gehen solltest.

Hier wohne ich, komfortabel und verwahrlost und anonym, in der Remise, sagte er; ich ganz allein... Siehst du? Dieses Haus hier.

Muß nach Mitternacht gewesen sein. Leuchtkäfer, Grillen, Zikaden, die Luft roch feucht. Der Rasen hügelig und dunkel. Plötzlich wolltest du weinen, der Duft von Fichten war so stark, und dann die feuchte Nachtluft und die Glühwürmchen, wie sie unerwartet ihr Licht aus- und einschalteten, wie sie verschwanden, es war wie zuhause, wie die Leuchtkäfer, die du von deinem Fenster aus beobachten konntest, und die Grillen und Zikaden machten fast soviel Lärm wie zuhause. Die Tränen wollten dir kommen, weil dieser Mann so höflich war, weil er dir nicht wehtun wollte.

Diese Treppe hinauf, sagte er. Geh voraus.

Ein Haus aus Naturstein, alt. Die Stufen hoch, das Licht schwach.

Wo wohnst *du* denn, fragte er, weit weg?

Du erzähltest ihm, du wohntest auf dem Lande. Du hättest den letzten Autobus verpaßt, wolltest eigentlich mit Freunden zurückfahren, aber die hätten früher nach Hause gemußt, dann seist du ins Kino gegangen und wolltest gleich nach der Vorstellung heim, aber es sei noch früh gewesen, du hättest ein paar Freunde getroffen und mit ihnen herumgealbert, es sei ein schöner Abend gewesen, und alle hätten sich gut amüsiert.

Wie alt bist du, fragte er.

Sechzehn, hast du geantwortet. Das war nicht wahr, aber vielleicht glaubte er es. – Sechzehn.

Was haben sie mit dir gemacht, ich meine diese Jungen?

Ach was, es war ja nur der eine – und der meinte es nicht ernst. Außerdem kann ich mich wehren.

Aber wie er dich anstarrte, das machte dich nervös. Machte die Tür zu und starrte. Du hast gegähnt, wolltest wieder weinen, dann juckte irgend etwas und du wolltest lachen, dann hast du entdeckt, wie übel die Mücken deine Beine zugerichtet hatten, und du hast dich gekratzt, hast die Stiche wütend gekratzt – bis dir eine Blutspur über das Bein und über den Knöchel und auf seinen Fußboden lief.

Ein Glück, daß ich gerade vorbeikam, sagte er und stand da und beobachtete dich und wußte nicht, was er tun sollte. Eine nicht sehr sympathische Bande.

Ach, die haben doch nur Quatsch gemacht, der Typ hat herumgealbert, er wollte mir nicht weh tun, keiner wollte es – hätten es nicht gewagt. Du sahst dich im Zimmer um, die Hände auf den Hüften. Niemals vorher bist du an einem solchen Ort gewesen. Stapel von Büchern auf dem Fußboden, ein Tisch voller Papiere, ein schabiges altes Roßhaarsofa, schäbiger als das von Mama, eine Stehlampe mit einem altmodischen Quastenschirm, schief, ein Bett mit einem geschnitzten Kopfende, das halbwegs die Wand hinaufreichte, sah wie Mahagoni aus, wie Großmutters altes Bett, das in der Scheune stand und das niemand haben wollte – und darüber eine wunderbar gehäkelte Tagesdecke, Mama sollte das einmal sehen, du mußtest einfach mit der Hand darüberstreichen und ihm sagen, wie schön du sie fandest. Auf einem alten Schaukelstuhl neben dem Bett ein Kissen mit bunter Bordüre, so alt, daß die Farben fast ganz verblaßt waren, aber auch das war schön, du mußtest es dir von nahem betrachten. Mama hat mir beigebracht, wie man Klöppelspitze macht, strickt, stickt und häkelt, müssen Sie wissen, und Petit Point – aber das ist zu mühsam, wir machen so etwas nicht mehr, wir haben nicht die Zeit. Mein Gott, was ich da zusammengepfuscht habe! Ich habe für meine jüngste Schwester ein Jäckchen gestrickt, wissen Sie, und zum Schluß hatte es sich so gedehnt, daß es wie ein verdammtes Zelt aussah, es war zu groß für *mich*, hätte auch der Mama nicht gepaßt, ich glaube, ich hab's am Ende einer meiner Tanten geschenkt. Später konnte ich es besser, aber heute mache ich es nicht mehr außer manchmal im Winter; für meinen Bruder Vale habe ich Socken gestrickt, Wintersocken, für die Front, aber ich weiß nicht, ob er sie getragen hat, weiß nicht einmal, ob er das Päckchen bekommen hat – wir haben es sogar auf der Post versichert, aber was soll's, was kann man machen?

Er schaltete ein zweites Licht an und war sehr nervös, ließ überall die Rollos herunter. Sie waren alt und rissig. Auf den Fensterbrettern und auf dem Boden tote Insekten. Du hast dir die Augen gerieben. So müde. Zuviel Wein. Eine Zigarette würde dich aufwecken, wo waren deine Zigaretten? Jamie hatte sie. Jamie hatte sie.

... Würden es nicht wagen, mir was anzutun, sagtest du, weil ich eine Bartlett bin; weil mein Bruder oder einer meiner Vettern *ihnen* was antun würde. Die andere Seite meiner Familie, das sind die Hurleys. Aus Childwold.

So weit von hier!

In Meilen gerechnet ist es nicht weit, sagtest du ein wenig verärgert, es sind nur fünfzehn Meilen, allerdings sind die Straßen ziemlich schlecht...

Childwold, hat er gesagt, Childwold...

Du hast auf der Lehne des Roßhaarsofas gesessen, plötzlich müde. Hättest dich dort hinkuscheln und schlafen können. Schlafen. Zuhause wartete vielleicht die Mama oder auch nicht, wartete, wartete nicht. Nan war wahrscheinlich weg, bei Ephim, ließ sich vollaufen, amüsierte sich, besser als den halben Tag lang im Bett zu liegen und zu jammern, sie wollte sterben, wollte, daß sie und die Babys und *er* sterben, und Opa, der schlief schon längst – nach neun Uhr abends konnte er die Augen sowieso nicht mehr offenhalten. Dann fiel dir ein, daß

Mama ja nicht mit Earl ausgegangen sein konnte, es war nicht so wie früher zwischen ihnen, das hast du sehr genau gewußt, daß sie nicht zusammen ausgegangen waren, aber die Vorstellung traf dich und tat weh, und du entsannst dich dann, daß Jeannie gesagt hatte, du solltest lieber mit ihr zusammen zurückfahren, ihr Bruder hatte es eilig, Laney, wie willst du denn nach Hause kommen, Laney, was hast du vor? Ich könnte zuhause anrufen, hast du geantwortet. Ich könnte bei Tante Esther übernachten. Ich weiß nicht: ist mir auch scheißegal.

Childwold, wiederholte der Mann. Klatschte leise in die Hände. Starrte dich an. Dunkles Haar, langes, bleiches Trauergesicht, große Augen, erinnerten dich an Hundeaugen – so braun, feucht, glänzend – und das enge Kinn mit dem schattigen Grübchen drin. So alt wie Mama. Hat er gesagt, er hätte deinen Vater gekannt? Konnte mich nicht erinnern. Viele Leute hatten deinen Vater gekannt, er war sehr beliebt in Yewville, Mr. Decker in der Schule zum Beispiel, der erkundigte sich nach der Familie, wollte wissen, wie es Vale ging, er wurde doch verwundet, nicht wahr, aber er war wieder zuhause... Eine schlimme Sache, dieser Krieg. Schrecklich. Dir war schwindelig geworden, wie hohl im Kopf, du hattest Angst, dich zu übergeben.

Nein, deinen Vater habe ich nicht gekannt, sagte der Mann langsam. Nein.

Kennen Sie Mama? Arlene Hurley?

Nein, tut mir leid.

Vielleicht rufe ich Mama doch an, hast du dann plötzlich gesagt. Ehe sie sich Sorgen macht.

Ich habe kein Telephon.

Kein – ?

Du blicktest dich im Zimmer um, sahst die Deckenbalken, die Spinnweben, die herausstehenden Nägel. Irgend etwas summte in deinem Kopf. Der Mann tat einen Schritt auf dich zu, aber als du dich umdrehtest, hatte er sich nicht bewegt – kein bißchen. Dann nahm er etwas aus einer Schublade, führte es an sein Gesicht, lächelte dir zu und setzte sich eine Brille auf. Das Licht fiel auf die Gläser, es war wie ein Zwinkern. Ist mir scheißegal, hast du gesagt und dir mit dem Arm über die Nase gewischt, ob sie sich meinetwegen Sorgen macht oder nicht; ist mir scheißegal.

Dann hat er dir gezeigt, wo es zum Badezimmer ging. Du hast die Tür geschlossen, aber sie blieb nicht zu, man konnte sie nicht abschließen. Du hast das Wasser laufen lassen, den Hahn ganz weit aufgedreht, dir im Spiegel über dem Badezimmerschrank zugeblinzelt. Um Himmels willen, Laney! Um Himmels willen! Orangerosa Lippenstift um den Mund und auf dem Hals verschmiert, Mückenstiche auf den Schultern, Sonnenbrandstellen, wo das Oberteil einschnitt, und hervorstehende Schlüsselbeine und deine Brüste wie Babyfäuste so klein. Und dann die Schatten unter den Augen, dämmrig wie der Tod, als ob du drei Nächte lang nicht geschlafen hättest, das Haar kraus von der Feuchtigkeit. Muß bestimmt über dreißig Grad gewesen sein. Du starrtest das kleine Luder Laney an, Aug' in Auge, und dann hast du gemerkt, daß die nervöse Spannung in deinem Blut langsam abflaute und du wieder nüchtern wurdest und daß dein Mund wie Scheiße schmeckte und du dachtest: Ich werde nicht einmal weinen. Wozu auch.

Aber im anderen Zimmer hatte er sich nicht einmal die Hosen ausgezogen, nicht einmal das Licht ausgemacht, saß im Schaukelstuhl nach vorn gebeugt, Ellbogen auf den Knien, Kinn in die Hände gestützt, lächelnd, beobachtend. Fühlst du dich jetzt besser, nachdem du dir das Gesicht gewaschen hast? hat er gefragt. Du siehst besser aus... du bist sehr schön. Da bist du rot geworden. Ach Scheiße, hast du gesagt.

Ach die Kinder, die Kinder – !

Das Haus voll tobender Kinder – !

Mama sagt, es gab einen Vater, immer gab es einen Vater, wir alle haben einen Vater. Aber es ist ein Rätselspiel: Wer ist er? Wo ist er?... Vor langer Zeit, als wir noch in die Kirche gingen (du kannst dich nicht erinnern, damals warst du noch nicht geboren), da war Papa nicht weit weg, er lag auf dem Friedhof; wir fuhren mit Duane Stickney, der das Gras auf dem Friedhof mähte, auf einer dieser großen Grasschneidemaschinen, groß wie ein Traktor, auf der Platz ist für den Fahrer und einen Mitfahrer – zwei, wenn sie klein sind. Da ist es, da ist Papa, darunter ist er begraben! Dieser Stein! Dort! Er hieß Lyle Bartlett. Nicht alle konnten sich an ihn erinnern, Mama schon, sie stieg aus den Schuhen, sowie wir im Wagen saßen, von der Kirche wegfuhren, und dann hat sie den Hut mit den Strohblumen abgesetzt und gesagt: Gottseidank, das haben wir wieder einmal hinter uns gebracht! Und bitte zankt euch nicht auf den Rücksitzen, ihr Bande – verstanden? Ich dulde das nicht. Keine Tränen, keine düsteren Gedanken, es ist Sonntag, und zuhause wartet ein Sonntagsessen, als Nachtisch Rhabarberkuchen und Holunderkuchen und kleine Törtchen, von eurer Mama für euch gebacken, und nachher kommt ein netter Mann und wird uns auf dem Cranberry Lake in seinem Boot spazierenfahren, wenn Platz genug für uns alle ist, und wer unartig ist oder quengelt oder die anderen kneift oder mit den Füßen tritt, bleibt zuhause – verstanden? Ich habe genug für eine Woche.

Sie ist nicht immer zu Papas Grab auf den Friedhof gegangen. Genug ist genug, hat Mama gesagt. Und dabei war eine Art Jodelton in ihrer Kehle, halb gesungen, halb geschluchzt... Ich hab einfach keine Tränen mehr, sagte sie.

Mary Ellen hat einen anderen Papa, wir haben sie geneckt, und auch Chuckie und Nancys Louise und das Baby Dennie – sie haben alle verschiedene Väter – wer es ist, ist ein Geheimnis. Wir wissen es, du weißt es nicht! *Wir wissen es, du weißt es nicht!* Was gelogen war, aber sie haben gekreischt, deshalb steckte Mama den Kopf durch den Duschvorhang in der Küchenecke und hat uns angebrüllt: Wer hat das gesagt? Wer steckt dahinter? Ich hab es mit angehört, ihr verdammten Gören! Bösartige Biester! Wenn Opa hier wäre, würde ich ihm sagen, er soll euch die Hintern versohlen, er kann das gut, er ist noch nicht aus der Übung! Einer der Kleinen hatte auf den Boden gemacht, saß nun mit nasser Hose in der Pfütze, Laney kam herein und packte uns beim Kragen und schüttelte uns durch, und Mama sagte, sie solle dem Baby die Windeln wechseln, wenn sie nun schon einmal hier unten sei. Und dann hat Mama die Dusche weiter aufgedreht und den Vorhang wieder zugezogen, also blieb Laney nichts übrig, als mit Papierservietten den Boden trockenzuwischen, die Windeln zu holen und das Baby vor unseren Augen auf dem Küchentisch trockenzulegen. Ihr Gesicht war ganz verzerrt. Wer ist dein Papa? haben wir sie gefragt. Hast du einen Papa? Haben alle denselben? Sie warf die schmutzige Windel in den Papiersack und wischte das Baby ab und puderte es und beugte sich vornüber und blies ihm auf die Brust und auf den Bauch. Der Kleine gluckste und stieß mit den Füßen, und sie sah auf und lächelte uns alle an: Wir alle haben denselben Papa, hat sie gesagt. Also haltet den Mund.

Fettbäuchiger, vollgefressener Tuller: sein lautes, tiefes Lachen, seine großen spöttischen Augen, der goldene Siegelring an seiner linken Hand, die goldene Armbanduhr am Band aus Goldelastik, seine Angewohnheit, während des Fahrens mit den Fingern auf der Hupe zu trommeln, seine Wutanfälle, seine reichlichen Trinkgelder, die er sogar in Imbißstuben hinterließ, die Art, wie er sich räusperte, der gelbe Schleimpfropfen, den er wie eine glänzende Münze auf die Erde spuckte. Verzeihung die Dame! sagte er dann zu Arlene. Tun Sie, wie's Ihnen beliebt, antwortete Arlene jedesmal und war doch ein wenig gekränkt.

Earl sah immer noch gut aus. Neunundvierzig Jahre alt, frischer Teint, neigte zur Kurzatmigkeit und zog dann die Luft geräuschvoll ein; und natürlich schnarchte er – wie ein Flugzeug, das auf Touren läuft, sagte Arlene scherzhaft. Seine Augen waren von ungewöhnlichem Blau. Sie fielen ihm fast aus dem Kopf, auch wenn er nicht den Clown spielte, und seine Nase war breit, ein wenig flach, als ob sie jemand eingedrückt hätte. Seine Oberlippe war auf eine pervers-spitzbübische Art aufgeworfen, die Lippen trafen sich nicht ganz, seine Zähne waren immer zu sehen. Earl Tuller! Er ließ sich auf den Stuhl fallen, breit und brutal und flegelig, knöpfte sich das Hemd auf, lockerte den Gürtel um ein, zwei Löcher oder machte ihn ganz auf, lehnte den Kopf zurück und seufzte, daß sich seine Backen blähten. Nichtsdestoweniger war er immer korrekt gekleidet, gab viel Geld für Kleidung aus, ließ sich Maßstiefel mit erhöhten Absätzen schicken und bestand darauf, daß Arlene es auch tat, er würde mit Vergnügen dafür bezahlen. Ich mag es, wenn eine Frau von deiner Größe und mit solchen Beinen in Stiefeln herumspaziert. Hochhackigen Stiefeln, je höher, desto lieber. Dann kommt dein Arsch erst richtig zur Geltung.

Manche Leute, sagte Arlene dann mit rotem Kopf, sollten lieber keine so große Klappe riskieren.

Er schlug ihr im Beisein der Kinder auf den Hintern, ja sogar, wenn der alte Mann da war. Wenn er ihr in den Mantel half, kitzelte er sie. Der Mantel! Persianer, aus der Spezialanfertigung bei Menton, Abel & Klein's, dem einzigen teuren Kaufhaus in Yewville. Er war verrückt nach ihr, liebte es, seine Zähne in ihre Schultern zu graben, in ihre Brüste, ihren Bauch, ihre Schenkel und das, was zwischen ihnen war, konnte nie genug von ihr bekommen, behauptete er; ein Glück, daß sie so füllig gebaut war – seine Verflossene, dieses jämmerliche, ewig kranke Ding, hatte nicht genug Fleisch auf den Knochen, um durch den Wolf gedreht zu werden. Aber das lag lange zurück! Lange zurück! Dabei kniff er Arlene, daß sie manchmal tagelang blauschwarze Flecke auf dem Hintern hatte.

Mit seinen großen, harten, gierigen Fingern fuhr er Laney durchs Haar, kümmerte sich nicht darum, ob sie dabei das Gesicht verzog oder ihm wütende Blicke zuwarf, und er neckte die arme Nancy mit ihrem abwesenden, flugzeugbesessenen Jungen Prentiss – ihrem Mann, der irgendwo im Staate Kansas auf einer Fliegerschule war und, so hieß es, über kurz oder lang sie und das Baby und Louise nachkommen lassen würde. Er zog sie auf, bis sie knallrot wurde und lag ihr mit einem fast melodielosen Schlager in den Ohren:

Baby, du mußt mir gehören,
Du mußt mir die Treue schwören –

Baby, du mußt mir gehören,
Du mußt mir die Treue schwören –

Baby, du mußt mir gehören,
DU MUSST MIR DIE TREUE SCHWÖREN –

Und er kitzelte die Jungen und raufte mit ihnen, außer mit Ronnie, der zu groß war – schon mit zwölf Jahren war er hoch aufgeschossen, war fast so groß wie Vale und hatte überdies ein zum Jähzorn neigendes Temperament entwickelt – und kaufte ihnen Geschenke, Puppen und kleine Handtaschen für die Mädchen, Stoffbälle, Baseballschläger, Fußbälle, einen aufblasbaren grünen Drachen zum Spielen auf dem Fluß – nur wurde er gleich beim ersten Ausflug von der Strömung erfaßt und flußabwärts geschwemmt – und Fahrräder, die allerdings nicht mehr ganz neu aussahen, so behaupteten es jedenfalls Ronnie und Laney, als sie sie begutachteten; es war bekannt, daß Earl Tuller einen Schwager in Derby hatte, der mit gebrauchten Fahrrädern handelte. Er selbst, Earl, war Besitzer und Chef eines Lokals an der Yewville Road; ihm gehörte eine große Kegelbahn mit fünfundzwanzig Bahnen direkt am Stadtrand, und das Gerücht ging, er wäre auch Teilhaber anderer Betriebe, zum Beispiel einer Tankstelle in der Main Street und einer zweiten in Marsena, und außerdem besaß er Baugründe, die ehemals Ackerland waren, er kaufte sie den alten Farmern preiswert ab, oder, wenn sie gestorben waren, ihren Erben, die schnell zu Geld kommen und aus dem Vorgebirge mit seinen alten und verfallenden Gehöften im Eden Valley wegziehen wollten. Das war Earl Tuller! Er sah fabelhaft aus, wenn er herzlich lächelte, wenn seine Augen aufleuchteten und sein Blick auf Arlene fiel.

Und wie er es verstand, mit Kindern umzugehen! Das gefiel ihr besonders an ihm. Lyle war ängstlich gewesen bei seinen ersten beiden Kindern, es war fast, als fürchtete er sie oder sie hätten ihn eingeschüchtert oder er lehnte sie ab; Earl dagegen hockte sich auf den Boden und ging auf sie ein, seine prallen Schenkel spannten den Hosenstoff, er lächelte breit, jungenhaft, aufrichtig. Vielleicht zog er sie ein wenig zu sehr auf, aber meistens gefiel es ihnen – *er* gefiel ihnen. Es hatte andere Männer gegeben, zwei, vielleicht auch drei, kann sein auch vier, seit Arlenes Mann gestorben war – an jenem Neujahrstag verunglückt – fünf Autos ineinander verkeilt, ein Auffahrunfall auf der Landstraße, weil sich innerhalb von Minuten Glatteis gebildet hatte – nun, es konnten auch fünf Männer gewesen sein, wenn man Ephim Johns mitzählte, was eigentlich nicht notwendig war; er und Arlene waren miteinander seit ihrer Grundschulzeit befreundet gewesen. Aber diese anderen Männer hatten sich von den Kindern einschüchtern lassen. Sie verhielten sich still in ihrer Gegenwart, waren nervös und konnten nicht schnell genug wieder wegkommen, denn sie wollten Arlene für sich haben, außerhalb des Hauses. Wollten mit ihr allein sein. Selbst Chuckies Vater, selbst der von Mary Ellen! Solche Feiglinge. Lügner. Vor zwei Jahren war es gewesen, in diesem Monat, als der kleine Junge kurz nach der Geburt gestorben war, ein paar Tage Leben im Krankenhaus und dann der Tod, und Arlene war ganz von Sinnen vor Kummer, konnte es auch jetzt noch kaum fassen – wie war es passiert? Es war eine so leichte Geburt gewesen, bei weitem die leichteste bisher, und doch war das Baby – sie hatte ihn Jonathan genannt – gestorben, ohne jemals nach Hause gekommen zu sein: Sein Herz, hatte der Arzt gesagt, wäre nicht richtig ausgebildet gewesen, und der Doktor hatte dabei Arlene angesehen, als ob – oder bildete sie es sich ein – es *ihre* Schuld gewesen wäre, an *ihr* gelegen hätte – als geschehe es ihr recht bei dem Leben, das sie führe. Und der Vater des armen Babys hatte sich überhaupt nicht blicken lassen, nicht einmal im Umkreis von hundert Meilen, der Mistkerl. Aber eigentlich hatte Arlene auch nichts anderes von ihm erwartet.

Deshalb war Earl eine Überraschung gewesen. Earl war ein Wunder. Sie liebte ihn, sie drückte seine Schultern und verwuschelte ihm das Haar, er war ja selbst nichts weiter als ein großer Junge, spielte mit den Kindern, zog die kleinsten von ihnen in ihren Spielzeugwagen herum, summte dem Baby ins Ohr – Nans Baby –, schwang Mary Ellen hoch in die Luft, bis sie quietschte und strampelte, ein winziges, zappelndes Tier, ihr wunderschönes, kupferfarbenes Haar war noch lockiger als das von Laney. Sie quietschte vor Angst und Entzücken – wenn er doch nur Mary Ellens Vater gewesen wäre und mit ihnen hier gelebt hätte und alles für immer geregelt wäre…

»Du verstehst es wirklich, mit Kindern umzugehen«, hatte

Arlene gesagt. »Und die Kinder – die sind vernarrt in dich.«

»Und ich in sie.«

»Sie haben kein leichtes Leben gehabt...«

Worauf er nichts geantwortet hatte.

Er ist wie die Bezirkswohlfahrt, hatte Arlene Ronnie sich Laney gegenüber mokieren gehört und wollte ihm sofort eine Ohrfeige in sein freches Gesicht verpassen, nur war sie sich zu schade dafür gewesen, und außerdem – sie spionierte nicht hinter ihren Kindern her. Stimmt nicht ganz, hatte Laney gekichert, wo waren die Essensmarken?

Er gab ihr kein Bargeld, überhaupt keins. Oder sehr wenig. Mal dreißig Dollar, vielleicht auch mal fünfzig. Es war nicht diese Art von Beziehung, und er wollte, daß sie das wußte. Er hielt große Stücke auf sie, respektierte sie. Sie war anders als die Frauen, die sich in Derby um ihn drängten oder in Port Oriskany, um an dem feinen teuren Leder seiner Stiefel und Gürtel zu schnuppern, an der guten, teuren Toilettenseife und an dem Rasierwasser, das er so ausgiebig gebrauchte. Natürlich hatten sie auch das Auto gesehen, das er fuhr: gleich als erstes. Arlene war gar nicht so. Sie hatten sich in dem Sommer, nachdem das Baby gestorben war, kennengelernt; Arlene hatte immer noch unter dem Schock gestanden, hatte zehn Pfund Gewicht verloren und sah keineswegs gut aus, aber Earl war sie doch aufgefallen, er war unverzüglich an ihren Tisch gekommen, hatte sich einen Stuhl herangezogen, den Kopf vorgebeugt, damit sie sich über den Lärm der Musik hinweg verständigen konnten, hatte hinterher gemeint, sie hätte so elend ausgesehen, daß er sie zuerst nicht erkannt hätte – dann aber hätte er gesehen, daß sie Arlene Bartlett sei, Arlene, die hätte lachen, sich amüsieren sollen, die es wirklich verdient hätte. Und deshalb wäre er gleich an ihren Tisch gekommen, um sie aufzuheitern. Und er hatte sie aufgeheitert.

Er war manchmal eifersüchtig, aber das war normal bei einem so großen gestandenen Mannsbild wie er, gutmütig, ein richtiger Kerl, der nichts übrig hatte für geziertes Getue. Das hatte er ihr gesagt, da nahm er kein Blatt vor den Mund. Er nahm überhaupt niemals ein Blatt vor den Mund. Hatte sie weder gewarnt noch bedroht, hatte es ihr einfach gesagt, ihr klargemacht, daß bei ihm so etwas nicht in Frage käme – er könnte nicht dafür garantieren, wie er reagieren würde, sollte es jemals so etwas geben – hatte sie es verstanden? Nichts machte ihn so wild, wie wenn die Leute sich hinter seinem Rücken über ihn lustig machten, und sie würden es sicherlich tun, beim leisesten Anlaß würden sie es tun, und er könne *nicht* garantieren, was passieren würde, falls Arlene ihn belog. Hatte sie das verstanden?

»Aber Earl«, hatte Arlene gekränkt erwidert, »ich belüge niemanden, Schatz, das ist nicht meine Art...«

»Meine auch nicht«, hatte er geantwortet.

Zum Geburtstag schenkte er ihr einen Buick Royale als Ersatz für die alte Klapperkiste mit den rostigen Stoßstangen und dem fehlenden Kotflügel, in der sie jahrelang herumkutschiert war, und jedermann im ganzen Haus lief hinaus in den Nieselregen, einschließlich Opa Hurley, und bestaunte den neuen Wagen: Welche Überraschung! So etwas hatten sie noch nie gesehen! Viertürig, mit Schiebedach, das die Sonne hereinließ, vollklimatisiert, Radio, verstellbares Lenkrad, Dreistufenventilator, wie Sofas gepolsterte Sitze, Leder mit eingearbeitetem Muster, indirekte Beleuchtung, Enteisungsanlage für Windschutz- und Heckscheibe, die Schlösser zu allen vier Türen automatisch kontrolliert durch einen Hauptschalter neben dem Fahrersitz, und obendrein bronzemetallic lackiert – so etwas hatte es in ganz Childwold noch nie gegeben, nicht wahr? Es war ein Modell vom vergangenen Jahr, funkelnagelneu, noch nie gefahren, ein Gelegenheitskauf, sagte Earl bescheiden und um Arlenes Dankbarkeit ein wenig zu dämpfen, dem er nicht hätte widerstehen können. Oh wie sie ihn liebte, wie sie ihn anbetete! Wie sie im Beisein aller im Regen die Arme um ihn geworfen hatte! Ihr Gesicht ganz faltig; Freude und Kummer und völlige Überraschung kämpften in ihr; sie weinte, taumelte zur Seite, stand plötzlich im Schlamm der zerfurchten Einfahrt und wußte nicht, wie ihr geschah, wer sie war, warum oder wann all diese Wunder stattfanden – wußte nicht, ob es in Wirklichkeit geschah, so überrascht war sie; es war wie diese

Stunden schweißgetränkter Geburtswehen, die alles zur Folge haben konnten – ganz gleich was.

Selbstverständlich chauffierte er, wenn sie zusammen ausgingen. Und prüfte, untersuchte den Wagen. Eine kleine Delle am vorderen linken Kotflügel – ein Fleck auf einem chromblitzenden Türgriff, ein bißchen verschmierter Teer, der, Arlene gestand es, auf dieser furchtbaren Straße nach Marsena kleben geblieben war – der Bezirk hatte gerade mit der Asphaltierung begonnen, und es war so gräßlich schlampig gearbeitet worden: So etwas bemerkte Earl sofort, und es gefiel ihm nicht. »Verflucht nochmal«, hatte er gemurmelt, und das Blut war ihm ins Gesicht gestiegen, als er eines Tages tatsächlich einen Kratzer so lang wie sein kleiner Finger in dem schönen Bronzelack entdeckte, »willst du mich umbringen?«

Die flimmernde Septemberglut!

Nicht enden wollend, fahrend und träumend, die Zeit schwingt vor, schwingt zurück, hin und her – wie stark das Heu duftet, so mächtig und stark, sonnengewärmt, sonnenflimmernd, der Hitzedunst voll von Schmetterlingen, Bienen, obstbeladenen Bäumen – Sauerkirschen, große schwarze Süßkirschen, Frühbirnen, Äpfel, Pfirsiche, tragende Holunderbüsche, die Zweige am Wegrand voller zankender Vögel. Alles voll von unsichtbarem Leben, wimmelnd von unsichtbarem Leben: Was tust du hier, an diesem Ort, warum flitzen deine Gedanken hin und her…?

Nicht enden wollend. Träumend, treibend. Mal hierhin, mal dorthin. Du schläfst und du erwachst – flußabwärts. Blätter schwer, reglos. Hitzegeflimmer. September. Intensive, schmetterlingsgepunktete dunstige Hitze. September, Erntezeit, Vögel, die sich versammeln, sich auf den Stoppelfeldern scharen – so früh, so früh! – Stare, Schwarzdrosseln, Rotdrosseln, Stärlinge – und unter ihnen Ströme unsichtbaren Lebens, Insektenwelt, das Summen Tausender und Abertausender, ewiger Schlaf in ihrer hektischen Betriebsamkeit, sich paarend Eier legend Eier ausbrütend Larven Kokons ausschlüpfend Leben Paarung

Tod Toteneier sich paarend mit Todeskokons, der Tod schlüpft aus, das Land gehört dir vom Eden River zur Yewville Road und hinunter zum Dorf Marsena, und all das träumende, treibende, streitende Leben darin, es gehört dir, keine Schulden, keine Hypothek, dein freier Besitz, schuldenfrei an diesem 16. April 1921, das wimmelnde unsichtbare Leben darin nur dir untertan, Tausende, Millionen, frenetisches, wahnsinniges, ununterbrochenes Summen – wie der unaufhörliche Lauf des Flusses – der Hitzedunst hebt sich, am staubigen Wegrand Kinder, zwei kleine, die Maiskolben zum Verkauf anbieten und große rote, runde Tomaten und noch grüne Birnen und McIntosh-Äpfel, bitte halten Sie doch, kaufen Sie, barfuß und bettelnd, und du winkst, und sie antworten dir nicht, kennen dich nicht, wissen nicht, daß ihr Papa das Land von dir gepachtet hat, von diesem Land lebt, wissen nicht, wer du bist…? Hätte ein Pferd satteln und über die Äcker reiten sollen das ausgetrocknete Flußbett entlang könnte in einer halben Stunde bei den Krassovs sein; Josef und Joseph sie sitzen hinter dem Holzschuppen und trinken Brombeerwein Mrs. Krassovs Brombeerwein trinken und plaudern und lachen und singen beklagen sich über die Hitze die Dürre die Söhne und Töchter die nicht hart genug arbeiten die Kunstdüngerpreise alles wird teurer – nun muß man wirklich kopfrechnen können kalkulieren! Instinkt genügt nicht etwas Neues Abstoßendes kriecht hervor Märkte Makler Zulieferer Speicherung Güterverkehrsunternehmen LKW-Fahrergewerkschaften Dieselölpreise Benzinpreise Reparaturen neue Bereifung zusätzliche Tagelöhner bei der Ernte Kosten mal rauf mal runter du schliefst du erwachtest und es war inmitten eines verzweifelten Kampfes: Warum solltest du sollte deine Familie nicht für vierzig Cent die Stunde winters und sommers schuften vierzehn Stunden am Tag warum sollte die Regierung dich subventionieren schütte doch deinen Ertrag in den Fluß schieß deinen Rindern das Hirn durch die blökenden Mäuler niemanden kümmert's niemanden kratzt's es kommen Händler Männer in weißen Hemden Gemeindefarmer Städteplaner Bauordnungskommissionen Verwaltungskommissionen Steuerveranlagungsbeauftragte geplante

Abwasserkanäle außerhalb Yewvilles und nachfolgende Steuern ein neues Gymnasium und nachfolgende Steuern ein neues Realgymnasium Tausende und Abertausende Dollar niemanden kümmert's niemanden kratzt's weshalb solltest du nicht für vierzig Cent die Stunde schuften es ist ja dein Land du tust es gerne warum solltest du den Ortsfremden in ihren Wohnwagen auf den Campingplätzen und ihren Kindern ihren vielen Kindern ihren Banden und Gruppen von verwahrlosten Kindern die Schulen mißgönnen die Zukunft gehört ihnen, die Schulen sind für sie da, warum bist du so mörderisch, warum willst du die Schrotflinte mitnehmen, wenn du nur über die sonnendurchwärmten Äcker spazierst, den Hut ins Gesicht gezogen, um die Augen zu schützen, niemand hat dich gezwungen, dein bestes Land zu verkaufen, fruchtbares, schwarzes zum Fluß abfallendes Schwemmland. Josef Krassov ist schlimmer dran, Josef Krassov ist über und über verschuldet, du kannst mit ihm zusammen hinter dem Holzschuppen sitzen, Josef auf seinem blankgescheuerten Melkschemel, Joseph auf der Bank unter dem alten Nußbaum, Brombeerwein trinkend, Fliegen und Wespen verscheuchend, singend, das faule Holz leuchtet die ganze Nacht, Irrlichter flackern auf meinem Grab – der alte Schäferhund winselt im Schlaf und zuckt mit den Pfoten, die Enkelkinder werden älter, er langweilt sie, nun döst er unter dem Nußbaum und wartet darauf, daß du ihn hinten an seinem knochigen Schädel kraulst, das faule Holz leuchtet die ganze Nacht, Irrlichter flackern auf meinem Grab, hab noch einen langen Weg vor mir, eh ich mich ausruhen kann, niemand fragt: *Bin ich glücklich? Bin ich unglücklich?*, wie heutzutage die jungen Leute ihr Leben beurteilen, glücklich, unglücklich, verliebt, entliebt, ihre rauhen jungen Stimmen wecken dich, ihr lärmendes Unwissen, du wachst auf inmitten ihrer Schlachten und kannst dir keinen Vers darauf machen und kannst nicht glauben, daß sie wirklich sind, wissen sie denn nicht, daß das Hitzeflimmern sich darüberlegen wird, daß die Hügel von weißen, gelben und orange-schwarzen Schmetterlingen schwärmen, ihre Schreie vom Summen und Singen der Insekten übertönt werden, wissen sie's denn nicht, weißt du's denn nicht – ?

Was macht der denn da?

Wolf's Head Lake, der sandige Parkplatz, diese schwarzen Fliegen um den Abfallbehälter... Du ranntest zurück zum Wagen, um etwas zu holen, und da war er, ein alter Mann, du hattest ihn noch nie gesehen, aber es schien, als würde er dich kennen, sei wütend auf dich, auf *dich*. Was, warum...? Du hast gestarrt, zu erstaunt, um erschrocken zu sein.

Er brabbelte Unverständliches, die Stimme hoch und piepsig und vorwurfsvoll. Sinnlose Worte. Sinnlos. Er hockte zwischen zwei abgestellten Wagen, ein alter Mann, hätte dein Großvater sein können, war so groß wie dein Großvater, damals warst du elf, du trautest deinen Augen nicht, dieser alte weißhaarige Mann mit offenen Hosen, der dir sein Ding entgegenstreckte, *dir*, so häßlich, rot, schlaff wie Gummi, wie ein Luftballon, aus dem die Luft fast herausgelassen war – so lächerlich! Du starrtest hin, warst wie angewurzelt. Zuerst hast du gemeint, er wolle dir wegen irgend etwas Vorwürfe machen, er schien so aufgebracht. Aber wie konnte es deine Schuld sein, was hattest du getan? Was hatte *das* mit dir zu tun?

Dann bist du davongelaufen. Du ranntest. Ranntest.

Jetzt siehst du sie manchmal, sie folgen dir mit den Augen auf diese sonderbare, heimliche Art: ohne Lächeln, grimmig grollend, hart, haßerfüllt. Warum, möchtest du sie fragen, warum? Was hat es mit *mir* zu tun?

Sie beobachten dich, beobachten die anderen Mädchen. Nicht alle Männer, aber manche; wenn man's bedenkt, recht viele. Weshalb so wütend, so haßerfüllt? *Du solltest dich vorsehen, Kleine*, scheinen sie zu sagen, *lauf lieber weg! Dies Ding hier kann dir sehr weh tun!*

Ich stellte mich zur Seite. Ich beobachtete. Das Herz zum Bersten voll; ich war ein Pilger, aber ich stellte mich zur Seite – solange ich es ertragen konnte.

Kasch, murmelten die Dämonen, was wird mit dir geschehen? Du verliebst dich: du wirst verzaubert.

Verz*auber*ung. Ein Zauber, eine Litanei, eine geheiligte Beschwörungsformel in den Stimmen der anderen – Dämonen oder Engel, wer kann das entscheiden? *Childwold* hat das Mädchen gesagt, die Stimme leise, fast heiser, kehlig. Eine erwachsene Frau, eine frühreife Frau. Ein Kind. Ihr Kopf auf meiner Schulter, der Körper schmächtig, leicht, die Knochen herzzerbrechend, so dünn. Sie hatte ihr Gesicht gewaschen und war zurückgekommen, zitternd. Auf ihren Schultern und an den Beinen entzündete Mückenstiche, auf ihrer Kehle ein großer, geschwollener Stich. Frühreif, beschmutzt, gebraucht, erfahren. Diese kehlige Stimme. Diese klaren grauen Augen. Ihr Kopf lehnte an meiner Schulter, sie war so zierlich; ein Kind. *Childwold*, hat sie gesagt.

In jener Nacht rang ich mit ihr und überwältigte sie und knackte ihre dünnen Knochen in meiner erhitzten Liebe, in meiner großzügigen Lust. Ich riß an ihrem Mund mit meinem Mund. Ich riß an ihren winzigen Brüsten, ihren Schenkeln. Sie wehrte sich nicht – nicht sehr. Ich überwältigte sie. Aus großer Höhe warf ich mich auf sie und wurde mitgerissen, ringende, verschlingende winselnde stöhnende unerträgliche Lust, mein Gehirn wie Gallert, wie Flüssigkeit, heiß und sengend und gewalttätig, gewaltsam herausgeschleudert – feurige Flüssigkeit, die bloße Luft versengend. Die Vorstellung dessen, was ich suchte, bewegte sich tänzelnd weg von mir und neckte mich, die Locken auf ihrer Stirn feucht, verfilzt, die zarten blonden Wimpern verklebt, ich hörte in jener Nacht und in vielen Nächten danach ihre Stimme in meinem Schädel widerhallen, eine Litanei, Psalmodie, die Worte so schön, daß ich weinend erwachte –

Childwold
Childwood
Childwide
Childworld
Childmold
Childwould
Childtold

Du bist vor Schreck aufgewacht, aber da war nichts – nichts – nur Regen auf dem Dach dicht über dir und das *Ping* des ersten

Tropfens, der in die Schüssel in der Zimmerecke fiel, dort, wo das Dach undicht geworden war. Und du hast den Regen geliebt, liebtest es, unter dem Regendach zu schlafen, liebtest das Singen des Windes und der Bäume und des Regens, liebtest es, versteckt darunter zu schlafen, während die Ranken ans Fenster schlugen und du an den Fluß draußen dachtest und deine Gedanken in das sanfte, beruhigende Plätschern der Wellen einfließen ließest; du warst geborgen, hier oben lauerte keine Gefahr, nicht einmal bei Hochwasser: In weiser Voraussicht hatte dein Großvater das Haus auf diesem steilen, grasbestandenen Hügel gebaut.

Es gab Zeiten, da du aufgewacht bist und dich verteidigen wolltest; du wolltest schreien, aber es gab keinen Grund dafür; keinen Grund. Der erste der Hähne krähte, oder ein Vogel hatte sich im Kamin verfangen oder in den Klettertrompeten, die gegen die Hauswand schlugen, oder der Hund hatte gebellt, oder jemand war draußen auf der Straße am Haus vorbeigefahren, und du bist aufgeschreckt und hast gedacht, was kann es gewesen sein, wer kann es gewesen sein – wer würde zu dieser frühen Stunde auf dieser engen, alten und ungepflasterten Straße fahren? Das Rascheln der Ranken war trocken und rauh und tröstend, und der Wind kam von den Bergen, war immer kühl, blies immer den abgestandenen Hitzedunst weg, warte nur, in ein paar Stunden wird sich das Wetter ändern, darauf kann man sich immer verlassen.

So sagten die Leute, immer und immer wieder, und auch du hast es gesagt, und es schien wahr zu sein. Du schliefst leicht und erwachtest und schliefst und erwachtest wieder, und das Lichtmuster auf der schrägen Decke war jedesmal anders, das Mondlicht verblaßte und Tageslicht brach an, das Zimmer war verschwiegen und wie eine Höhle ganz oben im Haus; im Sommer glitt das Muster aus Schatten an den Wänden hoch und an die Zimmerdecke, es war, als bedecke dich Wasser. Wie Schmetterlingsflügel, diese zarten, zitternden, gleitenden Formen, wie winziges langsames Flossenschlagen von Fischen, wie Ahornsamen, vom Winde verstreut und herumgewirbelt wie Schnee, du lagst zufrieden da, warm, geborgen, sicher.

Es gab Zeiten, da war der Schrecken umsonst gewesen, Alptraum eines Kindes, und es gab Zeiten, da hörtest du sie unten im Haus, hörtest eine laute Stimme, gefolgt von schrecklicher Stille, die Stille erfüllte deine Ohren, und eine zweite Stimme, und dann Stille, Stille. In dem anderen Haus, lange war es her, dein Vater lebte noch, die schweren Tritte, die Fliegengittertür schlug zu, deine Mutter rief – hatte es Streit gegeben oder neckten sie sich nur? – und der Wagen, der in der Einfahrt ansprang und die Fliegengittertür, die wieder zuschlug, deine Mutter im Freien im Nachthemd, mit erhobener Stimme, aber die Worte unhörbar. Neckend, neckend. Du wußtest es nicht. Du hieltest dir die Ohren zu und zähltest bis hundert, dann bis zweihundert, dann warst du eingeschlafen, und alles war verändert, und am nächsten Morgen fragte dich Nancy vielleicht, ob du in der Nacht den Krach gehört hättest, und du konntest dich kaum erinnern – saßest da und hast mit den Augen gezwinkert, wußtest von nichts. Als er starb, schrie deine Mutter. Damals warst du sieben. Es war so lange her, du solltest es lieber vergessen. Mama meint, es gibt Dinge, die man am besten vergißt.

Draußen in der Einfahrt, in Earls Wagen, saßen sie und redeten so laut, daß klar war: sie waren betrunken, und es kümmerte sie nicht. Earl war neu; Earl gefiel ihr. Er gefiel der Mama. Vor Earl hatte es einen Mann gegeben, der zwar jünger aussah als Mama, der aber fast kahlköpfig war und niemals ins Haus kam; lenkte den Wagen in die Einfahrt hinein, hupte ein paarmal und wartete. Ein verheirateter Mann, du hast es irgendwie geahnt, daß er verheiratet war, mag sein, einer von deinen Klassenkameraden hat es dir gegenüber erwähnt. He, Laney. He, Kleine. Dieser neue Freund, den deine Mutter hat, rat mal, wer das ist! Earl und Mama saßen draußen im Wagen, und ihre Stimmen stiegen hinauf in die Nacht, wurden lauter, unterbrochen vorn Earls quälendem Husten und seinem Räuspern, was sie sagte, war nicht immer deutlich, du wolltest es auch nicht verstehen, bestimmt nicht. Zornige, pfeifende Stimmen. Erwachsene Stimmen. Da war von einem Brickner die Rede, du wußtest nicht, wer er war, und Mama lachte und widersprach, und nach einer Weile wurden die Wagentüren aufgemacht und wieder zugeschlagen, und Mama kam ins Haus, und Earl folgte ihr, leise jetzt, auf Zehenspitzen und dann in die Küche, wo Mama Kaffee machte. Du standest eine Weile am Fenster und hast dich hinausgelehnt, hast die nackten Arme hinausgestreckt und auf das Lichtviereck tief unter dir auf dem Rasen geblickt, das Küchenfenster, keine Stimmen drangen mehr zu dir, und du dachtest, vielleicht ist es in Ordnung, vielleicht kannst du dich wieder ins Bett legen, in ein paar Stunden ist es sowieso Zeit zum Aufstehen – du mußtest ja wieder in die Schule. Vielleicht war es in Ordnung. Wenn er sie heiraten, wenn er zu uns ziehen würde – vielleicht würde es dann in Ordnung gehen.

Mama behauptete, daß sie diesen Mann liebte, daß sie niemals genug von ihm bekommen könnte. Am Telephon hatte sie es gesagt, zu ihrer Freundin Judy Wreszin. Mama behauptete, daß er noch grade zur rechten Zeit gekommen sei, um ihr das Leben zu retten – ein starker, stolzer, *guter* Mann – heut gebe es nicht mehr viele von der Sorte. Eine so gut wie ausgestorbene Gattung, sagte Mama.

Aber als du das letztemal aufgewacht bist, war es wegen Mama, daußen im Hof, Mama, die weinte und winselte. Oh mein Gott! Mein Gott! Du wurdest auf einmal ganz wach und bist aus dem Bett gestiegen und die Bodentreppe hinuntergegangen. Du ahntest, was passiert war, irgendwie ahntest du es. Du bist im Dunkeln die engen abgetretenen Stufen hinuntergeflogen, du bist nicht gestolpert, du bist zum Wandschrank gerannt, wo die Gewehre aufbewahrt waren – es waren nur noch zwei – und hast das Gewehr herausgeholt, das immer geladen ist – die Schrotflinte ist es nicht –, und du hast gerufen: Mama! Mama! – damit sie wußte, du warst da und würdest ihr helfen. Die Tür war nicht verschlossen, ist niemals verschlossen. Mama schrie, und du bist zu ihr gerannt und hast sie ins Haus geführt und gesagt: Mama, es ist in Ordnung, Mama, was ist passiert, ich bin's, Laney, was ist passiert, ist er draußen? – ist er draußen?

Oh Gott, oh Gott –

Das Blut auf ihrem Gesicht!

Du hast geglaubt, er hätte ihr das Auge ausgeschlagen, ihr armes Auge, du hast geglaubt, er hätte ihr das Gesicht zerschmettert – überall Blut, ihre Nase, ihr Mund – Blut auf ihrem zerfetzten Kleid – Mama weinend, Mama klammerte sich an dich, Laney, Laney, er darf nicht –

Ist er draußen? Ist er dort draußen?

Laney, er bringt mich um, er sagt, er bringt mich um – ich bin allein nach Hause gelaufen – übers Feld – hatte Angst, auf der Straße zu gehen – er ist verrückt, verrückt und besoffen – sie mußten ihn wegziehen – er hat nicht aufgehört, hat nicht aufgehört – zu Anfang standen sie nur so herum, fürchteten sich einzumischen – standen herum und glotzten – ich bin weggerannt, aber er hat mich eingeholt und mich mit aller Kraft gegen ein paar Leute und gegen die Wand geworfen – er wollte mich umbringen – und dabei habe ich überhaupt nichts getan. Laney, ich schwör es dir – ich hab nichts getan – jemand hat Blödsinn gemacht – ich weiß nicht einmal, wer es war –, hat an der Bar gesessen und nur so zum Spaß den Arm um mich gelegt und mich geküßt! Das war alles! Zuerst schien es Earl nichts auszumachen, er hat auch nichts gesagt, aber dann sagte er nachher etwas darüber – über diesen Mann – über ihn und mich, ob ich ihn von früher kennen würde, ob er einer meiner Liebhaber gewesen sei? – und ich habe ihm erklärt, nein, bestimmt nicht, aber er wurde wütend, er wurde immer wütender, trank immer mehr, wurde immer gemeiner und beschimpfte mich vor allen Leuten, und dabei hatte ich doch gar nichts getan, Laney. Ich schwör es, ich hab nichts getan, kannte den Mann überhaupt nicht, aber er hat es mir nicht geglaubt – Er wird mir hierher nachkommen, Laney, er wird mich umbringen – er hat gedroht, er wird uns alle umbringen – ich habe ihn niemals so betrunken erlebt, so gemein – Laney –

Mama hör auf, bitte. Mama, mein Gott –

Laney, ich hab nichts getan, um ihn zu provozieren –

Inzwischen war überall im Haus das Licht angegangen, und alle waren in die Küche gekommen, alle, außer den Babys, Mama, bitte! Mama! Nancy war da und hat mit Mama geheult, die Kinder heulten, was ist los, was ist passiert, was wird passieren, Blut auf dem Linoleum und auf der Wachstuchtischdecke, auf dem dreibeinigen, wackeligen Schemel und auf der Anrichte und auf dem Kochherd, auf der Herdplatte, auf den verrosteten Kochplatten, es war ein Wirbel, ein Stimmengewirr wie Meeresrauschen, der Fluß ergoß sich ins Erdgeschoß durch die offenen Fenster und riß alles mit sich, solch ein Getöse, solch eine Sturmflut, eine erderschütternde verzweifelte Sturmflut, du bist weggerannt, hast sie beiseite gestoßen, obwohl sie sich weinend an dich geklammert hatten.

Dann hast du auf der Veranda gestanden, warst sie los, standest dort mit dem Gewehr, das du so lange davor herausgenommen hattest, die Zähne in die Unterlippe gegraben, mit verschwitzter Stirn, du hast auf der Veranda gestanden, hast gewartet, gewartet, hast so gezittert, daß du dich an das Geländer lehnen mußtest, hast auf ihn gelauert, auf die Scheinwerferkegel seines Autos, hast dich nicht um die feuchte und kühle Nachtluft gekümmert und um den Mond im lauten Grillengezirpe, um die Frösche, wild vor Leben, und um die Nachtvögel, die niemals schlafen, und um die Wellen, die bis zur Brücke gehen, und um den Hund, der kläffte und winselte, und um Mama, die immer noch in der Küche saß und weinte, *ich hab doch nichts getan, ich schwöre es, ich hab nichts getan, um ihn so –*

Die Dielen unter deinen Füßen waren zwar splitterig, aber fest. Du hast gewartet. Den Finger am Abzug, wie man es dir beigebracht hatte. Du hast gezittert, und das Zittern ist immer schlimmer geworden, aber du hast dort gestanden mit dem Gewehr, hast auf die Scheinwerfer gelauert, seine Scheinwerfer, die aus östlicher Richtung kommen würden, weil er von der dunklen Straße nach Marsena einbiegen mußte in die Straße, die zu dir führte. Sie sah heller aus in der Nacht, weil sie nicht gepflastert und asphaltiert war, du hast gewartet und dir überlegt, wie du hinausrennen und ihn abfangen würdest, damit er nicht in die Nähe des Hauses und seiner Bewohner kommen könnte, du würdest hinausrennen in die Dunkelheit, die Asche auf der Einfahrt hat deinen nackten Füßen niemals etwas ausgemacht, geduckt würdest du bis ganz zum Ende der Einfahrt rennen, bis zum Briefkasten im hohen Gras, du würdest nicht zögern, wenn er das Tempo drosselte und du ihm ins Gesicht sehen könntest, du würdest ihn nicht grüßen, nicht warnen, ihn nicht anrufen, du würdest einfach das Gewehr heben und abdrücken und immerzu abdrücken und auf den Wagen zurennen und immer wieder abdrücken und dabei den Gewehrlauf direkt auf ihn richten –

Du hast gezittert, du hast dich gekrümmt vor Bauchschmerzen. Du zitterst. Du bist gestorben, stirbst.

Du bist gestorben.

Zwei

Grausam, sehr grausam! Wie es nur Hirnverbrannte fertigbringen, diesen bösesten aller Scherze, einen jungen vollblütigen Wallach, einen gelassen trottenden, mit Sorgfalt und Liebe gestriegelten und gesattelten, mit glänzendem Fell bedeckten hochtrabend tänzelnden Wallach zu Tode zu reiten, mit bebenden Flanken, röchelnden Lungen, beinahe aus dem Kopf tretenden Augen, in der Hochsommerglut geritten, durch Schwärme von Honigbienen, durch den feurigen Ofen der Sonne, geritten, bis er von Schweiß troff und ihm Schaum vor dem Gebiß stand, hinauf und hinunter die unkrautbestandenen unvertrauten Hügel, hinaus aus dem Sonnenlicht und hinein in das Dornengestrüpp, hinein in meterhohe Schneeverwehungen, verängstigt wegen des Wetterleuchtens, gezwungen, mitten hineinzureiten, bockend, stürzend, wiehernd, deine Knie in die Flanken gepreßt, dein Körper über seinen gebeugt, das Gesicht an die stachlige Mahne gedruckt – grausam, sehr grausam! – wer es auch gewesen ist, der ihm den Peitschenhieb versetzt hatte, daß er durchging mit dir auf dem Rücken – das Gesäß sich vom Sattel hebend, rote Striemen, aufgerieben – fünfunddreißig Jahre alt in dem sonnigen Spätsommer damals, als du auf dem sanften Pfad am Flußufer entlanggeritten bist, ein, zwei, drei Meilen in gemächlichem Trott, paß auf, dort gibt es giftige Schlangen, Mokassins, sie sonnen sich gern auf diesen flachen weißen Steinen, die Sonne macht sie faul und angriffslustig, ihr Gift ist stark, ein einziger Biß in deine Armbeuge, entsinnst du dich? – du warst fünfzehn Jahre alt und geschwollen und bist fast krepiert, dein Kopf hat gewackelt und gehämmert, deine Stimme war nur noch ein hohes Winseln – nimm dich in acht vor Fasanen und Schnepfen im Gras, sie flattern plötzlich auf, das Pferd scheut, und du erschrickst, dein Herz ist nicht sehr stark, nimm dich in acht vor donnergrollenden, regenbrüllenden schrecklichen Gewittern, sie lassen das Heu verfaulen, zerschlagen den Weizen, die grausamste aller Heimsuchungen: höhere Gewalt. Der Fluß neben dir ist angeschwollen, reißend, zertrümmernd, zerhämmernd, die entfesselte Strömung fließt in südwestlicher Richtung, das ist auch deine Richtung, sie macht sich auf deinem Land breit, auf deinem eigenen umzäunten gerodeten bepflanzten geliebten Boden, sie rollt von den ostwärtsgelegenen Bergen herunter, sie reißt alles mit sich, brüllend grob grausam unverständlich: auf deinem liebsten (und teuersten) Pferd, reitest du den Pfad entlang – Weizenfeld, an ein Maisfeld angrenzend – die Wälder zu deiner Rechten so stolz, die freien Wiesen zu deiner Linken – Sonnen- und Schattenflecke wie Schmetterlingsflügel, die sich langsam öffnen und schließen, gefleckt wie vagabundierende vorsichtige Fische, klein wie Elritzen, sie flitzen dir über den Weg, streifen dein brennendes Gesicht – wie grausam, wessen Scherz, wie wird es enden, wessen Peitsche, wessen Schrei hat dich in Bewegung gesetzt, der graue, pockennarbige Atlantik wogt, und das Universum dreht sich im Kreis wie deine Gedärme, ach ja, er ist eine Waise! – eine Waise! – Jüngster von zwölf und nun auf der wogenden Flut ausgesetzt, verabschiedet mit einem Fußtritt vom Vater und einem Schluchzen von der Mutter, schmutzige weiße Schürze hochgeschlagen, um die Schande zu verbergen, so ein wahnsinniger Ritt, fünfunddreißig Jahre alter Ehemann, Liebender, dunkelhaarig, gemessen trabend, grausam getäuscht, jedermann beobachtet dich und tuschelt, als das schöne Tier strauchelt, die Augen blind im Kopf verdreht, mit den Zähnen nach dem Zaum schnappt, es will die Beine aufstellen, die Hufe wollen zertrampeln, es wiehert, abstoßend, weil es so menschlich und so vernünftig klingt: dieser Ritt im glühendheißen Sommer, durch die kniehohen Gewässer des Herbstes, durch den ersten Schneesturm des Jahres, durch ungerodetes Gestrüpp, durch Schneewehen, keine Hilfe, kein Mitgefühl, das Land verhöhnt dich, aber es ist still, es gibt keine

Antwort, der Ritt zu einem Freund, das Gesicht des Freundes, die Freundeshand zum Gruß erhoben – ein Kreis in der Wildnis, beleuchtet – behütet – Gesichter von Freunden, untergehakte Freundesarme, ein Haus öffnet sich ins nächste, Räume öffnen sich, es ist warm, sie führen in andere Räume – die menschliche Welt, wo man deinen Namen kennt, dich hochschätzt, ja sogar beneidet. Aber der Ritt hört plötzlich auf, du taumelst, bist ohnmächtig, das Pferd unter dir zu Tode geritten, es stürzt hin, und du stehst da, schwach, mit zitternden Knien, hast Schwärme von Punkten vor den Augen, du spürst das Gesicht, das sich durch dein eigenes schiebt, das Gesicht des anderen, *seins,* wie es sich durch deine gesunde, frische Gesichtshaut drängt, du berührst dich voller Ehrfurcht, voller Staunen, du tastest nach jedem Fleckchen Schmerz und findest deinen Freund genauso zerstört, unkenntlich, eine widerlich riechende, fahlgesichtige Kreatur in einem Sessel sitzend, eine zittrige, unsichere Hand nach deiner ausgestreckt...

»Na, Mr. Krassov«, sagt die weißbestrumpfte Frau, »ist das nicht eine nette Überraschung – ein Besucher, zwei Besucher. Kommen Sie doch näher, er sieht Sie an, er hört zu. Nun, was sagen Sie? Und noch dazu an einem so schönen Tag, nicht wahr, den ganzen Tag über war es so schön, vormittags und nachmittags, kommen Sie doch näher heran, hier, schütteln Sie ihm getrost die Hand, haben Sie keine Angst –

Grausam, sehr grausam! Grausam!

Ihr halbes Gesicht blutverschmiert. Ein Zahn locker, die Oberlippe eingerissen. Sie spuckte Blut. Sie reizte ihn: Du kannst nicht. Du weißt gar nicht, wie. Du bist kein Mann. Du bist ein Nichts. Weißt nicht, wie. Taugst zu nichts. Er schlug nach ihr, und sie duckte sich und grinste, obwohl es so aussah, als hätte er ihr das Nasenbein gebrochen. Ihr Atem ging wild, entsetzlich. Du weißt gar nicht, wie. Du bist kein Mann, du bist ein Nichts, da ist nichts, eine Frau spürt dich nicht, eine Frau weiß nicht, ob du in ihr bist, an dir ist nichts dran, da ist nichts, nichts – Er packte sie bei den Schultern, bei der Kehle.

Schüttelte sie. Brüllte. Er wollte weinen, so weh tat es. Er würde auf ihr zusammenbrechen. Ihre Nägel gruben sich in seine Hände. Ihr Gesicht war verzerrt. Sie taumelte, und er fiel über sie, verlor den Halt. Er ließ ihre Kehle los, die Hände griffen nach ihrer Taille, ihren Hüften, sie schlug ihm ins Gesicht, immer wieder, ganz systematisch erst rechts und dann links, auf beide Backen, die rot, flammend, siedend heiß waren –

Du bist ein Nichts. Du weißt nicht, wie man es macht. Du bist kein Mann. Da spielt sich nichts ab, an dir ist nichts dran. Nichts.

Das Jahresende rückt näher. Die Wintersonnenwende rückt näher.

Ich will sie nicht verletzen – nicht wieder.

Die Sonne hat ihren tiefsten Stand erreicht. Das Leben ist jetzt am schwierigsten. Die Welt versinkt im Schnee – in glitzerndem gefährlichem Eis. Gerade erst war Sommer, nun ist Winter, eisig, endlos. Das Mädchen mit dem herzförmigen Gesicht, den mageren Schultern, grauen Augen, zerstochenen Beinen. Die Rippen stehen hervor, wölben sich unter der durchscheinenden Haut. Ich habe ihr weh getan, nicht wahr. Sehr weh getan. Sie gezwungen, von mir Notiz zu nehmen. Oh dieser Kummer, dieses übelmachende Triumphgefühl, dieser Nachschmerz einer aus einem anderen Körper gepreßten Lust. Sie zappelte, stieß mit den Füßen, keuchte, krümmte sich. Wehrte sich tapfer. Drahtiger Körper, gesundes junges Tier, der Atem ein wenig unangenehm, nach Zigaretten riechend und billigem Wein. Meine Liebe.

Ich folge ihr, überall hin, ich stelle ihr nach. Die Welt versinkt im Schnee, im unschuldigen todbringenden Schnee: Die Liebespaare am Flußufer sind weg, vergessen. Ich brauche sie nicht mehr. Ich folge ihr die Straße entlang, im Schnee sind meine Schritte unhörbar, ich bin unsichtbar, aber die Sonne tanzt auf ihrem hellen Kopf, das fahle Wintersonnenlicht, und sie kann sich nicht vor mir verstecken. Mein Engel, mein besudelter Engel. Ich habe in deinen kleinen, engen Körper hineingegriffen, nicht wahr, habe mich in dich hineingestoßen, nicht wahr, und wir sind für immer miteinander verbunden, für immer, fürallezeitundewigkeit, wir beide. Meine Lilie auf den Schneefeldern. Du bist gebrochen. Auf deinem Handgelenk erhob sich der Schmutz in kleinen Röllchen, winzigen, von meinem Daumen ins Leben gerufenen wurmförmigen Röllchen. Du bist schmutzig, und ich lecke dich sauber.

Gähnend und frierend hat sie sich in den Wagensitz zurückgelehnt, und ich fuhr sie meilenweit in die Nacht, in die Hügel hinein. In das Vorgebirge. Wir hätten ewig so weiterfahren können – durch die Nacht und in den nächsten Tag – es wäre mir gleich gewesen. Mein Geliebtes! Mein Zutrauliches! Wohin meine Augen auch vordrangen, überall war sie offen, schmerzhaft offen, sie hätte mir keinen Augenblick widerstehen können. Ein Kind. Eine Tochter. Wollte von mir wissen, ob ich ihren Vater kannte. Nein, nein.

Ihre Mutter? Nein! Niemals.

Aber mich scheinst du zu kennen, sagte sie.

Einer meiner Pullover bedeckt sie wie ein Umhang; schlafend neben mir; zutraulich. Lange Fahrt im Dunkel. Lange Fahrt. Zutraulich. Wie ist das passiert, wie kann sie es wagen zu schlafen. Oh Charon! Den Fluß, den wir überquerten, die ratternde alte Brücke hoch über dem Wasser aus Furcht vor den Fluten des Frühlings, alt, verrostet und alt, die hügelige Dunkelheit, in die wir fuhren, alt, beunruhigend. Ein Labyrinth dunkler Straßen. Ihre undeutlich gemurmelten Anweisungen. Meine Furcht, wir könnten uns verfahren. Die karge Stadt meiner Geburt, 30000 Einwohner, hinter mir gelassen. Freitagabend verflogen. In der Bridge Street schlafen sie, Bürger meiner Seele? In Stellungen völligen Entspanntseins, Ruhe, Frieden. Nur ich bin wach.

Die mondhelle trockene Landstraße. Der schmale geteerte Weg. Bäume zu beiden Seiten, die Zweige auf die Straße hängend, Äste, die gegen die Windschutzscheibe des Autos streifen. War ich schon einmal hier? Werde ich erwartet? Wälder, die in Äcker übergehen, Maisfelder. Der Duft von Erde, feucht, Vegetation. Das Mädchen neben mir rührt sich, murmelt etwas, das ich nicht verstehe. Nach Hause? Bringst du mich –? Wir biegen ab auf eine andere Straße, die Häuser dunkel. Häuser, Scheunen, Schuppen ziehen schweigend vorüber. Ich fahre vorsichtig. Ich bin ein vorsichtiger Mensch. Wir befinden uns im Vorgebirge der Chautauqua Mountains, und die Luft ist kühler hier, der Mond und die Sterne heller, ich spüre, ich werde erwartet, ich kann mich nicht verfahren haben... Das Dorf Marsena: Bethel Pentecostal Church, deutlich angezeigt. Weißschimmernde Häuser. Dunkle Fenster. Eine halbe Meile lang, und dann hat das Land uns wieder verschluckt. Nacht.

Eine Straße geht in die andere über, bergauf jetzt, schmaler werdend, eine einspurige hölzerne Brücke, scharfe Kurven, die Scheinwerferkegel streifen dschungelartiges Gebüsch, Schößlinge, Gestrüpp, Ranken. Ein langgestreckter Hügel vor uns, muß bremsen, einen niedrigeren Gang einschalten. Herz hämmert, aber ich habe keine Angst. Wovor denn? Ich werde nicht belangt werden, ich habe nichts damit zu tun. Childwold. Einwohnerzahl 800.

Ehrfürchtig, weil dieser Ort im strahlenden Mondlicht so schön ist: die Straße, nun eben und gerade, die kleinen weißen Häuser, eine riesige, nahe am Wegrand errichtete Futterschneidemühle, die Umrisse sich auftürmend und schattenhaft kompliziert. Starker Geruch nach Getreide. Dann noch ein großes Gebäude, sein metallenes Dach glänzt im Mondlicht: eine lange Veranda, hölzerne Pfosten; breite, verdunkelte Fenster zur Straße. Eine Schule, kleines Backsteingebäude, kaum größer als ein normales Wohnhaus, zurückgesetzt auf einem unkrautüberwucherten Hof. Dann noch eine Kirche, Methodisten. Eine Gemischtwarenhandlung. Dann wieder ein paar Häuser, hinter ihnen erheben sich unmittelbar die Hügel, und dann wieder offenes Land – noch eine schmale Brücke und wieder offenes Land. *Childwold* sangen die Stimmen, *Childwide, Childwood, Childwill, Childwoe.*

Eine frisch geteerte Straße, dann die Abzweigung, ihre Straße, *ihre*. Sie ist wach, noch eine Meile, flüstert sie. So überwältigt von der Dunkelheit wie ich es bin. Dort steht eine Farm, dann kommt eine lange dunkle Allee, Vorgarten, eine Wiese, eingezäunt. Große Bäume. Geruch von Moder, Pilzen, Abwässern. Links Sumpfland. Im Graben hohes Gras. Ein Augenpaar funkelt mich an – Katze? – die Scheinwerfer haben sie aufleuchten lassen. Eine Schlucht. Rauschen von fließendem Wasser, ein kleiner felsiger Bach, in den man Müll geworfen hat – im Vorbeifahren sehe ich ein Autowrack, auf der Seite liegend, die Sitze halbwegs ins Flußbett gezerrt – dann schließen sich wieder die Ranken.

Du kannst mich hier rauslassen, flüstert sie. Hat meinen Pullover sorgsam zusammengelegt, auf den Sitz zwischen uns. Ich halte an und kann im Moment kein Haus entdecken – auf der einen Seite ist es ganz dunkel, ein Waldstück, auf der anderen verläuft eine schattige Allee, führt über zwei Äcker, mit Unkraut und jungen Bäumen bewachsen. Ein Briefkasten, Klappe aus Aluminium. Buchstaben auf die Seite gemalt, zu verwischt, um sie auszumachen.

Zuhause?

Zuhause.

Bei Tageslicht ein Alpdruck von einem Anblick. Eins dieser verwahrlosten Anwesen, ich hatte von den im Tal gelegenen heruntergekommenen Farmen gehört, guter, fruchtbarer Boden, es zahlte sich nicht aus, ihn zu bearbeiten, zerfallende, vernachlässigte Gebäude. Aber dieses Haus war größer als die meisten in der Gegend. Muß zu seiner Zeit einmal ein recht stattliches Gebäude gewesen sein, ein großes, ungeschlachtes Holzhaus mit einem giebeligen Dach und veralteten Blitzableitern und einer breiten, durchhängenden Veranda um das ganze Haus herum. Jetzt voller Gerümpel – Stühle, ein ausgedientes Sofa, Fahrräder, Kinderspielzeug, Kartons, Blumentöpfe. Abblätternder Anstrich. Kaputte Rollos und Schindeln. Die Stufen ganz verzogen. Einstmals weiß, jetzt sehr anstrichbedürftig, ungleich verwittert, so daß es zugleich gespenstisch und monströs wirkte, wässriges Grau. Die Sonne ging auf, sie wurde immer stärker, ich starrte das alte Haus an und konnte nicht begreifen, warum es mich derart faszinierte: dieses große vernachlässigte ungeschlachte Gebäude, wie eine schlampige Frau, die Proportionen falsch, vulgär, unheimlich. Ein Schornstein, ein Schornstein aus Ziegeln, der zu zerbröckeln drohte; er war über und über mit Ranken bewachsen, die auch einen Teil der Hausmauer bedeckten. Um den Schornstein kreisende Vögel – Mauersegler, Schwalben? – machten einen unheimlichen Lärm. Eine der kleinen Scheunen unmittelbar an die Rückwand des Hauses gebaut, das ist hierzulande und auch im nördlichen Neu-England üblich. Nur hatte sie sich von der Hauswand gelöst – oder die Hauswand von ihr, als ob ihre beiden Fundamente verrutscht wären. Angrenzend an diese Scheune und im rechten Winkel dazu ein riesiges Gebäude – wahrhaft gigantisch – so groß wie alle Scheunen im Tal – mit alten, in der Sonne funkelnden Blitzableitern, ordentlich und brav, obwohl ein Teil des Daches eingefallen war. Früher einmal hatte sie einen roten Anstrich gehabt, nun war sie ganz verwittert. Dann gab es einen Silo, einen luftigen Speicher für Mais, die Überreste einer Windmühle, ein Hühnerhaus und einen Hühnerhof, einen Karnickelstall und andere alte Gebäude. Überall wucherten hohes Gras, Schößlinge, verwildertes Gebüsch, Feldblumen, überall lag Unrat. In mir begann sich etwas zu drehen. Ich stieg aus und ging die Einfahrt entlang. Ich war unsichtbar. Links altes Weideland, der Stacheldrahtzaun in gutem Zustand. In einer Ecke ein alter Traktor und ein paar ausgediente landwirtschaftliche Geräte, vergessen, umstanden von hohem Senfgras. Rechts ein völlig abgetragenes Stück Land, rötlich schimmernde Tonerde, darauf wildblühende Stockrosen und Sonnenblumen und Tigerlilien. Eruptionen wilder Farbenpracht! Meine Sinne überschlugen sich, ich war berauscht, konnte nicht umkehren, obwohl nahebei ein Hund anschlug... Da, jemand hatte ein paar größere Steine weiß getüncht und sie zu beiden Seiten der Aschenbahn plaziert, aber nach sieben, acht Steinen hatte er es aufgegeben; aus irgendeinem Grund rührte es mich.

Ich staunte, alles faszinierte mich, vom Haus aus konnte mich niemand beobachten, niemand kannte mich, niemand konnte mich aufhalten... Mehrere Autowracks, die Reifen abmontiert, geplündert, die Türen offenstehend, vor Jahren in die entferntesten Ecken des weitläufigen Hofes zum Abfall geworfen, unter die Bäume. Eichelhäher und Schwarzdrosseln stritten sich an diesem Morgen in den Überresten eines alten Birnengartens. Grillen, die rauhen Schmatzgeräusche der Frösche; aus nächster Nähe der beißende Geruch von Wasser, warmem stagnierendem Wasser, der satte Geruch von Sumpf, Spartgras und Sonne. Ich war unsichtbar. Niemand konnte mich sehen. Ich würde nicht umkehren.

Wie groß dieses Haus war! Wie ein kleines Hotel oder Landhaus, fast so weitläufig wie mein ehemaliges Elternhaus. Nun ganz verfallen. Muß zu groß gewesen sein, um von diesen Leuten erhalten zu werden. Die Schindeln morsch, der Schornstein würde den nächsten Winter nicht überleben. Im zweiten Stock ein zerbrochenes Fenster, mit Sperrholz und schwarzem Klebestreifen provisorisch repariert. An ein paar Fenstern im ersten Stock billiges durchsichtiges und eigentlich nur zur Isolierung bestimmtes Material, das von Leuten verwendet wird, die sich nichts anderes leisten können; es war losgerissen und flatterte im Wind. So viele Fenster, so viele Gesichter! .... Aber ich war unsichtbar, ich war nicht in Gefahr.

Um das Haus herum viele Blumen, aber auch Unkraut: ein Durcheinander, ein schwindlig machendes Gewirr und Durcheinander von Farben. Mohn, Wilde Möhren, Kosmeen, Wikken, Purpurwinden, Klettertrompeten, Pfingstrosen, Ringelblumen, Tigerlilien und Stockrosen und Sonnenblumen, hochgewachsen, aber zerzaust, und Rosen in verschiedenen Stadien des Verfalls... wildwachsende Johannisbeere, Geisblatt, Schneebeere, Holunder. Nirgendwo Ordnung, ich konnte keine erkennen. Zwischen dem Unkraut verstreut zerbrochenes Spielzeug, alte Rodelschlitten mit rostigen Kufen, ein Dreirad, alte Autoreifen, Plastikflaschen, in denen heutzutage die Milch verkauft wird, vom Regen durchweichte, von der Sonne ausgedörrte Zeitungen und Illustrierte. Ein Universum aus Abfall, aus Schönheit. Ein Universum der Gerüche. Aus dem Garten mit den Birnbäumen der Geruch von Obst, von Hitze, von Verwesung. Aus einer anderen Richtung der Geruch von offenen Feldern, sonnengewärmtem Getreide, Mais. Hinter dem Haus ein Gemüsegarten: Er war gut einen halben Morgen groß und gejätet. Gewaltige Tomatenstauden und Kopfsalat und Mohrrüben und anderes Gemüse, das ich nicht identifizieren konnte. Der Hund kläffte wütend.

Und das Licht hier! – durchdringend, fast grausam. Gnadenlos. Es vergrößerte alles. Die Bäume waren gigantisch, die Hügel bebten vor Leben, die Berge am Horizont flimmerten, mein eigener Schatten war im Begriff, sich selbständig zu machen und vor lauter ungestümer Lust zu tanzen. Die Vögel riefen, auch ihre Schatten tanzten auf dem Gras, unter der durchhängenden Veranda krümmte sich etwas, nahm Gestalt an, in der Luft hing ein wunderbarer Heuduft, es roch nach getrocknetem altem Dung, nach Blumen, nach Früchten, nach schalem Wasser, nach Sumpfgras und Rohrkolben – die Luft sang vom Gezirpe unsichtbarer Insekten, überall Insekten, sie streiften mein Gesicht und prallten wieder ab, Grillen und Heuschrecken und Bienen und Zikaden und kleine weiße Falter. Ein Hund raste heraus, er kläffte. Eine Promenadenmischung, größtenteils Neufundländer mit langen Hängeohren und einem häßlichen langen Schwanz, das schwarze Fell rauh und voll von getrocknetem Schlamm. Er wühlte mit den Pfoten im Schmutz, rannte um mich herum, bellte wie von Sinnen, die Augen fast zu, die Ohren angelegt.

Nein nein nein nein –

Nein –

Unter der Veranda erschien der Kopf eines Kindes, dann ein zweiter. Jemand kicherte. Auf einmal war noch ein Kind hinter der Fliegengittertür erschienen und rief dem Hund etwas zu. Butch! Sei still! Still... Ich näherte mich der Veranda, der Hund ging mir aus dem Weg und knurrte mich tief unten in der Kehle an. Auf dem alten Sofa auf der Veranda lag eine Plaiddekke und darauf verstreut leere Cola-Flaschen, ein Löffel, eine Nummer von *Wahre Geschichten* und ein Exemplar *Das Beste aus Reader's Digest* und eine grellbunte Sonntagsbeilage... Drei kleine Kinder krochen unter der Veranda hervor und kicherten. Eins von ihnen hielt eine magere Schildpattkatze auf den Armen. Butch, verdammt nochmal, rief der Junge bei der Tür, er hatte lichtes, hellbraunes Haar wie das des Mädchens, das ich suchte, aber nicht so kraus, Butch, sofort nach hinten und gib gefälligst Ruhe – Mister, was wollen Sie?

Hinter ihm stand noch ein Kind und beobachtete alles hinter vorgehaltenem Arm. Und dann erschien eine Frau und schob die Kleinen beiseite und trat heraus auf die Veranda. Sie starrte mich unhöflich an. Ja? Ja? Was? Auf dem Arm hielt sie ein Baby, ihre Bluse stand offen, die engen, ausgeblichenen, orangefarbenen Hosen hatten Flecke, das Haar hatte sie auf Wickler gerollt, das Gesicht glänzte, als hätte sie es energisch mit einem Waschlappen geschrubbt. Ich sah, daß sie jung war – kaum über zwanzig. Ihre graugrünen Augen lagen dicht beieinander in einem gesunden, etwas kantigen Gesicht.

Ein etwa sechs Jahre altes Mädchen rannte heraus auf die Veranda und versteckte sich hinter den Beinen der jungen Frau, den Daumen im Mund, die Augen auf mich gerichtet. Die junge Frau schalt sie. Niemand will dich beißen, also benimm dich nicht so dumm, Mary Ellen!

Ich lächelte, streckte die Hände aus zum Zeichen, daß ich nichts Böses im Schilde führte, daß ich mich verirrt hatte, daß ich keine Gefahr für sie bedeutete. Es wird heut wieder heiß werden! Vier, fünf Tage schon hat die Hitze gedauert, so heiß! Die junge Frau lächelte; ihr Lächeln war unbefangen, ihr Gesicht breit, ihre Kiefer kräftig, die Zähne groß und weiß. Sie stand, die eine Hüfte etwas hochgeschoben, so daß das Baby bequem darauf Platz hatte; sie lächelte, erklärte mir, wie ich wieder zur Hauptstraße gelangen würde; ihre Wimpern waren hell, fast farblos, aber ihre Augen waren stark und klar und hübsch. Ich stammelte, ich wollte fragen – wollte bitten – hörte mich sagen, daß ich mich nicht gut fühlte, daß ich hoffte, es wäre nicht mein Herz, ich wäre so weit gefahren, hätte so lange am Steuer gesessen, hätte mich verfahren, erst diesen Feldweg genommen und dann jenen und dann wieder einen anderen – und –

Sie führte mich ins Haus und murmelte etwas. Sie hielt die Fliegengittertür offen, ihr Arm war lang und stämmig und sonnengebräunt. Eine große Frau, mit großen Brüsten, breiten Hüften. Sie war barfuß, alle Zehennägel waren scharlachrot lackiert. Kinderspielzeug auf dem Boden verstreut, Kindersachen, Schuhe... noch mehr Zeitungen, Illustrierte... das Wohnzimmer vollgestopft mit Möbeln... ein abgetretener, ausgefranster, farbloser Teppich... eine Stehlampe aus hellem Messing... ein Fernsehapparat mit einem kleinen Bildschirm... Schondeckchen, bestickt oder gehäkelt, auf dem Sofa und auf den Polsterstühlen... ein zerrissener Plastiküberzug auf einem neu aussehenden Lehnsessel; ein Geruch von Milch, von Essen, ein schwacher Geruch von Urin und Windeln. Sie kam mit einem Glas Wasser wieder. Lauwarm, in einem Marmeladenglas, ihre Hand streifte meine, meine Sinne flossen über vor Dankbarkeit, vor Liebe, Tränen standen mir in den Augen. Danke! Wie nett von Ihnen. Lärm auf der Treppe, noch ein Kind, ein Junge, trampelnd, als wollte er die Stufen zertrümmern, aber die junge Frau bemerkt es nicht – hört nichts. Wir sprechen übers Wetter, vom langen Weg zurück in die Stadt, von dem schlechten Zustand der Straßen hier draußen – so staubig! die übrigen sind zwar vor kurzem asphaltiert worden, aber sie sind auch nicht viel besser – der Landkreis wird von Betrügern verwaltet, die Leute bezahlen hohe Steuern, und was bekommen sie dafür? – hatte ich gehört, daß sie im vergangenen Januar vier Tage lang eingeschneit waren? – und hinterher hatte der Schneepflug eine gut drei Meter hohe Schneemauer vor die Abzweigung ihrer Straße geschoben – die Dreckskerle! Wir reden, die Unterhaltung verstummt, in einem Nebenzimmer läutet das Telephon, zweimal, dann Stille, dann wieder zweimal. Sie rührt sich nicht, läßt sich nicht stören, fragt, ob ich noch ein Glas Wasser möchte, ob es mir jetzt besser gehe, ob sie mir eine Cola anbieten dürfe oder, vielleicht, ein Bier? – das Telephon klingelt wieder, und ich muß nervös ausgesehen haben, denn sie erklärte mir, es sei der Gemeinschaftsanschluß und nicht ihr Klingelzeichen. Mein Herz hämmert, schlägt mir bis in den Hals. Mein Lächeln ist schief.

Durch ein Fenster sehe ich eine Sonnenblume, sie schaut uns zu, die große, rauhe, vertraute schöne Blüte nickt in meine Richtung, und das Baby strampelt auf der Hüfte der jungen Frau und starrt mich an, der winzige Mund geöffnet, winzige weiße Zähne, ein Arm streckt sich mir verstohlen entgegen, ich bin überrascht von den kleinen Fingern, den kleinen, vollkommenen herzzerreißenden Fingernägeln. – Ihr Baby, sage ich leise, linkisch, Ihr Baby ist so – Oh, er ist eine Plage, er ist ganz schrecklich lästig, lächelt sie, Grübchen in den Wangen, ein richtiger kleiner Teufel ist er schon, hält mich die halbe Nacht wach – Er ist so schön, sage ich, und die junge Frau verdreht die Augen und errötet und lacht, das Lachen eines Bauernmädchens, erstaunt und laut und ein wenig verlegen. Ich erkundige mich nach ihrem Mann, und ihr Lächeln zieht sich zusammen, sie zuckt die Schultern. Ich bin taktlos gewesen, ich schäme mich, ich bemerke den Ehering an ihrem Finger und einen Verlobungsring mit einem Brillanten in einer aufwendigen erhabenen Fassung, zu aufwendig für einen bloßen Diamantsplitter, lächerlich, mitleiderregend, rührend, und ich sage noch einmal, daß das Baby schön sei, und sie erklärt mir, alle Babys seien schön, sie liebt Babys, möchte ein Dutzend haben; das ist erblich, kichert sie, meine Mama ist genauso. Wir stehen dicht nebeneinander. Wir sind geborgen. Es sind Kinder auf der Veranda, in der Küche und hinter dem Haus, da ist das Baby auf ihrer Hüfte – Ich heiße Nancy, sagt sie plötzlich, beherzt.

Sie holte eine Dose Bier für mich und eine für sich selbst, und wir saßen auf der Veranda, auf dem Sofa, redeten, und der Hund kam näher, geduckt, und leckte mir am Ende die Hand und legte sich hin, das Kinn auf meinen Schuhen. Wir unterhielten uns. Sie redete. Ihre Mutter und ihre Schwester waren ausgegangen, in Marsena einkaufen, ihr Großvater hatte ein paar der Kinder zum Angeln mitgenommen, sie war einsam, ihre Freundinnen weggezogen, in alle Winde verstreut, zwei von ihnen verheiratet, wohnten jetzt in Port Oriskany, eine andere war nach Yewville gegangen, dort arbeitete sie als Sekretärin, sie war einsam, ihr Mann im Mittelwesten, auf einem Kurs, ließ sich für hochspezialisierte, schwierige Arbeit ausbilden, war sehr fleißig, sie würde bald nachreisen, würde alles zusammenpacken und in ein paar Wochen zu ihm ziehen, es war einsam hier, sie war einsam, sie liebte ihre Familie, das Baby hieß Dennie – Dennis; ihr zweites Kind hieß Louise, die blonde Kleine dort auf der Schaukel, war sie nicht süß? – und das kleine Mädchen, mit dem sie gerade spielte, das war Louises Tante, war das nicht zum Lachen? – ein kleines, fünfjähriges Mädchen und schon Tante! – sie fand das sehr komisch; sie lachte; sie schlug mit der Bierdose gegen ihre großen Vorderzähne. Mit ihrer Mutter verstand sie sich sehr gut, aber mit ihrer Schwester nicht immer – das heißt mit ihrer vierzehnjährigen Schwester, die in einem schwierigen Alter war, immer schlechter Laune, immer mürrisch und geheimnistuerisch und dreist und nicht halb so hübsch, wie sie es sich einbildete; und dann war da noch ihr Großvater, mit dem verstand sie sich besonders gut, und sie kam meistens auch mit ihren Brüdern und Schwestern gut aus; aber sie war einsam, hatte niemanden, mit dem sie reden konnte, wohnte ich in Yewville? – war ich verheiratet? – hatte ich selber Kinder?... Wir saßen eine Zeitlang zusammen da, wir redeten, ich wollte sie berühren, mein Herz pochte, meine Sinne taumelten, ich wurde wieder unsichtbar.

Eines Abends gab es im De Sales Hotel am Ende des Korridors Krach. Vale, der schlafen wollte, stand auf und ging den Gang hinunter, um an die Tür zu klopfen. Niemand antwortete. Es war ruhig. Er stand in seiner Unterwäsche in dem zugigen Gang und schrie und hämmerte an die Tür, aber niemand antwortete, also ging er zurück in sein Bett, wo er einschlief, denn er war sehr müde – er hatte jetzt Arbeit gefunden, er schuftete von acht Uhr in der Früh bis sechzehn Uhr zwanzig als Schauermann bei einer der Speicherfirmen auf der Werft. Irgendwann während der Nacht, wann genau wußte er nicht, er hatte keine Uhr, auch keinen Wecker, er wachte instinktmäßig auf und schlief auch so ein, war stolz darauf, daß er wußte, wann es Zeit war, aus dem Bett zu springen und den Tag zu beginnen, irgendwann während der Nacht wurde an seine Zimmertür geklopft, und er murmelte: Wer ist da, oder: Geh doch zum Teufel, und versuchte wieder einzuschlafen, aber ein paar Minuten später wurde wieder geklopft, und jemand rief etwas, was er nicht verstand; er legte sich also auf den Rücken, seine Augen waren jetzt ganz offen und er hörte sich selbst denken, ganz deutlich: *Jemanden wird es erwischen*, und sein Magen zog sich zusammen vor Spannung, eine Minute später würde sein Bettzeug durchnäßt sein – er schwitzte so leicht in letzter Zeit, seit dieser Sache im Krankenhaus, also dachte er, er könne genauso gut aufstehen, und rannte hinaus auf den Gang und zu dem anderen Zimmer hinunter, dessen Tür nun weit offenstand, und fünf oder sechs – oder sieben – vielleicht sogar noch mehr Männer waren dort drin, ein paar in ihrem Unterzeug, ein paar angezogen, einer wollte Vale am Arm fassen, er flehte ihn an: Mister! Junger Mann! Haben Sie Erbarmen! Einen Arzt, können Sie uns einen Arzt holen? Im Hotel ist niemand wach – Vale schob den alten Kerl beiseite, warf einen Blick ins Zimmer, ein widerlicher Gestank schlug ihm entgegen, ein Zimmer, nicht größer als seins und all diese heruntergekommenen Typen drin, einer davon nackt auf dem Fußboden, schmerbäuchig, mit magerem Brustkasten, Arme und Beine ausgestreckt, was für ein Anblick, was für ein ekelhafter Anblick, Vales Mund verzog sich, und er murmelte: Mein *Gott*. Nichts fand er so abstoßend wie diese alten versoffenen Knacker, die sich auf den Treppen und in den Toiletten auskotzten, die sich in den Hafengassen herumtrieben, in Hauseingängen lungerten und in den engen Straßen hockten, die Füße im Rinnstein – nein, nichts fand er so ekelerregend, er mußte den alten Kerl wieder beiseiteschieben, ihn mit dem Ellbogen wegstoßen, damit er ihm nicht zu nahe kam: Es war ein Unfall, verstehen Sie – Wir brauchen einen Arzt, aber der Manager hat dienstfrei – Es war ein Unfall, ein bloßer Unfall – Niemand hat schuld – Vale ging hinüber zu dem nackten Mann und überlegte, die Hände in die Hüften gestemmt. Kannte er ihn? Hatte er ihn jemals gesehen? Nie. Ein älterer Mann. Weiße Bartstoppeln. Runzlige Hände, milchige Augen, lascher Mund. Häßlich. Häßlich. Stank. Alle hier stanken. Schütteres weißes

Haar, feine Schläfenadern, übergroße Ohren, übergroße Nase, die Nasenflügel besonders groß, als ob die Nase im Alter eingefallen sei, Speichel in den Mundwinkeln, der Hals zerfurcht, verdreckt, gerötet – verletzt? – die eingefallene flache Brust – der geblähte Bauch – die Geschlechtsteile zwischen die wabbeligen weißen Schenkel geschlüpft, winzig, verborgen, abstoßend. Vale stieß ihn mit dem Fuß an. Wach auf, du stinkendes Mistvieh! Er sah jetzt, wie das Blut am Hals heraustrat, aber er stieß ihn trotzdem an. Aufwachen! Was glaubst du, wo du bist? Einer der Männer wollte weggehen, aber die anderen hielten ihn fest, es gab ein Handgemenge, und ein älterer Mann in Unterkleidung sank zu Boden und fing an zu weinen, und Vale gab dem nackten Mann einen heftigen Tritt in die Rippen, aber der Körper war schwer – schwer. Ihr stinkendes Pack, sagte Vale, ihr stinkt alle. Ihr wißt wohl nicht, daß die Menschen ihren Schlaf brauchen, daß sie zur Arbeit gehen müssen, sogar in diesem elenden Kabuff gibt es Menschen, die arbeiten, ich zum Beispiel, ich habe einen Job, ich verdiene nicht viel, aber ich habe einen Job, ich arbeite auf der Werft von acht Uhr früh bis sechzehn Uhr zwanzig, ich mußte in die Gewerkschaft eintreten, ich bezahle meinen Beitrag, meine Steuern, die Regierung zieht sie mir vom Lohn ab, ich bekomme nicht genügend Lohn, ich brauche meinen Schlaf, ich muß morgen fit sein, ich bin dreiundzwanzig und habe gerade angefangen, ihr Mistkerle laßt mich nicht schlafen, ihr verdient es, daß man euch umbringt, die Polizei sollte euch die Schädel einschlagen und euch allesamt im See ertränken, ich brauche meine acht Stunden Schlaf, und ihr raubt sie mir, ich werde mich bei der Hotelleitung beschweren –

Er schob sie aus dem Weg und ging zurück in sein Zimmer und knallte die Tür zu und legte sich wieder ins Bett und atmete lange und tief und vorsichtig durch, um sich wieder zu beruhigen, denn er war leicht aufgebracht, er war jähzornig, er war der Jähzornige in der Familie, sein Vater war sanftmütig gewesen, außer wenn er besoffen war, sein Großvater war zwar gemein, aber er schlug nicht gleich zu. Er war jähzornig, sagte seine Mutter. In der Armee war er ein paarmal in Schwierigkeiten geraten, aber er war beliebt, immer war er beliebt gewesen, wohin er auch ging, die Leute mochten ihn gern, Männer und Frauen, er sah gut aus, hatte immer gut ausgesehen, nur jetzt im Gesicht nicht mehr, aber auch das war irgendwie anziehend, er glaubte, daß es anziehend war, in einem ganz bestimmten Licht, wenn er den Kopf in einem ganz bestimmten Winkel hielt, war es attraktiv, die Mädchen standen auf ihn, immer standen die Mädchen auf ihn, wollten ihm übers Haar fahren, über die Narben, ganz leicht mit den Fingerspitzen, wollten ihn streicheln, lieben, er hatte immer Mädchen, Frauen, wie hieß dieser Ort noch? – Port Oriskany – hier gab es viele Frauen, er würde sie alle mit der Zeit kennenlernen, aber nun mußte er schlafen, mußte schlafen, und er drehte sich auf die rechte Seite wie gewöhnlich, mit leicht eingezogenen Schultern, Knie gegen die Brust gedrückt, die Beine angewinkelt, die Arme verschränkt, obwohl er darauf achten mußte, daß der rechte Arm nicht einschlief und ihn aufweckte, aber er konnte und konnte nicht schlafen, er konnte zwar den Krach im Gang erfolgreich ausschalten – nun waren Leute im Treppenhaus, Türen wurden geöffnet und wieder geschlossen –, aber er schaffte es nicht, einzuschlafen, und das machte ihn fuchsteufelswild: diese Schufterei und nicht genügend Schlaf. Jede Nacht hatte es irgendeine Störung gegeben. In der letzten Nacht hatte ihn ein riesiger Brummer gestört, und als er nach ihm griff, flog er an die Zimmerdecke, und als er dann einen Stuhl nahm und die Fliege mit einer zusammengerollten Zeitung totschlagen wollte, entkam sie ihm und flog in eine Zimmerecke, und als er sie dort verfolgte, flog sie wieder zurück auf sein Bett, ließ sich auf demselben Kissen nieder, wo sie ihn anfangs gestört hatte. Er hatte sie angeschrien, sie verfolgt, war sogar in Schluchzen ausgebrochen, so grausam war seine Lage. Und dann ein andermal, eine Woche war es her, am Abend vor seinem ersten Arbeitstag, hatten sich draußen auf der Frontstreet ein Mann und eine Frau auf italienisch angeschrien, und Vale hatte im Bett gelegen und Gott angefleht, sie möchten doch ruhig sein, aber es war weitergegangen, noch eine ganze Weile. Und ein andermal...

Dann klopfte wieder jemand an die Tür und er brüllte: Schert auch zum Teufel! Verfluchte Dreckskerle! Ihr sollt euch verpissen! Und ein Mann sagte: Polizei, aufmachen, und Vale schwang die Beine vom Bett und packte die Lampe und schmetterte sie gegen die Tür und schrie, sie sollten sich gefälligst verpissen, er brauche seinen Schlaf, er müsse arbeiten und brauche seinen Schlaf. Aber sie gingen nicht weg. Schließlich brachen sie die Tür auf und Vale saß in seinem Unterzeug im Bett, ans Kopfteil gelehnt, mit verschränkten Armen. Er erklärte ihnen, er sei ein Vietnamveteran, verwundet und ehrenhaft entlassen, der Besitzer einer Tapferkeitsmedaille, er habe am nächsten Morgen auf seiner Arbeitsstelle zu sein, er wisse nichts über den alten Knacker mit der durchschnittenen Kehle, er werde keinerlei Fragen beantworten, er sei kein Zeuge von irgend etwas gewesen, er wisse, welche Rechte er habe.

Sie kommen besser mit, sagte der Polizeihauptmann. Ziehen Sie sich an.

Ich werde mich nicht anziehen. Ich bleibe hier.

Zieh dich lieber an, Bürschchen. Draußen im Gang, nur ein paar Schritte von hier, ist jemand ermordet worden…

Na *wenn schon!* sagte Vale angeekelt. Dann bat er den Polizisten um eine Zigarette. Er machte keine Anstalten aufzustehen. Ein weiterer Polizist erschien in der Tür, Pistole im Anschlag. Ich ziehe mich nicht an, und ich gehe nirgends mit hin, erklärte Vale den beiden. Ich weiß, welche Rechte ich habe.

Wir nehmen jeden mit, der in dieser Wanzenburg wohnt, und verhören ihn, heute nacht ist hier jemand ermordet worden, wir raten dir, mit uns zusammenzuarbeiten, also los, zieh dich an.

Dann müßt ihr mich aufs Revier tragen, sagte Vale und drückte die Zigarette aus. Er lag im Bett, mürrisch, aber schlaff, er leistete keinen Widerstand.

Oh, die Kinder, die Kinder –

In dem großen Heuschober, in dem alten Pferdestall unten

am Fluß, unten in dem Buchengehölz, wo die Jungen ihre Hütte gebaut hatten – unter der Brücke, hinter dem Schulhaus, dort bei der alten Straße, die zu dem Haus der McCords führte, und wo nun ein solcher Urwald war und in dem verlassenen Haus der McCords, und per Anhalter auf der Landstraße (obwohl Mama sehr wütend wäre, wenn sie es wüßte) – mit den Carmichael-Kindern, an einem Wintertag, als sie den kleinen Gelfant verfolgten, ihn mit Schneebällen und Eisstücken bewarfen; schreiend, kreischend, verrückt vor Aufregung, vor schierer Gemeinheit! – Wir bringen dich um, schrien wir, mach daß du wegkommst, aber schnell, dreckiger verrückter Idiot, dreckiger verrückter widerlicher Idiot – und wie er gerannt ist, wie er rannte! oh wie er rannte, rannte! stolpernd, mit rotem Gesicht, kurzatmig, keuchend – fing an zu weinen: Wie wir über ihn gelacht haben! *Idiot! Idiot! Idiot!*

Einer von uns war zurückgeblieben, hatte ihn nicht über die Felder gejagt, einer von uns hielt halbwegs auf dem Hügel über dem Fluß inne, atmete mühsam, fiebrig, plötzlich erschöpft. Traurig. War es denn komisch? – der Gelfant-Junge war schwachsinnig, wurde behauptet – behaupteten die Erwachsenen – die Haut großporig, die Bewegungen langsam, böse böse böse – bewarf die Enten im Fluß mit Steinen, sogar die Entenküken, brachte Kaninchen und Katzen um, stand im Verdacht, mindestens einen Hund getötet zu haben – das sagten die Leute: War es wirklich komisch, ihn so zu hetzen?

Traurig.

Einer von uns blieb oberhalb des Flusses stehen, im feuchten Parka, Schnee in den Stiefeln, Fausthandschuhe durchnäßt, Rotz unter der Nase – stand da und blickte hinunter auf den dunklen, schmalen Streifen Wasser zwischen breiten, klotzigen Eisbänken, reißend, noch nicht zugefroren, seltsam still...

Diese Schreie, dieses Gelächter! Ach, die Kinder waren wie die Eichhörnchen, behende und gemein und rasend wie wildgewordene Katzen. *Idiot, Idiot, Idiot!* – ihr weittragender, verhallender, wintertrauriger Schrei...

Wie ich das wollte, wie ich dich wollte, was ich dafür nicht gegeben hätte... Kein Preis ist dafür zu hoch, dafür.

Im Schlaf träumte sie von ihrem Geliebten, von Earl, von einem Mann, der wie Earl aussah, dem dunklen Haar auf seiner Brust, auf seinem Bauch, kreuzförmig, dicht, buschig, den Muskeln, immer noch hart unter dem weichen Fleisch, die sie festhielten. Die Beine waren etwas kurz für den Oberkörper, aber sie waren sehnig, stark und muskulös. Sein Brustkasten und sein Bauch waren fett; es machte ihr nichts aus, sie sah es nicht. Um ihre eigene Taille jetzt Fleischfalten, auf ihren Schenkeln pockennarbige Fleischbündel, zu weiß, und Hängebrüste, und der narbige Unterleib, sie sah es nicht, begriff es nicht. Ich liebe dich, ich liebe das, verlaß mich nicht, komm näher, komm tiefer, wie ich das wollte, wie ich dich wollte, wie ich dich liebe, ihre Arme hielten ihn fest, ihre Beine umklammerten sein Gesäß, sich hebend und senkend, aufstöhnend, verlaß mich nicht, ich liebe dich, ich liebe – Earl oder jemand, der wie Earl aussah, manchmal nur sein Körper, das Gefühl des Körpers, der sich gesichtslos, mager und hart in sie hineinpreßte, in sie eindrang, sie füllte, so daß sie vor Erleichterung zu schluchzen begann, Stunden im Kreißsaal und ihr Rückgrat wie zerbrochen und die Matratze durchnäßt und ihr Geliebter nirgendwo. Hunderte von Meilen entfernt, Smitty war sein Name, ein Vertreter aus Derby, der mit einem Musterkoffer für Friseurbedarf im Bezirk herumreiste – Shampoos, Sprays, Bleichmittel, elektrische Lockenwickler, Brennscheren, Haarnetze, Trokkenhauben, Föne – sommersprossig, hochgewachsen, fast kahlköpfig, mit einer Unschuldsmiene, hatte in ihren Armen geweint, weil er seiner Frau so sehr, sehr weh tun würde, wenn er ihr erkläre, daß er Arlene liebe und sie heiraten wolle; die Schwangerschaft, der Klatsch, die schmutzigen Blicke, Papa, der nichts sehen wollte, ihre Schwester Carrie zweimal täglich am Telephon, wie konntest du nur! – Wie konntest du nur schon wieder! – und Arlene mit den Händen auf dem geschwollenen Bauch, vollkommen zufrieden, sah hinaus auf die Felder, die Scheune, den Kornspeicher, die versammelten Vögel, sah den Farbenwirrwarr der Blumen im Beet vor dem Haus, die

Wälder, die Hügel, die Wolken, den Himmel – ach! wenn das Baby sich in ihr bewegte, wie wunderbar die Welt dann wurde!

Ihr Geliebter kam in sie hinein und erfüllte sie tief und machtvoll; sie berührte ihren Bauch, und er war voll, hart, geschwollen, sie schauderte vor Furcht, vor Erregung, ihr Geliebter hatte keinen Namen, kein Gesicht, sein Körper war in den ihren geflossen, nichts war jetzt mehr von ihm übrig, nur das Baby in ihr: in ihr: Die Erkenntnis raubte ihr den Atem: es war in ihr, geheim, dunkel, warm, lebendig, in *ihr*, sie hatte es jetzt und würde es nicht loslassen, bis ganz zum Schluß nicht, bis es soweit war, Monat um Monat um Monat der Lust, Arlene bewegte sich durch die Welt und trug eine andere Welt in sich, beide trafen sich in ihr, in ihrem Fleisch und Blut und in ihren Knochen: Wie vollkommen die beiden Welten waren! Die Menschen beneideten sie, andere Frauen beneideten sie, ihre eigenen Töchter schämten sich, sollten sie doch denken was sie wollten, ihr war es einerlei; wie sie dies wollte, *dies*, wie sie es liebte, ihr ganzer Körper voll und pulsierend von trächtigem Leben, was machte es ihr aus, daß die Männer sie verließen, daß sie starben, sich in ihren Wagen umbrachten und nicht versichert waren und nichts zurückgelegt und keinen Gedanken für sie übrig hatten – es bedeutete nichts: Nur *dies* bedeutete etwas, und das gehörte ihr.

Dann wachte sie auf. Und alles fiel von ihr ab. Das Gefühl von Lust in ihren Lenden, die große schwellende Freude in ihrem Bauch, in ihrer Brust, die Überzeugung, daß sie wieder glücklich war, so glücklich, wie es ihr bestimmt war. Sie erwachte, es war vorbei, es gab kein Baby, vielleicht würde es nie wieder ein Baby geben, und sie würde bis an das Ende ihrer Tage so weiterleben müssen, leer, voller Sehnsucht, krank vor Sehnsucht, beschämt.

Du bist an milden Wintertagen am Flußufer entlanggegangen und hast an Kasch gedacht. Dachtest an ihn, wie er lächelte, dir aus seinen Büchern vorlas, dich fragte, ob er dein Haar berühren dürfe, deine Hand.

Du hast gelacht. Unglücklich, wild. Du hast dir eine Zigarette angesteckt, und der Wind hat den Rauch weggeblasen; du hast auf der Böschung über dem Fluß gestanden und Klumpen getrockneten Schlamms hinuntergestoßen. Unter dir der Strand, der hartgepreßte Sand. Kiesel, Steine, ein paar Felsblöcke, der Stumpf eines riesigen, vor Jahren ans Ufer geschwemmten Baumstammes. Der Anlegeplatz, den dein Bruder gebaut hatte, nun fast verschwunden. Nur zwei Pfähle standen noch, ein paar Holzplanken am Ufer. Wind. Wellen. Möwen. Das Wasser lockte und glitzerte grell. Du hast die Zigarette in den Fluß hinausgeworfen.

Aber ich empfinde nichts für dich, hast du gesagt. Jedenfalls nicht das.

Ich kann warten, sagte er.

Sein Blick verschleiert, hinter den Brillengläsern verborgen; sein Lächeln melancholisch, ein wenig spöttisch. Wildheit stieg in dir auf, du wolltest herausplatzen. Laney, um Himmels willen! Laney! – Wenn ich dir aushelfen könnte mit irgendwas, einerlei womit, sagte er leise, wenn du Geld brauchtest –

Nein. Kein Geld.

Laney, die vor Jahren einmal vor dem Ertrinken gerettet wurde, Laney, die von ihrem Bruder aus dem Fluß gezogen wurde. Verlor das Gleichgewicht auf dem Pfad, strauchelte, fiel schreiend vornüber, fiel ins unglaublich aufgewühlte, kalte Wasser, sinkend, erstickend, das Bewußtsein verlierend. Flußabwärts gerissen. Dann plötzlich gewaltsam herumgedreht, Arme und Beine wirbelten, Augen offen, schrecklich offen, der Himmel über dir ein rasender Fleck, und dann das Wasser, das wieder über dir zusammenschlug, Bewußtsein weg, schwarz, sterbend. Nein nein nein nein. Oh nein. Sie starb, aber Vale sprang hinein und schwamm ihr nach und rettete sie, zog sie heraus, die beiden schnappten nach Luft, schluchzten, Laney in den Armen des Bruders, Vale, der mit ihr ans Ufer stolperte. Laney hatte Quetschungen, blutete, war geschockt, aber gerettet. Sie war in Ordnung, ein Arzt war nicht nötig – außerdem kosteten Ärzte Geld. Mama kümmerte sich um sie, pflegte sie, wußte, was man tun mußte. Was für ein unartiges Kind du doch bist, Mama weinte, du solltest doch nicht da herumrennen, haben wir's dir denn nicht gesagt, wenn du nun ertrunken wärst? Ach du armes Baby. Armes kleines Baby! Mama wickelte dich in Decken ein, setzte dich in die Küche, vors offene Backrohr, machte ein Aufhebens um dich, flößte dir warme Milch ein und gab dir Kekse aus Hafermehl zu essen, dann wusch sie dich dort, in der Küche, bei der offenen Backrohrtür, damit du dich nicht erkältetest. Wusch dir auch das Haar und rieb es dann mit dem großen gewärmten Frotteetuch trocken, drückte dich an sich, mein süßes kleines Baby, Laney mein Herzblatt, das hübscheste kleine Mädchen – daß du mir das nie wieder tust, verstehst du? Vale hat dir heute das Leben gerettet.

Sie hatte Wasser erbrochen, schreckliches schlammiges Wasser, hatte gehustet und gewürgt und geweint. Später zogen sie sie auf – Mama und Papa wußten nichts davon –, machten sich über sie lustig, weil sie das Dreckwasser geschluckt hatte, ja wußte sie denn nicht, daß die Kloaken all ihren Dreck stromaufwärts in den Fluß hineinlaufen ließen, daß das Vieh sein Geschäft darin machte, wie hat es denn geschmeckt, kleine Heulsuse? Vale war dabei und befahl ihnen, den Mund zu halten. Einer wurde frech, und Vale schlug ihm ins Gesicht, kräftig.

Du erinnerst dich daran, als ob es jemand anderem passiert sei.

Du hast der Mama erzählt, du wärst eine lange Zeit fortgewesen und warst gestorben, warst an einen neuen Ort gegangen. Nicht einfach nur schlafen gegangen, sondern an einen neuen Ort. Im Wasser. Mama hörte dir zu und schüttelte den Kopf und lachte und hätschelte und küßte dich, aber sie verstand dich nicht. Mein Lockenköpfchen, nannte sie dich. Sie preßte dich fest an sich, es war warm, du warst ihr Liebling, sie war dein Liebling, ihr beide, ihr habt immer zusammengehört, außer als sie mit dem neuen Baby nach Hause kam, mit Ronnie, und selbst dann warst du ihr immer nahe, ihr beide habt ihn gefüttert und gebadet und ihn trockengelegt. Deshalb erzähltest du ihr vom Sterben. Vertrautest ihr all deine Geheimnisse an. Ich war lange fort, hast du gesagt, und ich konnte sehen, wie

Vale mir nachkam, und ich konnte sehen, wie ich mich im Wasser immerzu im Kreise drehte, und ich hatte keine Angst, ich beobachtete es nur. Ich sah Vale ins Wasser springen, hörte ihn rufen, und dann schwamm er mir nach, und ich beobachtete es, ich hatte keine Angst, das Wasser war in meinem Mund und in meinen Augen, aber ich war gleichzeitig draußen, nicht im Wasser, und beobachtete es. Ich sah Vales Arme nach mir greifen, und sein Gesicht war so nah, ich wollte ihn rufen, aber es ging nicht, ich wollte seinen Namen sagen, aber ich konnte nicht. Er tat mir leid, Vale, er hatte solche Angst. Billy stand auf dem Landungssteg, dann lief er auf einmal die Uferstraße entlang, aber ich verstand nicht, was er sagte. Auch er hatte Angst. Es passierte alles so schnell, aber dann wieder auch so langsam, es dauerte so lange, ich schlief ein, so lange dauerte es, und ich hatte keine Angst, ich ging an einen Ort, wo es ganz dunkel war, wie abends unter der Bettdecke, und warm, und ich kam ins Haus hier und sagte: Mama! Mama! – weil ich wollte, daß du mit mir kommst, und du warst nicht in der Küche, und ich sah dich durchs Fenster, die Stockrosen beschneiden, und ich sagte: Mama – und du hast dich umgedreht, aber du hast mich nicht gesehen, und dann hab ich angefangen zu weinen, und dann war ich nicht mehr im Wasser, Vale trug mich ans Ufer, ich war gerettet, ich würde nicht ertrinken, ich kotzte all das Wasser heraus, über meine Kleider und über Vale, und er legte mich auf den Sand und fiel beinahe hin neben mich, und es war alles vorbei, Mama – aber das war später, nicht an demselben Tag. Es war nicht dasselbe kleine Mädchen.

Du bist den alten Pfad entlanggegangen, die Hände in den Taschen deiner Jacke vergraben. Jenes kleine Mädchen, dieses kleine Mädchen. Wer? Welche von beiden? Im Haus macht Mama wohl gerade das Abendessen fertig. Mama, die in diesem Winter zugenommen hat, geht nicht mehr aus, ist kurz angebunden zu dir und Nancy und Ronnie, Mama liebt eigentlich nur noch die Kleinen, sogar die von Nancy. Du bist lange spazierengegangen. Wildenten auf dem Fluß – sieben, acht, neun. Fünf Erpel und vier Enten. Am gegenüberliegenden Ufer ein unkrautbestandenes Feld. Früher gehörte es den McCords. Aus Steuergründen verkauft und nicht bewirtschaftet, und die McCords – Ginny McCord war mit dir zur Schule gegangen – hausten nun in einem Wohnwagen am Stadtrand von Yewville. Ein Mädchen, ein zweites Mächen. Ginny McCord. Jean Carmichael. Deine Cousine Alice, deine Cousine Irene. Das geistig behinderte Mädchen hieß Mary Zinner. Lauter Mädchen. Laney Bartlett. Er hat dir gesagt, du seist schön, und du hast gelacht, es war dir peinlich. Er sagte, er würde dir nicht weh tun. Er sei einsam, sagte er.

Ja, hast du geantwortet. Ich weiß.

Aber du kannst es doch nicht wissen, hat er gesagt, und in seiner Stimme lag ein Ton, der dich überraschte, so sarkastisch war er... Du *kannst* es nicht wissen.

Mama ist einsam, Mama braucht einen Mann, muß draußen mit einem Mann im Wagen sitzen, muß sich zanken, sich küssen, Zigaretten rauchen, sich die Zeit vertreiben; muß ihn heimlich ins Haus schmuggeln, wenn sie meint wir schlafen, muß geliebt werden. *Deine Mutter ist eine... Weißt du, was deine Mutter ist...? Hochnäsige Göre, Laney Bartlett, weißt du es...?* Mary Zinner kam ganz nahe an dich heran, flüsterte, sie roch aus dem Mund, ihre Zähne waren fleckig. *Kleine hochnäsige Laney Bartlett.* Einsam, das war sie; einsam; keine Freundinnen, keine, die neben ihr im Schulbus sitzen wollte; hängte sich an dich, obwohl du es ihr deutlich gezeigt hast, daß du sie unsympathisch fandest... Miss Flagler, die Turnlehrerin: Bestellte dich in ihr Büro, diesen Verschlag von einem Büro. Klein, brünett, flink, kurzgeschnittenes Haar wie ein Junge, sarkastisch, spöttisch, galt als witzig. Im Schuljahrbuch wird sie als »geistreich« beschrieben. Dunkelgrüne Shorts, weißes Trikot, weiße wollene Socken und Turnschuhe, zieht in jeder Klasse nur ein paar Mädchen vor, die, die gut turnen können. Du bist eine davon: Du kannst gut Basketball spielen, obwohl du so klein bist, du spielst gut Volleyball, bist ausgezeichnet am Trampolin und an den Ringen und an den Seilen und beim Bodenturnen. Du bist wie eine Katze; die anderen Mädchen beschweren sich, halb im Scherz, und meinen, du hättest eben

Gummigelenke. Miss Flagler mag dich, rief dich vor ein paar Wochen in ihr Zimmer, wollte wissen, was dir fehlt – immer solche Ränder unter den Augen, immer mürrisch, schwänzt die Hälfte der Turnstunden. Du hast mit den Schultern gezuckt. Zuerst war sie nett, dann verärgert, verlor die Geduld, befahl dir, dich anzustrengen oder du würdest es bereuen. Ein paar Tage später hattest du Krämpfe, hast nicht mitgeturnt, sie machte ein paar bissige Bemerkungen darüber und die anderen Mädchen lachten, sogar deine Freundinnen lachten, du hast versucht, keine Notiz von ihr zu nehmen. Laney die »Zarte«, Laney die »Überempfindliche«. An diesem Tag hast du sie ignoriert, aber bei der nächsten Turnstunde hatte sie es wieder auf dich abgesehen und dieses eigentümliche Lächeln aufgesetzt, das Miststück, das affengesichtige Miststück, sie wollte dich vor den anderen lächerlich machen, bis du gebrüllt hast: Laßt mich in Ruhe, laßt mich in Ruhe...! Und dann war sie wütend geworden, hat dir befohlen, in ihr Zimmer zu gehen und dort auf sie zu warten, dich nicht umzuziehen, sondern nur dort zu warten. Du bist hinausgerannt zu deinem Spind, du wolltest dich umziehen und weggehen, aber dann hast du es dir anders überlegt, dir war zum Weinen zumute, du wußtest nicht, was du tun solltest... Also gingst du in ihr Zimmer und hast dich auf den Stuhl vor ihrem Schreibtisch gesetzt und gewartet, zwanzig Minuten lang, und endlich ist Miss Flagler hereingekommen und hat die Tür zugemacht und sich hingesetzt und ein Gesicht gemacht als widere es sie an oder als sei sie verärgert. Trotzdem hat sie eine Weile lang nichts gesagt. Dann warf sie dir vor, freche Antworten zu geben und nicht mitzuarbeiten und verstockt zu sein, und du hast nichts erwidert, hast immer nur an einem losen Faden an deinem Schnürsenkel gezupft; und dann hat sie gesagt, sie hätte dich eigentlich zum Schuldirektor schicken sollen, damit er sich mit dir befaßt, und du hast sie noch immer nicht angesehen, die Augen standen dir voller Tränen, und du hast die Lippen zusammengepreßt, weil du nicht weinen wolltest. Sie hat dich gefragt, was los sei: War zuhause etwas nicht in Ordnung, war etwas mit deiner Mutter...? War es etwas in der Familie? Du hast gesagt, nein.

Nein. Sie hat gefragt, ob du irgendwelche Schwierigkeiten hättest. Nein, hast du gesagt. Dein Gesicht wurde heiß, du wolltest sie anschreien, sie solle dich gefälligst in Frieden lassen. Nun, hat sie gesagt und dabei die Worte gedehnt, ich habe dich auf der Straße mit ein paar recht schlimmen Typen gesehen, man hat mir gesagt, daß einige von euch viel trinken, Laney Bartletts Name wurde auch erwähnt, ja, das war der Name, aber ich kann mich natürlich irren. Du hast an dem Faden gezupft, den Schnürsenkel aufgebunden und wieder verknotet, in deinen Schläfen hämmerte das Blut, aber du hast nichts gesagt, hast dem Miststück nicht die Genugtuung einer Antwort gegeben. Am Schluß hat sie dann eingelenkt und gesagt, du könntest gehen, das erste Klingelzeichen war schon vorbei, du solltest dich beeilen, du könntest das Duschen ausnahmsweise mal weglassen, und sie hat deine Schulter berührt und ein bißchen gedrückt und du bist zurückgewichen und hast geflüstert: Rühren Sie mich nicht an! Nehmen Sie gefälligst Ihre beschissenen Hände weg!

... Du hast die Worte wieder gehört, hast die Hände auf deine heißen Wangen gelegt, hast sie gehört, hast sie nicht gehört, hast es nicht geglaubt.

Warum hast du das zu ihr gesagt, fragte Kasch. Die arme Frau... ich kenne sie zwar nicht, aber es klingt traurig, als ob sie einsam wäre...

Ich kann nichts dafür, hast du geantwortet.

Er hat angefangen zu lachen. Was war denn so komisch, warum schüttelte er immerzu den Kopf?... Er ist wie sie, dachtest du; genau wie sie.

Ich kann euch allen nicht helfen, hast du gesagt.

Sie erzählten Joseph vom Todesengel.

Wenn an der Leiche die Totenwache gehalten wird, sagten sie, ist der Engel immer anwesend. Er ist da. Er hört zu. Man kann ihn aus den Augenwinkeln heraus sehen, aber nicht von

Angesicht zu Angesicht; man kann ihn im Spiegel sehen, aber nur, wenn man es nicht versucht. Er ist drei Meter groß. Er ist schwarz. Seine Schwingen sind schwarz, und wenn er sie ausbreitet, haben sie eine Weite von fünf Metern, an seinen Schwingen sind lange schwarze Federn, wie bei einem Bussard, nur größer. Die Schwanzfedern sind scharf wie Messer. Gelegentlich, wenn nach einer Beerdigung das Zimmer sauber gemacht wird, findet eine Frau eine dieser Federn – manchmal nur eine Stoppelfeder – und sie weiß sofort, was es ist und berührt sie nicht mit den Fingern und erzählt niemandem davon. Wenn sie es täte, könnte der Engel zurückkommen und sie mitnehmen. Er würde zurückkommen und sie mitnehmen. Er geht nicht weit weg – er wartet stets.

Auf dem Weg zum Friedhof fliegt er mit, aber man darf ihn nicht beobachten. Wenn man die Augen fast schließt und nur durch die Wimpern blinzelt, kann man ihn manchmal sehen – aber man darf es nicht versuchen. Wenn er dich sieht, nimmt er dich mit. So ist es immer. Der alte Miles, du kennst ihn ja, sah den Engel bei der Beerdigung seiner Frau, darum brach er dort mitten auf der Straße zusammen – genau dort – und ist dann ein paar Wochen später selber gestorben. Er hätte achtgeben sollen, aber er war wie wahnsinnig vor Kummer, hat tagelang getrunken. Begreifst du das? Es ist zwar riskant, aber du kannst den Engel ansehen, wenn er aber dich ansieht, bist du verloren. Der Todesengel ist groß, Joseph, weißt du, wie groß? Nein, noch viel größer! Größer. Höher als das Dach. Hat überall Augen. Nicht nur Augen im Kopf wie du, sondern überall – am Hinterkopf zum Beispiel, auf der Brust, auf dem Rücken, an den Fingerspitzen. Die Augen sind immer auf. Sie sehen alles. Sie sehen *dich*. Gott schickt den Engel, und nur Gott kann ihn zurückrufen, aber manchmal vergißt Gott es, und der Engel bleibt im Haus und in den Scheunen, und deshalb ist es fast immer so, daß, wenn jemand stirbt, das Vieh kränkelt: Sie können ihn riechen, Pferde und Hunde besonders... Er hat hundert Augen, tausend Augen. Sie schlafen niemals. Sie zwinkern niemals.

Er saß Josef gegenüber, und der Todesengel lauerte nahebei,

aber natürlich drehte er sich nicht nach ihm um. Er glaubte nicht an derart dummes Zeug. Er saß Josef gegenüber und wollte sich mit ihm unterhalten, aber Josef reagierte nicht. Die Ärzte und die Krankenschwestern hatten seinen alten Freund schrumpfen lassen, die Schläuche hatten die Säfte aus ihm herausgesogen, übriggeblieben war ein langweiliger alter Mann mit einem bleichen, wie eingedrückt wirkenden Schädel und milchwasserblauen Augen und einem Mund, der ohne Gebiß ganz eingefallen war. Josef? Josef? Joseph saß ihm gegenüber und blickte ihm unverwandt ins Gesicht, die Hände auf den Knien, Joseph Hurley in seinem Sonntagsstaat, mit Hemd und Krawatte, bei einem Krankenbesuch in dem Pflegeheim auf der Manitowick Avenue. Ein Schlaganfall und dann ein zweiter, hieß es, ein schwaches Herz und versagende Nieren, und jetzt saß er aufrecht im Bett mit seinem schiefen Mund und einem Zucken im Gesicht, aber nicht als Antwort auf Josephs Stimme. »Papa, laß uns gehen«, sagte Arlene. Sie steckte das Taschentuch weg – sie hatte sich hinter seinem Rücken das Gesicht abgewischt, hatte geweint. Konnte nicht anders. Vierzig Jahre alt und immer noch das gleiche Baby, eine handfeste, breithüftige, kräftige Frau, die gut aussah und imstande war, einen so großen Haushalt wie den ihren zu führen, aber immer noch dasselbe Baby; weinte mindestens ein halbdutzendmal am Tag.

»Papa, laß uns gehen!«

»Wir sind doch erst vor zehn Minuten gekommen, Herz. Wir sind doch gerade erst gekommen.«.

»Papa, er kann dich nicht hören, er nimmt uns nicht wahr. Mr. Krassov? Er nimmt uns nicht wahr... Papa, mir ist schlecht, wir sollten gehen.«

»Dann warte draußen im Wagen auf mich. Ich komme nach.«

»Er kann dich aber weder sehen noch hören, Papa. Er –«

»Bitte, warte draußen im Wagen auf mich, Schatz«, sagte er und winkte sie weg. »Ich bin sein Freund, du bist es nicht. Du bist ihm sowieso egal.«

Hab mal auf der Straße getanzt, auf der Boylston Avenue, war klapperdürr damals, hab Arme und Beine in die Luft geworfen, albern, ich war so glücklich damals; frenetischer Freudentanz, weil der Fluch gebannt war, ich war verliebt; wurde wieder geliebt.

Hab auch in der Wohnung getanzt, mich wie ein Clown aufgeführt, um meine Laney zum Lachen zu bringen, ernst dreinblickendes verängstigtes, abgebrühtes kleines Mädchen. Ich wog jetzt mehr, hatte zehn Kilo zugenommen. Lachen nicht überzeugend. Auf dem Plattenspieler, den ich überall auf meinen fruchtlosen Reisen mitgeschleppt habe, eine Louis-Armstrong-Platte aus den vierziger Jahren, reines, klares, immer höher kletterndes Solo. Fing an zu tanzen, weil es unerträglich war – die Spannung.

Kasch zieht das Mädchen aus. Wächsern und verstockt ihr Gesicht, verstockt ihr junger, unreifer Körper. Er kniet vor ihr nieder. Küßt ihren Bauch. Sie soll seinen Kopf an sich drücken, die Finger in sein Haar krallen. Sie soll stöhnen, soll sich über ihn beugen, soll ihm mit den Nägeln den Rücken zerkratzen. Aber sie steht einfach nur da. Sie steht da. Eine kleine, vollkommene Statue: erlesen, anbetungswürdig. Er umarmt sie. Er weint. Es ist schon mehrmals so gewesen, aber er muß trotzdem jedesmal weinen. Die Erfahrung ist immer so brutal.

Das Mädchen wehrt sich, als sie merkt, was bevorsteht. Sie keucht, kratzt ihn, kämpft wie das drahtige, verzweifelte Tier, das sie ist – aber sie ist ihm nicht gewachsen – sie ist zu klein, ihre Knochen knacken wie dürres Holz, sie wiegt fast nichts, man spürt sie kaum. Er wirft sie auf den Boden, steigt auf sie, gierig. So wenig Fleisch ist an ihr, blind sucht er es, beißt hinein und zerrt daran, sein Kopf fällt im Rasen seiner Leidenschaft zurück, im Rhythmus eines Millionen Jahre alten Instinktes. Er wagt nicht zu zögern, wagt nicht aufzusehen. Er weiß von der Möglichkeit unserer Gegenwart; er glaubt, unsere Schatten aus den Augenwinkeln erspäht zu haben. Er gräbt sich ein, blind, zerrt an dem Mädchen, sein Körper von langen quälenden Schauern geschüttelt.

Ein paar Bemerkungen über die seltsame, häßliche, verrücktmachende, wunderbare Verdorbenheit der Jungen: diese Mädchen, die ich spät abends auf der Straße beobachte, die in den Türeingängen zu den Kneipen herumlungern, aus Autos steigen, in Autos steigen, die mir Blicke zuwerfen und mich dabei nicht wahrnehmen – meine verzweifelte Furcht nicht wahrnehmen. So viele von ihnen, und so jung! Meine ist die Schönste von allen, ich will keine andere, aber trotzdem sind sie überall, nicht wahr? Wunderbar. Angsterregend.

In einem meiner selten konsultierten Bücher lese ich, daß der erwachsene Mensch dem Fötus eines Affen ähnelt. Auch das ist wunderbar! Vielleicht ein Hinweis. Ich lese, daß gewisse Arten sich einfach überlebt haben, sie sind überspezialisiert, ihre Vitalität schwindet, und sie sinken in das Chaos zurück, aus dem sie kamen, es sei denn, die Evolution kehrt denselben Weg zurück und setzt von neuem an, diesmal in einer aussichtsreicheren Richtung... Jemand namens Garstang mit einer dubiosen Theorie der Rekapitulation nennt es *Pädomorphose*, derzufolge sich das organische Universum unbegrenzt erneuern kann. Die biologische Uhr kann von neuem aufgezogen werden, manchmal findet sich ein Ausweg aus der Sackgasse der Evolution, »Fortschritt« genannt, es ist eine abstoßende Vision, weil sie sexuelle Reife im Kindesalter bedeuten würde... Das Tier ist fortpflanzungsfähig, so heißt es, noch während es unausgereifte oder gar Larvencharakteristika aufweist; häufig wird ein ausgewachsenes Stadium überhaupt nicht erreicht. Es ist überflüssig geworden. Und so verjüngt sich die Spezies, weil sie die überspezialisierte Erwachsenenphase verdrängt.

Pädomorphose: die Prägung der Jungen.

Wir werden zunehmend infantiler, primitiver, um überleben zu können. Aber nicht »wir« – *sie*!

Mörder, und dabei so unschuldig. So entzückend. So zielstrebig, sie pressen uns aus...

»Nein. Es ist gelogen. Jemand hat dir was vorgelogen. Ich möchte nicht darüber reden.«

»Schau mir ins Gesicht, Laney. Schau mich an, Laney. Oder soll ich dir eine runterhauen?«

Laney murmelte etwas, das Arlene nicht mitbekam.

»Ich will wissen, wo du gestern gewesen bist, in der Schule jedenfalls warst du nicht.«

»Ich war in der Schule...«

»Du warst es nicht! Und lügen kannst du auch nicht.«

»Hau doch ab, Mama, verdammt nochmal. Hau ab und laß mich in Frieden.«

Sie warf das Buch hin, es fiel vom Bett herunter auf den Fußboden. Sie war rot geworden, trotzig, duckte sich wie ein kleines Kind. Arlene starrte sie an... Vierzehn Jahre alt? Erst vierzehn? Aber sie durfte nicht vergessen, mußte sich dazu zwingen, es nicht zu vergessen, daß sie selbst ja schon mit fünfzehn geheiratet und mit sechzehn ihr erstes Kind bekommen hatte; Nancy hatte sich schon vor ihrem dreizehnten Geburtstag mit Jungen getroffen.

»Was ist das für ein Ton gegenüber deiner eigenen Mutter!« rief Arlene.

Laney saß auf ihrem Bett, seitwärts. Nun umspannte sie ihre Knöchel mit den Händen und bückte sich vornüber, schaukelte ein wenig vorwärts und rückwärts. Ihr war elend. »... Entschuldige bitte«, murmelte sie.

»Wenn es Brad gewesen wäre oder einer der anderen Jungen...«

»Brad oder einer der anderen Jungen!« sagte Laney. »Mama, was weißt du denn schon von diesen Typen, nichts weißt du, also erzähl mir nichts von ihnen.«

»Brad scheint immer, hat sich immer...«

»Er ist in Ordnung. Er ist o.k.«

».... aber mit einem Mann dieses Alters, in den Vierzigern, sagten sie, und du gehst zu ihm in die Wohnung... Laney, mein Gott, warum hab ich das nicht gewußt, warum hat es mir niemand gesagt?... Warum hast du es mir niemals gesagt?«

Sie sah Arlene kalt an. Diese weit auseinanderstehenden grauen Augen, diese ausgeprägten Backenknochen... Arlene starrte sie an und sah den Vater des Mädchens, den toten Vater des Mädchens und hörte seine leise, fast heisere Stimme: »Warum sollte ich es ausgerechnet *dir* erzählen. *Dir*!«

»Was willst du damit sagen!... Spricht man so zu seiner Mutter, seiner eigenen Mutter?«

Sie war nicht ins Zimmer gekommen, stand im Türrahmen und atmete mühsam. Eine Frau aus Yewville hatte telephoniert, hatte Nancy ein paar Fragen gestellt – die behauptete, von nichts etwas zu wissen, daß Laney ihr nichts erzählt hätte, daß sie ihr niemals anvertraue, was sie triebe –, und sie war die Stiege hinaufgerannt, diese enge, steile Treppe und hatte sich die Seite gehalten wie eine alte Frau. Sie atmete schwer. *Laney, du Luder, du verlogenes kleines Luder, wie kannst du es wagen...* Sie hatte die Tür aufgestoßen ohne anzuklopfen. Niemand durfte nach oben kommen, Laney erlaubte es niemand, sie hatte ihr eigenes kleines Königreich auf dem Dachboden, ihre Geheimnisse. Und nun hockte sie auf dem Bett in dem roten Flanellmorgenrock, den Arlene für sie geschneidert hatte, in ihren Wollsocken, ein Buch auf dem Schoß, Bleistift in der Hand, die mageren Schultern vor Schreck gekrümmt, der Ausdruck vorsichtig und leer. *Luder*, dachte Arlene, *was siehst du mich so an...*

»Warum hast du das gesagt, was du gerade gesagt hast?« flüsterte Arlene. Sie hatte Seitenstechen, sie drückte die Hand auf die Stelle und berührte den kleinen Fettansatz, rang noch immer nach Luft. »... Du hast mich angesehen, als ob du mich haßt.« »Laß mich in Frieden, Mama. Nichts in meinem Leben hat irgend etwas mit dir zu tun.«

»Du willst *tatsächlich* eine gescheuert bekommen...«

Sie tat einen Schritt vorwärts, Laney duckte sich und schrie, aber natürlich bekam sie keine Ohrfeige – Arlene hatte Laney seit Jahren nicht mehr geschlagen.

»Du wirst mir noch das Herz brechen!« rief Arlene, als wäre es eine Wahrheit, die sie schon seit langer Zeit hätte wissen müssen. Dann seufzte sie tief auf und sah sich in dem kleinen Zimmer um und konnte nicht umhin, es zu bewundern, und sagte: »Jetzt weiß ich auch, weshalb du dich hier oben versteckt hast, vor uns allen.«

Laney machte eine verlegene Bewegung. Dann fuhr sie sich mit beiden Händen durchs Haar. »Nicht vor dir, Mama. Vor den Kleinen. Ich muß ein Zimmer haben, das sie nicht in Unordnung bringen können, begreifst du das nicht? Du mußt das begreifen!... Und was ich vorhin gesagt habe, Mama, das habe ich nicht so gemeint. Entschuldige.«

»Ach ja, ich weiß, daß es dir leid tut«, sagte Arlene leichthin. Sie wollte wieder weinen, sie hatte angefangen zu weinen, gab es aber nicht zu. Sie verschränkte die Arme über der Brust und sah sich im Zimmer um, eine einzelne Träne rollte ihr unbeachtet über das Gesicht. Zu der Puppe, die noch von ihrer eigenen Mutter stammte, handgemacht, mit einem bemalten Porzellangesicht und einem winzigen Rosenknospenmund, rosa gefärbten Wangen, blaßblauen Augen und flachgedrückten gelben Locken in einem Brautkleid mit brüchiger vergilbter Spitze, die sie Laney, als diese noch klein war, geschenkt hatte, und die nun vor Laneys Kommodenspiegel saß, sagte sie: »Nett! Süß.« Es gefiel ihr, wie der Spiegel gestellt war, damit er das Fenster reflektierte; tagsüber würde das Zimmer heller sein, und es würde größer erscheinen. Aber es war ein alter Spiegel, die Bleischicht auf dem Rücken schien durch die Oberfläche, machte sie fleckig, leprös, blind; sie sah Laneys kleines bleiches Gesicht darin, ein wenig verzerrt, und sie schauderte. »Dieses alte Möbelstück, wie alt kann es sein, mindestens hundert Jahre... ein Wunder, daß es noch nicht zusammengebrochen ist...« Oben auf der Kommode standen kleine gläserne Figuren, die Laney seit Jahren sammelte: Balletteusen in weiten Röcken und mit eleganten Hochfrisuren, Katzen verschiedener Größe mit graziös gekringelten Schwänzen und Pferde, Vögel, Elefanten – das meiste von Woolworth, einiges aber aus den Geschenkabteilungen größerer Warenhäuser. Eine Frisiergarnitur, Haarbürste und Handspiegel mit einem Rücken aus imitiertem Schildpatt und den Initialien *EAB* in einer geschwungenen dunkelbraunen Schrift – denn Laneys voller, königlicher Name, der Name der auf ihrem Taufschein stand, war Evangeline Ann Bartlett. Photos in billigen Metallrahmen mit Papprücken – Arlene und Lyle und die Kleinen, Opa Hurley, Schulfreundinnen von Laney, Tanten, Onkels, Vettern, Laney selber als zehn- oder elfjähriges Kind mit einem Kätzchen im

Arm und in die Kamera lächelnd. *Das* war die Laney, wie Arlene sie kannte.

Das Zimmer war klein, hatte abgeschrägte Wände, aber Laney hatte es fertiggebracht, eine Unzahl von Dingen hineinzustopfen: das Bett und die Kommode und den kleinen Schaukelstuhl und ein kleines Bücherregal am Fußende des Bettes. Auf dem roh gezimmerten Fußboden, der grün gestrichen war, lag ein geknüpfter Teppich, nun ziemlich schmutzig, früher einmal leuchtend rot. Die Farben in diesem Zimmer! Arlene war eigentlich nicht damit einverstanden. Alles kam ihr zu intensiv, zu hektisch vor, es erinnerte sie an Photos in Hochglanzillustrierten, wo Räume abgebildet waren, weil sie etwas bedeuteten, weil sie irgendeinen geheimnisvollen, verborgenen Sinn in sich bargen, wo sie nicht nur gezeigt wurden, um Vergnügen zu bereiten. Blumenmuster und Streifen und Farbflecken waren wie Teile eines Puzzlespiels. Kleine billige Überkissen, mit Satin, Cord oder Samt bezogen – in kontrastierenden Farben wie braunrot, purpur, safran und gold; auf dem Schaukelstuhl ein gelb- und purpurgestreiftes Kissen; ein leuchtend grüner Vorhang, der eine türlose Kleiderablage in der Ecke des Zimmers nur halb verbarg. An den Wänden, fast jeder Quadratzentimeter war bedeckt, hingen so viele Dinge, daß Arlene sie gar nicht alle aufnehmen konnte: ausgeschnittene Blumenbilder, tropische Blumen und Wüstenblumen, Photos von Berggipfeln, grandioser als die in den Chautaquas, von Seen, Flussen, Wasserfällen; Photos von fremden Gesichtern, von Menschen jeglichen Alters und jeglicher Hautfarbe – alle waren sie Arlene unbekannt; dann eine Sammlung alter, sepiabrauner Photos längst verstorbener Familienangehöriger; eine große Daguerreotypie einer Gruppe von Menschen auf den Treppenstufen der Methodistenkirche der Stadt, alle blickten ernst drein, ein wenig komisch, weil sie so feierlich waren; alte Weihnachtskarten und Geburtstagsgruße und eselsohrig gewordene Valentinswünsche. Eine solche Menge, Arlenes arme Augen konnten es nicht fassen. Sie zwinkerte und schüttelte den Kopf, verständnislos. *Unserem kleinen Herzblatt zum Geburtstag*: ein verschämter kleiner Blondkopf unter einem fransengeschmückten Sonnenschirm, das Grübchengesicht lächelnd, eine orangefarbene Katze zu Füßen. ... So viele Dinge, was bedeuten sie? Längere Zeit starrte sie gebannt auf ein vielfach vergrößertes, auf Glanzpapier abgezogenes Bild eines Chrysippusfalters, der dunkelglänzende Schmetterlingsleib, die Fühler und die Augen und die schwarzgeäderten Flügel hatten etwas Monströses. »... So viele Dinge!« murmelte Arlene. Laney hatte sich entschuldigt, hatte flehentlich die Stimme ein wenig erhoben, aber Arlene zog es vor, sie zu ignorieren und sich statt dessen in diesem merkwürdigen Zimmer umzusehen. Nun ja, es *war* ein Königreich, es gehörte Laney ganz allein, nichts im Haus war irgendwie vergleichbar. Draußen ging ein kalter Wind, es schneite, aber drinnen, in dieser Arche von einem Raum, erwärmt durch zwei eingeschaltete Heizstrahler, war es warm, gemütlich, einladend. Arlene hätte gerne selber dort geschlafen, wäre gerne zusammen mit ihrer Tochter unter die schwere Steppdecke gekrochen, ihrer liebsten, hübschesten Tochter, und hätte geschlafen, und die ganze Nacht hindurch hätte der Wind die Schneeflocken ans Fenster geweht, und hätte nicht ans Aufstehen gedacht.

»Sag mal«, sagte sie langsam, »Sag mal... ist es schlimm für dich, Schatz, daß du arm bist?«

»Was? Warum sagst du das?«

»Ich weiß nicht«, erwiderte Arlene und war fast verlegen.

»Es ist mir nur so in den Sinn gekommen... Aber sag doch, ist es schlimm für dich, bedrückt es dich?«

»Wir sind nicht arm«, erwiderte Laney. Sie hatte sich am Kopf gekratzt und ihr Haar durcheinandergebracht. »Wir kommen zurecht. Im nächsten Jahr werde ich etwas verdienen, dann kommt mehr Geld ins Haus. Wir sind auch jetzt nicht arm. Vale könnte eine besser bezahlte Arbeit bekommen, er hat einmal einen Abendkursus erwähnt, er hat von einem Studium gesprochen, und dann würde er dir Geld schicken können, und... und... Wir sind doch nicht ärmer als andere Leute, oder? Wir kommen zurecht.«

»Mir ist nur der Gedanke gekommen, ich meine, die Mädchen in deiner Klasse, ein paar von ihnen, du weißt ja, kommen aus wohlhabenden Familien... deshalb dachte ich, du könntest dich irgendwie schämen oder... oder es könnte dir peinlich sein...«

»Ich schäme mich für nichts«, sagte Laney bestimmt.

»Gewiß, du bist immer so lieb gewesen, bist immer mein braves Mädchen gewesen«, sagte Arlene und hatte dabei einen merkwürdig flehenden Ton in der Stimme. Sie unterbrach sich. Sie mußte auf Kasch zu sprechen kommen, diesen Mann, den Laney angeblich besuchte, sie mußte auf dieses Thema zurückkommen, und doch hatte sie Angst davor, hatte Angst, ihre Tochter wieder zu verlieren. »... Es war immer so leicht, mit dir auszukommen, ich weiß, wie schwierig es ist mit so vielen Geschwistern, sie machen euch viel Arbeit, Nancy und dir, und Vale ist nicht mehr hier, und dein Vater ist tot. Und Opa ist so gebrechlich geworden... wir müssen uns um ihn kümmern... Und ich weiß auch, daß du dir meinetwegen Sorgen gemacht hast, ich weiß... Und...« Die Stimme versagte ihr, sie schwieg.

In dem fleckigen Spiegel erhaschte sie ein beruhigendes Bild von sich: Die Blutergüsse waren weg, sie war wieder hübsch, sah wieder normal aus. Nur eben, daß eine Narbe von der Stirn über die Braue verlief, aber das ließ sich mit dem Augenbrauenstift kaschieren und unter einem ins Gesicht gebürsteten Pony verbergen.

»Dieser Mann«, sagte Laney behutsam, »dieser Mann, von dem dir jemand erzählt hat... er bietet mir Geld an, aber ich nehme es nicht. Er will mir Sachen zum Anziehen kaufen, aber ich will sie nicht.«

Hilflos starrte Arlene sie an.

»... Ich lehne es jedesmal ab, Mama, ich will so etwas nicht von ihm haben. Er ist mit mir befreundet, Mama, nichts weiter als ein Freund. Ein Freund, sage ich, nichts weiter.«

»Ein Freund...?«

»Ein *Freund.*«

»Laney, ein Mann in diesem Alter? Und du? Das... gehört sich nicht.«

Sie setzte sich auf die Bettkante, plötzlich ganz erschöpft.

Laney beugte sich vor, um das Buch aufzuheben; dann reichte sie es ihrer Mutter. »Er ist ein merkwürdiger Mensch, aber sehr lieb... redet stundenlang mit mir, erzählt mir alles mögliche, ich rede mit ihm... ich kann es nicht erklären. Er ist eben anders als die anderen. Erwachsene reden nicht so wie er, und ich, ich habe doch keine Freunde unter Erwachsenen, es ist sehr... sehr merkwürdig, ich kann es nicht erklären«, sagte sie und lachte nervös. »Manchmal macht er mir Angst, und dann wieder ist er einfach... einfach so komisch... Das Buch gehört ihm, er borgt mir Bücher.«

Arlene schlug das Buch sofort auf und blätterte darin.

»Nur ein Freund, er ist nicht verheiratet, hat keine Familie... lebt allein... ist sehr lieb... bietet mir Geld an, aber ich... Mama, ich mag es wirklich nicht, wenn man mich ausfragt, ich mag es nicht, wenn man über mich redet, hör nicht auf das, was die Leute sagen... glaub ihnen nicht. Du erzählst mir doch immer, Mama, nicht wahr, du sagst, ich solle nicht glauben, was man mir erzählt, stimmt's? Also glaube ich es nicht. Ich glaube es nicht. Nun darfst du es auch nicht glauben, Mama«, sagte sie sanft. »Ich habe ein Recht auf mein eigenes Leben.«

»Ich hielt es für ein Schulbuch«, sagte Arlene. »Ich glaubte, du machst deine Hausaufgaben.«

»Es ist doch nur ein *Buch*, Mama. Du siehst ja ganz weiß aus!«

Arlene blätterte weiter und stieß auf eine Stelle, die mit blauer Tinte angestrichen war. Sie las sie schweigend, ihre Lippen formten die Worte nach.

> ... Ich kenne mich nur als menschliche Einheit, kenne mich als die Szene für Gedanken und Affekte, und ich bin mir dabei einer Art Doppelheit bewußt, mittels derer ich mich gewissermaßen aus der Entfernung beobachte. Wie intensiv auch immer meine Erfahrung sein mag, bin ich mir der Gegenwart und der Kritik eines Teils von mir bewußt, der sozusagen nicht zu mir gehört, der ein Zuschauer ist, der die Erfahrungen nicht teilt, sondern sie nur bemerkt, und das ist weder ich noch du. Wenn das Drama, es kann auch die Tragödie sein, des Lebens zu Ende ist, geht der Zuschauer

seiner Wege. Es war eine Art Fiktion, es war nur eine Ausgeburt der Phantasie...

Arlene las die Stelle noch einmal mit zusammengezogenen Brauen. Sie war wütend. Sie war verwirrt, als ob die Worte ihr etwas vormachen wollten, als wären sie listig, beleidigend. Was bedeutete das alles! All diese hochtrabenden Worte!

»Was *ist* das?« murmelte sie.

»Mama, es ist nur ein *Buch.*«

»Es klingt verrückt...«

Wieder wollte sie den Abschnitt lesen, aber sie konnte den Worten nicht folgen. Sie schlug eine andere Seite auf, begann einen neuen Absatz, aber Laneys Blick ruhte auf ihr, ihre eigenen Gefühle waren in Aufruhr, sie konnte sich nicht konzentrieren. So verrückte, komplizierte Sätze! Sie klappte das Buch zu und reichte es Laney, die es ihr wortlos aus der Hand nahm. Ihre Blicke kreuzten sich, und in diesem Moment wußte Arlene, daß sie niemals wieder jung sein würde. Laney würde sie nicht nur überleben, würde ein Dasein jenseits ihrer Kontrolle führen, sondern sie war ihr bereits entwachsen, war weit weg geglitten, jenseits von Childwold. Ihre eigene Tochter! Sie las dieses Buch, für Arlene war es nur ein Durcheinander von Worten, und sie verstand es, und Arlene konnte nicht mitkommen – konnte nicht verstehen, nicht teilnehmen. Sie war aufgebracht. Sie war gekränkt. Sie sah Laney, wie ein Fremder sie sehen würde, und jetzt weinte sie wirklich.

»Mama, was ist denn los? Mama... Mama, was hast du denn?« fragte Laney und lachte und kroch auf sie zu. »Mama, was ist? Er ist ja nur ein Freund, ich hab's dir doch gesagt, nur ein Freund. Ich liebe ihn nicht, so nicht, wirklich nicht... Glaubst du mir denn nicht? Mama, was für ein Baby du doch bist!«

»Du mußt ihn zu uns einladen«, schluchzte Arlene.

»Zu uns einladen? Um Gotteswillen!«

»An einem Sonntag, oder zu Weihnachten... Es sei denn, du genierst dich für uns.«

»Ich werde ihn niemals einladen«, lachte Laney. »Wie

kommst du bloß auf diese verrückte Idee, Mama«, sagte Laney, und ihre Stimme war schrill geworden, als würde sie nun auch in Tränen ausbrechen. »Bitte hör auf zu weinen, ja? Weshalb weinst du denn?... Ich liebe ihn doch nicht. *Ihn* werde ich niemals lieben.«

Aber sie weinte trotzdem, sie konnte nichts dafür, und später, es war schon nach elf, und sie war bereits in Nachthemd und Morgenmantel, ging sie ans Telephon und hob den Hörer ab. Sie war noch verweint und deprimiert. Wer rief sie zu so später Stunde an? Es war Earl.

Der Schock, den ihr seine Stimme versetzte, war so groß, daß sie anfangs nicht begriff, daß es ein Ferngespräch war, aus Chicago. Aus einem öffentlichen Fernsprecher am Flughafen. Er sei auf dem Heimflug, sagte er, er wollte ihre Stimme hören, wollte sie alles mögliche fragen, und – war sie da? konnte sie ihn verstehen? War die Verbindung gut? Leise flüsterte sie, ja. Sie hielt den Hörer an ihr Ohr gepreßt und machte die Augen zu. »Hallo? Arlene? Schatz? – Du weißt, ich hab's nicht so gemeint, Herz. Du weißt das. Ich würde dir nie weh tun wollen, ich könnte einer Frau nie weh tun. Ich schlage keine Frauen, bestimmt nicht. Ich bin nicht der Typ. Der Typ, der so etwas tut – das ist ein Krimineller. Ein Perverser. Ich wußte nicht, was ich tat. Und du weißt das auch. Kannst du mich hören? Schatz? Hab ich dich nicht immer gut behandelt? Da war dieses eine Mißverständnis, aber ich verspreche dir, ich werde es wieder gutmachen, ich komme gleich zu dir – sobald ich zurück bin – Du weißt, ich hab's nicht so gemeint, nicht wahr, Arlene, nicht wahr?«

Sie hielt den Hörer ganz fest, mußte in einer merkwürdigen Stellung verharrt haben, mit gesenktem Kopf. Eins der kleineren Kinder war aufgewacht und aus dem Zimmer gekommen, hängte sich an ihr Bein und quengelte: Mama, Mama? Wer ist es? Earl sprach schnell, und seine Stimme kam laut und deutlich über die stürmischen, verschneiten Meilen, Arlene konnte ihn nicht unterbrechen, noch konnte sie den Hörer auflegen, sie stand nur da und lauschte, versteinert.

»Du weißt genau, daß ich es nicht so gemeint habe«, sagte die Stimme, »und ich verspreche dir, von jetzt ab weniger zu trinken – ich hab die ganze Zeit an dich gedacht, Schatz – wollte dich schon längst anrufen, aber es ging nicht – ich schwöre, daß ich dir nicht weh tun wollte – ich würde dir niemals weh tun – ich tue Frauen nicht weh – ein Mann, der sich an Frauen vergreift, selbst wenn er angetrunken ist – ein solcher Mann – ich wollte nur – du bist mir doch nicht länger böse, Schatz, oder? Böse mit Earl? Du weißt doch, daß ich dich immer erstklassig behandelt habe, stimmt's, hast du dich jemals beklagt? – es war nur dieses eine Mal – da ist mir eben der Kragen geplatzt, ich hatte gerade in dieser Woche so viel am Hals – ich hab dir doch erklärt, unter welch einem Druck ich stehe, Schatz, ich muß mich um vieles selber kümmern – muß die Löhne auszahlen – du weißt ja nicht, was das bedeutet. Also paß auf: Ich will es wieder gutmachen. Ich werde es wieder gutmachen. War bei meinem Bruder im Westen und hab die Sache nochmal durchdacht – und – nun – wir treffen uns, sowie ich wieder zurück und zur Ruhe gekommen bin – bist du noch da, Schatz? hörst du mir noch zu? Ich muß sehr viel bei dir wieder gutmachen, ich weiß das –«

»Nein«, sagte Arlene. »*Nein.*«

»Was? – Hauptsache ist, wir treffen uns; am Telephon geht es nicht. Ich habe sehr viel über dich nachgedacht, Schatz, und es tut mir leid, du weißt, daß es mir leid tut – du kennst mich ja. Oder gibt es etwa jemand anderen? Ist da jemand anderes? Der müßte auch mit mir reden, wenn es ihn überhaupt gibt, du kennst mich doch, ich nehme diese Sachen sehr ernst, ich bin ein seriöser Mann, Schatz, und das weißt du auch. Gibt es jemand anderen?«

»Nein. Aber ich will dich nicht sehen«, sagte Arlene.

»Schatz, in ein paar Tagen melde ich mich bei dir – dann können wir die Sache bereden – dann geht es uns beiden viel besser –«

»Nein!« sagte Arlene.

Sie legte den Hörer auf.

Dann stand sie da und wartete, aber das Telephon läutete

nicht wieder. Sie trug das Kind zurück ins Bett und legte sich hin. Aber sie blieb wach.

Nein, nein, kommt nicht in Frage, dachte sie verbittert, gierig: Nein, von euch allen will ich nichts mehr wissen – niemals mehr.

Fischkopf, Schwanz und die große, in Stücke gebrochene Mittelgräte, dazu fetter Räucherspeck – das alles simmerte langsam in dem großen Fischkessel; und Zwiebeln und Kartoffeln und abgekochte Milch; und Cracker und Butter. Salz und Pfeffer, versteht sich. Darf nicht kochen. Bleib dabei mit dem großen Holzlöffel und gib acht, daß es nicht kocht!... Da, schmeck's mal ab. Zu heiß? Muß es gesalzen werden? Gepfeffert?

Wo ist der Speiseeisbereiter? Den kurbelt man langsam, mit der Hand, und dann, wenn die Eiscreme fest zu werden beginnt, dreht man die Kurbel immer schneller. Steinsalz: Je mehr Salz, desto schneller gefriert die Eiscreme. Aber sie schmeckt dann nicht so sahnig. Man nimmt einen Liter flüssige Sahne und bringt ihn zum Sieden. Dann braucht man Zucker und eine Prise Salz. Danach läßt man es abkühlen und fügt ein wenig abgeriebene Vanilleschote hinzu... Oder einen Eßlöffel Vanille-Essenz, wenn's durchaus sein muß. Dann gießt man das Ganze in den Behälter der Eismaschine, und dann wird gerührt. Nein, es macht keine Mühe! Wirklich nicht. Diese fertiggekaufte Eiscreme, in den Pappbechern, die kann man überhaupt nicht damit vergleichen, das ist verfälschtes Zeug... das solltest du deinen Kindern nicht kaufen, wirklich nicht. Wie ich Eiscreme mache, das geht im Nu. Aber wo ist der Eisbereiter? Ich hab in den Küchenschränken gesucht... selbst auf dem obersten Regal, wo die alten Kochkessel und die eisernen Bratpfannen sind und die alte Popcornmaschine, die du damals für die Marken bekommen hast, ich kann sie nirgends finden. Wo ist sie? Weshalb ist sie nicht mehr da?

Dicke Stücke Vollkornbrot, mit der Hand vom Laib gebrochen. Ein Stück Wabenhonig, aus der Wabe tropft flüssiger Honig. Eine Kette winzig kleiner Bratwürste, dazu in Butter bereitete Rühreier. Pfannkuchen mit Weintraubengelee, Konfitüre aus den Trauben, die hinten am Haus wachsen, am Wegrand. Große, runde, wächserne, feuchtschimmernde blaue Trauben! Zerdrück' mal eine mit der Zunge im Mund: Schmeckt sie nicht köstlich? Und dazu frischen Kaffee. Mit Zucker und Sahne, unsere eigene Sahne, frisch heut früh. Und Butter: dick auf die Pfannkuchen gestrichen. Heidelbeeren mit Staubzucker bestreut... ein paar geviertelte Pfirsiche... eine Schale Erdbeeren mit Sahne, oder ist die Saison schon vorüber? Wenn die Pfirsiche reif sind, müssen die Erdbeeren schon vorüber sein. Ja, ihre Zeit ist schon vorüber.

Zur Erntezeit muß man dafür sorgen, daß jedermann gut zu essen hat. Wenn's drauf ankommt, können fünfzehn an diesem Tisch sitzen. 1927, da gab es eine reiche Ernte, die größte. Damals hatten wir fünfzehn Erntehelfer. Selbst Anna packte mit an, früh morgens, wenn's noch nicht so heiß war. Wollte es. Ich hab sie nicht gezwungen.

Limonade mit Eis drin. Auch geeister Tee. Kaffee mit einem Löffel Eiscreme drin. Schmeckt herrlich... Aber nun ist es kalt, sehr kalt, nicht wahr? Ich kann den Wind hören. Kalte Luft steigt auf aus den Dielen, diesen alten Dielen, das Linoleum hilft da nicht viel. Alle Dächer müßten repariert werden. Besonders die Scheunen. Sie sind kreuzlahm wie alte schwankende Maultiere. Vergangenen Sommer ist Moos auf dem alten Kuhstall gewachsen. Und Klettertrompeten wuchern überall. Sonnenblumen und Stockrosen und Winden – die winzigen weißen – und überall Schößlinge. Und Dornengestrüpp. Muß das mal roden. Ums Haus herum jedenfalls. Morgen werden Ronnie und ich ein wenig Schnee schippen. Man muß in Schwung bleiben. Solange ich die pelzgefütterten Fausthandschuhe und die Mütze mit den Ohrenklappen habe, die Arlene mir geschenkt hat, und die Überschuhe, macht mir die Kälte nichts aus. Im Gegenteil, ich mag sie. Einmal, als es im Januar fast 20 Grad unter Null war und ein starker Wind ging, sagten sie im Radio, in Wirklichkeit wäre es 40 Grad, aber das war wohl übertrieben, nicht wahr? – und da bin ich einfach nur so zum Spaß zu Fuß in die Stadt gegangen und dann wieder zurück...

Nein, ich glaube, wir brauchten irgend etwas aus Witter's Eisenwarengeschäft. Ich glaube, Anna hat gequengelt, und da habe ich mich angezogen und habe es besorgt, und das hat ihr den Mund gestopft. Vorübergehend.

Annas Hände: die Finger ein wenig kantig, die Nägel kurzgefeilt und stumpf. So groß wie meine Hände waren sie. Aber ihre Füße waren kleiner als meine. Sie ist aufgestanden, wenn ich aufgestanden bin, aber das war nicht nötig – sie hätte ruhig im Bett bleiben können, bis ich die Morgenarbeit erledigt hatte – aber sie wollte nicht im Bett liegenbleiben. Flinke, geschickte Bewegungen, fast abrupt waren sie, überraschend bei einer Frau von ihrer Größe. Selbst als sie schwanger war – wie sie den Tisch gedeckt hat, zack-zack-zack! – und ein halbes Dutzend Sachen auf dem Herd oder im Backrohr – und ich und die Kinder fortwährend im Weg – aber sie war flink, war immer schweigsam in der Küche, war überhaupt still und lächelte nie, wenn ich herumalberte. Mochte meine Späße nicht, sagte, ich sei ihr im Weg, ein Koch auf einmal genüge, bitte; wenn du Fischsuppe machen willst, sorge dafür, daß die Gedärme gut eingewickelt auf den Müll kommen, hinterlaß mir ja nicht den ganzen Dreck, damit ich ihn dann aufräumen kann! Schweigend hat sie den Frühstückstisch gedeckt. Nun waren sie alle versammelt. Die Jungen und ich. Mason, unser Lohnarbeiter. Anna und Carrie machten Frühstück und brachten es auf den Tisch und räumten das Geschirr ab und frühstückten erst, wenn wir aufs Feld gegangen waren. Manchmal las ich ein wenig in den *Farm and Home Bureau Reports*... Wettervorhersagen, Tabellen und Diagramme über die jährliche Regenmenge, wie hoch der Schnee lag, Statistiken über das laufende und das vergangene Jahr und über vor zehn Jahren. Ganzseitige Anzeigen: Traktoren, Mähdrescher, Melkmaschinen, Düngemittel, Futtermittel, Insektenvertilger und Spritzgeräte, Kleinlaster, Schrotflinten und Jagdgewehre und Angelruten. Am Tisch John und Herman und George und der kleine Matthew, der sich das Fett auf den Schoß tropfen ließ, und Anna, die ihn knuffte – paß auf beim Essen, was bist du nur für ein kleines Ferkel! Carrie am Abwaschbecken, im Overall wie ihre Brüder.

Meine andere Tochter, mein Liebling – wo? – Arlene, wo?

Ist weggelaufen, um zu heiraten. Erst fünfzehn Jahre alt.

Hat behauptet, sie sei nicht schwanger, war es auch nicht. Sie und Lyle, sie waren verliebt. Lyle Bartlett. Ein Sechsundzwanzigjähriger, seine Familie halb auf dem Lande, halb schon in der Stadt, sie wollten das Land aufgeben, der Hof war verwahrlost, sah entsetzlich aus...

Nein, warte mal. Nein, das stimmt nicht.

Nein.

Noch nicht auf der Welt.

Sie ist noch nicht auf der Welt.

Sie wird nicht auf die Welt kommen!

Annas Ausdruck gelassen, verschlossen; sieht mich an, wie sie die Jungen ansieht; wartet, bis wir gegessen haben und weg sind. Dann erst wird sie unsere Gedecke abräumen. Dann wird sie das Geschirr spülen.

Ich kann das Netz immer wieder auswerfen... ich werfe es aus und ziehe es ein... und da ist sie, meine Anna, wie sie das Wachstuch auf dem Küchentisch schrubbt, ja sogar die Stühle abwischt, auf denen noch Essensreste von den kleineren Jungen liegen. Anna!

Das letzte Kind wird ein Mädchen sein. Ich weiß es. Ich bestehe darauf.

Die Preise sind schlecht in diesem Jahr. Sie waren die ganzen letzten zehn Jahre schlecht. Vergangenes Jahr hatten wir gutes Wetter, aber der Markt war schlecht – man hätte ebensogut alles in den Fluß werfen können. Washington, D.C.-Wirtschaft. Da arbeitet man vierzehn Stunden am Tag, schuftet wie ein Sklave, wie ein Nigger, und nichts ändert sich. Die Bartletts sind bankrott, das gute Land steht zum Verkauf, und niemand will es, niemand hat genug Kapital. Hundert Morgen meines Landes verkauft: Gott sei dank hatte sich ein Käufer gefunden. Es ist eine Schande, eine Schande. Aber ich werde es zurückkaufen, sowie sich die Konjunktur belebt. Es hatte in der Zeitung gestanden... der *Farm Bureau Report* hat es vorausgesagt...

Die Kopfsalaternte: das war unser Thema.

Anna, niemand hatte schuld!

1929, in New York, hat es Männer gegeben, die sich eine Kugel durch den Kopf gejagt haben, reiche, wichtige, kluge Männer, da hat es Männer gegeben, die sich aus den Fenstern der Wolkenkratzer stürzten und ums Leben kamen! – wie kannst du mir einen Vorwurf machen, wieso habe ich schuld?

Geh doch zum Teufel, altes Weib, geh zum Teufel, wo du hergekommen bist!

Schrecklich, ganz schrecklich. Der Kopfsalat. Daß etwas so Verrücktes passiert, obwohl mein Onkel Lenehan erzählte, daß so etwas schon einmal vorgekommen sei. Hab ich dir jemals davon erzählt?... Das war anno 1934. Das schlimmste Jahr. All die Morgen am Flußufer, wo die Salatpflanzen standen und gediehen, es war eine Freude sie zu sehen, und was geschieht: Ein Gewitter früh morgens, noch ehe es hell wurde, ehe ich aufgestanden und angezogen war. Eisige Regenschauer, eine Stunde lang oder noch länger, füchterliche Blitze. Der Donner so krachend, ich wußte nicht, wo mir der Kopf stand. Und dann. Hab ich dir das erzählt? Der Regen hörte auf, die Wolken waren wie weggeweht, und die Sonne brannte mit solcher Kraft herunter, es war wie am Äquator, ich schwör es, die Sonne stach wie wahnsinnig, mein Gott, ich spürte es durch meinen Strohhut, wie wenn er mit Stahlnadeln durchbohrt wurde, und ich wußte, was passieren würde, und ich rannte durch die Pfützen und mußte mit ansehen... mußte zusehen, wie der Salat förmlich in die Erde hineingekocht wurde, die Köpfe hatten sich in der Hitze geöffnet! Jawohl! Das Schlimmste, was passieren konnte, passierte, und ich wußte, es würde passieren, weil mein armer toter Onkel es mir erzählt hatte, und ich konnte nicht weggehen, mußte es mit ansehen und stöhnte, und mein Magen drehte sich um – ich hätte fast selber einen Sonnenstich bekommen. Guter Gott! Feld um Feld von meinem schönen Salat. Verkocht und geborsten und dann verfault.

Verfault.

Aber konnte ich etwas dafür?

Nuala. Anna. Die heftigen, ungeduldigen Gesten, die Wärme und der Trost der Küche, der Geruch von siedender Milch, die fleckige weiße Schürze. Da stand noch ein Holzofen. Nun ist er weg. Steht, wenn ich mich recht erinnere, ganz hinten in einer der Scheunen. Da lag ein Haufen Scheite, ein großer Haufen, und noch einer war draußen im Schuppen. Spinnen! – Hab dem Baby Angst eingejagt, hab so getan, als ob die Spinnen sie holen, sie kitzeln würden. Noch ein Haufen Scheite im Schuppen.

Nuala: vergessen. Tot. Vater und Mutter tot in West-Irland, und wen kümmert's, wer trauert? Ich nicht. Joseph Hurley nicht. Ausgesetzt auf dem Atlantik, weggegeben wie ein Armenkind, eine Waise, ein Findelkind. Das jüngste von zwölf. Wen kümmert's? Religiös? Nein danke. Keine Priester. Keine Steuern und Kollekten. Keine Mönchsorden und Missionen und Nonnenklöster zum unterstützen, nein danke, keine Spenden für Restaurierungen, keine Gebetbücher, Rosenkränze, Totenmessen, Bußtage, Kreuzwegstationen, Taufen für meine Kinder, Erstkommunionen,... keine Letzte Ölung. Und kein Fegefeuer. Und keine Hölle. Nein! Nichts dergleichen.

Mein Motto ist: Dies ist die Neue Welt.

Dies ist die Neue Welt, stimmt's? Das fühlt man in den Knochen. Sowie man hier landet. Anderes Wetter, andere Winde. Schneewehen zwei Meter hoch. Im August manchmal vierzig Grad. Die Berge höher, schneebedeckt. Das Neue neu, das Alte alt, ich haßte das Alte. Jawohl, haßte es. Schon vor dem Krieg sagte ich ihm Lebewohl, ich würde niemals zurückkommen. Das wollten sie aber – glaube ich. Wollten jedenfalls, daß ich ihnen Geld schickte. Machten Pläne, wollten die Schwester und ihren Mann herüberschicken und die Kinder, nein, danke, das habt ihr euch wohl so gedacht. Hab niemals den Brief beantwortet, hab es niemals bereut.

Ich bin zwar nicht in Amerika geboren, aber ich bin Amerikaner – durch und durch.

Das atmet man ein – die Luft der Neuen Welt. Nicht die der Städte – die meine ich nicht. Ich meine das Land. Ich meine *hier*. Man kauft sein Stück Land, zahlt die Schulden ab, man ist *hier*, wo man hingehört. Hier gibts keine Religion: nur Land. Wiesen und Wälder und Berge und Flüsse und Seen. Gute fruchtbare Erde. Hab ich dir erzählt, wie groß die Farm war, als ich den Grund von den McInnis gekauft habe...? Jawohl. Zweihundertfünfzig Morgen. Vom Fluß hinunter nach Marsena, das war die Farm der Hurleys, Hurley & Söhne wollte ich sie nennen, wollte ein Schild am Heuschober anbringen mit »Hurley & Söhne« in großen weißen Buchstaben. Oder vielleicht auch in roten, das war noch nicht entschieden. Und ein neues Dach für die Scheune. Und einen neuen Estrich, Beton, für den Kuhstall... Aber es kam anders, niemand kaufte Agrarprodukte, die Milch wurde sauer, das Obst verfaulte, in den Städten wurde gestreikt, Hungermärsche und die Nationalgarde, man redete sogar von Bürgerkrieg... und einhundert Morgen gingen verloren... und dann der Salat und die schlechten Preise für den Weizen, und Anna, die mir die Schuld gab. Sie wußte, es war nicht so, aber sie konnte einfach nicht anders.

Einmal habe ich mich an sie herangeschlichen, in der Scheune, sie hatte sich gerade vornübergebeugt und suchte etwas im Stroh, ein Hühnernest – die Henne wollte Küken und legte ihre Eier nicht in den Auslauf –, habe sie um die Taille gefaßt und sie fuhr zusammen und hat aufgeschrien, erschreckt, und mir hinterher die Schuld gegeben: Sie konnte einfach nicht anders, hat sie gesagt und hat geweint, sie war es einfach nicht gewohnt, weder sie noch ihre Familie, Dinge so zu sehen, wie ich sie sah. Zum Beispiel bei der Arbeit zu trällern und sich irgendwelche Streiche oder Faxen auszudenken – wie zum Beispiel an jenem 1. April, als ich so tat, als ob auf Carries Rücken eine grüne Eidechse sitze – oder das Salzfaß versteckte, oder rüber zur Schule fuhr und der Lehrerin erklärte, der Präsident der Vereinigten Staaten würde Childwold einen Besuch abstatten, und die Schule für den ganzen Tag geschlossen wurde – eben Unsinn, für den ich mich heute schäme: für so etwas hatte sie überhaupt nichts übrig. Am 4. Juli Feuerwerk abzubrennen oder nach Yewville zu fahren, ins Kino, oder nach Port Oriskany, wo es eine große Bootsschau gab: das war nicht ihre Art. Für sie gab es einen Joseph, mit dem war sie verheiratet, der war ihr Ehemannm, auf den war sie stolz – jedenfalls in der Gesellschaft ihrer Schwestern, denn sie konnte sich ihnen gegenüber aufspielen; das war der Joseph, den sie liebte. Und dann gab es den anderen Joseph, vor dem sie weglief oder Angst hatte oder an dem sie herumnörgelte oder den sie schweigend mit Essen versorgte... Der Joseph, mit dem sie sich unentwegt stritt und dem sie für alles die Schuld gab. »Joseph«, nannte sie den einen, als wäre es ein Name, der in die Bibel gehörte. Den anderen, für den hatte sie überhaupt keinen Namen – niemals »Schatz« oder »Liebster«, wie andere Frauen manchmal ihre Männer nannten, oder wie es meine eigenen Kinder taten, wenn sie heirateten. Ach altes Weib! Immer alt. Alt mit dreißig! Joseph dies, Joseph das.

Joseph, *nein.*

Nein nein nein nein nein.

Er und nur er hat schuld.

Schuld. Schande. Jemand hat immer schuld. Schande. Schande! – Wer hat das wieder verschüttet? Wer hat diesen Dreck hinterlassen? Fischdärme im Spülbecken, Schwarzbarschabfälle und Fischschwänze und Fischköpfe. Wer hat schuld? Fliegen. Die Fliegengittertür hat ein Loch. Sollte geflickt werden; das Gitter erneuert. Eisenwarenhandlung. Witter's. Nein: Witter's hat zugemacht. Mit Brettern vernagelt. Also woanders. Irgendwann mal. Keine Eile.

Sie gab ihm die Schuld, Anna gab ihm die Schuld. Hatte einen schweren Tritt im Hause, kannte sich mit dem Vieh aus, konnte mit der Heugabel umgehen wie ein Mann, war sehr gut mit den Hühnern. Ihre Hühner. Legehennen, dutzendweise Eier, grauweiß gesprenkeltes Federvieh, Rhode-Island-Rote, weißes gluckendes scharrendes pickendes Geflügel, das frei herumlief. Flache Spuren im Staub. Betten. Eine Schande, wenn jemand auf einem Bauernhof krank ist. Jemand hat immer schuld. Mit den Kindern ist sie in die Kirche gegangen, und eins nach dem anderen blieb dann weg, schlug sich auf die Seite des Vaters, ging nicht mehr hin; ein Haufen dummes Zeug war das, und das hat er ihnen auch gesagt, er hat es sogar eines denkwürdigen Tages dem Herrn Pfarrer gesagt, all das Gebrabbel und Gesinge und Gestöhne und Bitten und Beten – *das* war die wahre Schande, hat er erklärt und nicht seine eigene Einstellung. Wenn sie jemandem die Schuld geben wollte, hatte er sie angeschrien, warum denn nicht ihrem lieben Jesus? – und dem Lieben Gott? – und dem – wie hieß er noch – Heiligen Geist? Und ihn in Ruhe lassen.

Sie sagte, es sei seine Schuld – seine Gier. Seine Brutalität. Betrunken war er und hat sie im Suff bestiegen und nicht auf sie gehört, und dann war es zu spät, und sie war wieder schwanger, und hatte der Arzt es ihnen nicht gesagt, sie gewarnt? Aber der alte Joseph, dem war's einerlei, nicht wahr? – ein Schwein, ein besoffenes Schwein, Dung an den Stiefeln und in den Hosenaufschlägen und unter den Fingernägeln, er hat irgend etwas gemurmelt, sich entschuldigt, aber natürlich kümmerte es ihn nicht, warum auch? – er war eben nur ein Tier, wie alle Männer. Der Doktor hatte sie wegen ihres Herzens gewarnt, und sie hatte geweint und gesagt: Aber was kann ich tun, was können wir tun, und er hat sie angefahren: Tun Sie, was andere Leute auch tun! Ihr Mann weiß das ganz genau. Und er wußte es, wußte es. Es war nur das eine Mal gewesen, spät abends war er von der Landpartie der Freiwilligen Feuerwehr von Childwold nach Hause gekommen, ein wenig beschwipst, er hatte gesungen, nur das eine Mal und vielleicht auch noch ein anderes Mal, als er es vergessen hatte... aber sie hatte ihn auch nicht abgewehrt, oder? Schuld! Schande! Wenn irgend etwas nicht klappte, wenn der Blitz die alte verdorrte Ulme oben am Fluß traf, die schon ein Dutzendmal getroffen worden war, nun, die Alte mußte jemandem die Schuld geben, suchte jemanden, dem sie die Schuld geben konnte... Aber sie war nicht alt, nicht immer. War mal jung gewesen. So jung wie er. Glänzendes schwarzes Haar, volle Brüste, Hüften, Schenkel, wortkarg, sehr schüchtern, anfangs war ihre Stimme so leise gewesen, daß er sie kaum verstand, eine schlechte Gewohnheit – aber natürlich war sie damals ein junges Mädchen gewesen, seine Verlobte. Wußte es nicht besser. Kannte die Männer nicht. Er machte ihr Angst, er war so flink und grob und triumphierend; aber beschuldigt hatte sie ihn erst viele, viele Jahre später.

Verschwinde, altes Weib – geh zum Teufel, wo du hergekommen bist.

Er trank, weil er Gicht hatte. Und seine Augen – sie taten ihm weh. Der Doktor meinte, sie würden nach der Operation besser werden. Aber sie wurden nicht besser. Er wußte es. Schmerz, Schmerz, Schmerz. Unerträgliche Stiche in der Brust. Dieses Feuerwerk hinter den Augen. Wo war er gewesen? Zuhause, am Küchentisch. Was wäre geschehen, wenn es draußen passiert wäre? Auf dem Feld? Tödliche Sonne, Sonnenstich, Tod durch Verdursten. Der arme Junge, der von den Donners, wie hieß er noch, war beim Dreschen zusammengeklappt mit gerötetem Gesicht, nach Luft ringend; sie hatten Wasser über ihn geschüttet, aber er war nicht mehr zu sich gekommen – ein Junge, noch keine zwanzig, wie schade, rätselhaft, daß er innerhalb von ein paar Stunden gestorben ist, ganz plötzlich, und die Eltern haben es ihr Leben lang nicht verwunden: Wer hatte schuld, wer war schuldig? Sie gab ihm die Schuld wegen John. John, der ausgerissen war zur Marine. Aber er konnte sein dreistes Mundwerk nicht ausstehen. Seine Frechheit. Ging ihm durch und durch, dieses höhnische Lächeln, das er aufsetzte, wenn er ihm eine Ohrfeige gegeben hatte, dieser Ausdruck von einem geprügelten Hund, wem sollte man seinetwegen die Schuld geben, wer war schuld daran, daß er von zuhause weglief? Hat niemals seinen Teil der Arbeit getan, obwohl er der Älteste war.

Nuala. Anna. Pearl. Arlene.

Seine Lieblingstochter, wußte sie, daß sie sein Herzblatt war, seine Hübsche, mit den großen Augen, sein Kätzchen? Wußte sie, daß er um sie hatte kämpfen, schenkeltief im Haß seiner Frau hatte waten müssen? Noch ein Mädchen, noch eine Tochter; es war an der Zeit; er sagte es so dahin, und sie befahl ihm, den Mund zu halten, vor der ganzen Familie verbot sie ihm den Mund, sie war zutiefst verlegen und verärgert, und als sie allein waren, hatte sie geweint und hätte nach ihm geschlagen, wenn er sie nicht bei den Handgelenken gepackt hätte. Nachtelang mußte er in Johns altem Zimmer kampieren. Sie selbst ging frühzeitig nach oben, allein, während er unten noch das Radio anhatte oder Zeitungen oder Zeitschriften las oder mit seinen Söhnen und Carrie Rommé spielte und sich über die Zukunft der Farm Gedanken machte, über das Vieh und die Ernte und die Schwierigkeiten mit dem Gemüseversand und die Niederschlagsmenge, er dachte darüber nach, was er geschafft hatte und dann – dann entsann er sich wieder daran, wie man ihn darum betrogen hatte: Seit den zwanziger Jahren war es mit der Nation bergab gegangen, was er verloren hatte, würde er niemals wieder erwirtschaften können; deshalb wollte er ein kleines Mädchen, eine Tochter. Er wollte ein kleines Mädchen haben. Warum, das wußte er selbst nicht.

Oben hörte er ihre schweren Tritte. Sie war schwer. Brüste, Bauch, Schenkel. Ihr Gesicht hing nach unten. Er spielte mit seinen Kindern Karten, manchmal auch Dame oder Puff, und er lauschte, wie sie oben herumging und sprach nie über sie – hob nur die Schultern und ließ sich nichts anmerken – schließlich war sie seine Frau. Sie hätten nicht heiraten sollen, er hätte nicht *sie* heiraten sollen; nun aber war sie seine Frau... Er kauerte über ihr, die Finger in ihre nackten Schultern gekrallt. Wie sie kämpfte! Mit verzerrtem Gesicht, blaß, schweißgebadet. Sie hatte gestöhnt wie ein verendendes Tier, so ein Kampf war es gewesen, so ein Stöhnen und Sichaufbäumen, seine Hände rutschten ab, verloren den Halt. Ihre riesigen bleichen Schenkel öffneten sich – meine Hände waren abgeglitten, es war Joseph, der dort keuchte und stöhnte – ich war er – die Schenkel der Frau öffneten sich, die Scheide öffnete sich roh, rot, naß schimmernd – ein zweites Gesicht, ein zweiter Mund, blutverschmiert, gequält. Es war lebendig, es erlitt Todesqualen! Joseph starrte es an. Ich starrte es an. Auf einmal erschien ein Stück Babyschädel hinter den klebrigen Blutfäden. Oh! Ich schlug die Hände vor den Mund, überwältigt. Oh! Gott im Himmel hilf mir, Gott, laß es nicht zu, Gott, bleib bei uns... Ich preßte die Hände auf den Mund, ich wollte nicht schreien. Ich wollte nicht schreien. Wollte nicht. Die Frau griff in die Luft und bäumte sich auf und stöhnte und keuchte wie ein wildes Tier und warf den Kopf von einer Seite zur anderen. Das Kissen war weggerutscht und auf den Fußboden gefallen. Sollten sie ihr die Beine an die Bettpfosten binden? Beine und Arme? Nein, sie würde die Pfosten niederbrechen. Unglaublich, wie stark sie war. Das Bett knarrte, die Bohlen knarrten. Es stank nach Körper, nach Blut. Schweißgetränkte Laken. Preß! riefen sie der Frau zu. Preß! Preß! Jawohl! Jetzt. Jetzt.

Er kommt! Er kommt! Er will geboren werden! Er kämpft darum, geboren zu werden. Seht doch mal – seht ihn euch an – er will zur Welt kommen, es gibt kein Zurück mehr – Josephs Augen rollten in panischer Angst, er sah nichts mehr, er wurde blind. Er begann zu schreien. Lichter schienen auf, schleierartige Lichter, aber er war blind; er konnte nicht sehen. Er gab nach und begann zu schreien, und dann konnte er nicht mehr aufhören. Schrie und schrie und schrie. Oh! Er hatte Angst. Todesangst! Und er war so voller Zorn! So zornig!

Er schrie und war geboren.

Süßer Rotwein. Zuckrigsüß. Stieg einem sofort in den Kopf, du mußtest die Elfuhrstunde ausfallen lassen. Dann sind sie, deine Mitschüler, mit dir im Gang auf und ab spaziert, alle habt ihr gekichert trotz der Gefahr und dann ist Mr. Hogan gekommen, hat dir voll ins Gesicht geblickt und wußte Bescheid… ist aber weitergegangen, an dir vorbei. Der Lehrkörper von Yewville will in diesem Jahr keinen Skandal! Keinen Skandal dieses Jahr!… Im vergangenen Frühjahr war ein Lehrer auf dem Parkplatz zusammengeschlagen worden, keiner wußte von wem, niemand verriet es. Dieses Jahr war er nicht zurückgekommen; es ging das Gerücht, er sei mit seiner Familie weggezogen.

Niemand will einen Skandal.

… Konnte nicht aufhören zu kichern, so lustig war es. Alles war lustig. Tommy Reddings Freundin hat dir dann hinaufgeholfen, aufs Klo im ersten Stock. Dumme Laney. Dummes Gesicht im Spiegel. Du solltest nicht trinken, hat sie gesagt, wenn du's nicht verträgst.. Und du hast geantwortet, es sei nicht der Rede wert gewesen, und außerdem war Tommy schuld. Sein Spind war neben deinem, und er hatte eine Flasche in einer Papiertüte dort und alberte immer herum. Es war nicht deine Schuld.

Weshalb scherte sie sich nicht zum Teufel? Es war nicht deine Schuld.

Sie drehte das Wasser auf und ließ es über ein paar Papierhandtücher laufen und wollte dir damit das Gesicht waschen. Wasser lief dir den Hals herunter, es hat gekitzelt. Und du mußtest einfach loslachen.

Du wirst uns noch alle in Schwierigkeiten bringen, sagte sie.

Ach Scheiße.

Zwei Oberstufenschülerinnen kamen herein. Haben uns beide schief angesehen. Mädchen aus Yewville, Biester, halten sich für wer weiß was. Luder. Ihr geht uns lieber aus dem Weg... Sie fürchten sich vor den Kindern vom Lande, vor den Farmerskindern. Hassen uns. Halten uns für Gesindel, Pack. Halten sich für weiß Gott was.

Und dann hab ich gesagt, was gibt's denn da zu glotzen? Kümmert euch um eure eigenen Angelegenheiten – raus hier und kümmert euch um euren eigenen Dreck...

Laney, hör auf!

Sie sollen nur Angst haben. Jawohl. Da war Vale gewesen, vor Jahren, heute noch sprach man davon, stimmt's, Vale Bartlett, und von deinem Vetter Amos Hurley, diese Messerstecherei anläßlich einer Abschlußparty vor ein paar Jahren; die Jury sagte, es war Notwehr. Notwehr. Es hatte damals eine Verhandlung gegeben mit Geschworenen und einem Richter. Es stand in den Zeitungen. Darum sollten dir die Leute nicht in die Quere kommen, sich nichts einbilden, keine Lügen über dich verbreiten... Und dann war dir auf einmal übel geworden. Gerade hattest du gelacht, und im nächsten Moment war dir schlecht geworden. Irgend etwas stimmte nicht, irgend etwas würde passieren. Da war Kasch, aber seine Schuld war es nicht, Kasch war nicht dafür verantwortlich. Nein. Etwa Earl, der nachts durchs Fenster geklettert kam, an den Reben hatte er sich festgehalten und war dann durchs Fenster gestiegen, um dich zu erdrosseln...? Nein. Nein. Das war doch nur ein blöder Traum, ein Alpdruck. Du würdest ihn nicht umbringen müssen. Es würde nicht geschehen. Es würde nie geschehen, niemals. Gott würde es nicht zulassen... Da war Mama, sie lag auf dem Sofa, das Gesicht immer noch voller Blut. Mit einem Röcheln in der Kehle. Schlafend. Betrunken, nach Alkohol und Erbrochenem stinkend, das Kleid zerfetzt, man konnte den Büstenhalter sehen, lauter Blutflecke drauf. Mama, warum hast du es so weit kommen lassen? Wie konnte das geschehen? Sie hatte das Kleid erst vor ein paar Tagen gebügelt, du warst in der Küche und hast dich mit ihr unterhalten. Über nichts Besonderes. In der Küche war es warm und anheimelnd gewesen, es ist der gemütlichste Raum unten, und Mama bügelte das Kleid sehr sorgfältig, es war ihr Lieblingskleid, sie besprengte es mit Wasser aus der Colaflasche, die du ihr vor Jahren einmal, knallrot bemalt, geschenkt hast – das war in der Mittelschule von Childwold gewesen, es war als Weihnachtsgeschenk gedacht. Alle Schüler und Schülerinnen hatten damals Colaflaschen bemalt, um ihren Müttern diese mit einem Korken verschlossenen Flaschen zum Anfeuchten der Bügelwäsche zu schenken. Ihr beide hattet euch unterhalten, hattet gelacht... worüber nur? worüber? Draußen regnete es, und du entdecktest eine der Katzen, es war der schildpattgefleckte Kater, der zugelaufene, er war eines Tages vor vielen Jahren aufgetaucht voller Flöhe und mit einem zerfetzten Ohr, und wurde dann in die Familie aufgenommen und da saß er nun im Garten im Regen mitten unter den Tomatenpflanzen, und du hast es deiner Mutter gesagt, und dann habt ihr beide aus dem Fenster gesehen, war es nicht seltsam, eine Katze, die so einfach im Regen dasaß, selbst ein so betagter, kampferprobter Raufbold von einem Kater? Dann habt ihr beide gelacht, ihr habt gelacht.

Dir wurde besser und du warst auf einmal müde, aber es war ja noch nicht einmal zwölf Uhr, der Schultag nur halb vorüber, das Ende, auf das du hoffen konntest, noch nicht in Sicht; der Lachanfall war vorüber, Backen und Kiefern schmerzten, so heftig war er gewesen. Nein, erst würdest du ihn umbringen. Du hattest keine Angst. Du würdest dich auf die Veranda stellen, die Bohlen voller Splitter und hart unter den Füßen, nein, du hattest keine Angst, niemand in der Familie hatte Angst, die Menschen sollten uns lieber nicht in die Quere kommen. Du konntest mit einem Gewehr umgehen; du hattest ein paarmal mit den Jungen gejagt. Du hattest getötet. Du wußtest, wie man tötete. Es war einfach, man durfte nur nicht zögern und hinterher nicht nachsehen; jemand anders mußte das tun, du nicht, dein Magen drehte sich um bei dem Anblick, du hattest keine Angst, aber du wolltest doch lieber nicht mit auf die Jagd, du hast es gehaßt, wenn Opa von der guten alten Zeit erzählte, von den Jagden und wie sie dem Wild das Fell abzogen und es ausweideten – du hast es gehaßt, wenn Fischabfälle unten am Fluß lagen, Karpfen und Barsche, die von den Jungen nicht mitgenommen worden waren. Und manchmal waren es auch Ochsenfrösche, die sie einfach gegen die Steine geklatscht hatten und kleine Schildkröten, es war, als hätten diese Geschöpfe sie irgendwie beleidigt und müßten dafür büßen. Es wurde einem ganz schwindlig, wenn man bedachte, wie grausam diese Kreaturen bestraft worden waren und weiter bestraft würden. Nein.

Auf den Knien in der Toilette, die Stirn gegen das porzellanene Waschbecken gepreßt. Es war kalt, es war hart und kalt. Was machte es aus, wenn der Fußboden schmutzig war, dir war es egal, du mußtest die Stirn gegen das Becken pressen, es war so kalt, so hart, tat so gut, mein Gott war das gut, Tommys Freundin wollte dich hochziehen, aber du hast sie weggestoßen. Du hast die Augen fest zugemacht, hast gespürt, wie sich dein Gesicht zusammenzog, wie bei einem Baby.

Bitte lieber Gott, laß es nicht zu, laß es nicht geschehen, oh Gott steh uns bei, laß es nicht, laß es nicht…

Drei

Die Kinder flitzen in die Ecken, in die Schatten; Versteckspiel in den tiefen Spalten; deine Lippen bewegen sich im Gebet, im Spiel. Hab dich! Da bist du! Eins der Kinder starrt dich an, die Zähne in die Unterlippe gegraben. Du möchtest dich nach vorne werfen, vor ihr knien, du möchtest taumeln, du möchtest vor Freude laut aufschreien –

Engel, Dämonen.

Kann sie nicht deutlich erkennen.

Sie singen, sie läuten mich ein, andächtige verspielte Stimmen, alles, was ich von ihnen weiß, sind ihre Stimmen, ihre hohe, gurrende, vollkommene Litanei:

Childwold
Childwald
Childweald
Childweld
Childwild
Childwood
Childword
Childworld
Childhold
Childmold
Childtold
Childcold
Childchill
Chillwould
Choldwild
Chilword
Chillwild
Wildwold
Wildhold
Woldhold
Willchold
Willword
Willworld
Willwould
Willwold
Wildchill
Worldchild
Worldchild
Worldwild
Wold
Chide
Choose

Am Anfang ist das Wort.

Nichts existiert außer in Worten, durch Worte! – kein Ding, nichts, das nicht zuerst geatmet wird.

Wortreicher Kasch, geistreicher Kasch, kinderloser Sohn von Kasch.

Laney, zweifelst du an mir? Wenn du an mir zweifelst, hörst du auf zu existieren!

In ihrem vollgestopften kleinen Zimmer ganz oben in diesem Haus weinte ich, weine ich. Sie löste sich aus meiner Umarmung. Schritte.

Ich greife nach ihr, ich griff nach ihr und weinte.

Wie konnte sie an mir zweifeln!

Wie ich mich an ihr rächen werde!

Nein, ich war nicht grausam. Ich war gütig, zuvorkommend, unbefangen, ein Vorbild an Gelassenheit. Brahma, mit sich selbst im Universum Versteck spielend, hätte nicht verschmitzter, gelassener sein können.

Zum Beispiel betrachtete ich mir ausführlich die alte Puppe auf ihrer Kommode mit den glasigblauen, schwachsinnigen Augen; ich berührte den zarten, verschlissenen Spitzenbesatz an ihrem winzigen Schleier. Zauberhaft! Dann sah ich mir die billigen Hartfaserplattenwände genau an und die Photographien und Zeichnungen, mit denen sie bedeckt waren, ich nahm die Valentinsgrüße, die Weihnachtskarten, die Geburtstagskarten, die zahllosen Schnappschüsse zur Kenntnis; ich besah mir die kleinen Kissen, manche rund, manche viereckig, manche glänzend, manche mit kleinen billigen Knöpfen. Die Blumenmuster, die sich nicht vertrugen, die Streifen und Pünktchen, die fröhlichen mutigen Farbflecke aus dem Billigladen – sie alle entgingen mir nicht. Ich fuhr mit der Hand über den Petit-Point-Bezug auf dem Kissen, das auf dem Schaukelstuhl lag. Solche Vielfalt, solche bejammernswerte Vielfalt! Ich streichelte die Steppdecke auf ihrem Bett. Ich zog den Vorhang beiseite, hinter dem die Kleider auf einer Holzstange hingen; es waren recht viele, aber keines von ihnen besonders attraktiv. Das ist Armut, Kasch. Das ist Armut, meine Freunde. Der Geruch, der Eindruck, der Geist der Armut. Und doch –

Doch –

Dieses Rechteck aus Licht, eine Überraschung, ein Splitter, der mich blendet – ja? was ist es? – nur der Reflex eines Fensters in der Spiegelscheibe auf der Kommode. Ich bin hineingestolpert in seinen breiten Schein. In seine Überraschung. Nein Kasch, kein wachsames, sich seiner selbst bewußtes verlegenes Gesicht in diesem Spiegel.

Der Himmel blaßblau, blaßgrau. Der Himmel der eigenen Seele. Blätter. Ein hügeliges Feld. Bäume, Anhöhen, Berge. Damals war es Sommer, ich roch die herben, ätzenden Düfte der Sommerhitze. Mein Kopf war schwer, die Nasenflügel juckten. Nein: es war nicht Sommer. Es war Winter. Am Himmel trieben weiße Wolken, der Wind fegte einen Ast gegen das Dach, ich spürte den kalten Luftzug, der durch die Fensterrahmen, durch die Lappen hindurchdrang, mit denen die Fenster abgedichtet waren. Kalt, so kalt! Sie prahlten mit der wahnsinnigen Eiseskälte und den dreitägigen Schneestürmen in den Hügeln. Kalt, Kindkälte, Weltkälte, Weltwille, wollte. Sie kniet auf ihrem Bett und späht durch dieses Fenster in diesen Flecken Welt, dachte ich und war sehr berührt und drückte, ich weiß nicht warum, die Hand auf meine Brust, als wolle ich mein Herz besänftigen. Sie starrt vor sich hin, sie träumt, sie lebt.

Die Photos, die Momentaufnahmen. Voll von Menschen. Übervoll. Seelen, Gesichter. Familien. Kinder. Ich konnte es mit ihnen nicht aufnehmen, ich konnte es mit ihr nicht aufnehmen. Photographien von lächelnden Kindern. Erwachsene und Babys, Babys, von Frauen, von Kindern gehalten, lächelnd, bereitwillig und tapfer in die Kamera lächelnd. Ich liebe. Ich möchte. Ich begreife es nicht. Dies sind die Menschen, die Kinder haben, dachte ich, Menschen, die die Welt bevölkern. Ich starrte, starrte. Ich berührte eine alte, sepiafarbene Photographie, aber es war zwecklos, zwecklos, sie zu berühren – was konnte ich gewinnen? Dies sind die Menschen. Dies.

Der alte Spiegel warf ein gleißendes Viereck aus Licht vom Fenster zurück. Er zeigte mir nicht mein besorgtes Gesicht. Ich bückte mich, ich zwinkerte, ich war unsichtbar. Der Spiegel war für eine viel kleinere Person eingestellt. Ich berührte ihn, drehte ihn um. Das Licht sprang hoch, das Licht im Rahmen des Fensters. Ich fuhr mit der Hand über das Glas wie ein Zauberer, und das Mädchen erschien, mit verschränkten Armen, verlegen, unruhig, die Stirn in Falten gelegt.

So schön ist es hier! Schön.

Könnten wir nicht –? Könnte ich nicht –?

Im Spiegel erschien ihr Profil, zart, eine kleine Stupsnase, Locken, die ihr lässig in die Stirn fielen. Ich bemühte mich, keine jähe Bewegung zu machen. Ein Gemälde kam mir in den Sinn, das ich vor Jahren gesehen hatte, war es in Italien? – ein Gesicht aus dem vorigen Jahrhundert, Ringellocken, helle, nach innen blickende Augen, das Mädchen lehnte aus einem geöffneten Fenster und – unwahrscheinlich? – Lichtstrahlen hinter ihr, die ihr zartes Gesicht wie mit einem Heiligenschein umrahmten… ein Bild in einem ovalen Rahmen. Ich machte keine abrupten Bewegungen. Verzweiflung hatte mich gelehrt, behutsam zu sein. Auf dem Gemälde hatte das Mädchen mich angeblickt, in meine Richtung gesehen, in mich hinein und durch mich hindurch, sie hatte wegen mir geschaut, ein hauchfeines Glühen von Schönheit, große, weitgeöffnete, blind wirkende glänzende Augen. Sie lehnte sich aus dem Fenster, hatte einen Arm erhoben, die Handfläche nach oben, die Finger waren dem Betrachter entgegengestreckt. Ich wollte vorwärtsdrängen, wollte mit meinen Fingerspitzen die ihren berühren –

Das Jahr geht zu Ende. Wintersonnenwende. Man springt das Leben an, man stellt sich die wildesten Sachen vor. Als ich mich nach ihr umdrehte, stand sie da, entschlossen, die Arme verschränkt, und beobachtete mich mit ihrem kühlen, grauen, abschätzenden Blick. Kleine Brüste zeichneten sich ab. Billiger Orlonpulli, dunkelblau, die üblichen Jeans, verwaschen und verdreckt. Rosa umrandete Nasenflügel; sie war stark erkältet. Lippen, die sich nicht zum Lächeln bereitfanden, obwohl ich vor lauter Liebe lächelte.

Ich werde sie verändern: ich werde sie erfinden.

Ich werde mit Hingabe über sie schreiben, ich werde gewisse Eigenschaften, die sie besitzt, herausarbeiten und andere, die ich vulgär finde, weglassen. Da ist ihre unleugbare Schönheit, ihr frühreifer Zynismus, ihr schmaler, knabenhafter Körper, der in ein paar Jahren vielleicht nur noch mager und zäh sein wird. Aber sie hat einen zu starken Willen. Sie ist zu grausam. Raucht, trinkt, streift mit den anderen durch die Straßen von

Yewville, manchmal untergehakt mit einem oder zweien, sie ist ungeschliffen, vulgär, verloren. Die billige Anmaßung dieses Karnevals von einem Zimmer, dieses winzige, verzweifelte Königreich ist zwar rührend genug – aber doch vielleicht lächerlich; vielleicht verdient sie es, daß man sie nur bemitleidet. Ich werde ihre Einsamkeit, ihre Isolierung hervorheben. Ihre Sensitivität. Den toten Vater, die liederliche Mutter, das Haus voller Kinder, den Gestank nach Armut, die fruchtbare hirnlose erschreckende Landschaft, die Schönheit, die hier so zufällig ist wie die Häßlichkeit. Ich werde sie weniger attraktiv, aber weniger hart machen. Ich werde sie weicher machen, indem ich etwas in ihr breche – jenen vorsichtigen, verschleierten Blick. Werde vielleicht ihre Augen schwächer machen. Wie meine eigenen. Menschen, die alles klar sehen, machen mich neidisch, warum sollte ich nicht neidisch sein, warum sollte ich mich meines Neides schämen? Schwache Augen durch Scharlach geschwächt, den sie als Kind hatte, sechs lange Wochen zwischen Leben und Tod, auch ihr Herz geschwächt, und dauernd ist sie sich bewußt..., weiß sie, daß sie sterben kann.

Oder ich könnte ihr einen Silberblick geben, einen ganz ganz leichten. So daß man es kaum merkte, obwohl man natürlich spüren würde, daß mit ihren Augen irgend etwas nicht ganz stimmte. Wunderbar! Wunderbar... Oder aber sie könnte sich vor einigen Jahren das Bein gebrochen haben, ein komplizierter Bruch, sie ist vom Pferd gefallen, hat sich das Schienbein an vier verschiedenen Stellen gebrochen, und dann ist es nicht mehr richtig geheilt, so daß sie hinkt, hinken müßte, einerlei wie viel Mühe sie sich gibt, es zu kaschieren, und wenn das Wetter naß und kalt ist, tut ihr das Bein ununterbrochen weh.

Nein. Sie drehte sich um, fand, was sie suchte und wollte wieder gehen.

So schön hier, so schön, könnten wir nicht –? Könnte ich neben dir auf dem Bett liegen, auf der Steppdecke, Liebes, könnte ich dich ein paar Augenblicke in meinen Armen halten, nicht einmal eine Minute lang, könnte ich, könnten wir, aus der unendlichen Zeit unseres Lebens nicht Zeit finden für –?

Begehren schießt hoch wie eine Flamme, Neugier, so intensiv, daß sie körperlich wird. Ich muß sie *erkennen*. Muß sie nackt sehen, in ihren engen, störrischen Leib eindringen, in ihr störrisches Gehirn. Muß sie ganz kennen, auch innen. Jener erste Anblick damals am Flußufer, die Hände vors Gesicht geschlagen, völlig verstört, so verletzlich – und auf den Straßen der Stadt, wenn ich mich verstecke, wenn sie mich nicht sehen kann, mich, der ich ihr nachspioniere, der ich in der Luft um sie schwebe –

Ich würde dir nicht wehtun, Laney, sagte ich leise.

Du wirst keine Gelegenheit dazu haben, sagte sie ohne ein Lächeln.

Earl rief wieder an und kam dann schließlich. Arlene und ein paar der Kinder hatten sich im Kellergeschoß versteckt, in diesem häßlichen düsteren Platz, wie ein Verlies, wie eine Höhle, der Boden aus festgestampftem Lehm, mit einer übelriechenden Zisterne, einem ausgedienten Ölofen und Kisten und Pappkartons und Spielsachen überall verstreut; der einzig erträgliche Raum lag unmittelbar unter der Treppe, wo die Wände ganz verstellt waren mit Regalen voller Eingemachtem in lauter gleichen Gläsern. Die Bretter waren, allerdings vor Jahren, sorgfältig mit Wachstuch ausgelegt worden. Aber sie wagten nicht, in diesem Raum zu bleiben, er lag zu nahe an der Tür. Deshalb krochen sie in den entferntesten Winkel des Kellers, dem Licht von Arlenes schwacher Taschenlampe folgend. Nicht alle Kinder waren mit ihr: Ronnie war ausgegangen, Davy ebenfalls, June war bei Carrie zu Besuch, wo eine Cousine gleichen Alters war, Laney war in Yewville, Nancy war oben und redete mit Earl. Sie sagte ihm, er sei hier nicht willkommen, stand im Türrahmen und verwehrte ihm den Zugang, weigerte sich, einen großen Blumentopf mit einem Weihnachtsstern anzunehmen, den er Arlene mitgebracht hatte, und den er schließlich auf der Veranda stehenließ, nachdem Nancy ihm die Tür vor der Nase zugeschlagen hatte. Earl Tuller! Rotwangig, größer als sie ihn in Erinnerung hatten, in einem Kamelhaarmantel, sein dichtes dunkles büscheliges Haar voller Schneeflocken, aus wässrigen Augen blinzelnd, als verstünde er nichts, überhaupt nichts mehr. Wo war Arlene? Warum hatte sie einfach aufgelegt, als er anrief? Was war los? Es tat ihm leid, ehrlich, Gott wußte, wie sehr es ihm leid tat – was konnte er sonst noch sagen, was tun, außer sich zu entschuldigen, um Verzeihung zu bitten? Er schlug sich auf die Brust, auf das dicke Revers seines Mantels, und sein Atem, als er auf Nancy einsprach, war heiß und roch nach Kognak – was konnte man noch von einem Mann verlangen? Hatte er Nancys Mutter nicht immer wie eine Königin behandelt, außer dieses eine, einzige Mal?

Er ging. Fuhr davon. Die Gefahr war vorbei.

Stundenlang, tagelang war es das einzige Gesprächsthema. Die Kinder blickten verstohlen durch die Fenster an der Straßenseite, oder sie schlichen sich hinauf in Laneys Dachkammer – was ihnen verboten war –, um von dort aus die Straße zu beobachten. Arlene ließ Nancy die Unterredung mit Earl immer und immer wieder wiederholen, sie hörte sie sich so oft an, daß sie meinte, jede Nuance seiner Bitten zu kennen, daß sie glaubte, jedes Augenzwinkern, Stirnrunzeln und Grimassieren selbst gesehen zu haben. Den Wagen hatte er mit keinem Wort erwähnt! Und da stand er nun in der Einfahrt, bronzegolden, imposant, – und er hatte kein Wort gesagt.

Arlene berührte geistesabwesend ihr Gesicht, ihre Augenbraue. Die Kinder plapperten durcheinander. Eine ihrer Schwägerinnen, es war Georges Frau, rief an. Sie konnte einfach nicht widerstehen, ihr von Earls Besuch zu erzählen. Und tags darauf rief eine Freundin an, eine Wreszin, und wieder konnte Arlene nicht anders als *ihr* alles zu erzählen. Das Gespräch dauerte eine Dreiviertelstunde. Arlene ging verwirrt und stolz umher, in ihrem Kopf summte es von guten Ratschlägen. Sie hörte zu, merkte sich aber nichts. Sie hörte aufmerksam zu, verzweifelt. Erinnerte sich aber an nichts, hatte nichts wirklich aufgenommen, denn ein Teil ihres Gehirns war fixiert auf den gebieterischen Klang seiner Stimme, auf sein besorgtes *Arlene? Schatz?*, das sie manchmal im Schlaf vernahm.

Wenn sie sich nicht über Earl unterhielten, sprachen sie über das Auto.

Sie mußte es loswerden – es ihm zurückgeben! Es dem Mistkerl zurückgeben! Das war Laneys Meinung, die sie voll Verbitterung äußerte.

Ihr Vater war der gleichen Ansicht: Sie mußte den Wagen loswerden. Es war ein Geschenk gewesen, es symbolisierte, daß Liebe im Spiel gewesen war, sie würde sich ihm gegenüber erkenntlich zeigen müssen, wenn sie den Wagen behalten wollte, nicht wahr? deshalb, meinte er, müßte sie ihn loswerden.

Warum zum Teufel sollte sie ihn zurückgeben? Er gehörte ihr, er gehörte *ihnen*. Er gehörte der ganzen Familie. – Nancys Stimme hatte sich über die Stimmen der anderen erhoben. War der Wagen denn nicht für die ganze Familie bestimmt gewesen, hatte Earl nicht erklärt – damals, im vergangenen Frühjahr, draußen in der Einfahrt und im Beisein aller –, daß die Bartletts etwas Besseres haben sollten als diesen zehn Jahre alten Klapperkasten von einem Chrysler, der ungefähr so fahrtüchtig aussah wie die Wracks auf den Autofriedhöfen ringsum? Diese alten, verbogenen Fahrgestelle, im Sommer halb von Unkraut überwuchert, im Winter mit Schnee zugedeckt, das älteste von ihnen ein Studebaker-Chassis, so verwittert, daß es längst keine Farbe mehr hatte. Warum sollten die Bartletts jedesmal ihre Nachbarn bitten, mitgenommen zu werden, fragte Nancy, warum sollte sie den langen Weg zu den Arkins zu Fuß machen, um dann von einem von ihnen nach Childwold mitgenommen zu werden, warum sollten sie hier draußen auf dem Lande abgeschnitten sein von allem, wenn sie in diesem stattlichen neuen Buick in die Stadt fahren könnten? Sie waren genauso gut wie alle anderen, sagte sie, genauso gut wie alle anderen.

So ging es hin und her. Laney rannte nach oben und schrie. Nancy marschierte in der Küche auf und ab, selbstgerecht, nörgelnd, sie wollte Opa Hurley auf ihre Seite ziehen, wollte seine Bestätigung, daß sie genauso gut waren wie alle anderen, daß man endlich aufhören sollte, sie zu bemitleiden oder sich über sie lustig zu machen oder üble Gerüchte über sie zu verbreiten. Am Ende zog Arlene eines Vormittags ihren Mantel an und ging hinaus und fuhr weg und kam erst am späten Nachmittag in einem Auto, das niemand vorher gesehen hatte, zurück. Es war ein Pontiac Tempest, nicht das allerletzte Modell, aber in sehr gutem Zustand – hellgrün lackiert. Die Bartletts umstanden das Auto: Sie waren völlig verblüfft. Der Großvater schüttelte besorgt den Kopf, aber die anderen, die meisten, waren begeistert, ihnen gefiel der Wagen genauso gut wie der Buick, obwohl er kein Schiebedach besaß. Arlene meinte, er würde genügen. Sie brauchte ein Auto, sie *wollte* ein Auto, und dieses genügte.

Mama, sagte Laney mit bittender Stimme, was – was bedeutet das? Was ist passiert?

Sie war in die Stadt gefahren und hatte die Umstände einem Verkäufer in dem Autosalon, in dem Earl den Wagen erstanden hatte, auseinandergesetzt, einem Mann, den sie von früher kannte, nicht gerade intim, aber sie kannte ja beinahe jeden, stimmt's, und er hatte Verständnis gezeigt und nicht nur den Buick in Zahlung genommen, »etwas preiswerter«, sondern ihr obendrein Bargeld herausgegeben, weil der Tempest billiger war als der Royale. Es hatte sich also durchaus rentiert. Sie war froh darüber. Und die Angelegenheit war erledigt.

Aber Mama, sagte Laney, du hättest doch –

Hätte was! Hätte *was!*

Der Wagen gehörte dir nicht –

Aber auf einmal wandten sich alle gegen Laney – sie solle gefälligst Ruhe geben, sich um ihre eigenen Angelegenheiten kümmern, was wußte *sie* schon? – Nancy knuffte sie, weil sie sich so aufspielte, weil sie so tat, als wäre sie etwas Besseres. Das Auto war ein Geschenk gewesen, ein Geschenk, nichts weiter, und Arlene hatte es für die Familie bekommen, jeder durfte es benutzen, und falls es Laney nicht paßte, dann wüßte sie ja, was sie zu tun hätte – eingebildetes kleines Biest, Laney, hatte sie nicht selbst schon genug Schwierigkeiten?

Ich hasse euch alle, schrie Laney. Oh Gott, wie ich euch alle hasse…

Da gab es einen schwarzen Jungen, mindestens zwei Meter groß, wesentlich größer als Vale, mit einem Kopf voll wilder krauser Haare und einem langsamen, kalten Lächeln und einem Haken aus Aluminium an Stelle der linken Hand; er erzählte Geschichten, wie er eines Tages im Dschungel einen Bauchschuß bekommen hatte und wie ihn seine Kameraden einfach für tot liegen ließen, aber er hatte seine Eingeweide wieder in die Bauchhöhle zurückgestopft und war den anderen nachgekrochen, und dann war er von einem Hubschrauber ins Lazarett geflogen worden, und hier war er nun: Er hieß Fitzgerald. Und dann war da noch einer, Johnny, der wie Vale ein *Purple Heart* bekommen hatte und der zwei Jahre drüben gewesen war, wie Vale, ein Farmersjunge, stammte aus der westlichen Gegend des Tales. Er hatte ein breites, freundliches, sommersprossiges Gesicht, die Sommersprossen waren auffällig groß und blaß; sogar auf den Ohrläppchen hatte er Sommersprossen, und auf den Armen und Beinen. Er war bei einer Art Party ganz schlimm zugerichtet worden, kam ins Lazarett und wurde anschließend nach Hause geschickt. Es hatte, entsann er sich, Freibier gegeben. Er sehnte sich zurück nach Vietnam. Er fühlte sich einsam. Er hatte sich mit Vale angefreundet, aber sie hatten einander nicht viel zu sagen. Auch Fitzgerald war mit Vale befreundet. Sie sprachen nicht viel. Sie erzählten sich ihre Geschichten, verwechselten vieles, brachten die Ereignisse durcheinander. Vale hatte noch andere Bekannte, aber diese beiden waren seine Kumpel. Sie gingen zusammen aus.

Fitzgerald überredete Vale, sich für die für GIs eingerichteten und von der Regierung bezahlten Kurse anzumelden. Dreimal die Woche besuchten sie einen Englischkurs, Englisch O1 hieß er. Die Lehrerin war eine Miss Carlson, und als Vale seinen ersten Aufsatz zurückbekam, war er mit der Zensur D– versehen. Mit roter Tinte hatte die Frau daruntergeschrieben: *Der Aufsatz hat mich sehr berührt, aber es hapert noch mit der Grammatik, der Orthographie usw.* Er zerknüllte den Bogen und warf ihn dem Miststück ins Gesicht. Nein, er beherrschte sich, las die Note ein zweitesmal, las auch seinen Aufsatz noch einmal; es war nicht einfach, denn seine Handschrift war recht undeutlich… Der Junge mit dem Aluminiumhaken machte ihm hinter dem Rücken von Miss Carlson Zeichen, aber Vale nahm keine Notiz davon und blieb auf seinem Platz sitzen, bis alle anderen gegangen waren. Dann unterhielt er sich ernsthaft mit Miss Carlson über seine Zukunft. Sie nahm ihm das Blatt Papier aus der Hand, legte die Stirn in Falten, und es schien, als wolle sie es noch einmal durchlesen. Sie trug eine Brille. Ihre Augen waren groß und ein wenig hervorstehend. Ihr Haar war kurzgeschnitten, kürzer als das von Vale. Sie war etwa eins sechzig groß und erinnerte ihn an eine der Schwestern seines Vaters, an seine Tante Esther, aber nur ein wenig. Er konnte sich nicht mehr genau an Tante Esther erinnern, hatte jahrelang nicht mehr an sie gedacht. Während Miss Carlson auf ihn einsprach, mußte er sich erst von der Erinnerung freimachen, und für einen Augenblick gelang es ihm nicht. Er starrte sie an und wartete.

Ihr Aufsatz, sagte sie, hat mich sehr berührt, sehr. Dabei zwinkerte sie und fuhr fort: Ich begreife, wie Sie gelitten haben müssen, was Sie durchmachen mußten, dieser furchtbare, furchtbare Krieg… Ich bin da, um Ihnen zu helfen. Wir sind da, Ihnen allen zu helfen. Was Sie schreiben, Mr. Bartlett, ist sehr bewegend, aber die Chronologie stimmt nicht immer – zum Beispiel erwähnen Sie auf Seite zwei Ihr Ausbildungslager, Sie beschreiben einen Hinterhalt, Sie erzählen uns von Ihrer Verwundung, vom Tod Ihres Vater, und… Ihr Thema ist nicht immer einheitlich gegliedert, Sie müssen lernen, sich kurz zu fassen, zu abstrahieren, Sie müssen lernen, bestimmte *Gedanken* zu betonen, und außerdem, verstehen Sie, ist Ihre Orthographie und Ihre Grammatik… nun, das wird mit der Zeit kommen. Sind Sie schon in die Buchhandlung gegangen, und haben Sie sich den *Leitfaden* besorgt? Sie werden sehen, wie er Ihnen helfen wird, ich schlage selber öfter im *Leitfaden* nach, er ist unentbehrlich…

Sie lächelte ihm zu, sie mochte ihn leiden, er war froh. Aus der Nähe gesehen war sie fast hübsch. Sie war älter als Vale, war wohl Ende Zwanzig. Er nahm seinen Aufsatz von ihr zurück. Er wurde rot. Ihre Hände berührten sich für einen Augenblick.

Ihr Vorname war Marjorie. Er würde sie in ein paar Tagen einladen, sie ausführen und sie ficken, bis ihr die Brille von der Nase fiel und ihr Hören und Sehen verging. Und damit basta.

Zog in den Krieg, jawohl, 1919; galt als vermißt, drei seiner Briefe kamen gleichzeitig ganz zerknittert und schlammbespritzt an. Wie die Frauen geheult haben! Wie traurig. Traurig. Sein Vetter Hendrix war zurückgekommen, nur noch Haut und Knochen und mit seinem entsetzlichen, quälenden Husten. Mein Gott, damals war er zweiundzwanzig, dreiundzwanzig gewesen, und jetzt sah er aus wie ein alter Mann, es war mir entsetzlich, mit ihm im selben Zimmer zu sein, so elend sah er aus, er hat mir niemals einen Vorwurf gemacht, aber ich hatte trotzdem ein schlechtes Gewissen, weil ich nicht eingezogen worden war. Kniescheibe zertrümmert, ein Bein ein wenig verkürzt, bin aber so schnell gehumpelt, daß niemand etwas merkte, auch heute noch merken sie es nicht; es gibt ja so viele Möglichkeiten, sich zu verstellen. Bin niemals selber im Krieg gewesen. Bin niemals in irgendeinem Krieg gewesen.

Irgendwie tut es mir doch leid. Ich meine, ich... aber nein, Scheiße. Das ist verrückt...

Ging 1919 in den Krieg, Annas Vetter und der Lieblingsenkel meiner Großmutter, hochgewachsen, blondhaarig, langgesichtig, hätte gut ausgesehen, außer daß er eine so schlechte Haut hatte. Armer Leonard! Wir hatten ihn zum Bahnhof von Yewville gebracht, alle, und ich wußte, er wird nicht wiederkommen, ich wußte, es war ein Abschied für immer. Leonard, Lenny.

... Hatte eine Gitarre, auf der er klimperte, oder war es eine Mandoline. Die vibrierte und zitterte, als wäre sie lebendig. Er wollte sich darauf begleiten, aber seine Stimme reichte nicht aus, er konnte sich keine Melodie merken, er war, wie sie sagten, unmusikalisch wie eine Gießkanne, aber er hat es Gott weiß wie oft versucht, bis ihm die Augen voll Tränen standen... Armer Kerl. Wie ein Bruder war er, er war ein Bruder, der statt meiner in Frankreich sterben mußte. (Was zum Teufel ist Frankreich? Wo ist Frankreich? Wen schert's, wen kümmert's –

Frankreich? – Das hatte ich gerufen, als uns die Nachricht erreichte. Bin unten herumgestapft, als die Nachricht kam.)

Nun, Lenny wollte rüber, und dann, mitten auf dem Atlantischen Ozean, hat er sich's natürlich anders überlegt und schrieb seiner Mutter ganz herzzerreißende Briefe. Teile daraus hat sie uns vorgelesen, und natürlich kannten wir sie nachher so gut wie auswendig, aber den Rest behielt sie für sich, behielt die Briefe für sich und zeigte sie niemandem. Es war traurig, es war wirklich traurig... In seinen Briefen hat er immer nach unserer Farm gefragt: nach dem Vieh, den Hunden, selbst nach den Katzen und deren Jungen. Er wollte wissen, ob die Jungen immer noch im Fluß schwammen, wie es der Lehrerin ging, ob so-und-so schon ihr Baby bekommen hatte und so weiter, nur Fragen an uns und kein Wort davon, wie es *ihm* ergangen war, worauf wir alle erpicht waren. Nachdem er gefallen war, haben uns diese drei Briefe natürlich noch trauriger gemacht, er wollte wissen, woraus unser Weihnachtsessen bestanden hatte, ob es Sauerteigbrötchen gegeben hätte, und was für Pasteten, und hatte es Popcorn gegeben und Zuckerwerk mit Mandeln, ging der Baum leicht ins Haus, hatte sich Großpapa vollaufenlassen, hatte er sich wieder närrisch aufgeführt und diese komischen Lieder gesungen... und so weiter.

Wie hatte dem Jungen die Familie gefehlt! Das Herz konnte einem brechen.

Als wir die Nachricht von seinem Tode bekamen, ging es mir ganz fürchterlich an die Nieren, schlimmer als irgend etwas je zuvor, denn ich war ja ein paar Jahre älter als er und hätte selber den Krieg mitmachen müssen. An seiner Statt vielleicht. Aber ich hatte es nicht getan, wegen meines Knies und wegen der Farm. Wie zum Teufel hätte der Betrieb ohne mich funktionieren können? Aber Lenny wurde nicht so dringend gebraucht, auf *ihrer* Farm gab es genügend Hilfskräfte... Anna hatte ein paar Andeutungen gemacht, nur so ein paar Bemerkungen, wie üblich, nichts Direktes, mit dem sie mich hätte festnageln können, sie war eben damals nur ein Mädchen, das mich sehr lieb hatte, *glaube* ich, jedenfalls hat sie es gesagt. Ich habe sie geliebt. Lange Zeit habe ich sie geliebt. Jahre. Ich weiß nicht.

Aber ich wollte ja von Lenny erzählen.

Also das nächste Jahr, wieder zu Weihnachten, da hat am Heiligabend eine von Lennys Schwestern ganz grausliche Kopfschmerzen bekommen und allen einen Schrecken eingejagt, und dann hat sie plötzlich in einer Sprache geredet, die keiner verstand und sich hin und her gewunden und geschluchzt, und dann hat sie sich aufgesetzt und angefangen, mit Lenny zu reden: Und da haben sich alle wirklich ganz schrecklich gefürchtet. Ihre Augen standen offen, aber sie sahen nichts. Ihr Haar war ganz wild. Damals war sie etwa sechzehn Jahre alt, sie war schon immer ein seltsames Mädchen gewesen, wurde bei jeder Gelegenheit ohnmächtig, bekam Kopfschmerzen, Weinkrämpfe – sie war keineswegs robust, aber später, als Erwachsene, hatte sie es überwunden – bekam vier Jungen und zwei Mädchen und hat niemals wieder etwas derartiges gemacht. Aber damals war sie sehr merkwürdig, sie jagte mir einen Schrecken ein, ich wußte nie, wie ich mich benehmen sollte, wenn sie mich mit ihren großen Augen anstarrte. Und an diesem Heiligabend hat sie derart durchdringend geschrien und sich hinterher mit ihrem toten Bruder unterhalten – gute fünfzehn, zwanzig Minuten hat es gedauert, sie saß stocksteif und aufrecht auf dem Sofa in der guten Stube, vorher hatte sie drauf gelegen wegen dem Kopfweh, aber nun war das Kopfweh anscheinend vorüber, und sie redete und redete und sprach ganz schnell, es war, als wollte sie seine Fragen beantworten, aber wir konnten keine Fragen hören. Es war eine ganz verflixte Sache, es war so gespenstisch… Ich gebe zu, ich war genauso verstört wie alle anderen, die dabei waren, ich zitterte, und mir brach der kalte Schweiß aus. Was die Frauen und Kinder empfanden, kann man sich gut vorstellen…

Das war also am Heiligabend gewesen, und als es vorüber war, konnte sich das Mädchen an nichts mehr erinnern, sah uns nur an und zwinkerte, das Gesicht schweißnaß, ihre ganze Kleidung feucht, und dann führten sie sie nach oben und bemühten sich um sie und brachten sie zu Bett. Wir hatten alle Angst, wir wußten nicht, was wir tun sollten. Ich hatte das Gefühl, Lenny war bei uns im Zimmer. Ich wußte, er war da.

Es war eigenartig, aber was konnte man tun? Ich suchte die Zimmerecken ab, legte Scheite aufs Feuer, redete und gab mir Mühe, alles wieder normal erscheinen zu lassen... riß ein paar Witze, wie es meine Art war (ich bin der Überzeugung, ich war das einzige *geistig normale* Mitglied dieser Familie), was sonst?... Wenn Lenny noch bei uns war, hat er jedenfalls nichts mehr gesagt. Möglich, daß er uns beobachtete, aber gesagt hat er nichts. Möglich, daß es ihm leid getan hat, so viel Aufregung verursacht zu haben.

Am Weihnachtstag geschah nichts, jedenfalls nichts Ungewöhnliches.

Das Jahr verging, und am nächsten Heiligabend war es wieder dieselbe Schwester, und sie hatte diese Kopfschmerzen, und alle hatten wieder ganz schreckliche Angst, aber sie wurde nicht ohnmächtig oder verfiel in Trance, sie wiederholte nur immer zu ihrer Mama, Lenny sei in der Nähe, daß er sie »bedränge«, daß sie spüre, wie etwas in ihrem Schädel wuchs und wuchs, daß sie fürchte, ihr Kopf könnte platzen... sie flehte Lenny an, sie in Ruhe zu lassen. Es war der Duft von Zuckerwerk und Popcorn und Tannennadeln, der ihn anzog, sagte sie. Er sehnte sich so nach uns! Wollte zurückkommen, wußte aber nicht, wie. Wo er war, war es kalt, er hatte es dort nie warm genug, er war so einsam, so betrübt, er wollte zurückkommen und in unser Zimmer hinein und sich zu uns an den Tisch setzen, aber wie sollte er es bewerkstelligen? – wo er doch seinen Körper verloren hatte. Das war es, was sie sagte.

Er hat mir so leid getan, daß ich anfing zu heulen. Mir war elender zumute als bei der Nachricht von seinem Tode...

Was sollte man machen? – Er war tot. Er hatte seinen Körper verloren. Das ist also passiert, und am nächsten Heiligabend war es wieder so ähnlich, aber diesmal waren wir alle darauf vorbereitet. Es wurde gebetet, niedergekniet, gefleht, und so weiter. Der Pfarrer war auch gekommen. Natürlich hat Lenny das abgeschreckt, jeder Halbidiot hätte sich das ausrechnen können, und deshalb kam er nicht so klar durch wie die ersten beiden Male, und er hat mir irgendwie leid getan. Ich hatte das Gefühl (obwohl ich ihn niemals *gesehen* hatte), daß er nicht so alt war, wie er hätte sein sollen, sondern viel jünger, ein Junge von etwa zehn oder elf: Das machte mich wütend, denn die Familie war daran schuld mit all ihrem Beten und Jammern und dem Pfarrer im Haus, den Lenny weder kannte noch wichtig nahm, niemand in der Familie kannte ihn. Ich kann mich nicht mehr an seinen Namen entsinnen, will es auch nicht...

Jedenfalls ist dieses Weihnachten gekommen und gegangen und dann das nächste, und es war ähnlich und das darauffolgende auch. Er wollte einfach wieder nach Hause, weiter nichts. Es roch so gut bei uns, es war so warm – zumindest unten. Ich gebe ihm keine Schuld, nicht ein bißchen. Aber was mich anwiderte, war dieser Jammerlappen, zu dem er geworden war, jedenfalls kam er mir so vor. Und ich wünschte, er würde sich *mir* zeigen, damit ich ihn aufmuntern und ihm erklären könnte, er solle doch ein wenig Stolz zeigen. Sein Vetter Hendrix war ein erbärmlicher Anblick. Es hieß, er hätte eine Gasvergiftung gehabt, seine Lungen waren ruiniert, er sah aus wie ein Toter, seine Stimme war ganz heiser und leise und entsetzlich anzuhören, wie Laub, das raschelt, und man hätte annehmen können, daß Lenny sich *ihm* gezeigt hätte, aber das hat er nie getan. Tatsächlich war er nicht ganz überzeugt von Lenny und glaubte nicht, daß er wirklich an diesem Heiligabend erschienen war, er behauptete, es wäre alles nur hysterisches Getue und Mätzchen und Angabe, aber die Leute sagten, Hendrix sei einfach neidisch, genauso wie er als kleiner Junge die anderen beneidet hatte, weil man sich mehr um sie kümmerte...

Später ist er gestorben. Bekam Lungenentzündung und ist gestorben. Und ist auch niemals wieder erschienen, kein einziges Mal. Drüben in Europa war er ein wenig sonderbar geworden, wie so viele von ihnen, und zählte dann später nicht mehr richtig zur Familie. Könnte sein, es war nicht seine Schuld. Jedenfalls ist er nie wiedergekehrt, wie Lenny damals.

Die Jahre vergingen, alles wurde anders, nach und nach sind die Menschen weggestorben, Kinder sind zur Welt gekommen, groß geworden, und das Mädchen, die Schwester, zog schließlich weg, hinunter an den Alder River und kam absichtlich nicht mehr zu Weihnachten, und Lenny blieb auch weg...

naja, vielleicht kam er doch zurück, aber es war nicht mehr so deutlich, man konnte ihn nicht mehr im Haus spüren. Es war, als ob er nur mal kurz hereinschaute, als ob sein Interesse erlahmt sei. Das Haus wurde renoviert. Es wurde überall isoliert, das Dach repariert, ein ordentlicher Heizkessel installiert. Kann sein, daß er sich nun nicht mehr heimisch fühlte, sich nicht mehr zurechtfand. Auch die Babys waren ihm fremd, die kleinen Kinder, die so viel Krach im Hause machten und die auch nichts von ihrem gefallenen Vetter Lenny wußten, und er kannte sie auch nicht und fühlte sich in ihrer Gegenwart eben nicht mehr zuhause. Es war eine verflixte Sache, ich habe es wohl noch am ehesten verstanden, obwohl wir ja keine Blutsverwandten waren und ich mich entsinnen kann, wie ich hinaus in die Scheune gegangen bin (das war so Sitte; die Männer genehmigten sich dort einen kleinen Schluck) und wie ich versucht habe, mit ihm zu reden, wie ich fragte, ob er in der Nähe sei, ob er mich hören könne, er solle mir doch ein Zeichen geben... Aber nichts geschah, gar nichts. Entweder war ihm Joseph Hurley scheißegal, oder aber er blieb in der Nähe des Hauses und ging nicht in die Scheune, oder er hatte den Mut verloren und verblaßte einfach. Irgendwie war das traurig.

Das letztemal, als er kam... nun, das ist, ich gebe es zu, lange her. Bevor Arlene zur Welt kam – bestimmt. Ich hatte recht oft von ihm geträumt, aber die Träume blieben mir ein Rätsel. Unwahrscheinlich waren sie, mein Gott... Ich wünschte, ich könnte sie enträtseln, diese Träume. Als wolle mir jemand etwas Dringendes mitteilen, aber es ist ganz durcheinandergewürfelt, wie ein Puzzlespiel, und ich muß unbedingt die Teile zusammenfügen, weiß aber nicht, wie man es macht, weiß überhaupt nicht, wie man es macht. Lenny ist mir oft im Traum erschienen, aber er hatte nie viel zu sagen. Am Heiligabend habe ich immer irgendwie auf ihn gewartet, aber die übrigen Familienmitglieder – sie waren ja inzwischen jünger geworden – haben nur gelacht bei der Vorstellung, Lenny könne zurückkommen – es ging sie nichts an, oder es machte sie verlegen, oder sie wollten überhaupt nicht davon reden. Deshalb verlor er den Mut und verblaßte eben einfach... Er hat uns geliebt. Aber nun sind wir fast alle dort, wo er ist, einer nach dem anderen sind wir hinübergegangen. Zuerst seine Mama, dann sein Papa, dann seine Brüder und Schwestern, seine Vettern und Cousinen... Klar, daß er an dem Haus nicht mehr so interessiert war, stimmt's?

Ob es mir wohl genauso gehen wird?

Ein Wochentag mitten im Winter. Ungewiß, welches Datum wir haben. Immer noch Dezember? Immer noch. Schwermut, seit meiner Pubertät habe ich darunter gelitten, eine Woche, länger manchmal, grauer unbeweglicher Polyp, der die Seele bewohnt, treibende, wolkig-amorphe Arme, Tentakel. Mit winzigen Saugfüßen innen an meinem Gehirn. Im Spiegel eine unrasierte ernste schläfrig wirkende Kreatur, mein Bruder, mein Zwilling, Säcke unter den Augen wie Blutergüsse, fleckige Früchte, es riecht wie feuchtes faulendes Laub, kann es nicht deuten, macht mir irgendwie Spaß, ist angenehm; ein Rätsel. Früher einmal habe ich mit simpler derber sinnlicher meditativer Konzentration eine Tabakmischung geraucht, die *Dutch Cavendish* hieß, meine einstige Frau – ich kann mich an ihren Namen nicht entsinnen – mochte das Aroma, solange sie mich mochte, und haßte es, als sie anfing mich zu hassen, und nach und nach haßte ich es auch, haßte die ganze Prozedur, haßte sogar die elegante Pfeife und die Tatsache, daß es ein Geschenk von ihr aus den ersten Tagen unserer Liebe war, den lyrisch stürmischen Tagen, die natürlich nicht aus diesem Mitte-des-Winters-Mitte-der-Woche-Blickwinkel mit grausamer, lähmender Ironie betrachtet werden sollten – wir *waren* glücklich, wir *waren* verliebt. Sie waren. Jemand war... Nun ist die Pfeife verlorengegangen oder zerbrochen oder beides; nun rauche ich Zigaretten, nun erzürnt oder verwirrt es mich, wenn ich bemerke, wie jung meine Mitraucher sind, manche von ihnen noch die reinsten Kinder, kaum über zehn oder elf Jahre alt... vielleicht auch jünger. Pfeife rauchen, das war eine besinnliche, vergnügliche Art von Zeitverschwendung, und obwohl es die

Schwermut nicht vertrieb, hat es mir doch Lebensmut gegeben; nun ist das verlorengegangen, weg, zerbrochen, vergessen. Wir überdauern uns selbst. Wir schauen zurück und erkennen niemand.

Sah sie neulich. Zufall. Ich habe Angst, ich habe keine Angst, ich bin sorglos, zu leicht angezogen für diese Winterwinde, mein Haar ist zu lang, zu ungepflegt, meine Gesichtsfarbe fahl und mit roten Flecken, ich falle auf, nein, ich benehme mich gut, wie ich es im Elternhaus gelernt habe, ich bin unauffällig, keiner nimmt wirklich von mir Notiz, *sie* nahm nur von mir Notiz, weil es ein unglücklicher Zufall so wollte. Aber ich habe Angst. Ich habe Angst, daß etwas passieren wird... Sie geht mit ihren Freundinnen spazieren, vier, fünf sind es, Gymnasiastinnen, lärmend, Zigaretten rauchend, mit bloßen Köpfen in diesem Wetter, alle tragen sie Jeans außer einer – ich habe sie schon früher einmal mit Laney zusammen gesehen, ein hochgewachsenes blondes Mädchen mit einer großen Nase, einem lustigen Lachen, in einem rotkarierten Mantel, gelbbraunen Stiefeln bis zu den Knien. Laney in einer braunen Cordjacke, kann nicht sehr warm sein, die Hände in den Taschen, mit tanzenden Locken und einem perfekten Engelsgesicht, den Zigarettenrauch wegzwinkernd; robustes, zusammengeflicktes, unterernährtes verwahrlostes Stück Kreatur. Sie sah mich an, ich wollte wegsehen, in ein Geschäft gehen, ich muß schuldbewußt gewirkt haben, beschämt, sie hat mich angestarrt, während sie an mir vorbeigingen, die lärmende Bande, einer der Jungen, die sich zu ihnen gesellt hatten, streifte mich am Arm und merkte es nicht einmal; dann nickte sie ganz leicht und bewegte die Lippen in einem Gruß, aber sie lächelte nicht, und ich lächelte nicht zurück. Sie ging vorbei, ich ging vorbei. Ein paar Sekunden später kam sie mir nachgerannt, packte mich am Arm und sagte: Du spionierst mir nach! Du folgst mir! Das dritte Mal diese Woche! – Gib mir fünf Dollar, Kasch, sagte sie und hielt noch immer meinen Arm fest, auf den Zehen stehend, höhnisch, verängstigt, das tapfere Gesicht eines Babys; und hinter ihr, beobachtend, ihre Freunde auf dem Gehsteig – jetzt waren es drei Jungen und das große blonde Mädchen, sie starrten und starrten. Ich brauche fünf Dollar, sagte sie, bitte gib mir fünf Dollar, ich zahl es auch zurück.

Schwermut: eher wie ein Schatten, ein buchstäblicher Schatten. Der zurückfällt aus der Zukunft, aus einer Zeit in der Zukunft... aber wie weit? Kann es nicht wissen. Sie lachten über mich, lachen über mich. Laney unter ihnen. Steckt den Geldschein ein, rennt, um die anderen einzuholen, hätte auch zehn Dollar verlangen können, zwanzig, hundert; wie hätte ich es ihr abschlagen können?

Ihr Gesicht drängt sich mir auf, verfolgt mich. Weshalb, was, wozu, aus welchem Grund, eine Obsession, die mich demütigt, warum, warum mich, warum *dies?* Als ich jung war, habe ich mich in Mädchen verliebt, habe mich dann wieder entliebt. Verliebte mich in meine ehemalige Frau. Entliebte mich wieder. Ein Jahr elf Monate Ehe waren es. Eines Tages war es zu Ende, für beide: lebten noch eine Weile zusammen, aber es war zu Ende. Diesmal jedoch spüre ich Furcht, Ekel, ich will das Mädchen beschützen, will sie wegschicken, sollte nicht mit ihr allein sein, sollte sie nicht berühren, sollte nicht mittags auf der Main Street hin und her gehen und dann wieder um Viertel nach drei, weil ich sie abpassen möchte. Selbst ihre Schwester, grobknochiges, freundliches Mädchen mit Lockenwicklern im Haar, saß so unbefangen und zutraulich neben mir auf dem Sofa: Ich bin einsam, ich habe niemanden, mit dem ich mich aussprechen kann, ist es nicht heiß hier, was für einen miserablen Sommer wir gehabt haben, ich bin einsam, wollen Sie noch ein Bier, wohnen Sie in Yewville, sind Sie verheiratet? – Ich bin verheiratet und werde in ein paar Wochen meinem Mann folgen; nach Kansas. Selbst die Schwester mit ihrem Allerweltsgesicht, ihrem lauten, entzückten Gelächter, selbst sie drängt sich manchmal in meine Vorstellung, ich werde zu ihr fahren, noch heute nachmittag, hinaus nach Childwold, will sie sehen und sie bitten, sich scheiden zu lassen und mich zu heiraten.

Kam nach Yewville, entsinne mich, um mein Leben in Ordnung zu bringen. Um mit der Einsamkeit zu experimentieren. Der negative Weg. Askese. Alternative zum Selbstmord. Brachte meine Schätze mit, ließ die anderen Bücher zurück, füllte diese Wohnung mit Werken, die ich überallhin mitgeschleppt habe, fünfzehn Jahre lang. Und nun kann ich sie nicht lesen. Kann mich nicht konzentrieren. An meinen besten Tagen stehe ich früh auf, mache eine halbe Stunde lang Turnübungen, stöhnend und außer Atem, armer, vierzigjähriger Kasch, seit zwanzig Jahren nicht mehr in Form, und dann am Tisch am Fenster hier, eifrig, erwartungsvoll wie ein Student, aufrechtgehalten von bebender Hoffnung, als wäre Gott im Begriff zu sprechen, als wäre er im Begriff, eines der Bücher genau auf *der* Seite aufzuschlagen: Aber selbst dann, wenn es mir besonders gut geht, kann ich höchstens eine Stunde lang lesen, dann drängen sich mir Vorstellungen auf, Laneys Bild überwältigt mich, ich bin krank vor Sehnsucht, krank vor Zuneigung, die keinen Ausweg findet... *Childwold,* murmeln die Stimmen, *Childwold, Childwold.*

Gott spricht. Mit diesen Stimmen. Gespenstisch, zärtlich, zum Verrücktwerden... Aber es gibt keinen Gott, es gibt keine Stimmen.

Es sind nur meine Wahnvorstellungen, sind bloße Projektionen, Fragmente alter Sehnsüchte, Scherben meiner Seele, die miteinander verschmelzen, die geboren werden wollen. Es gibt keinen Gott. Ich bin das reine, in der Zeit gefangene Bewußtsein in einem Körper, ich bin unerleuchtet, ich werde im Kreise herumgezerrt, ich bin hilflos, kann mich nicht freikämpfen, ich lecke die Füße, die besudelten Füße der Dämonen, die um mich herumtanzen, die mich verspotten, ich krieche auf dem Boden vor ihnen, meine Tränen fallen auf ihre schmutzigen Zehen, ich würde an ihren Zehen saugen, würde im Dreck vor ihnen kriechen, würde alles tun, was sie verlangten, nur um frei zu sein. Aber es gibt keinen Gott, es gibt keine Stimmen. Das Mädchen ist niemand. Ich bin ein wenig väterlich an ihr interessiert. Sie tut mir leid. Was sie mir über ihr Zuhause berichtet hat, jagt mir Schauer über den Rücken – vor Ekel, aber auch vor Mitleid; ich will ihre Familie nicht kennenlernen. Sie interessiert mich nicht. Die Schwester Nancy – das Baby, das sie auf der Hüfte trug: nein. Hinterwäldler. Weißes Pack. Meine Mutter hat sie gehaßt, obwohl sie es zu verbergen suchte, indem sie sich großzügig aufgeklärt gab. Ich hasse sie auch. Ich hasse Laneys nach Zigarettenrauch stinkende Kleider, ihren frühreifen Zynismus, ihre unterentwickelte, fast zwergenhafte Figur. Ich hasse ihr Schicksal, ihr Verhängnis. Ich bin nicht mit ihm noch bin ich mit ihr verwickelt. Das Vermögen der Kaschfamilie stammt aus dem Holzhandel, Kiefer und Eiche, sie haben ganze Wälder in den Chautauquas abgeholzt, sie waren weder gut noch böse, sie waren egoistisch wie alle, waren es vielleicht weniger als andere Holzbarone im Bundesstaat, waren weniger größenwahnsinnig, weniger besessen; ich gehöre nicht zu ihnen, bin nur rein zufällig als einer von ihnen geboren, hätte auch irgendwoanders zur Welt kommen, andere Eltern haben können, mir haftet deshalb keine Schuld von irgendwelchen Vorfahren an: Aber selbst wenn ich schuldig wäre, ich wäre nicht so schuldig wie die anderen, die die Farmer im Tal ausgebeutet haben. Ich wäre nicht so schuldig wie die Farmgenossenschaften, die das Land so gierig aufkaufen. Auch mit ihnen, sagt mir Gott, habe ich nichts zu tun. Ich weiß. Es gibt keinen Gott. Die Stimme ist eine Täuschung. Ich bin nicht mit ihnen verbunden außer durch ein irregeleitetes Begehren, eine vagabundierende und ganz und gar verachtliche Lust. ...Und doch preßt sich ihr Gesicht an meines, etwas streift mich aus der Nähe, ich bilde mir ein, jemand kommt die Treppe heraufgerannt, wie sie es vor einer Woche getan hat, ich setze mich auf, erwartungsvoll, es tut weh; das Buch vor mir ist vergessen.

Die Werke von Meister Eckhart, von Pascal, Shakespeare, Böhme, die Werke des Heiligen Augustin, von Thoreau, Kierkegaard, Rilke und Nietzsche und Santayana; die Upanischaden, die Bibel, das Tibetanische Totenbuch... Kann nicht lesen, kann mich nicht konzentrieren.

Ich höre, wie sie mir erzählt, daß ihre Mutter über uns Bescheid weiß, jemand hat es ihr am Telephon berichtet, ich höre, wie sie mit rasselnder, indifferenter Stimme sagt, sie mag mich leiden, sie mag mich wirklich leiden, aber... was will ich von ihr, wozu das alles?... Freundschaft, sage ich, weiter nichts. Und lache. Und mache Witze. Und fahre ihr mit der Hand leicht durchs Haar, eine väterliche Geste, die sie nicht mißverstehen kann.

Ihre Schule ist eine flache, armselige moderne Struktur von grimmiger Sachlichkeit mit einem großen betonierten Parkplatz und einer sehr kleinen Grünfläche, einem Halbdutzend kümmerlicher junger Ahornbäume und den üblichen immergrünen Sträuchern am Sockel des Gebäudes... *Meine* Schule war ein großer, drei Stockwerke hoher gotischer Bau aus Backstein, dunkles Kastanienbraun, die Fenster hoch und schmal, das Dach gedeckt mit schwarzen verrotteten und immer naßschimmernden Schindeln. Unweit der Stadtmitte von Yewville, nahe der Post: Natürlich ist sie abgerissen worden, und man hat an ihrer Stelle etwas Langweiliges, Neues errichtet. Ich entsinne mich der Platanen und Ulmen, der verrosteten Feuertreppen, des eigenartigen halbangenehmen Miefs eines ungelüfteten baufälligen Gebäudes. Im Geiste sehe ich die engen, spärlich beleuchteten Korridore vor mir, die altmodischen Simse, die stark mitgenommenen Fußleisten, die Reihen von Schließfächern, die zu einem trübmilchigen Grau abgenutzten Tafeln, die kleine Vorhalle mit ihrem prätentiösen Marmorfußboden, den Schaukästen für Pokale und Plaketten. Jahre meines Lebens habe ich dort verbracht, in diesen Klassenräumen, in diesen Korridoren, auf den Treppen, bin hinauf und hinunter marschiert... jetzt dem Erdboden gleichgemacht, weg, ausgelöscht. Meine Kindheit, ich selber: weg. Ich könnte, wenn ich wollte, meine Schulzeit zurückrufen, aber diesen Schüler – den könnte ich nicht zurückrufen. Er ist nicht nur weg, es hat ihn nie gegeben. Er hat nie existiert. Ein Fremder, ein furchteinflößender Fremder!... er kann keinen Anspruch auf mich erheben.

Die Schule, das Capitol-Lichtspielhaus, die Snackbar an der Ecke Main und Algonquin Street, das Vereinshaus der Christlichen Jungen Männer, wo die Schüler einmal in der Woche Schwimmstunden hatten: Da war einer darunter, der hieß wie ich, hatte mein junges Gesicht. Aber ein Fremder. Niemand, den ich kenne. Fitz John Kasch: aber nicht ich.

Ich bin Evangeline viel viel näher als diesem Fitz John.

Wie wirklich uns die Welt erscheint, die Welt des Augenblicks, des Tageslichts! Tastbar ist sie, greifbar. Beweisbar. (Aquin: *Gotteserkenntnis ist die Analogie des Seienden.)* Wenn die Welt jedoch einmal ins Imperfektum geglitten, zur »Geschichte« geworden ist, offenbart sie sich als immateriell, illusorisch; trügerisch. Und wir, die wir in ihr gefangen sind, sind wir denn nicht genauso unwirklich, so ohne Substanz, wie Bilder in einem Film?

Eine gewisse Macht, vielleicht ist es nicht mehr als eine sprachliche Konvention, verbindet mich mit dem Fitz John, diesem Fünfzehnjährigen, aber ich habe keine genaue Erinnerung, kein Gefühl mehr für ihn. Vielleicht etwas Mitleid. (Er war ein sorgenvolles, verärgertes, übellauniges, scheues, sehnsuchtsvolles, verwirrtes Geschöpf.) Vielleicht sogar Sympathie. Aber er hätte irgend jemand sein können, irgendwer. Irgendein Fremder, an dem ich auf einer Straße in Yewville vorbeigehe, den ich irgendwie zu kennen glaube, dem ich halb verlegen zunicke, gezwungen zulächle... Welche Macht verbindet uns beide? Und wenn ich mich nun weigere, sie anzuerkennen?

Damals hatte es keine Laney gegeben. Hätte sie nicht lieben können. Nicht, wie ich es jetzt tue... Mädchen wie sie, Farmerskinder, Jungen und Mädchen aus dem Hügelland: unleugbar attraktiv. Ungeschliffen, gerade, rauflustig, profan und obszön und leicht gekränkt; ärmlich gekleidet, mit billigem Schmuck, aber trotzdem mit einer gewissen linkischen Eleganz, einer Art Zauber, warum nur...? Und dann ihre Sprache, die mangelnde Grammatik, die Gossenausdrücke, die ständige Gefahr, ihren Haß auf sich zu ziehen. Die Jungen bösartig, selbst die Mädchen schlugen mit der Faust zu, wenn man ihnen zu nahe kam. Eine frühreife Skepsis, ein Mißtrauen Büchern gegenüber, der Schule, den Lehrern, respektlos auf eine Art, die manche von uns Stadtkindern schockierte; deformierte Erwachsene, übergroße Kinder, eine Bedrohung für uns, für mich, und doch eigenartig anziehend, beneidenswert, obwohl sie mit sechzehn oder noch früher von der Schule abgehen mußten und von den Hügeln verschluckt wurden, dieser schlummernden Weite, aus der sie gekommen waren... Ich romantisiere sie immer noch, ich mache aus ihnen etwas, das sie nicht sind, aber warum nur, warum, wenn sie doch so wenig aus sich selbst machen? ...Jedenfalls ist Laney eigentlich keine von ihnen. Sie ist meine eigene Kreatur, mein eigener Schatz.

Santayana sagt: *Unsere Existenz schließt Veränderungen und unvorhersehbare Geschehnisse ein, und deshalb ist sie an sich komisch, wie ein Wortspiel, das mit einer Bedeutung beginnt und mit einer anderen endet.*

Ganz beiläufig betrat er die Scheune, und dort, jenseits seines eigenen verwischten Schattens, saß der alte Mann, allein, so allein wie nie zuvor, wie niemand es auf der Farm je war; ein paar Pferdebremsen – riesige, schwarzglänzende Biester – krochen ihm über den faltigen Nacken, über seine Beine, seine Stiefel. Er ließ die Schultern hängen. Seine Hände waren leer. Was ist los, Onkel? Stimmt was nicht? Niemand sitzt einfach so da, allein, mitten am Nachmittag, wo es doch noch so viel zu tun gibt, niemand macht Pause, läßt sich gehen... Der alte Mann blickte schließlich auf zu ihm, zwinkerte ein paarmal mit den Augen, sie waren naß vor Tränen, der Blick unsicher. Aber er antwortete nicht, schien es weder gehört noch seinen Neffen erkannt zu haben. Trauerte um seine Frau; in der stickigen dunklen Hitze, in der vertrauten Scheune, allein, gebrochen.

So alt werde ich nie werden, rief Joseph sich zu.

Der Wagen schleuderte im Wind, und du dachtest an den weißen Grabstein, an die alten zersprungenen Blumentöpfe und den welken Kranz, die du das letztemal, vor vielen Monaten, weggeräumt hattest. Du mußt wieder auf den Friedhof gehen – und zwar bald. Brad fuhr auf der nordwärts führenden Ausfallstraße von Yewville nach Derby, im Fond Jeannie und ihr Freund; sie lachten. Du warst nicht betrunken. Du wolltest dich heute abend nicht betrinken... Der weiße Grabstein, die klar und scharf herausgemeißelten Lettern, der grasbewachsene Hügel, Vogelknöterich, Löwenzahn, Senfkraut. Einmal, als du auf dem Friedhof warst, hast du einen Schwarm Vögel beobachtet, winzige, im Gebüsch flatternde und zwitschernde Vögel. Fast so klein wie Kolibris, du konntest sie nicht identifizieren, du hast sie angeblinzelt – winzige gelb und olivbraune Brüste, die Flügel und Köpfe zwischen den Augen mit feinen schwarzen Streifen gezeichnet – dein Großvater, der sie nicht sehen konnte, der damals fast blind war, hatte sie an ihrem Trällern erkannt: Waldsänger. Jetzt wird es dort öde sein, die meisten Blätter heruntergefallen, die grasbewachsenen Grabhügel mit Schnee bedeckt, mit Dünen aus Schnee. Lyle Bartlett, geb. 1924, gest. 1969. Schneewehen. Dünen. Weiß. Verloren.

Das Jahresende ist nahe, der kürzeste Tag. Neujahrstag. Er starb: Du erinnerst dich, wie er gestorben ist, wie der Wagen ins Schleudern geriet, wie andere Wagen bremsen mußten, häßliche schwarze Bremsspuren auf der Fahrbahn, das Öl rann in flammenden Pfützen aus. Ein Rettungswagen kam, sogar ein Wagen der Feuerwehr, Photographen, der Polizeihauptmann und seine Mannschaft. Es war nahe der Brücke über den Moran Creek, Neujahr 1969, um dreizehn Uhr, damals warst du sieben Jahre alt und viele Meilen weit weg, zuhause, im verschneiten Childwold, wo es ruhig war, bis der Anruf kam. Mama schrie auf. Ließ den Hörer fallen und schrie. Schlagzeile der Lokalzeitung: *Die ersten Verkehrstoten des Jahres.*

Brad sprach laut mit sich selbst: Was sollte er tun: ins Marinecorps gehen, den Job bei der Mason Construction Company annehmen, nach Derby ziehen, wo sein Kumpel Bob Dorsey arbeitete, nach Port Oriskany gehen, zuhause hielt es ihn nicht länger. Konnte sich nicht vertragen. Er war nicht betrunken. Er war nur ein wenig high. In beiden Richtungen war die Straße leer, auf der Fahrbahn ein paar schmale Eisspuren, eigentlich nur Schneematsch. Er fuhr siebzig Meilen die Stunde. Eine Hand auf dem Lenkrad, die andere auf deinem Knie, nur so zum Spaß, nur aus Freundschaft. Große schwere warme Hand. Große Knöchel. Nur so zum Spaß. Brads dunkles Haar wie krause Federn, die er dauernd aus dem Gesicht werfen mußte. Dichte struppige Brauen. Siebzehn Jahre, letztes Jahr von der Schule abgegangen, besitzt nur dieses Auto und eine Schrotflinte und ein Gewehr und Angelgerät und seine Kleider, bei einem Zimmermann in der Lehre, ist entlassen worden, weil nicht genügend zu tun war, lachte jetzt über etwas, das Jeannie gesagt hat. Fünfundsiebzig Meilen die Stunde, er erhöht das Tempo. Bleifuß. Du denkst wieder an die Bremsspuren auf der Fahrbahn, an den geschmolzenen Schnee, den schwarzversengten Grünstreifen, den Auffahrunfall, die ineinander verkeilten, verbogenen grellbunten Wracks, die Schlagzeilen, die Photos. Die ersten Verkehrstoten des Jahres: Alles Leute aus der Umgebung... Der weiße Grabstein, verwittert zu einer seltsamen austernfarbenen Blässe, ein streifiges Grauweiß wie die Fassade deines Hauses; die Methodistenkirche, der Friedhof, Tropfen, die von den Bäumen fallen, obwohl es schon seit Stunden aufgehört hat zu regnen, Pfützen auf den Pfaden, Mama, die sich über den Schlamm auf ihren neuen weißen Schuhen beschwert. Bartletts und Hurleys. Friedhof. Winter, Frühling, Herbst. Sommer. Dann immer wieder Winter. Grabsteine mit Geburts- und Todesdaten: Da lag *Anna Hurley, geb. 1901, gest. 1941.* Deine Großmutter, eine Unbekannte, auch Mama kann sich kaum erinnern... sagt, sie war immer leidend, bettlägrig, schwaches Herz, schwach auf der Brust, war ihr niemals eine richtige Mutter gewesen, starb, als Mama sechs war. Keine Erinnerung. Kein Gesicht. Hat die Flickendecke auf deinem Bett genäht ...Krähen beim Gitter, sie picken an etwas. Die kleinen Vögel sind fort. Woran picken sie nur? Lieber nicht hinsehen, Laney – du könntest es bereuen. Weiter. Du hast nicht hingesehen. Du siehst niemals hin.

Jetzt hält Brad das Lenkrad mit beiden Händen fest, neunzig Meilen die Stunde. Die Straße ist frei, keine Polizeikontrollen, keine Gefahr. Die vier im Wagen sind still geworden. Du beobachtest die Fahrbahn, du fühlst nichts, du denkst an die Grabsteine und die Pfützen und die alten tönernen Blumentöpfe, umgestürzt und zerbrochen, vielleicht von den Jungen, die auf dem Friedhof spielen; du fühlst nichts, du bist nicht betrunken, du sitzt da mit fest verschränkten Armen, du hast Angst, du könntest plötzlich gähnen. Brad testet den Wagen. Er hat sich einen Punkt gemerkt und fährt an ihm vorbei – die Plakatwand, auf der für die *Farm and Home Insurance* in Derby geworben wird –, nun drosselt er das Tempo, dann beschleunigt er wieder, merkt sich, wieviel Sekunden er braucht, um den Wagen auf hundert zu bringen. Er hat das schon einmal gemacht, du hast es schon einmal gemacht. (Einhundertundsechs Meilen – das ist sein Rekord – der Wagen gibt einfach nicht mehr her.) Du hältst dich fest, schlägst die Beine übereinander. Du hakst deinen rechten Fuß um dein linkes Bein und sitzt da, erstarrt, fühlst nichts. Du kennst dieses Stück Landstraße, kennst jeden Baum und jeden Acker und jede Plakatwand und jedes Haus und jede Scheune und jeden Feldweg. Du hast Angst, du könntest gähnen. Deine Kiefer schmerzen bereits, so sehr mußt du es unterdrücken. Du denkst an deinen Vater und an die anderen Männer, die deine Mutter geliebt, geschlagen, verletzt und gebrochen haben. Du denkst an Earl. Und noch immer empfindest du nichts. Der Wind schaukelt den Wagen ein wenig, der Wind heult ganz entsetzlich, so laut!... Du denkst an Kasch, dunkeläugig, sich selbst verachtend, Falten im Gesicht, süße verwirrte Falten, Runzeln; du denkst, du wirst ihn wahrscheinlich nicht wiedersehen. Nun tritt Brad auf die Bremse, bei über hundert die Stunde.

Das letztemal, als du das Grab deines Vaters besucht hast, vor vielen Monaten, hast du verlegen davor gestanden, ein wenig vornübergebeugt, die Hände zwischen den Knien. Hast dich gewundert, weshalb du überhaupt gekommen bist. Bist die zweieinhalb Meilen zu Fuß gegangen, wolltest es einfach, über die Felder, hast dich sogar über einen halb zerstörten Damm gewagt, wackelige Steine, die ein Farmer in den Yew Creek geworfen hatte, um für seine Rinder eine Tränke zu schaffen, war aber dieses Jahr nicht dazu gekommen, sie zu befestigen. Unter dir Stromschnellen, schäumendes Wasser, ein paar gefährlich glitschige Felsblöcke, wenn dein Fuß nun abglitte... wenn sich einer der Felsblöcke löste... Aus reinem Übermut bist du zum Friedhof gegangen, allein, keiner wußte davon. Wäre dir peinlich gewesen, wenn es jemand gewußt hätte. Wenn eine der klatschsüchtigen Nachbarinnen zum Beispiel Mama oder Nancy oder den Kindern hinterbracht hätte, dich dort gesehen zu haben. Verlegen, verwirrt, ja wütend wärst du gewesen. Weshalb wütend, was bedeutete das? *Vater:* Was bedeutete das? *Lyle Bartlett. 1924–1969.* Was bedeutete das, welchen Sinn hatte alles, gab es etwas, dem du vertrauen konntest, jemanden, dem du vertrauen konntest, der dich nicht verraten hätte? Nein. Wohl nicht. Du kannst es nicht. Du bist nicht so wie er, wie dein Vater – du bist nicht wie die anderen. Sie können dich nicht verstehen, und du verstehst sie nicht. Du bist das wichtigste Geschöpf im ganzen Universum, oder? – Du weißt, daß es absurd ist, so zu denken, aber du glaubst es trotzdem. Hast es immer geglaubt. Du weißt, es ist wahr. Zuerst kommst du, und dann kommen die anderen. Du kannst nicht weinen. Du kannst dich nicht genau an ihn entsinnen. Er war ja immer weg, in der Stadt, im Geschäft den ganzen Tag, bis neun oder zehn Uhr abends, manchmal hatte er auch an Feiertagen auf und an Sonntagen, als es noch gesetzlich erlaubt war, am Sonntag geöffnet zu haben. Und wenn schlechtes Wetter war, blieb er einfach des nachts in der Stadt, auch wenn er und Mama sich gezankt hatten... Später mußte das Geschäft verkauft werden, er hatte überall Schulden gemacht, zuhause gab es noch mehr Streit, wurde noch mehr getrunken, er zog aus, und Mama schrie: *Gottseidank ist er weg!,* und Opa sagte, er würde niemals wieder zurückkommen, aber er kam zurück, es wurde anders, er hatte inzwischen eine Halbtagsstellung bei einem Gebrauchtwagenhändler in Yewville gefunden, er besuchte uns und hatte einen neuen Strohhut auf mit einem hellroten Band – alle Verkäufer trugen sie damals, hat er behauptet – und dann wurde es wieder anders, und sie zankten sich und versöhnten sich und zankten sich von neuem, und wenn du dich an ihn erinnern willst, bringst du ihn mit deinen Onkeln, den Liebhabern deiner Mutter, ja sogar mit Vale durcheinander. Du liebst ihn nicht. Du spürst keine Trauer... Aber du bist wütend. Weshalb macht Gott so viele Menschen? Der Friedhof ist angefüllt mit ihnen. So viele Hurleys und Bartletts ...Babys, Frauen, Männer... Unbekannte, die deinen Namen tragen... da gibt es Wreszins und Arkins und Reveres und Ansprachs und McCords... wie Eintagsfliegen, wie Heuschrecken, wie Kaulquappen, wie Wassermolche, wie Platanensamen, wie Wolfsmilch, wie Wolkenbataillone, die in aufgebrochenen Haufen am Himmel vorbeiziehen, in bemerkenswerten Mustern, von niemand bemerkt. Warum hat Gott so viele Menschen gemacht? ...Du glaubst nicht an Gott, du weißt, da ist nichts. Du hast es längst aufgegeben zu beten. Die Menschen lachen, und warum sollten sie es nicht – du lachst ja selber bei dieser Vorstellung.

Der Wagen kreischte und schleuderte und wirbelte und kam schließlich zum Stillstand, und Brad hatte, als Teil des Tests, sogar die Handbremse gezogen. Er warf sich das Haar aus dem Gesicht. Seine Haut war gerötet, er atmete schwer. Er sagte nichts, antwortete auch nicht auf das, was gesagt wurde, sah auf den Meilenzähler und manövrierte den Wagen wieder auf die Landstraße, um zu dem zweiten Orientierungspunkt zurückzufahren – er wollte herausfinden, wieviel Zehntelmeilen er gebraucht hatte, um den Wagen zum Stillstand zu bringen. Das Auto, meinte er, wäre in einem ausgezeichneten Zustand, aber vielleicht wären die Bremsen doch nicht mehr so scharf wie einst und die Reifen nicht mehr so neu.

Der Wagen sprang vorwärts, raste weg. Der Wind hatte nachgelassen. Deine Freunde unterhielten sich, lachten. Es war in Ordnung. Brad war klargekommen. Es kam dir in den Sinn, daß die Toten eigentlich nicht wirklich lebendig gewesen waren – nicht wirklich. Nicht so, wie du es in diesem Augenblick warst. Wie war das möglich? – es war nicht möglich. Selbst lebendige Menschen, andere Menschen – wie konnten sie wie du sein, wie konnten sie wissen, was du wußtest, denken, was du dachtest? Nein. Selbst Mama nicht. Selbst sie nicht. Sie waren nicht wirklich lebendig, wie du es warst; sie waren anders. Es war etwas anderes, ihr Sterben. Was mit ihnen geschehen war, würde dir nicht geschehen. *Ich werde nicht sterben,* denkst du plötzlich. *Ich bin nicht gestorben. Ich brauche nichts zu fürchten.*

Sonntag, Wintermitte. Ich studiere die Bruchstücke, die ich gesammelt habe, Notizen in verschiedenen Stilarten, die in der Wohnung verstreut herumliegen: meine eigene Handschrift, mehr oder minder vertraut, obwohl nicht sehr deutlich, und Schriftzüge, die mir fremd vorkommen. Heute habe ich einen meiner guten Tage: aufgestanden, ehe es dämmerte, Übungen, eine Stunde Meditation, ein paar Minuten echter Freude, weil ich eine Art reines Gewissen erlangt habe – einen Durchbruch, als führe er zu einer anderen Seinsebene – aber nur zeitweilig, nur zeitweilig, ich will damit nicht prahlen, mich nicht daran klammern, nicht erwarten, daß es sich wiederholt.

Freude auch wegen der Wintervögel, die in den immergrünen Hecken sitzen oder unten im Schnee, kann Spatzen ausmachen, Schneefinken, rote und rot-olivfarbene Kardinäle, einen anderen Vogel, ein Kernbeißer oder etwas ähnliches... Meine Tante Leita würde es wissen, würde alles über sie wissen. Sollte sie besuchen, sie wohnt am anderen Ende der Stadt – sollte ich, sollte ich nicht – eines Tages, bald wird man mir mitteilen, daß sie gestorben ist, noble alte zähe Kreatur, und ich werde ganz krank sein vor Schuldgefühl, ich kenne Fitz John Kasch aus den vielen Jahren, die ich in seinem Leben zugebracht habe... aber wenn ich sie besuche, in diesem phantastischen Spukhaus, werde ich doch nur Klatsch, Gejammere und Berichte über ihre verschiedenen Krankheiten zu hören bekommen und über die ihrer Bekannten und deren Operationen und deren Ableben und über die Schicksalsschläge und Glücksfälle der Kinder ihrer

Bekannten und so weiter bis hinunter zur jüngsten Generation derer, die in Yewville wohnen, denn die alte Dame kennt sie alle; oder fast alle. Am meisten wird es mich verstören, daß ich wieder über meine Eltern sprechen muß und von ihnen zu hören bekomme, und auf diesem Wege würde ich gezwungen, mein altes, längst gelebtes Leben zu betrachten, das ich nicht mehr anerkenne und nicht mehr beanspruche. Ich stelle die Vergangenheit als solche nicht in Abrede, auch die Geschichte nicht, gewiß nicht, sondern nur die neurotische Verknüpfung mit ihr, die emotionalen Netze, die über sie geworfen werden, um eine geistige Entwicklung zu fesseln. Denn nur bis zu dem Grade, in dem ich Fitz John Kasch bin, mit einem spezifischen Werdegang, mit spezifischen Begierden und Bindungen (Oh Laney! Oh welche Torheit!) bin ich der... der... Freiheit beraubt.

Und doch gibt es andere Ansichten, nicht wahr, mein Instinkt führt mich zu einem Stoß Bücher auf dem Schaukelstuhl, ich verbringe eine hektische Viertelstunde damit, sie wie ein Besessener durchzublättern und stoße auf diese tiefsinnige Passage von Johannes vom Kreuz:

> Die Seele, die sich an irgend etwas bindet, und sei auch noch so viel Gutes darin, wird nicht die Freiheit göttlicher Vereinigung erlangen. Denn ob es nun ein starkes Drahtseil oder ein dünner und feiner Faden ist, der den Vogel fesselt, so ist es einerlei, wenn er ihn wirklich festhält; denn erst, wenn der Strang zerrissen ist, kann der Vogel fliegen. So ist es auch der Seele, die durch die Bande menschlicher Zuneigung gehalten wird, und seien sie noch so schwach, verwehrt, ihren Weg zu Gott zu finden, solange sie bestehen.

Eisig, herrlich, unwiderlegbar. Ich weiß, ich weiß... Doch an anderer Stelle finde ich, daß uns der Heilige Johannes ebenfalls gepredigt hat:

> Wenn der Wille im Augenblick, da er an mit den Sinnen wahrnehmbaren Dingen Gefallen findet, sich in diesem Ge-

fallen zu Gott erhebt, wenn mit den Sinnen wahrnehmbare Dinge ihn zum Gebet führen, sollte er sie nicht mißachten, sondern sie einem so heiligen Unterfangen nutzbar machen, denn wahrnehmbare Dinge sind unter diesen Umständen dem Ende dienlich, für das Gott sie geschaffen hatte, nämlich als Anlaß, daß wir Ihn besser erkennen und lieben.

Nutzen – benutzen, nutzbar machen, Anlässe, ein so heiliges Unterfangen. Da ist Liebe, da ist das Mädchen, da sind viele Mädchen, viele Frauen, viele Menschenkinder. Kasch sabbert. Kasch zittert. Er denkt an die Mahnung des Heiligen Augustin, daß der Mensch an Gott Gefallen finden soll und andere Lebewesen nur zu diesem Zweck benutzen solle. *Benutzt, benutzen, Gefallen finden, zu Gott führen, heiliges Unterfangen, Liebe, ihr Gesicht, ihr Körper, ihre Arme um meinen Nacken geschlungen, Erlösung, Gott, nein nein nein nein nein.*

Ich studiere die Bruchstücke, die ich seit Juni gesammelt habe, seit ich hierher gezogen bin. Die ersten Wochen der Betrachtung und Schwermut fallen ab, kommen mir vor wie die Notizen eines Fremden. In den letzten Augusttagen ist mir das Mädchen das erstemal begegnet. Am fünfundzwanzigsten August war es. Aber ich zwinge mich dazu, sie zu lesen. Ich lese alles, lese es wieder, entdecke eine unheilvolle verborgene Relevanz in jeder Notiz, in meinem Kopf wimmelt es, ich weiß, es gibt da eine Struktur, die Umrisse eines... eines Gesichts?... die Umrisse eines Lebens?... obskur, verwirrend, herausfordernd. Und dann die verzweifelten hektischen Notizen meines »Heroismus« in jener Nacht, meines Sündenfalls, meines Stolzes, meiner Ekstase, meiner Schande. Sechs-Tage-Besäufnis, glaube ich. Stolperte herum und suchte etwas – einen Strick? Krank. Unwissend. Hüfthoch im Sumpf der Unwissenheit watend, ein Vieh, mir selbst entfremdet, ein Unbekannter, der mit hohlem Kopf durch die Straßen streunt, die Straßen der Verdammten, der Liebespaaren nachspioniert, den nur die Umstände, nur der Instinkt zu einem Akt des »Heroismus« veranlaßten. Der sich selber verhöhnt. Nur Hohn darf es in bezug auf meine »Großzügigkeit« geben. Freunden und Bekannten Geld borgen, die halbe Nacht aufbleiben, um mit Essen und Getränken und Ratschlägen irgendwelche Versager zu traktieren, denen (so sagte meine einstige Frau, so sagten andere, die vermeinten, jahrelang über mich zu Gericht sitzen zu können) ein Tritt in den Hintern eher geholfen hätte. Kasch, berühmt für Sarkasmus und Grausamkeit und bissigen Witz einerseits und ebenso berühmt für seine rührselige, sentimentale, überfließende »Großzügigkeit« andererseits. Meine Frau hatte recht, ganz furchtbar recht. Sie besaß trotz ihrer angeblichen Rationalität, ihrer Vorliebe für Bach, ihrer Abneigung gegen Mahler, ihrer Verachtung für Rachmaninoff, ihrer streng eingehaltenen – niemals weniger als sechs, manchmal sogar acht – Übungsstunden am Flügel den Instinkt eines Jagdhundes. Trotz der Art, wie sie ihre Haare trug, den kalten, unveränderten Mittelscheitel, den komplizierten Knoten im Nacken, und wie sie sich herabließ, mich zu lieben d.h., mich sie lieben zu lassen, wenn Spitzfindigkeiten dieser Art erlaubt sind. Aber in diesem Punkt hatte sie recht, sah mich richtig. Jedenfalls glaube ich es. Wie sie sich vor Lachen ausschütten würde, ihre Gelassenheit wäre durch simple Freude wunderbar zerstört, es würde ihr guttun, könnte sie Zeuge meiner Lebensumstände sein, wie sie jetzt sind, meiner Bindung an... an das, was mich im Augenblick bindet. Biest! Warum habe ich sie nicht in jener Nacht erwürgt! Als wir in einem frenetischen Tanz zusammen durch das Schlafzimmer getaumelt sind, meine Hände um ihre Kehle gelegt und ihre, die nach mir schlugen, mich kratzten, meine Hände, mein Gesicht... wie ihre Augen rollten, wie sich ihr Mund häßlich verzerrte...

Nein.

Ich studiere die Notizen, die Bruchstücke. Ich bin systematisch. Ich habe es nicht eilig. Die Ewigkeit ist verliebt in das, was die Zeit hervorbringt, sagt Blake, und ich lebe in der Zeit, in der Ewigkeit, ich habe es jetzt nicht eilig. Die Frau ist weg – gebannt. Seit gut fünfzehn Jahren haben wir uns nicht mehr gesehen, seit gut zehn Jahren habe ich nichts mehr von ihr gehört. Wieder verheiratet, heißt es. Vielleicht... So viele Handschriften! Solch ein Stimmengewirr, solch ein Durcheinander von Gedanken. Alle gehören sie mir, und doch sind sie keine Einheit. Ich will keine Einheit, keine falsche Einheit. Ich will keinen künstlichen Zeitablauf, keine lügenhafte Hervorhebung eines bestimmten Faktums auf Kosten eines anderen, ich will nichts Heuchlerisches, nichts Synthetisches. Im Drama geschehen gewaltige Ereignisse, die die Zeit zum Stillstand bringen, es gibt verhängnisvolle Enthüllungen, die Einsicht, Weisheit, Mitleid und Schrecken und Läuterung mit sich bringen (so sagt man jedenfalls). Diese Enthüllungen geschehen immer im fünften Akt und werden in einer schönen sorgfältigen, dichterischen Sprache ausgedrückt. Durch solche Magie wird Vergangenes erleuchtet und Zukünftiges – Zukünftiges verständlich gemacht. Manchmal gibt es keine Zukunft. Aber auch das ist Teil der Enthüllung. Alles wird sichtbar, alles wird bekannt. Im Jahr meiner tiefsten Verzweiflung, gleich nach der Scheidung, schleppte ich meinen versehrten Körper zu einem Psychoanalytiker, dem Freund eines Freundes in Cambridge, und es ging mir sehr bald auf, daß das psychoanalytische Modell dem des Dramas, des Dramatischen, entspricht: Man tastet sich an *die* Erinnerung, *die* symbolische Erfahrung, *die* Offenbarung heran. Und dann kommt die Katharsis – kommen Tränen, kommt gestammelte Dankbarkeit, kommt die Reorganisation der Persönlichkeit, kommt die Weisheit. Falsch. Falsch. Das menschliche Leben ist viel zu verwirrt, zu vielschichtig, zu verschlungen. Es gibt keinen einzelnen Augenblick des Verstehens, keinen Schlüssel zu unserer Beziehung zu irgendeinem Menschen; solche Vorstellungen sind theatralisch, hysterisch, tödlich. Ein allgemein verbreiteter Irrtum, über den ich einmal Ausführliches schreiben wollte: daß menschliches Leben sich um Ereignisse konzentriert und von ihnen bestimmt wird. Im Gegenteil: das innere Leben ist das authentische Leben, und alle, in der Außenwelt stattfindenden Handlungen sind peripher. Die Wirklichkeit ist allein das, was ich denke, was durch mich denkt, mich als Medium benutzt, ein Gefäß, ja ein Schilfrohr; die Wirklichkeit durchströmt mich auch ohne mein Zutun; das innere Leben ist kontinuierlich, ungehetzt, fast ungeleitet, unvorhersehbar. Gedankenströme, Gefühle, Empfindungen, Beobachtungen. Gebrochene Reflexe. Wie der gleißende, blinkende Fluß. Bestimmt sind unsere äußeren Gesten irreführend, bestimmt wird unser tiefstes Selbst sogar durch unsere guten Taten, durch unsere Barmherzigkeit verhöhnt. Das finstere »Selbst«, das festgehalten wird. In einer Haltung erstarrt. Eine Lüge. Eine Übertreibung... Deshalb will ich keine falsche Einheit in meinem Leben, in meinem irdischen Leben, denn das wäre eine Lüge.

Ich habe zu lange mit Lügen gelebt.

Arlene stellte den Blumentopf mit dem Weihnachtsstern auf das Brett eines Seitenfensters; im Vorderfenster, wo er bisher gestanden hatte, würde er zu viel Wärme vom Ofenabzug abbekommen. Es war etwas, das lebte, man mußte sich drum kümmern. Die Kinder tobten gerade mit dem Christbaumschmuck herum, hatten ihn, der in Kartons im Keller verstaut war, ausgepackt und lärmten, waren kaum zu bändigen. Jedes Jahr erstaunte es Arlene, wie viel sich inzwischen angesammelt hatte – manche der bunten Glaskugeln und Lamettastreifen und Vögel aus Filz und Wolle waren uralt, sie stammten noch aus der Zeit der Großeltern, hatten dem Urgroßvater gehört, Menschen, die sie niemals gekannt hatte... Es überraschte sie, es schüchterte sie ein, was sie alles besaß, vier Kartons voller Christbaumschmuck, sie war dafür verantwortlich, sie mußte sie nach dem Fest wieder ordentlich verstauen. Gerade packte Davy einen aus einem Tannenzapfen geschnitzten Engel zu grob an, und eins der kleinen Mädchen hatte eine glitzernde Papierschlange in den Mund gesteckt. June mußte einen Klaps bekommen, man hatte ihr verboten, die bunten elektrischen

Kerzen anzuschließen, sie hatte es aber trotzdem getan, auf allen Vieren hinter dem Sofa, wo sich die Steckdose befand. Willst du einen Schlag bekommen? Willst du vom elektrischen Strom getötet werden? Drei der farbigen Kerzen waren sowieso ausgebrannt. Die Kette war ein Geschenk gewesen, wer hatte sie ihnen geschenkt, er hatte in Rockland gewohnt, die halbe Stadt hatte ihm gehört, ein Witwer, ja, kurz nach Lyles Tod, als sie verwitwet war, als sie anfing, sich als Witwe zu fühlen, und man sie mit Männern dieser Art zusammenbrachte: ein guter Mann, um die fünfzig. Sie konnte sich an seinen Namen nicht erinnern. Auch nicht an sein Gesicht. Plötzlich war alles aus gewesen, seine gehässige Tochter hatte ihm von Gallanti berichtet, die Verlobung ging in die Brüche, und natürlich war es auch gut so gewesen, er war viel zu alt für die kleinen Kinder und hätte auch keine mehr gewollt... Chuckie und Mary Ellen – sie wären niemals zur Welt gekommen! Was für ein Gedanke. Ein erschreckender Gedanke. Ed Gallanti war damals Manager der Cranberry-Lake-Lodge, sie hatte ihn sehr gemocht, war in jenem Jahr ein wenig verrückt gewesen, aber Gottseidank war auch daraus nichts geworden, er hatte die Scheidung nicht durchsetzen können, trank noch mehr als Earl und war noch jähzorniger, hatte damals am Seeufer einen Mann beinahe umgebracht, Gottseidank war nichts daraus geworden, und sie hatte einfach wie vorher weitergemacht, und nun spielten Chuckie und Mary Ellen mit dem Engelshaar, waren wie im Fieber, so aufgeregt. Plötzlich dachte Arlene: Alles ist gekommen, wie es kommen mußte, und zwar zum besten; wenn man das alles nur vorher wüßte...

Er arbeitete jetzt in der Autowaschanlage der Superior-Garage direkt neben dem Hotel Oriskany. Das Hotel war das größte der Stadt, es stand schon lange, war mit Teppichen ausgelegt, die verstaubt rochen, und in der Halle standen Gummibäume, die aussahen, als wären sie aus Plastik. Sein Verdienst war jetzt zwar geringer als sein früheres als Hafenarbeiter, aber die Arbeitsstunden waren günstiger, und er fror nicht so, und er begegnete manchmal interessanten Leuten. Es machte ihm Freude, mit den beiden Spritzenschläuchen zu hantieren, dem Seifenschlauch und dem Abspülschlauch, und er säuberte auch gern das Innere der Wagen mit dem Staubsauger, denn manchmal fand er interessante Dinge, die er einsteckte, ehe die Düse sie einsaugte. Sein Verdienst war nicht gerade das, was er sich erträumt hatte, aber gelegentlich bekam er ein Trinkgeld. Er freute sich jedesmal auf das Trinkgeld und war enttäuscht, wenn es ausblieb. Zu Weihnachten waren die Kunden großzügig. Und das tat ihm gut.

Arnold Brown hatte ihm einen Dollar Trinkgeld gegeben. Es war am späten Nachmittag gewesen, und sie hatten sich eine Weile unterhalten. Danach lud er ihn ins Hotel ein und bot ihm einen Drink an. Arnold Brown sagte, er sei Vertreter bei einer Firma, aber näher ließ er sich nicht aus. In der Royal Lounge, an einem der Marmortische – er hatte schon allerlei getrunken – berichtete er ihm angeregt von seinen Kriegserlebnissen in Korea. Vale hörte zu und trank Martinis, es waren sogenannte Beefeater-Martinis, die er erst kürzlich kennengelernt hatte. Manche der Geschichten waren ihm vertraut, sie waren auch in Vietnam passiert, auch die Wortwahl war ihm vertraut, er wußte also, wie er zu reagieren hatte. Manchmal lachte er schallend, wie Brown, oder er schüttelte verächtlich den Kopf oder bekundete Mitgefühl. Er hatte drei Martinis getrunken, Brown vier, und das machte ihn wütend – echt wütend.

In Miss Carsons Wohnung hatte er ebenfalls Martinis getrunken, sie auch, aber sie nippte an dem ihren nur. Auch sie hatte geredet. Nicht so angeregt wie Brown, aber mit vielem Lächeln und vielen Handbewegungen. Sie war sehr nett. Die Wohnung lag im zwölften Stock eines Hochhauses im Zentrum der Stadt und war ebenfalls sehr nett. Die Fenster gingen auf den See, auf die bessere Seite, wo die Vororte lagen. Sie stamme aus einem dieser Vororte, hatte sie gesagt. Ihre Eltern wohnten dort. Aber sie haßte das Leben in den Vororten, es war ihr zu spießig. Später hatte sie geweint und war nicht so tapfer gewesen, hatte reglos dagelegen, als hätte er sie zerbrochen, hatte geschluchzt, und Vale hatte ihre Toilette benutzt und war weggegangen. Er konnte von dem College keine Rückzahlung seiner Studiengelder bekommen – ihm wurde erklärt, die Regierung wäre für seine Kurse aufgekommen, und wenn jemand Geld zurückbekommen müßte, dann müßte es die Regierung sein; eine Rückzahlung an ihn wäre wohl nicht gerechtfertigt. Schließlich hatte er schon vier von zehn Wochen absolviert. Die Studenten dürften sich nur in der ersten Woche abmelden. Hatte er das nicht gewußt?

Vale half Brown, die Lounge zu verlassen, half ihm durch die große, zugige Halle und hinein in den Fahrstuhl, hinauf und den Gang entlang, nahm ihm den Zimmerschlüssel aus den zittrigen Fingern und half ihm, die Tür aufzuschließen. Dann führte er ihn zu dem riesigen breiten Bett und drückte ihn darauf nieder. Dem Mann versagten die Beine, er war nur halb bei Bewußtsein. Vale drückte ihm eins der Kissen auf das Gesicht. Als der Mann sich nicht mehr bewegte, fühlte Vale ihm den Puls, aber er konnte ihn nicht finden. Dann legte er ihm die Finger an die Kehle, spürte, daß dort etwas vibrierte, also war es in Ordnung. Er atmete, er war also noch am Leben.

Es war nichts Schlimmes passiert. Vale steckte sich fast alle Geldscheine aus Browns Brieftasche ein und nahm ihm seinen Granatring und seine Digitalarmbanduhr ab, löste den teuren Ledergürtel, den der Mann trug und probierte ihn an, aber er war zu weit. Er hätte noch ein Loch hineinstanzen müssen, und dann hätte der Gürtel wahrscheinlich nicht mehr gut ausgesehen. Er beugte sich über Brown und fuhr ihm mit dem Finger in den Mund und dachte dabei irgendwie an Pferde, er war sich eigentlich nicht klar, an was, jedenfalls entdeckte er, daß Brown eine Zahnprothese trug, eine Art Brücke, die man herausnehmen konnte. Er nahm sie heraus. Ein paar Vorderzähne in einer Art Gestell aus Leichtmetall, viel unkomplizierter als sein eigener Zahnersatz, viel leichter. Er steckte das Gebiß in die Tasche und ging aus dem Zimmer.

Draußen auf der Straße, auf dem Weg ins Stadtzentrum, hob sich seine Stimmung. Es war nicht nur die Wirkung der Martinis. Er würde Weihnachtsgeschenke für die Familie kaufen – würde in eines der großen Kaufhäuser gehen… würde in bar bezahlen, würde die Waren liefern lassen. River Road, Childwold. Mrs. Lyle Bartlett und Familie. Weihnachtsgeschenke, Weihnachtsgeschenke. Wie die Kinder vor Freude jauchzen würden, genauso, wie er vor vielen Jahren gejauchzt hatte, herumgetollt war. *Herzlichst Vale.* Das würde sie überraschen. Seine Mutter würde weinen. Wie überrascht sie sein würden. Wie glücklich. Er würde hinfahren, den Tag über, zum Festessen bleiben, aber das würde ihnen vielleicht Angst einjagen, er würde ihnen Angst einjagen. Es ist ja nur dein Gesicht, sagte Mama, sie werden sich daran gewöhnen, Schatz, sie wissen es eben nicht besser; aber es war nicht nur sein Gesicht, das wußte er, es war etwas anderes, er hatte eine Wut auf Ronnie bekommen und hatte ihm weh getan, es kam und ging, wallte auf und flaute ab, er wußte niemals, wann es kommen würde oder warum, es waren nicht nur sein Gesicht und seine Brust und seine linke Schulter; es war vernünftiger, die Geschenke abliefern zu lassen und wegzubleiben, er würde auf die Karte nur *Herzlichst Vale* schreiben und sie würden sich sehr freuen, nicht wahr, und sehr überrascht sein. Er hatte ihnen immer Geld schicken wollen, aber es hatte nie gereicht, und jetzt würde er sie eben überraschen.

Nach seinem Einkaufsbummel ging er zurück ins De Sales Hotel, wo er jetzt ein Zimmer im obersten Stock bewohnte. Er nahm die Prothese heraus und besah sie sich und überlegte kurz, daß sie belastendes Material sein könne. Er warf sie aus dem Fenster auf die Straße. Er fühlte sich besser, er fühlte sich gut. Er schlief ein wenig, mit verschränkten Armen auf der Seite liegend, in seinem Gehirn ein Feuerwerk aus Wunderkerzen, Christbaumschmuck, Engeln und Sternen und Vögeln und Lametta.

Kahle weiße Wände. Riecht ein wenig nach Putz, nach frischem Anstrich. Alles sauber, hell, klar. Es flimmert dir vor den Augen, du hast noch niemals so etwas gesehen wie das hohe Farnkraut in den tönernen Vasen, so hoch wie kleine Bäume; noch nie hast du solch große Gummibäume gesehen mit so gewaltigen, glänzenden Blättern, und diese baumähnliche Pflanze mit den gestreiften Blättern: blaßgrün mit zarten weißen Linien. Der Fußboden der Galerie glänzt, so poliert ist er. Er ist aus einer Art festgefügtem Hartholz, du hast so etwas noch nie gesehen. Du atmest verstohlen, flach. Du gehst leise, wagst es nicht, ein Geräusch zu machen. Es ist alles so unerwartet, so herrlich...! Du gehst vorwärts, wie hypnotisiert.

Photographien, eine Reihe von Großaufnahmen, etwas über Augenhöhe angebracht; so ungeschminkt, schwarz-weiß, so lebendig, überraschend, unerwartet. Es gibt noch andere Besucher, die Galerie ist gut besucht, du hast nicht einmal Zeit, dich umzusehen. Du trittst nahe an die Bilder heran, du betrachtest sie dir voller Furcht.

Sonnenaufgang in den Great Smoky Mountains: espenähnliche Bäume, undeutlich aus den Schatten aufsteigend; Lichtspritzer, schleierzarte Lichtinseln, so duftig, so feinkörnig, du starrst sie ehrfurchtsvoll an, wagst nicht zu atmen, als könnte eine ungeschickte Geste alles verjagen. Sonnenaufgang, Bäume, Berge, das außerordentlich zarte Licht, wie es in den Blättern erblüht... Du möchtest dich zu Kasch umdrehen, möchtest ihm dein Erstaunen zurufen, möchtest ihm sagen, daß du niemals zuvor so etwas gesehen hast, daß du niemals die Berge wahrgenommen hast, obwohl du sie jeden Tag deines Lebens von deinem Schlafzimmerfenster aus siehst.

Du weißt nichts! Du hast nie etwas gesehen!

Da gibt es Bilder von Hartriegel, lebensgroß, von einem Schwarm Kanadagänsen, von versteinertem Geäst in grotesken gequälten Posen. Du starrst hin, kannst nicht nahe genug herangehen. Niemals hast du solche Photos gesehen... Gewitterwolken, im Begriff, sich zusammenzuziehen, lebendig zu werden. Mit Rauhreif bedeckte Eichen, jeder Ast und jeder Zweig schimmernd vor Reif. Kiefernwälder, die Baumstämme so herrlich gerade, ausgerichtet wie Bleistifte; riesige Felsblöcke, verrottete, halb gestürzte Bäume: Verlassene Städte in den Chautauquas, Städte, die zwar noch lebendig sind, die aber klein und öde und jämmerlich erscheinen wie Childwold und Marsena und die Rapids und Five Bridges und Frothing... Es würde dich nicht wundern, wenn du dir selbst in diesen Straßen begegnetest. Du starrst sie an wie gebannt, willst nicht weitergehen, kannst nicht genug bekommen, nicht genug in dich aufnehmen. Um dich herum Galeriebesucher, Unbekannte, normalerweise hätten sie dich interessiert, aber du bemerkst sie kaum, hörst nicht einmal zu, was sie sich zu sagen haben. Die Photos ziehen an dir, zerren an dir. Warum bloß, was ist es, was geschieht, was wird geschehen...?

Auf einmal hast du Angst, du könntest in Tränen ausbrechen.

Laney Bartlett, die sich die Nase putzt...!

Ein paar Meter weiter steht Kasch und unterhält sich mit jemandem. Dem Besitzer der Galerie. Die beiden haben sich zwar noch nie gesehen, aber sie scheinen sich doch zu kennen. Sie reden über die Ausstellung, über ein Tagebuch, das der Photograph hinterlassen hat und das jetzt, nach seinem Tode, veröffentlicht wurde. Kasch hat Auszüge daraus in Zeitschriften gelesen, hat aber noch nicht das ganze Buch zu Gesicht bekommen. Der Galeriebesitzer preist es in höchsten Tönen, und Kasch steht neben ihm, die beiden sind sich fremd, sind Brüder, Kasch, hochgewachsen und feierlich und heiter und glattrasiert, mit Lachfältchen in den Augenwinkeln. Er beobachtet dich.

Eine Wand voller Gesichter: Männer und Frauen und Kinder, alt, jung, mit tiefen Runzeln, manche lächeln verstohlen, manchen steht die Verzweiflung im Gesicht, eine ältere Frau, durch ein Fensterkreuz gesehen, ihr Gesicht unglaublich alt; eine junge Mutter, die ihr Baby hochhält; ein Mädchen in deinem Alter, ernst, verstockt, nicht sehr hübsch. Dann noch ein junges Mädchen, das Hühnern Futter streut. Ein alter Mann, er hockt auf einem zerwühlten Bett und sieht teilnahmslos in die Kamera, das Haar voll und weiß, der Mund verkniffen, störrisch, wie Opa Hurley. Solche Menschen! Solche Gesichter! Zäh, stark, würdevoll. Unzerbrechlich. Ihre Schönheit ist so unerwartet, so überraschend, die Schönheit in ihren einfachen, harten, offenen Gesichtern, ihren strengen Mündern... die Schönheit in den alten abgetragenen Kleidern,

Farmkleidung, Schuhwerk, so grob, als wäre es aus Holz oder Metall, Frauenkleider, die längst keine Fasson mehr haben, die ausgebeult sind, fleckig, Kinder in ausgewachsenen Hemden ...Dir kommen die Tränen, verärgert schnaubst du dir die Nase in ein Papiertaschentuch. Diese Menschen erinnern dich an, erinnern dich an... Aber ist deine eigene Familie so voller Würde, so unbeugsam? Sind ihre Gesichter so schön? Du hast sie dir nie angesehen, du weißt es nicht. Du hast niemals wirklich etwas gesehen.

Dann gehst du weiter zu einer Wand voller Bilder von alltäglichen, wertlosen Sachen: kaputtgeschlagenes Geschirr auf einem verfaulenden Bretterboden, zarte, ineinander verwobene Schatten, die ein Schneegatter wirft, zerbrochenes Glas, Stifte und Schrauben, achtlos auf dem Boden verstreut. Kasch schleicht sich von hinten an dich heran. Du weißt, es ist Kasch. Nun steht er hinter dir und schaut dir über den Kopf. Wenn er dich jetzt berührt, dir jetzt die Hände auf die Schultern legt? Du willst nicht berührt werden. Du wartest, nervös, gereizt; du willst nicht berührt werden, gerade jetzt nicht, hier nicht, nicht an diesem Ort.

Er berührt dich nicht, scheint zu ahnen, was du fühlst. Du gehst weiter, er folgt dir, stellt sich neben dich, studiert die Grabinschriften auf einem alten Friedhof in Chautauqua, Trümmer, die der Eden River bei Hochwasser angeschwemmt hat, ein halb abgeholztes Stück Wald voller Koniferen, wieder streng kontrastierende Muster aus Hell und Dunkel, Wald und Schnee, Eis und Sonne, Fels und Erde, Himmel und Wasser.

Du kannst nicht mehr.

Etwas über eine Stunde in der Galerie, siebzig Minuten – und du kannst nicht mehr. Auf einmal fühlst du dich ganz hohl. Ausgetrocknet und leer. Es ist ein neues Gefühl, es macht dir Angst. Aber du willst noch nicht gehen. Du willst dir alles ein zweitesmal ansehen.

Du rennst zurück zu den ersten Photos, du möchtest dich nicht mit Kasch unterhalten, noch nicht, nicht so bald, deine eigene Stimme würde dir entsetzlich in den Ohren klingen an diesem Ort, nichts, was du über die Ausstellung sagen könntest, wäre richtig, nichts, das nicht irgendwie verlogen geklungen hätte... Du willst dir alles noch einmal betrachten, du bist ganz versessen drauf, bist halbtot vor Erschöpfung, und dabei ist es doch erst mittag.

Wie wunderbar, wie unerwartet, diese Bilder, daß es einen Mann gab, der sie alle im Laufe von fünfzig Jahren aufgenommen hat... fünfzig Jahre! Daß es diese Galerie überhaupt gab mit ihren sauberen weißen Wänden und ihren Topfpflanzen, mit ihrem Besitzer, der so freundlich zu Kasch war, mit den übrigen Besuchern, so ruhig und voller Respekt... Da ist ein etwa dreizehnjähriges Mädchen mit seiner Mutter; dann ein älteres Ehepaar; eine attraktive Frau, allein, in einem dicken, flauschigen rostbraunen Mantel mit einem Ledergürtel; ein Mann von vielleicht fünfzig mit einer jungen Frau, kann sein, es ist seine Tochter. Alles hier hat einen Sinn, die Menschen kommen her, um diesen Sinn zu erfahren, sie wissen, er ist hier, er ist bewußt und mit Liebe geschaffen worden, und deshalb sind sie hergekommen, hergereist, wissend, daß sie nicht enttäuscht werden... Du willst Mutter und Tochter beobachten. Stehst da mit den Händen in den Taschen, mit leicht gebeugtem Kopf und blickst sie verstohlen an, ein wenig ablehnend, verwirrt, neugierig; du möchtest wissen, wer sie sind, ob sie in diesem Ort wohnen, Rosewood heißt er, dieser schmucke Vorort nördlich von Port Oriskany, am Seeufer; du möchtest wissen, ob sie sich sehr nahestehen, Mutter und Tochter, ob die Tochter Vertrauen zu ihrer Mutter hat, ob sie sich lieben; du möchtest wissen, ob es einen Vater gibt, Geschwister, ob sie sich alle gut vertragen, in was für einem Haus sie wohnen, wo das Mädchen zur Schule geht, ob sie viele Bekannte hat, Freunde, ob sie gute Zeugnisse bekommt, ob die Familie wohlhabend ist... Aber natürlich, natürlich sind sie wohlhabend, man braucht ja nur die Mäntel, die Handschuhe, die teuren Lederstiefel, die glatten, zuversichtlichen Gesichter anzusehen...

Du bist fast ohnmächtig vor Erschöpfung, vor Hunger. Kasch will gehen. Dir ist noch immer zum Weinen zumute, du bist fast wütend, aber warum nur, du verstehst es nicht, begreifst es nicht, deine eigenen Empfindungen machen dir Angst. Laney, Laney! Er hat dich hierher gebracht, ohne zu ahnen, was es dir bedeuten würde, wie sehr es dich berühren würde. Oder hat er es doch gewußt, geahnt? Draußen auf der Straße blickst du dich um, betroffen. *The Rosewood Gallery*... Du denkst, du wirst niemals wieder hierher kommen, du wirst niemals wieder so weit weg von Childwold sein.

Du hast gelogen, du konntest gut lügen. Ein Schluck von Kaschs Drink, du hast gelacht, weil es so gebrannt hat, weil es dir in die Nase stieg, weil die Dämpfe dir in den Kopf schossen. Du wirst lügen müssen, wenn du nach Hause zurückkommst, mit dem Katalog in der Hand, den er dir gekauft hat, mit den Photographien, du wirst dastehen, das Gewicht auf einem Fuß mit einem ein wenig erschöpften Ausdruck und wirst lügen, ein Klassenausflug, hast du gesagt, wegen Weihnachten, die ganze Klasse ist mit einem Bus in ein Museum in Port Oriskany gefahren. Du wolltest ausnahmsweise mal ein Kleid und deinen guten Mantel anziehen... und das gefiel Mama, sie wurde guter Laune und hatte gemeint, sie würde den Kragen ändern, wie du es gewollt hast, und du könntest ihre guten Handschuhe borgen, solltest nicht diese schmutzigen Fäustlinge anziehen, die du bis jetzt immer getragen hast; es sei eine Schande, hat sie gesagt, daß ein so hübsches Mädchen wie du herumläuft wie eine Gammlerin, wie eine kleine Schlampe, kein Wunder, daß deine Zeugnisse so schlecht seien... die Lehrerinnen brauchten dich nur anzusehen, dich und deine Freunde, und das genüge vollauf!

Du greifst wieder, wie zum Spaß, nach Kaschs Cocktailglas, aber er schiebt es beiseite. Nein. Hier nicht. Du bist minderjährig, weißt du das nicht? – willst du, daß wir beide festgenommen werden?

Wir haben doch nichts verbrochen, sagst du.

Er lacht. Er behält das Glas in der Hand, erhoben. Er hört nicht auf zu lachen, aber dann verändert sich sein Gesicht, er sieht betrübt aus, traurig. Um was trauert er, warum macht er diese albernen kleinen Tanzbewegungen mit seinen Armen und

Beinen, warum trinkt er aus einem ungewaschenen Zahnputzglas Whisky, warum raucht er eine Zigarette nach der anderen, erlaubt dir aber überhaupt nicht zu rauchen, als ob du ihm gehorchen, ausgerechnet auf *ihn* hören würdest? Ein Versager; nannte sich einen Versager. Aber es kümmerte ihn nicht, er schob es beiseite; du warst es, über die er reden, die er ausfragen wollte, seine Neugier war grenzenlos, obwohl es dir peinlich war und er dich nervös machte und du oft nahe daran warst, ihn zum Teufel zu schicken. Dir nachzuspionieren, auf offener Straße! Mein Gott! Und jeder wußte es, jeder machte sich hinter seinem Rücken über ihn lustig. Das Verkaufspersonal in den Warenhäusern, deine Mitschüler – sie alle machten sich hinter seinem Rücken über ihn lustig. Mama hatte etwas mitbekommen. Gewisse Dinge. Du hast Mama wegen dieses Ausflugs etwas vorgemacht, sie würde wahrscheinlich dahinterkommen, keiner konnte ihr auf die Dauer etwas verheimlichen, und sie hatte gedroht, zu Kasch zu gehen, ihn persönlich zur Rede zu stellen, hatte mit einer Anzeige gedroht – schließlich warst du minderjährig – oder sie wollte es an die Zeitung geben: Kasch war ja ein prominenter Name in der Stadt, vielleicht würde es Schlagzeilen machen! Deshalb nörgelte sie und hackte auf dir rum und machte dir Angst, aber Nancy meinte, und du wußtest, daß es stimmte, daß Mama nie und nimmer zur Polizei gehen würde, niemals! oder zur Zeitung – oder zu irgendjemand Offiziellem, besonders nicht in der Stadt. Hatte sie sich nicht beinahe von diesem Earl Tuller umbringen lassen, und hatte etwa die Polizei auch nur das geringste darüber erfahren? Und Earl war keineswegs der erste gewesen. Also brauchtest du nichts zu befürchten.

Du bist in Sicherheit. Du bist mit Kasch in einem fast hundert Meilen von zuhause entfernten Dorf zusammen, in einem Gasthaus und sitzt ihm an einem kleinen Tisch gegenüber. Du bist in Sicherheit, aber du fühlst dich schwach, merkwürdig. Du siehst ihn an, zum erstenmal siehst du ihn dir richtig an, und du merkst, er ist zugleich häßlich und schön, er reißt einen dummen Witz, macht ein dummes Gesicht, er ist schön, du spürst, wie das Blut dir aus dem Gehirn weicht, eine furchtbare Gefühlsaufwallung überflutet dich, du starrst ihn an und hörst nicht, was er sagt...

Laney, mein Liebling, weshalb bist du so blaß? Du mußt essen. Ich muß dich füttern... Du bist ja noch ein Kind, ich vergesse das immer wieder.

Vögel in einem weihnachtlich dekorierten großen Messingkäfig, an den Gitterstäben Stechpalmen und winzige rote Beeren. Die Vögel sind echt! Die Vögel sind lebendig, sie zwitschern süß, flattern herum, kreisen um ihre Sitzstangen, Wellensittiche, sagte jemand, und der Anblick fasziniert dich – wenn du doch jemandem davon erzählen könntest, ein großer Vogelkäfig mit winzigen Singvögeln, türkisfarben und scharlachrot und gelb und grün, mitten im Restaurant. Fast jeder Tisch ist besetzt, gut gekleidete Männer und Frauen, ja sogar ein paar Kinder. Alles ist so aufregend, du möchtest alles sehen, du möchtest mithören, was die Leute reden, du möchtest nah an den Käfig herangehen und dir die Vögel genau betrachten und ihrem Gezwitscher lauschen, ihren Liedern, die von dem Stimmengewirr fast ganz übertönt werden. Du findest es bemerkenswert, daß es Leute gibt, die hier täglich essen, elegant gekleidete Männer und Frauen, so gedämpft, so selbstsicher, so offensichtlich vertraut mit allem... Von oben herab rieselt Musik, Weihnachtslieder. Mittelalterliche Texte, sagt Kasch. Mittelalterlich, mittelalterlich. Was heißt das, was bedeuten diese Dinge; in deinem Kopf ist es leer, gewichtslos, als hättest du getrunken, du bist glücklich, du bist so glücklich, du hältst dich an der Tischkante, an dem Tischtuch fest, als wollest du jeden Moment in Ohnmacht fallen.

Wie Wein, wie Shit, wie diese roten Pillen, die du vergangenes Jahr, als es in der Schule Mode war, geschluckt hast: Du bist so glücklich, daß du gefährdet bist. Aber du bist in Sicherheit, du weißt es. Du bist erschöpft. Du stirbst fast vor Hunger. Kasch befiehlt dir, eine der Semmeln zu essen, du willst aber keine Semmel, du nimmst dir eine aus dem Körbchen, bist verlegen, weißt nicht, warum du verlegen bist, hast

Angst, daß irgend jemand etwas bemerken könnte, du brichst dir ein Stück ab, du gehörst nicht hierher, und doch sitzt du an einem Tisch und ißt, wie alle übrigen... die Leute könnten mit Fingern auf dich zeigen und dich auslachen. Laney Bartlett! Ein klein, zwei klein, drei kleine Bartletts, vier klein, fünf klein, sechs kleine... Sie spotten, sie necken, sie werfen mit Schneebällen. Unreifen Äpfeln, Birnen, Steinen, Dreckklumpen. Ein klein, zwei klein, drei kleine Bartletts... vier klein, fünf klein, sechs kleine... Und eins unterwegs.

Als du erst einmal angefangen hast zu essen, kannst du nicht mehr aufhören. Du streichst dir die Butter daumendick auf die Semmel, du bist rasend vor Hunger, niemals zuvor bist du so hungrig gewesen. Kasch knabbert an einer Semmel und bestellt sich noch etwas zu trinken, einen Manhattan. Er lächelt und beobachtet dich beim Essen und dann, als die Bestellungen gebracht werden, stochert er nur auf seinem Teller herum und beobachtet dich, amüsiert, liebevoll. Für sich hat er ein Pilzomelett und einen grünen Salat bestellt und für dich ein Steak-Sandwich und Pommes frites und einen Salat à la Chef mit einer Sauce, wie du sie noch niemals gegessen hast, so sahnig, so üppig. Du bittest um Ketchup; du brauchst Ketchup. Du bist so hungrig, daß es dir Angst macht. Und Salz, du willst Salz haben, du streust Salz über alles. Kasch stochert in seinem Salat herum und beobachtet dich. Möchtest du von meinem Omelett versuchen, fragt er, und du sagst ja, du hast niemals Eier gegessen, die so aussahen, die so raffiniert zubereitet waren. Das Omelett schmeckt köstlich. Könntest du es bloß der Mama erzählen! Das Steak ist köstlich und die knusprigen Semmeln und die Pommes frites und der Salat und die Salatsauce. Es dauert eine ganze Weile, denn du mußt langsam essen – schon das Steak mit dem Messer durchzuschneiden dauert seine Zeit. Du hast Angst, es könnte etwas schiefgehen, du mußt dich in acht nehmen, mußt graziös wirken. Man könnte euch beobachten. Jemand könnte sagen: Ist das nicht eine von den Bartletts? Hinterwäldlerpack... Wenn du nur Mama beschreiben könntest, wie die Eier gebraten worden sind und wie die Salatsauce geschmeckt hat und ihr von den Wellensittichen und den anderen Gästen erzählen könntest und wie wunderbar alles ist!

Dann, plötzlich, ist der Hunger weg; du hast zuviel gegessen; du legst dein Besteck hin. Aber da ist doch noch etwas Steak auf deinem Teller, sagt Kasch, und möchtest du keinen Nachtisch? Nein, nein. Um Himmels willen nein. Dein Magen tut dir ein wenig weh, du bist nicht gewöhnt, so viel zu essen, besonders nicht zu dieser Tageszeit. Meistens ißt du mittags so gut wie gar nichts – höchstens mal ein belegtes Brot, das du in einer Papiertüte mit in die Schule gebracht hast, oder einen Apfel oder eine Birne oder eine frisch gepflückte Tomate. Manchmal kaufst du dir einen Schokoladeriegel oder für fünfzehn Cent eine Packung Kartoffelchips, und damit hat sich's, das genügt. Das Essen in der Schulcafeteria ist zum Kotzen, die Portionen sind zu groß, und außerdem ist es zu teuer.

Keinen Nachtisch, wirklich nicht? – Ich werde mir noch einen Drink bestellen.

Noch mehr Weihnachtslieder, diese sind bekannt, kommerziell, aber trotzdem recht nett. Du betrachtest dich in einem dreiteiligen Spiegel, verlegen, weil die Verkäuferin einen solchen Wirbel macht, sie sagt, der Mantel sei fabelhaft, die Farbe sei fabelhaft, man müsse ihn nur kürzen. Das Geschäft hat rosa gestrichene Wände und einen rosafarbenen Teppich. Weihnachtsbäume stehen herum, aus matten Glaselementen, die man zu Pyramiden aufeinandergestellt hat. Deine Lippen sind eisig, du hast Angst vor deinem eigenen Anblick im Spiegel, was willst du eigentlich hier, was bedeutet es, wenn die Verkäuferin wüßte, wer du bist... Der Mantel ist von einem sehr dunklen Orange, mit einem braunen Pelzkragen und mit Pelzmanschetten, weich, dick, wunderbar; dein eigener Mantel, ein armseliges, farbloses Etwas mit zerschlissenem Futter, liegt über einem Stuhl. Im Spiegel kannst du ihn sehen. Auch Kasch kannst du sehen, die langen Beine übereinandergeschlagen. Weihnachten, bald haben wir Weihnachten, alle Welt macht Einkäufe, du hast deine eigenen Einkäufe schon hinter dir, hast deine Geschenke verpackt, billige Kleinigkeiten; du schämst dich, dein Gesicht ist wie erstarrt, deine Lippen sind erstarrt, wenn die Verkäuferin nur wüßte, wo du zuhause bist, wer du bist...! Kasch hat dich beschworen: Laß mich dir etwas kaufen. Laß mich dir etwas zu Weihnachten schenken. Weshalb nicht?

Was nützt mir mein Geld? Was nützt mir mein Leben? – er sagt es leichthin, macht sich über sich selbst lustig, zieht an seiner Unterlippe, ein Zeichen dafür, daß er nervös ist. Was für ein Pelz ist das, fragst du die Verkäuferin. Nerz, sagt sie. Ist er nicht prächtig? Jawohl... Ein klein, zwei klein, drei kleine Bartletts, vier klein, fünf klein... Acht klein, neun klein... Spöttisch, im Singsang, mit den Füßen den Takt markierend, haben deine eigenen Vettern vor Jahren damit angefangen es zu singen, selber Hurleys, und nachher haben es natürlich alle anderen Kinder in Childwold aufgegriffen, durch alle sechs Schulklassen ist es gegangen und dann weiter im Bus auf dem Weg in die Stadt. Laß dir nichts gefallen, von niemandem, und du und deine Brüder und Schwestern, ihr habt euch gewehrt, habt schon von klein auf gelernt, euch zu wehren, aber das Spottlied wurde weitergesungen, du konntest dich nicht gegen alle wehren, konntest ihnen nicht den Mund stopfen, was blieb dir übrig? Warte nicht ab, bis dir jemand weh tut, warte nicht ab, bis dich jemand schlägt, hau lieber gleich selbst zu, hat dir Vale geraten – gib's ihnen. Steine, Dreck, Stöcke, Fäuste, Füße. Tritt sie zwischen die Beine, hat Vale gesagt. Laß dir von niemandem was gefallen. Vale, der immer rauflustig gewesen war, Vale, der so jähzornig war, Vale, der immer ein wenig gefährlich war, auch bevor sie ihn nach Übersee schickten. Schlug immer gleich zu, ging mit den Fäusten auf sie los. Natürlich hat niemand das Spottlied gesungen, wenn er in der Nähe war, klar. Als er fünfzehn war, hatte er dem Krassov-Jungen den Kiefer gebrochen; aber alle meinten, es sei ein gerechter Kampf gewesen. Vale war kein böser Junge, nur eben etwas jähzornig, das hatte er wohl von seinem Großvater... böse meinte er es nie.

Dein Mantel kam von der Stange, von Goodwill, diesem öden kleinen Laden, dieser Verkaufsstelle in der Bridge Street.

Goodwill–Betriebe von Yewville – Oberbekleidung Gerätschaften Haushaltswaren Einrichtungsgegenstände. Schande, Schande. Da kommen die Bartletts. Mama hat euch alle ins Kaufhaus geführt, hat eine Parade draus gemacht, war nicht verlegen, war niemals verlegen, amüsierte sich noch dabei. Alle waren wir gewaschen und und gekämmt und mit Schuhen an den Füßen, obwohl es Sommer war, und einigermaßen ordentlich angezogen – du warst damals zwölf, du hast es gehaßt, du wußtest, was das Lächeln der in diesem Wohltätigkeitsdepot helfenden Damen bedeutete, wie sehr sie euch bemitleideten, wie sehr sie euch verachteten. Mama in bester Laune – überprüfte alles sehr genau. Arlene Bartlett ließ sich nicht übers Ohr hauen. Warum ist das so teuer, fragte sie, sehen Sie sich diesen Kragen an – er ist angeschmuddelt; und die Knöpfe an diesem Mantel, die passen nicht zusammen, und einer hängt nur noch an einem Faden; und dann dieser Lampenschirm, der ist auf der einen Seite angesengt, der Preisnachlaß sollte größer sein. Eines der Kinder fiel über ein Kabel, und ein anderes heulte, weil jemand es geschubst hatte und die Jungen faßten die Spielsachen an, und Mama stolzierte herum in weißen Synthetikshorts, einem grün-weiß gepunkteten Oberteil, Sandalen mit Holzsohlen an den Füßen und grellrot lackierten Zehennägeln. Dazu rauchte sie eine Zigarette und summte hörbar und amüsierte sich. Sie kaufte leidenschaftlich gerne ein, sie fuhr leidenschaftlich gerne in die Stadt. Die Verkäuferinnen waren ihr gleichgültig – wohlhabende Hausfrauen aus Yewville, die sich für diesen Service zur Verfügung stellten. Arlene war es egal, ob sie sie bemitleideten oder ob sie sie verurteilten oder ob sie Angst hatten, die Kinder könnten etwas kaputt machen, sie mußte ihren Gesichtsausdruck bemerkt haben, aber es war ihr wirklich gleichgültig, so etwas machte ihr nicht das mindeste aus. Damals war sie im zweiten Monat schwanger – obwohl keiner von uns es wußte. Ihr Geheimnis. Deshalb war sie so glücklich und stakste mit ihren lächerlichen Schuhen durch die Verkaufsgänge, das Haar hochtoupiert, gut aussehend. Ihre Brüste und Hüften waren füllig, die Taille zierlich, die Handgelenke und Fesseln ebenfalls; sie sah gut aus und wußte es.

Du stehst in dem Mantel da und starrst dich an, mit aufgerissenen Augen, blaß, spitznasig. Da bist du – *du.* Von hinten wirkst du wie ein Kind, die Leute halten dich für ein Kind, aber wenn du dich umdrehst, sehen sie dein Gesicht und halten dich für viel älter, als du in Wahrheit bist: niemand weiß, was er von dir halten soll. Diese Typen am Cranberry Lake hatten dich auf sechzehn, siebzehn geschätzt, und als dann die Polizei kam, hielten dich die Beamten für elf; anfangs zumindest. Du willst erwachsen werden, erwachsen sein, und sowie du sechzehn bist, wirst du von zuhause weggehen – wirst du nach... Nein, du willst nicht von zuhause weg. Du kannst nicht. Du willst auch nicht erwachsen werden. Du willst nicht so alt sein wie Nancy. Niemals. Letztes Jahr hast du gehungert, und deine Periode ist weggeblieben, du hast geglaubt, sie würde aufhören, wenn du nicht mehr weiterwächst, es hatte mit dem Wachsen deiner Brüste zu tun, du hast gehungert, bis Mama dir auf die Schliche kam, die scharfblickende Mama, der nichts entgeht. Aber acht Monate ist die Periode weggeblieben, und du kannst das jederzeit wiederholen, jederzeit. Du ißt unheimlich gern, aber du kannst auch jederzeit aufhören. Dein Mittagessen mit Kasch war einmalig, aber du kannst es trotzdem ganz und gar vergessen, ihn ganz und gar vergessen, du kannst alles, was du willst. Du wirst also von zuhause weggehen. Nein: du wirst niemals von zuhause weggehen. Du kannst sie nicht im Stich lassen, besonders Mama nicht, es könnte ihr etwas zustoßen, allen könnte etwas zustoßen. Opa könnte sterben – er wird sterben. Du willst nicht daran denken. Er ist im Geiste weit weg, behauptet er immer, und du, du seist sein Lieblingsenkelkind, aber manchmal redet er dich mit dem Namen deiner Mutter an, und dann wieder sagt er nur Püppchen oder Mädelchen, er stöhnt im Schlaf, stromert tagsüber meistens irgendwo herum, könnte sich verlaufen, könnte erfrieren, ißt unvernünftig, sagt Mama, er wird krank werden und sterben, und du kannst nicht von zuhause weg, niemals: du wagst es nicht.

Evangeline...? sagt Kasch.

Du beachtest ihn nicht, der Name ist dir verhaßt, wünschst, du habest ihm nie davon erzählt, du starrst plötzlich auf das kleine weiße Preisschild am Mantel: 595 $. Du drehst es um, auf der Rückseite steht nichts. 595 $. Du großer Gott. Das Schild baumelt aus einem der Ärmel heraus, 595 $, in Tinte. Nein. Es ist hoffnungslos. Lächerlich. Du ziehst den Mantel aus und schüttelst den Kopf. Weg damit. Die Verkäuferin ist erstaunt und anscheinend auch gekränkt. Zum Teufel mit ihr. Ich will ihn nicht, sagst du, Schwamm drüber, ich brauch keinen Mantel, ich hab schon einen. Du greifst nach deinem eigenen Mantel und willst gehen, du murmelst vor dich hin. Großer Gott, ein Mantel, der 595 $ kostet, du bist schockiert und wütend und möchtest alle, die im Laden sind, zum Teufel jagen, was für eine Scheiße ist das, wie können sie sich erdreisten, dir wird schlecht, du glaubst, jeder im Laden hätte es gesehen und würde gleich in Gelächter ausbrechen, ein Mantel mit Fuchsbesatz, ein Mantel mit Lederknöpfen, wunderbar weiches, dunkles Material, muß gekürzt werden, es ist hoffnungslos, laß es sein, laß alles sein, jetzt nichts wie raus hier. Im Rücken hörst du die Stimme der Verkäuferin:

Aber Ihre Tochter sah doch ganz reizend darin aus, er stand ihr so gut, er paßte genau zu ihrem Teint und zu ihrer Haarfarbe –

Du bist in Panik, ringst nach Luft. Drehst die Beine von ihm weg. Preßt die Knie eng zusammen.

Nein... Warte doch, warte. Es tut mir leid.

Dein Herz hämmert wie verrückt. Du kannst dich atmen hören, du keuchst tatsächlich, holst tief Luft. Und du kannst nichts, rein gar nichts dagegen tun.

Aber ja doch, ja, in Ordnung, sagt Kasch. Geht zur Kommode, gießt sich noch einen ein, steht mit dem Rücken zu dir. Dieser gequälte Ausdruck bedeutet immer, daß er einen seiner Kopfschmerzanfälle bekommt.

Warte, sagst du. Verzeih.

Das erstemal in seiner Wohnung, damals im Oktober, warst du ein wenig high, du bist die Treppe hinaufgerannt und hast an die Tür gehämmert, hatte er denn nicht gesagt, du könntest jederzeit zu ihm kommen, hatte er dich nicht beschworen? Verwöhnte Göre, Haar ganz zerzaust. Deine Freunde kotzten dich an – du hattest die Nase voll. Du bist durch die halbe Stadt gerannt bis zu dem Museumspark und weiter bis zu dem Kopfsteinpflasterplatz, wo Kasch wohnte, bist die Treppe hinaufgerannt, atemlos, triumphierend. Zu naiv, um Angst zu haben. Kasch war unrasiert, ganz überrascht. Hielt deine Hand fest. Drückte sie. Ich zieh mich aus, hast du gesagt, ich habe keine Angst davor, mich auszuziehen, und das stimmte – du warst in einer so guten Stimmung. Ich hab keine Angst vor dir, vor niemandem, hast du gesagt... Aber als er dich küßte, hast du ihn weggestoßen, bist in Tränen ausgebrochen. Ist ja schon gut, sagte er, ist ja in Ordnung, ich wollte doch nicht... Danach habt ihr beide am Kartentisch gesessen, den er immer für seine Mahlzeiten aufstellte und habt Bier getrunken und fettige Salzmandeln gegessen und habt nicht gewußt, was ihr sagen solltet. Du weißt doch, ich liebe dich, hat Kasch gemurmelt, und ich würde dir auch nicht weh tun, aber du kommst lieber nicht wieder hierher. Willst du das denn nicht? hast du gekränkt gefragt.

In dem Hotelzimmer, das auf den See hinausgeht, liebst du ihn fast, beinahe sagst du es laut, daß du ihn liebst. Aber du verkneifst es dir. Eine panische Angst steigt in dir auf, dein Körper windet sich und zappelt, wie der einer Katze, du kannst den Panikgeruch um dich herum riechen, kannst es in deinem Mund schmecken. Seine Küsse sind scheu, zaghaft, schüchtern, sanft wie Nachtfalterflügel auf deinem Gesicht, aber du kannst sie nicht zurückgeben, du erstarrst, du willst ihn wegstoßen. Brad küßt dich, Brad zerzaust dich, aber an Brad hast du dich gewöhnt. Brad und die anderen Jungen sind dir egal. Auch sie hast du plötzlich und grob weggestoßen, aber du hast keine Angst gehabt, bist nicht so verschreckt, so verzweifelt. Auf sie kommt es nicht an. Es ist dir egal, ob sie beleidigt sind oder wütend werden.

Ich meine, wir sollten zurückfahren, sagt Kasch. Wenn ich Migräne bekomme, kann ich nicht Auto fahren.

Dann fahre ich eben. Ich weiß, wie.

Du hast keinen Führerschein, Laney. Sei doch vernünftig.

Du liegst da und atmest immer noch schwer. Du hast nur dein Unterkleid an, er nur seine Unterwäsche. Es ist, als hättet ihr euch beide schon sehr lange so gekannt, die Spannung zwischen euch, dein eigenes, absurdes Herzklopfen, deine Furcht und deine Ungeduld mit dir selbst. Gerade dann, hast du einmal zufällig Mama sagen gehört – du warst zwar noch sehr jung, aber du wußtest, was sie gemeint hat, du verstandest den Ton ihrer Stimme – gerade dann lebe ich wirklich, dann... und wenn ich schwanger bin. Gott, wie ich es liebe, liebe. Ich kann nie genug bekommen.

Er kommt zurück ans Bett, setzt sich auf die Kante, das Glas immer noch in der Hand. Du bittest ihn nicht einmal um einen Schluck; er würde wütend werden. Streichelt deine kalte Hand, streichelt jeden einzelnen Finger. Ich muß dich anekeln, sagt er. Muß dir grotesk vorkommen. Du seufzst, machst ein Geräusch, das Ungeduld verkündet, ihr beide habt das alles schon mehrmals durchgemacht... Er hält deine Hand fest, du hoffst, daß er etwas über sich selbst erzählt; wenn er sich nicht wohlfühlt und wenn er ein wenig betrunken ist, erzählt er manchmal von sich, aber direkt darum bitten läßt er sich nicht. Seine Frau, seine Scheidung, damals war er achtundzwanzig Jahre alt, etwas über einen Nervenzusammenbruch, über das Buch, das er schreiben wollte und geschrieben hat; der Tod der Eltern, sein jahrelanges Herumreisen, die Westküste, England, der Kontinent. So alt. Er ist so alt. Und doch nicht älter als deine Mutter, vielleicht nur ein, zwei Jahre. Er verzieht das Gesicht, sein Kopf muß ihn schmerzen, du bittest ihn, sich neben dir auszustrecken, weshalb solltet ihr euch nicht ein wenig ausruhen, ihr seid beide erschöpft, es wird euch guttun.

Er streckt sich neben dir aus und verschränkt die Arme über der Brust. Die Rollos sind heruntergelassen, auf der Wand ein Muster aus Licht und Schatten, das Zimmer ist hübsch, warm, in grünen und braunen Tönen gehalten, warme Farben, das erste Hotelzimmer deines Lebens. Du wirst dich dein ganzes Leben lang daran erinnern. Das Himmelbett, goldgerahmte Spiegel zu beiden Seiten der Kommode, dieses traumhafte

Badezimmer – solcher Luxus, du kannst es nicht fassen – und dazu Kaschs Stimme, langsamer und undeutlicher werdend.

Warum bist du mir untreu geworden, habe ich meine Frau gefragt, und sie hat geantwortet, sie wisse es nicht, es sei nicht *Untreue* gewesen – sie würde es nicht so nennen. Hat sie gesagt. Hat es einen Grund gegeben, fragte ich sie, weshalb du mit ihm all diese Monate gevögelt hast, und sie hat geantwortet, nein, eigentlich nicht, sie habe keine Ahnung, weshalb, sie habe ihn auch nicht besonders gern, habe ihn nicht ernst genommen; er sei, versicherte sie mir, nicht halb so intelligent und sensibel wie ich... Also sagte ich, warum hast du es dann getan, und sie hatte keine Ahnung; warst du wütend auf mich, warum hast du es getan, und sie sagte, nein, weshalb sollte ich wütend sein, ein wenig ungeduldig manchmal, aber das sei normal, und jedenfalls habe sie Verständnis dafür, daß ich meine Doktorarbeit mit soviel Akribie vorbereite – sie wisse, es werde sich am Ende auszahlen, die Dissertation werde bestimmt veröffentlicht werden, mein Doktorvater werde sich bei der Harvard University Press für mich verwenden, sei das nicht eine Möglichkeit? Nein, sie sei nicht wütend. Sie liebe mich. Liebe mich sehr... Hab ich dich vielleicht im Bett enttäuscht, fragte ich, und sie dachte einen Augenblick nach, und ich wollte sie umbringen, wollte sie auf der Stelle erdrosseln, und schließlich sagte sie, nein; sie fing an zu weinen, schüttelte den Kopf: nein, hatte ihr Haar aufgelöst, den Zopf oder Knoten oder was immer es war aufgeflochten, sie war sehr hübsch und wußte es auch und wußte, was sie mir antat und sie liebte mich, glaube ich, sonst hätte sie nicht das Bedürfnis gehabt, mich so zu quälen... Nein, sagte sie, du hast mich nicht enttäuscht, überhaupt nicht. Warum, warum bist du dann zu ihm gegangen, warum hast du mit ihm geschlafen? Ich weiß nicht, sagte sie. Wolltest du mich verletzen, wolltest du, daß es mir irgend jemand hinterbringt und ich darunter leiden würde...? Nein, eigentlich nicht. Nun weinte sie ernstlich, aber es bedeutete nichts. Sie tat es eben. Es war der nächste Schritt. Ich fragte sie, ob sie sich in ihn verliebt habe, und sie sagte, nein, natürlich nicht; sie seien nur befreundet; auch seine Frau habe sie gern, genauso wie ihn. Aber besteht nicht die Gefahr, daß du ihre Ehe kaputt machst, fragte ich, wenn sie dahinterkommt – wie du auch unsere Ehe kaputt gemacht hast? Sie weinte, stand da und weinte, sagte, sie hätte weder unsere noch ihre Ehe kaputt gemacht, man könne doch ruhig alles vergessen und weitermachen, warum sei ich nur so wütend, weshalb ein derartiger Wirbel, sie habe mit ihm geschlafen, weil sie sich zufällig eines Spätnachmittags in der Bibliothek getroffen hätten und er ihr einen Drink im *Wursthaus* spendiert habe, und zufällig sei es auch der Abend gewesen, an dem seine Frau unterrichtete und ich noch bis spät gearbeitet habe, und seine Wohnung sei ganz in der Nähe, nur fünf Minuten zu Fuß, und so seien sie dorthin gegangen, es bedeutete nichts, ein Ehemann, eine Ehefrau, jemandes Ehemann, jemandes Ehefrau, was soll's, wen kratzt's? – und nichts sei kaputt gemacht worden, sagte sie, es sei denn, ich wolle es so. Und dann sei es meine Schuld. Meine... Ich hörte es mir an, ich unterbrach sie nicht. Ich brüllte nicht, ich fragte sie nur mit ruhiger Stimme, ob sie ihn körperlich anziehend finde, und das schien sie zu kränken und sie antwortete, nicht anziehender, als normal sei: Sie habe nie in diesem Zusammenhang an ihn gedacht, wenn sie nicht mit ihm ins Bett gegangen wäre. Also nein. Nicht körperlich, wirklich nicht... Wollte sie Schluß machen mit unserer Ehe, war es das, fragte ich, und sie verlor die Beherrschung und schrie mich an, daß ich mich dumm und lächerlich verhalte, daß ich derjenige sei, der alles kaputt mache und von Scheidung rede, und wenn ich sie lieben würde, könne ich ihr auch verzeihen – ob ich denn nicht wisse, daß das immerzu passiere, in Cambridge und überall, überall?... Aber diese Ehe gibt es nicht mehr, sagte ich und schrie auch, achtzehn Monate und die Ehe ist vorbei, *achtzehn Monate,* und du bist drei von diesen achtzehn Monaten mit ihm ins Bett gegangen, die Ehe ist vorbei, du hast sie kaputt gemacht, du hast sie zerstört, du hast mich zerstört – Nachher hat sie verbreitet, ich sei verrückt, hat den Leuten erzählt, ich sei paranoid, ich spioniere ihr nach, ich sei puritanisch und verklemmt und impotent und krank, sie hat verbreitet, ich hätte versucht sie umzubringen und würde es wieder versuchen...

Seine Stimme wurde undeutlich, langsamer. Er war eingeschlafen. Du lagst neben ihm unter der dünnen Bettdecke und hörtest ihn tief und schwer atmen. Auf einmal brach dein Gehirn wie in Sternschnuppen auseinander, du fühltest, wie du ebenfalls einzuschlafen begannst, du sahst Weihnachtslichter, ein gespenstisch blasses Gesicht in einem dreiteiligen Spiegel, das unregelmäßige V der Wildgänse im Flug, Kaschs Augen, Kaschs Mund, Mamas blutüberströmtes Gesicht, einen weißen Grabstein, einen Engel auf einer Christbaumspitze, Sterne und Vögel und glitzerndes, funkelndes Lametta.

Heiligabend. Fuhr nach Port Oriskany, zum zweitenmal in der Woche, zerfranst, besessen, verzweifelt, schamlos, Flasche Seagram's Whisky neben mir. Andachtsübungen, Erlösung sind nützlich, sind angezeigt. Laneys Mitleid, Laneys süßer, beißender Geruch, muß sie freigeben, sie einem dieser Rohlinge überlassen; bin selber ein Rohling, sabbernd und grapschend. Meine Lilith auf dem Felde, auf den Schneefeldern von Childwold. Entmutigerin der Männer. Muß sie loslassen: Sie kann aus mir nichts weiter machen als das, was ich jetzt bin und immer, fürimmer, fürallezeitundewigkeit sein muß...

Lilith auf dem Felde, Lilith des Schmutzes. Sie ist aus Dreck gemacht. Hab ihr Handgelenk fest mit meinem Daumen gerieben, und die winzigen Schmutzröllchen kamen. Es ist alles von Staub gemacht und wird wieder zu Staub. Beeil dich, beeil dich! Gesegnet sei der Name des Staubes. Unseres Staubes. Unseres.

Gebet, Fasten, Meditation. Leben in der Zeit, in der Geschichte: ein Fehlschlag. Muß mich zurückziehen. Wo ich lebe, wofür ich lebe. Experiment. Tapfer, edel. Werde es fortsetzen, bis ich triumphiere oder sterbe. Kasch der Liebende, Kasch der Asket. Kasch der sabbernde, grapschende, sich selbst bemitleidende Dreckhaufen, Kasch der erleuchtete Geist, Heiligenschein ums spärlich behaarte Haupt, schwache, wässrige erlöste

Augen... Hab etwas von einem spaltungsirren Patienten gelesen, linkes/rechtes Ich wußten nichts voneinander. »Selbste«. Das rechte Selbst war stumm, äußerst emotional, gewalttätig. Das linke Selbst war analytisch, verbal, »zivilisiert«. Sie waren einander fremd. Sie waren sich niemals begegnet. Und doch, so scheint's, verstehen wir uns als eine Person! Wir klammern uns an diese Selbsttäuschung bis zu unserem Tod! Nicht nur die gespaltenen Verrückten, sondern wir alle, unsere Gehirne wie mit einer Axt gespalten, die eine Seite dominiert, eine Seite ist *das* Selbst, und die andere lauert... Der spaltungsirre Patient lief herum in einem einzigen Körper, aber manchmal focht er Scharmützel. Eine Hand bedrohte die andere. Die eine Hand richtete den Schaden an, die andere wollte es verhindern. Doppelgänger kein Mythos. Ganz wirklich. Kasch fährt siebzig Meilen die Stunde, Kasch fährt schlecht, ist nicht bei der Sache, ist nicht nur einmal sondern zweimal bei der Fahrprüfung durchgefallen – der einzige Schüler, dem das passierte – aber nun ist er erwachsen, gehört zur Welt der Erwachsenen und rast auf der Landstraße durch die Nacht. Kasch bellt vor Lachen, ist froh, daß er allein ist. In einem Wagen ist alles erlaubt, wonach einem zumute ist: lachen, schreien, Weihnachtslieder singen, Witze erzählen, Rätsel aufgeben, Verse, die man früher einmal gelernt hat, deklamieren *(Ersehnt, erreicht, verloren stets Begehr/Lust beim Versuch... – Einsam wie eine Wolke zog ich hin – Ein jäher Schlag: Die großen Schwingen beben noch... – Aprilus komm mit Regenschauern... – Zerschmettere mein Herz, dreifalt'ger Gott...)*

Kasch, seit Monaten nicht so glücklich.

Port Oriskany, Kreishauptstadt. Größter Hafen am See gleichen Namens. Einwohnerzahl: 350000. Verkehrswege: Knotenpunkt von fünf Eisenbahnlinien, zwei Flughäfen, einer davon klein, eine Greyhound-Bus-Linie, eine Überlandbuslinie, eine Fähre, die (während der Saison) die bewegte Oberfläche des Sees überquert und an einer kleinen Stadt am gegenüberliegenden Ufer anlegt. Hauptsächliche Industriezweige: Zement,

Automobilbau, Stahl, Chemikalien, Obstverarbeitung und Konservierung, Schleifmittel, Getreide und Erdölprodukte. Oriskany-College: 5000 Studierende. Einige Geldinstitute, Kapitalanlagegesellschaften, ein gutes Hotel, keine guten Restaurants, das Zentrum der Stadt entvölkert, Hafengegend erbärmlich, die alte Front Street verwahrloster, als ich es je erfinden könnte. Port Oriskany, Hafen zur Hölle. Die Luft hat einen Geschmack. Die Luft stinkt. Minus fünfzehn Grad, kalt genug, um einem die Lungen zu säubern, und trotzdem stinkt die Luft, der Wind stinkt, hier bin ich nun... Ein menschliches Wrack liegt in einem Hauseingang: wird erfrieren. Herrgott. Ich fahre vorbei, ich halte nicht an. Straße so gut wie menschenleer. Heiligabend, Schnee treibt über den Northern Boulevard, Jacey's Bar & Grill, Howie's Tankstelle, Pfandleihen, Cafés, Hafengegend verkommen zum Slum, Schnellimbiß, Preston Steel, Stacheldraht, Rangierbahnhof, De Sales Hotel, Zapfsäulen, Öltanks, Verkehrsampeln, Jax Bar & Grill, Superior Canning, Wassertürme, Red Eagle Hotel, Danny's Pool-Salon. Front Lounge... Sonnenuntergang, Cocktailstunde, Kellnerinnen der Front Lounge in Hosenanzügen, Fernsehapparat über der Bar, bin schon mal hiergewesen, hab gelebt und bin gestorben und hab wieder gelebt und steck nun in der Haut und den Knochen von Fitz John Kasch, Kellnerin lächelt unverbindlich, Bluse mit V-Ausschnitt, enge Hosen, Straßohrringe, nach Chemie riechendes Parfüm, Fröhliche Weihnachten, Bar nicht sehr besucht, Tische fast leer, ein Kinderchor im Fernsehprogramm, an einem Tisch mehrere junge Frauen, Kasch lehnt über der Theke, stößt sich die Ellbogen, die Knie, Brille beschlagen, Furcht zu erblinden, wird eines Tages erblinden, im Fernsehen läuft nun ein Unterwasserkrimi, Barmann schaltet von einem Kanal zum anderen, sechs, sieben, acht Männer an der Bar, drei davon farbig, in bester Stimmung, Frohe Weihnachten, in der Katha-Upanischade heißt es, wir reisen von Tod zu Tod, solange wir unerleuchtet sind: *Was auch immer hier ist, ist auch dort; was dort ist, ist gleichermaßen hier. Der, welchem das Hier anders erscheint, wird einen Tod nach dem anderen erleben.* Frances und Molly geben sich als Schwestern aus, oder hab ich die Pointe nicht erfaßt, Frances zieht sich den Pullover über die Hüften, dreistes kleines Ding, auch lockenköpfig, gießt sich den Martini hinunter als wäre es eine Cola, Molly ruhiger, Ellbogen auf dem Tisch, freches, schmutziges make-up-verschmiertes Gesicht, Wimpern wie Fliegenbeine, mit Tusche verklebt, Haar orangerot gefärbt – oder zumindest sieht es in diesem Licht so aus: Molly, zurückhaltend, als wäre sie zerbrechlich oder tatsächlich zerbrochen; Molly ist offensichtlich die richtige Wahl für Kasch.

Red Eagle Hotel, 10 $ das Doppelzimmer; eine Flasche Seagram's Whisky und zwei ungewaschene Gläser; Molly war so mager, daß die Rippen hervorstanden; aus den angrenzenden Zimmern Geräusche, man konnte sie ebensogut als Festtagslärm deuten. Bist du schon mal hiergewesen, in übermütiger Unschuld gefragt, sollte das Gespräch wieder in Gang bringen, aber sie hat es mißverstanden und wünscht mich zum Teufel, dreist und aufmüpfig, Gebärden stilisiert wie im Film, schwarze Wimperntusche verschmiert auf ihren Backen und den Kissen und auf mir; jähzornig und dann sofort gelangweilt, vielleicht schizophren, wie die meisten unserer Gattung. Kasch, hat sie gesagt, was ist das für ein Name: *Kasch* sagte ich, *cash, cache, catch, clash, crash.* Eine Lebensgeschichte. Kleines Labyrinth aus geplatzten Adern oder Blutgefäßen auf dem Unterleib des Mädchens, dunkelviolettes Gewirr, jemand muß sie ganz schön zugerichtet haben. Kein Kommentar von Molly. Geschichte eines Lebens.

Gott, wie ich das wollte, wie ich dich wollte – weshalb hältst du dich zurück, Liebste? Komm her, komm näher! Niemand kann uns sehen! Es ist nichts dabei. Es schadet uns nicht.

Wer sollte uns sehen, Liebste? Wer sollte es wissen? Anna? – niemals! Weshalb hältst du dich zurück? Du weißt genau, du bist nicht schüchtern, Mädchen! Kein bißchen! Du doch nicht!

Meine Augen schmerzen, ich kann dich nicht erkennen, ich versteh es nicht. Etwas breitet sich aus wie Flügel, Flügel, die sich ausbreiten, um die Sonne zu verdüstern, den ganzen Himmel... Lieber nicht direkt hinsehen, sagen sie. Riesiger Vogel. Engel. Sieh nicht hin: Tu's nicht! Pearl! Sie sagen, er hat am ganzen Körper Augen. Ach, es ist grausam, grausam, versuch nicht hinzusehen, komm her zu mir, laß mich dich festhalten, solange wir beide zusammen sind, kann nichts passieren. Glaubst du mir nicht? Ich bin nicht betrunken! Hab den ganzen Tag keinen Tropfen zu mir genommen!

Pearl?

Ich fragte, liebst du mich, und du hast ja gesagt, hast gleichzeitig gelacht und geweint, ein großes strammes Mädchen wie du, das vorgibt, schüchtern zu sein. Ich nehm dir das nicht ab! Das zieht nicht bei Joseph! Ich war offen zu dir, nicht wahr, hielt es für das beste, ehrlich zu sein, es schadet viel mehr, wenn man die Wahrheit unterdrückt, ich hab nie zu den scheinheiligen Heuchlern gehört, wie die Verwandten meiner Frau, wie ihre Familie, in die du das Pech hattest einzuheiraten. Du und ich – sind wir nicht wer, das ist doch nicht zu fassen, ich meine, daß wir uns hier herumdrücken müssen. Weihnachten hatte schuld, der Rumpunsch ist mir zu Kopf gestiegen, das Haus war überheizt mit all den Kindern, lärmend und berstend und voller Leben, wie es an Feiertagen sein soll – sonst würde uns der Schnee allesamt begraben, nicht wahr? Du hast gesagt ich wäre schnauzbärtig und whiskyschnäuzig, du hast gelacht, als hätte dich jemand gekitzelt, dieses plötzlich ausbrechende, dich biegende Gelächter, dreist und albern und unbekummert darum, ob die anderen es sahen. Sollen sie doch! Sollen sie ruhig! Anna und dein Mann und all diese sauertöpfische Verwandtschaft, sie machen immer so ein Getue um den Weihnachtsgottesdienst, hatte schon überlegt, ob ich es den Kindern verbieten sollte, all diese heuchlerische Scheiße, man sollte meinen, daß jetzt, nach so vielen Jahrhunderten, die Menschen endlich hätten dahinterkommen können, hab ich recht? Nun, mir paßt's, sollen sie die Pferde anspannen und durch den Schnee kutschieren, es ist Ruhe im Haus, solange sie fort sind, ich hab nichts gegen ein wenig Frieden und Ruhe in meinem eigenen Haus. Morton wäre gestorben, wenn du ihm verraten hättest, was *du* gedacht hast! – armes dummes Kalb. Anna hat es sich schon lange abgewöhnt, mir Vorhaltungen zu machen, sie weiß, es hat keinen Zweck,

Ich fragte, ob du mich liebst, und du hast ja gesagt, und mein Herz, es hat einfach gesungen. Niemals bin ich so glücklich gewesen – niemals! Dachte, all das wäre längst vorbei, du weißt doch, vorbei für mich, eine Frau, die mich liebt und so weiter. Nicht, daß ich dafür Zeit übrig hatte. Ich hatte keine übrig. Ich habe keine übrig. Aber du bist etwas Besonderes, du bist zur Tür hereingekommen mit Schnee auf deinem Kopf und deinen Schultern, hast ihn abgeschüttelt, hast all das Zeug in deinen Armen getragen, ein breites Lächeln auf dem Gesicht, die Wangen rosig vom Wind... Nun! Alles übrige weißt du.

Liebst du mich, fragte ich und kam mir dabei so närrisch vor, meine Knie zitterten, meine Stimme wollte versagen, sollen wir heiraten, fragte ich, sollen wir es den anderen erzählen, von uns? – meine Knie haben wie verrückt gezittert. Man hätte meinen können, ich würde ein neues Pferd zureiten, man hätte meinen können, ich blickte herunter und hätte eine Giftschlange auf dem Weg entdeckt, dicht neben meinem Fuß oder ich hätte das Eis bersten hören, als ich halbwegs über dem Fluß war. Weshalb können wir einander nicht lieben, weshalb können wir es nicht durchstehen, ich fürchte mich nicht vor Anna oder ihren Verwandten, und was kann mir ihr Bruder schon tun? Armer Morton! Zwanzig Jahre älter als du, stimmt's? Und außerdem kinderlos. *Du* brauchst dir keine Sorgen zu machen, aber *ich* muß es. Ja, ja, ich meine es ernst! Bestimmt meine ich es ernst!... Hab heute keinen Tropfen getrunken, keinen Tropfen. Ich meine es ernst. Würde ich so reden, wenn es nicht so wäre?

Weihnachten ist die schlimmste Zeit, die schlimmste Zeit. Zuviel los. Die Kinder außer Rand und Band, die Frauen halb verrückt vor lauter Backen und Kochen, nur wir Männer sitzen herum und haben nichts zu tun, müssen den ganzen Tag in unserem Sonntagsstaat sein – zum Teufel damit, Weihnachtstag und Weihnachtsessen, das genügt mir, und dann noch Besuche machen – das genügt mir, danke sehr. Bin hinaus in die

Scheunen gegangen, hab das Vieh inspiziert, bin hinunter zum Fluß, nur um mich mal umzusehen, mußte frische Luft schnappen, die verfluchten Weiber wollen immer eine Bullenhitze im Haus und alle Kinder unter einem Dach... Nein, das sind keine richtigen Neffen und Nichten von mir, eher Vettern und Cousinen zweiten und dritten Grades, mein Kopf platzt, wenn ich mir diese verflixten Verwandtschaftsgrade klarmachen soll; und selbstverständlich muß Anna diese ganze Sippschaft einladen, dich meine ich damit nicht und auch Morton nicht, Herz, du bist was Besonderes und du hast keine Kinder, und außerdem waren wir ja Ostern bei euch zu Besuch – du hast den Beinschinken gebacken, in Apfelmost gebeizt, das war der beste, den ich je gegessen habe, Mädchen, also laß dich nicht von der herrschsüchtigen Anna oder von ihrer Mama oder von dieser wie-heißt-sie-noch-, dieser Tante in der Küche herumkommandieren, und laß dir nicht von ihr erklären, wie dieses oder jenes zubereitet werden muß, ausgerechnet von *ihr!* Ihrer Familie hat sie den ganzen Winter hindurch nichts wie gebratenen Speckkuchen mit Kartoffeln aufgetischt. Gewiß, Anna kann recht gut kochen, das muß man ihr lassen, sie war geschmeichelt, als du sie wegen dieser Putenfüllung – was war es, Kastanienmus? – gefragt hast, sie hat es genossen, laß dir da von ihr nichts vormachen... Magst du Knödel? Mein Gott, wie die mir schmecken! Hab sie lieber als Kartoffeln. Aber sie müssen richtig zubereitet werden. Erst ein Ei schlagen und unter den Teig ziehen und vielleicht auch ein wenig frische Butter dazugeben, so mag ich sie, locker, aber doch nahrhaft. Ein Mann muß essen, weißt du... Vergangenen Herbst habe ich ein Halbdutzend Fasane geschossen, nur so nebenbei, Anna hat sie gebraten, aber sie hat geschimpft, wie immer. Hab einen von ihnen gleich hinter der Scheune abgeschossen, der dämliche Vogel saß auf dem Zaun, dreister Fasanenhahn, ließ mir genug Zeit, meine Schrotflinte zu holen... Das war doch dein Brot, nicht wahr, Herz, das Honigbrot, das so gut geschmeckt hat? Und die Blutwurst. Zuviel zu essen, viel zuviel – Weihnachten stopft man zuviel in sich hinein. Mein Gott, ich werd mir noch einen Wanst anfressen wie Annas Alter, wenn ich nicht aufpasse...

Du? Nie im Leben! Ein hübsches, strammes Mädchen, genau richtig die Figur, genau richtig. Du solltest dich nicht kleinmachen, verstehst du? Ich laß das nicht zu.

Sollten wir nicht heiraten, hab ich dich gefragt, und du hast dein Gesicht an meiner Schulter versteckt und hast kein Wort geantwortet, und ich hab dich geschüttelt, was? – und du hast kein Wort gesagt. Du hast geweint. Was denn? *Ich* hab doch Kinder, hab ich gesagt, und eins ist unterwegs, sieh mich an, hab ich Angst? Nein. Hab mir niemals überlegt, wohin es führen könnte, hab keinen Gedanken drauf verschwendet... sonst würde ich mich wer weiß wie gefürchtet haben... Pearl? Was ist los? Du liebst ihn doch nicht, oder? Du weißt, du liebst ihn nicht. Hast Mitleid mit ihm – vielleicht. Er ist ein guter Kerl, weiß Gott, ich war ja letzten Sommer bei euch und hab euch ausgeholfen, und es hat mir auch nichts ausgemacht; es ist ja nicht seine Schuld, daß er das mit dem Bein hat. Pearl? Herz? Wo bist du? Ich kann dich sehen, Mädchen, wo bist du?

Einmal, da haben wir beide zusammen getanzt. Haben gelacht und herumgestampft. Das war doch nur Spaß, hat niemandem weh getan, du hast gesagt, ich wäre schnauzbärtig und whiskyschnäuzig, und die arme Anna tat so, als merkte sie nichts. Damals hattest du auch ein wenig getrunken. Ich mag es, wenn eine Frau sich zu amüsieren weiß. Ich mag keine, die sich immer zurückhält oder die die ganze Zeit über nörgelt oder die immer kränkelt und jammert und seufzt. Dein Haar – es gefällt mir, wenn es lose hängt, so mußt du es immer tragen. Und die Farbe gefällt mir auch, honigbraun, könnte mein Gesicht drin begraben, sonst ist es kalt, so kalt im Wind, der Wind kommt vom Fluß, und der Winter nimmt kein Ende... Ich wollte dir nicht weh tun, Pearl. Niemals. Du bist hinausgerannt, und der Schnee war noch nicht geschmolzen, war wohl April, der Schnee hat geknirscht, und wir hatten beide keine Mäntel an, und ich bin dir nachgerannt, jawohl, du hast recht, nachgerannt, ich bin nicht im Haus geblieben. Hab dich gekniffen, dich geschüttelt. Dich geküßt. Du hast dich losgemacht, hattest Angst, aber du wußtest doch wer ich war, wußtest, was ich wollte... Nachher hast du gesagt, daß du mich liebst, hast gesagt, daß du deinen Mann nicht liebst, hast geweint und dich wie verrückt aufgeführt, und ich hab dir gesagt, du sollst ruhig sein, ruhig, würde ich nicht für dich sorgen? Darüber gab's nie einen Zweifel! Niemals!

Ich hab's mir nie anders überlegt.

Aus den Augenwinkeln kannst du ihn manchmal sehen. Am besten, man sieht nicht hin. Pearl, es ist so viel geschehen, seit wir uns Lebewohl gesagt haben. Ich muß dir so viel erzählen! Etwas hab ich inzwischen gelernt: Gib ihnen keine Gelegenheit, dich fertig zu machen. Verstehst du? Du bist noch jung, ein Mädchen noch, was? – du hast noch viel Zeit, dir über so etwas Gedanken zu machen. Ich hab mich verändert, bin anders geworden. Sehe in den Spiegel und möchte aufschreien, solch ein Schrecken ist es... solch ein Schrecken. Du würdest mich wahrscheinlich nicht wiedererkennen. Würdest mich nicht kennen. Pearl? Würdest du...? Mich erkennen, mich lieben? Jetzt? Würdest du...? Zum Teufel, du bist ja noch ein junges Mädchen, ein junges Mädchen. Hör nicht hin, wenn mich diese Anwandlungen überkommen.

Was ich inzwischen gelernt habe, ist: Wenn du ihnen Gelegenheit gibst, dich fertig zu machen, bist du erledigt. Dein Leben gehört ihnen, sie tanzen dir auf dem Kopf herum, stechen dich mit Nadeln, hängen dich an ihre Maschinen. Grausam, das ist es, mein Mädchen, du ahnst nicht, wie grausam. Du kannst es nicht ahnen. Ich hoffe, du wirst es nie erfahren, es war ein Segen, wie Morton gestorben ist, so plötzlich, sie sagten, es war ein Schlaganfall, und dann versagte ein Organ – seine Leber, oder waren es die Nieren? – und dann hat er nur noch ein paar Tage gelebt, du hast ihn also nicht leiden sehen müssen, ich bin froh darüber, deinetwegen, du hast zwar robust ausgesehen, aber du warst es eigentlich nicht; eigentlich nicht. Ich würde dir so gerne alles Häßliche ersparen, mein Mädchen. Ich wünschte, es stünde in meiner Macht.

Armer Josef, erinnerst du dich? – Krassov. Heut würdest du ihn nicht wiedererkennen. Du würdest aufschreien und dir die Augen zuhalten, das würdest du tun. Hat meine arme Tochter Arlene erschreckt. Sie hatten ihn mit ihren Nadeln gestochen und ihn an ihre Maschinen gehängt, und sie haben ihn erwischt, er kann nicht sterben, wie er sollte, der arme Hund. Hab bei ihm gesessen, hab ich dir das erzählt? Hab in der Stadt an seinem Bett gesessen, bis eine Krankenschwester gekommen ist und die Rollos heruntergezogen und das Deckenlicht angeknipst und mir erklärt hat, ich müsse gehen, die Besuchszeit sei vorüber, aber wie hätte ich weggehen können, wie hätte ich einfach weggehen können...? Er rief mich zu Hilfe, mußt du wissen, wollte, daß ich ihm helfe zu fliehen. Es fiel mir so verdammt schwer, einfach wegzugehen... Nun ist Weihnachten, dabei ist mir gar nicht sehr weihnachtlich zumute, vielleicht sollte ich hinausgehen und meine Geschenke auspacken, möchte ihnen nicht den Tag verderben, besonders nicht den Kindern, sie haben ein schönes Fest verdient, weißt du, mit viel Wirbel, viel Aufregung und viel Wärme, sonst ist der Winter einfach viel zu lang.

Pearl? Du weißt doch, daß du kein schüchternes Mädchen bist! Warum kommst du nicht näher?

Da saß Baby Dennie in seinem hohen Stühlchen, glucksend, kichernd, das ganze Gesicht mit Zuckerguß von dem Weihnachtsgebäck verschmiert, hellrote Farbe, und die Kiefer mit dem Engel auf der Spitze ging bis zur Zimmerdecke, und der Boden des Wohnzimmers war voll von zerrissenem Geschenkpapier, hellrot, hellgrün, silber, gold, breite Seidenbänder und Schleifen, auf die man trat, und die Honigkringel alle aufgegessen und nur ein paar Krümel und Reste von Zuckerguß auf dem Teller und das Kuchenmesser auf dem Boden unter dem Kaffeetisch und Chuckie in der Sofaecke unter einer Decke, weil er so verschnupft war und eine Halsentzündung hatte, sah ein wenig spitzmäusig aus, vielleicht hatte er vormittags zuviel von den Weihnachtskeksen und dem Lebkuchengebäck und den Pfeffernüssen gegessen – all das noch vor dem Mittagessen – und nun war ihm schlecht. Und Mama in ihrem bequemen Sessel vor dem Fenster, sie wickelte immer noch Geschenke aus, ließ sich Zeit dabei, rauchte, nippte an ihrer Kaffeetasse, knabberte an einem Stück Honiggebäck, Mama, ohne Strümpfe trotz der kalten Luft, die vom Boden aufstieg, ihr Haar schön und gebürstet und glänzend, die gebleichten Strähnen fast ausgewachsen, Mama in ihren großen, wuscheligen blauen Hausschuhen und ihrem blauen gesteppten Morgenrock, begeistert über jedes Geschenk, die Kleinen spielten zu ihren Füßen, und Nancy hätschelte das Baby, und Opa Hurley bemühte sich, ein Spielzeug der Jungen zurechtzubiegen, das nicht ganz richtig ausgepackt worden war. Flugzeug mit komplizierten Einzelteilen. Dank dir, Laney, sagt Mama und sieht mit einem Lächeln auf. Sie nimmt den Schal aus dem Seidenpapier: Ist der nicht hübsch, genau der Farbton, den ich haben wollte, ist reine Angorawolle, nicht wahr? – genau was ich brauche! Danke, Laney!

Neulich abend hat jemand angerufen, es war schon nach Mitternacht, und sie hat sich eine Zeitlang unterhalten, du hast dich übers Geländer gebeugt und versucht, etwas mitzubekommen, und am nächsten Morgen hast du Nancy gefragt, und sie hat die Schultern gezuckt und gesagt, sie wisse von nichts, möglich, daß es tatsächlich Earl gewesen sei, wäre das denn so verwunderlich? Wenn du so neugierig bist, weshalb fragst du Mama nicht selber, hatte Nancy gemeint.

Du hast das Geschenkpapier vorsichtig aufgemacht, damit es nicht riß, und dabei haben dir die Hände gezittert – was für ein Kindskopf, sich über ein Geschenk so aufzuregen! – und du konntest es einfach nicht fassen als du das Seidenpapier auseinandergefaltet hast, diese Jacke hattest du bei Menton oft sehnsüchtig betrachtet, und da war sie, Mamas Weihnachtsüberraschung für dich, ein gestrickter Cardigan aus Schurwolle, altrosa, ganz dunkles Altrosa, und die Knöpfe passend dazu, dunkelrosa Perlmutt, und Mama lachte über dein Gesicht, sie war so froh. Wie hast du das bloß geahnt? Mein Gott. ...Du hast dann den Cardigan aus der Schachtel genommen und ihn begutachtet und ihn dir angehalten und bist mit den Fingern über die weiche, weiche Wolle gefahren, und dann ist dir der Preis eingefallen, der war hoch, viel zu hoch für eine Wolljacke, und du hast dich gefragt, wer das wohl bezahlen würde, auch die anderen Sachen – die Geschenke für die Kinder, die Lederpantoffeln für Opa, die Babykleidung, die Spielsachen, das elektrische Tischfußballspiel, die neue Küchenuhr, die Frotteegarnitur, den Spiegel für Nancys Zimmer, den Putenbraten, der im Rohr brutzelte; du hast Mama einen Blick zugeworfen, sie schimpfte gerade mit einer der Katzen, die auf einen Haufen Sachen gesprungen war und sie umgeworfen hatte und vor Aufregung ein wenig hysterisch geworden war: Und du hast nicht gefragt. Danke, Mama, hast du gesagt. Danke, Mama.

Dieses Jahr war es eine schöne Kiefer, ein geradegewachsener gesunder Baum, und zwei Ketten bunter Lichter, sie gingen an und aus trotz der Helligkeit des blendenden Schnees draußen. Unter dem Baum war die alte, verblaßte Krippe aufgebaut, sie stand ganz zur Wand, damit die Kleinen nicht darauftreten konnten, das Christkind in seiner Krippe, auf Watte gebettet, Maria und Joseph zu beiden Seiten in langen Gewändern und drei gipserne Könige aus dem Morgenland, die an der Schulter zusammengewachsen waren, und die Tiere – eine Kuh, ein Pferd, ein Schaf – aus Gummi, neuer als die anderen Figuren und ein wenig zu groß, so daß das Schaf mehr Raum einnahm als die Heiligen Drei Könige zusammen. Auf der Spitze des Christbaums schwebte der Engel, wie immer, mit Rauschgold um den Kopf als Heiligenschein, wie eine kleine Sonne, und weißen Seidenflügeln und einem langen weißen Gewand aus echtem Stoff, einer Art Musseline. Da hing gläserner Schmuck in allen Farben, mancher undurchsichtig, anderer durchsichtig, wieder anderer mattiert, da gab es Kugeln mit winzigen Figuren drin, Vögeln oder Schmetterlingen oder Schneeflocken; dann wieder gab es Ketten aus Krepplametta, Zuckergußkringel vom vergangenen Jahr – sie waren ein wenig staubig geworden –, Eiszapfen aus Aluminium, winzige Vögel, Eichhörnchen, Bären, Rentiere; Oblaten in Form eines Weihnachtsmanns, in Form von Engeln und Kerzen, die die Kinder in der Schule ausgeschnitten hatten; und über all dem lag künstlicher Schnee. Da hingen Eicheln mit aufgemalten lächelnden Gesichtern, Tannenzapfen, die du selbst vergoldet hattest – vor vielen Jahren, als du noch in die Grundschule gingst. Sieht das alles nicht wunderhübsch aus, sagte Opa Hurley und zwinkerte, als ob die Stattlichkeit des Baumes und die Unzahl der Dinge, mit denen er behangen war, und die blinkenden bunten Lichter eine Überraschung wären, als ob er so etwas niemals zuvor gesehen hätte.

Der Fernsehapparat lief, ein Knabenchor sang Weihnachtslieder, aber niemand hörte hin. Ein paar der kleinen Kinder balgten sich, Mama war begeistert über eine große Flasche Flieder-Cologne-Spray, die ihr Ronnie geschenkt hatte, und natürlich mußte sie sich gleich ein wenig davon auf ihren Hals und ihre Schultern sprühen und auf die Innenseite ihrer Ellbogen, und dann durften alle einmal probieren, und eins der Kinder sprühte die Katze ein, und der Fliederduft mischte sich mit dem Geruch von Zigarettenrauch, Putenbraten, Flaschenmilch, Windeln, Medizin für Chuckies Hals, Kaffee, Kiefernnadeln und Opas einzigartigem nicht ganz angenehmem, aber auch nicht ganz unangenehmem Geruch – nach kaltem Tabak und ungelüfteter Kleidung und Essensresten und etwas Undefinierbarem.

Du bist aufgesprungen und hast Dennies Mund mit einem Papiertaschentuch abgewischt, weil niemand es sonst getan hätte. Dann hast du ein wenig Ordnung gemacht, hast zerknülltes und zerrissenes Weihnachtspapier in einen der großen Kartons getan und die Napfkuchenkrümel vom Teppich gelesen. Lärm! Trubel! Weihnachten! ... Du konntest damals keine fünf Minuten stillsitzen: Deine Gedanken kreisten unaufhörlich um Kasch, konzentrierten sich auf ihn, gleichgültig, wie sehr du dich dagegen gewehrt hast. Ich muß dich anekeln, hat er gesagt, muß dir grotesk vorkommen, ich liebe dich, ich würde dir nie weh tun... Seine Hände, sein Mund, sein mühsamer Atem. Das Scheppern der Whiskyflasche, wenn sie den Rand des Glases leicht berührte, fast unhörbar. Ich liebe dich, ich würde dir niemals weh tun, ich muß dich anekeln, dies war ein schrecklicher Fehler... Du bist nachhause gekommen und hast dir den Schnee von den Stiefeln gestampft, und da war Mama und hat dich angesehen, hat nur so geguckt und kein Wort gesagt, als ob sie alles wüßte – als ob sie genau dort, in dem

Hotelzimmer, dabeigewesen wäre. Du hast den aufwendigen Glanzpapierkatalog der Rosewood Gallery versteckt, hast nichts von dem Vogelkäfig, dem wunderbaren Omelett, dem Steak, der plötzlichen entsetzlichen Erschöpfung erzählt, die du fast den ganzen Tag lang verspürt hast. Mama, ich kann nichts dafür, wolltest du schreien, du wolltest zu ihr gehen, ihre Arme um dich fühlen, ich bin so einsam, versteh doch, Mama, ich weiß nicht, weshalb ich mit ihm gegangen bin, ich glaube, ich liebe ihn, ich will einfach bei ihm sein, neben ihm liegen, und wir beide könnten schlafen – nur unter einer Decke liegen und immerzu schlafen –, und niemals würde es Krach geben, niemals Ohrfeigen setzen oder Prügel, niemals Blut geben – niemals wieder Alpträume. Ich bin so einsam, Mama, vorher habe ich das niemals so gewußt. Dann hast du ein paar Kartons mit Einwickelpapier rausgetragen zur Mülltonne, hast das Frühstücksgeschirr abgespült, die Seitentür aufgemacht, dich hinausgelehnt, um dem Lärm zu entfliehen: Ein schöner, klarer, sonniger Tag war es, sehr kalt, muß wohl um den Gefrierpunkt gewesen sein. Schnee in unregelmäßigen Haufen in den Hinterhof geweht, in seltsamen zarten Mustern auf der verfallenen Windmühle, in feinen Streifen auf der Stirnseite des Heuschobers; die Stockrosen und die Sonnenblumen vom vergangenen Sommer und die ins Kraut geschossenen Kapernsträucher voll von schweren weißen Klumpen, sie ließen die Köpfe hängen wie unter einer schweren Last und als ob sie nachdenken, nachdenken, nachdenken müßten... Der Wind war dünn, kalt, pfiff herunter von den Bergen; es roch nach Kiefer, nach Felsen, nach wolkenlosem blauem Himmel, nach Schnee. Du standest im Türrahmen und starrtest hinaus, zogst die Luft tief ein, dachtest an die Photos, dachtest an Kasch, an seine langen, dünnen übereinandergeschlagenen Beine, an sein bleiches aufmerksames Gesicht im Spiegel. Es tut mir leid, hast du geflüstert, es tut mir leid – warte doch – Aber das Bild verschwand. Du starrtest auf den alten Scheunenhof, auf die vertrauten eingefallenen Dächer und Türen, den Hühnerdrahtzaun um den Hühnerkäfig, er war seit Jahren am Fuß ausgebeult, kaputt, unnütz, ein unschöner Anblick, und da war Opas Küchengarten vom letzten Sommer, jetzt eine Schneewüste, eine unebene weiße Wüste mit Schneedünen, die kreuz und quer verliefen, mit ein paar noch immer an ihre Stöcke gebundenen Tomatenstauden; einige Maiskolben waren aufrecht stehengeblieben.

Damals, draußen mit Opa an einem heißen Julitag, hast du aufgeschrien, weil du eine Raupe in den jungen Kartoffelblüten entdeckt hast; du wolltest sie töten, sie war dir eklig, unheimlich, das war dumm von dir, denn Opa hat gesagt, du solltest sie in Ruhe lassen: Nein, nein Püppchen, siehst du denn nicht, daß sie kleine Maden hat? – winzige kleine Maden am Bauch? Sie fressen sie bei lebendigem Leibe, siehst du, das sind die Jungen von irgendeinem anderen Insekt, und *sie* werden die Raupe umbringen, also solltest du sie in Ruhe lassen, alle, die ganze Sippschaft, begreifst du das? Und wenn sie sie fertiggemacht haben, ziehen sie weiter zu einer anderen Raupe und fressen die auf, und wir, wir brauchen uns da gar nicht drum zu kümmern, verstehst du? Also laß sie in Ruhe, Püppchen, laß das arme Tier einfach wegkriechen. Hat nicht mehr lange zu leben.

Zikaden, Blattläuse, Kürbiskäfer, Tomatenwürmer: sie alle unter der Schneedecke, der harten, krustigen Erde. Ruhend. Wartend... Haben nicht mehr lange zu leben.

Ich bin so einsam, Mama, ich habe das niemals vorher gemerkt.

Dann ist Butch den Pfad entlanggerannt gekommen mit heraushängender Zunge, die Pfoten ganz naß, sein buschiger Schweif wedelte wie verrückt, mit Schnee im Fell. Paß auf, daß er uns das Haus nicht schmutzig macht, Laney, hörte ich Mamas Stimme hinter mir. Heute ist Weihnachten, und ich will es mir nicht verderben lassen. Verdammt nochmal, ich muß es genießen.

Dann läutete das Telephon, aber es war nur Tante Esther, du konntest deine Enttäuschung nicht verbergen, das war gemein von dir, gemein, Tante Esther hatte dich so lieb, Tante Esther war die netteste der Verwandten, wohnte ganz allein in Yewville und hätte dich liebend gerne aufgenommen, bemuttert, du hast dich eine Weile mit ihr unterhalten, hast dich bei ihr für das Geschenk, das sie dir geschickt hat, bedankt, einen sehr hübschen Kunstledergürtel, genau deine Größe, und dann wollte sie mit Mama sprechen und mit allen anderen und ihnen ein frohes Fest wünschen, und die Kinder mußten zusammengetrommelt werden, auch Opa wurde geholt, der fluchte, wozu dieser Wirbel, Weihnachten war wie jeder andere Tag, all dies Getue sei ihm peinlich, könnten sie Esther nicht sagen, er wäre irgendwo draußen und nicht zu erreichen? – außerdem haßte er das Telephon, hatte niemals gelernt, sich mit ihm anzufreunden. Danach kam noch ein Anruf, du warst gerade damit beschäftigt, beim Tischdecken zu helfen, aber es war Jeannie, und du konntest nicht frei sprechen – hast dich nur ein paar Minuten mit ihr unterhalten – ihr Freund hatte ihr einen Armreifen geschenkt, von Brad hattest du eine Brieftasche bekommen, aber du hattest es schon eine Weile vorher gewußt, also war es keine besondere Überraschung. Und dann kam noch ein Anruf vor dem Essen: Tante Carrie und Onkel Will, sie wollten frohe Festtage wünschen. Nachher machte Mama mit einem merkwürdigen Ton in der Stimme eine Anspielung darauf, daß Vale wohl nicht anrufen würde – sie hätte es gewußt – jedesmal, wenn der Apparat läutete, hätte sie gewußt, es sei nicht Vale, es würde niemals Vale sein, und niemand erwiderte etwas, nicht einmal Opa, aus Angst, sie könne in Tränen ausbrechen... Ich weiß, er wird niemals anrufen, sagte sie.

Zu essen gab es Putenbraten mit Maisbrotfüllung, die du selber bereitet hattest, und dazu Kartoffelbrei und Sauce, aber die Sauce war dir, wie jedes Jahr, zu fett, bei dem bloßen Anblick der Sauce in der Saucenschüssel hättest du dich übergeben können, du mußtest dich also in acht nehmen – Mama entging solches Benehmen nicht, sie mochte das nicht; dann gab es Opas Lieblingsgemüse, rote Rüben in saurer Sahne und glasierte Zwiebeln und Brötchen vom Kaufmann, sie waren fertig zubereitet auf einem kleinen Folientablett, das man einfach in die Backröhre schob und Opa schmeckten sie nicht, der Weißbrotteig sei klitschig, sagte er, weshalb hätte Arlene nicht selber welche gebacken oder es ihm überlassen, er wisse, wie man frisches Brot backe, früher hätte er es gewußt; aber obwohl er sich wie gewöhnlich beschwerte, aß er vier davon und schmierte sich die Butter dick drauf und wischte damit den Teller trocken – alles: Sauce, rote Rüben, Kartoffelbrei –, und du wolltest ihm nicht dabei zusehen, wolltest deine Ohren vor den Geräuschen, die er dabei machte, verschließen. Dein Platz war zwischen zwei der kleinen Kinder, damit sie sich nicht kabbelten, und gegenüber von Ronnie, der schnell aß, den Kopf über den Teller gebeugt, der das Essen hinunterschlang als wäre er am Verhungern: wahrscheinlich hat er überhaupt nicht bemerkt, was er aß; du hast gesagt, er solle gefälligst nicht wie ein Schwein essen, und er hat dir unter dem Tisch einen Fußtritt versetzt, und du hast zurückgetreten, aber deine Beine reichten nicht, und Nancy erinnerte sich plötzlich, daß das Ragout aus Yamswurzeln und Äpfeln, das sie extra bereitet hatte, noch auf dem Herd stand, zugedeckt, vielleicht ließe es sich aufwärmen, und dann fing das Baby an zu schreien, und Chuckie hustete so stark, daß es klang, als ob seine Kehle ganz rauh wäre, und dann läutete das Telephon wieder, und die Hälfte der Bartletts wollte antworten, und die andere Hälfte wollte es einfach läuten lassen. Dann sprang Davy auf und lief an den Apparat und kam zurück und meinte, es müsse wohl die falsche Nummer gewesen sein, denn am anderen Ende habe man aufgehängt, als er sich meldete.

Opa war in seinem Element, hatte sich ein wenig Rum genehmigt, seinen Teller völlig leergegessen und mit dem Brötchen blankgewischt, wie man es ihm, so sagte er, beigebracht hatte, und als der Nachtisch aufgetragen wurde, fing er an, Geschichten zu erzählen, und du hast noch in deinem Essen herumgestochert, einen Happen von dem und einen Happen von jenem gegessen, am liebsten hättest du wieder mit Essen aufgehört, hattest keinen großen Appetit, Mama beschwerte sich, daß du so viel Putenbraten übriggelassen hättest, und die roten Rüben und die Sauce hattest du nicht einmal probiert, die Sauce war diesmal gar nicht so fett wie letztes Jahr – und du hast ihr eine patzige Antwort gegeben, sie solle dich in Ruhe lassen, du wärst es nicht gewohnt, zu dieser verrückten Tageszeit zu essen, wie spät war es, erst zwei Uhr? Sie sagte, du seist verwöhnt und dreist und würdest gleich eins auf deinen frechen

Mund bekommen, und Ronnie grinste hämisch, und Mama verbat es sich, und du und Nancy wechselten Blicke und verdrehten die Augen, und Mama sah es und war sauer. Aber der Eispudding war gut, mit einer Makronenmasse gefüllt, und es gab dreierlei Torten: Süßkirsch, Apfel und Bananencreme (die Creme kam allerdings aus der Tüte) – und Schokoladenwespennester, die hattest du angeblich als kleines Kind so gern gegessen, also mußtest du ein paar davon hinunterwürgen, obwohl dir gar nicht danach war.

Opa Hurley erzählte Geschichten: Du erinnertest dich an sie, teilweise, aber jetzt waren sie anders, er dachte sich neue Namen aus und verwechselte die Leute, und manchmal verlor er den Faden, und du wolltest nach oben rennen, du hattest genug von Weihnachten, genug vom Essen, den Tellern, den Kindern, genug von dem Gestank der Katze Norma nach billigem Fliederparfüm, genug von Nancys Zigarettenrauch, Baby Dennies vollen Windeln und von seinem Geheul. Ronnie war aufgestanden, weil einer der Arkins-Jungen draußen im Hof stand und ihn gerufen hatte, und Mama sagte, gut, wenn Jerry jetzt gerade nicht stören wolle, sei das in Ordnung, aber Ronnie solle auf jeden Fall die Überschuhe anziehen, und um Gottes willen, nicht etwa wie letztes Jahr in seinen Turnschuhen auf die verschneite Straße laufen. Was hatten sie vor? Schießübungen? Dafür sollten sie lieber in den Wald gehen, sie wollte die Knallerei nicht hören, besonders heute nicht, wo Weihnachten war.

Gespenster im Sumpf, tote Männer, die mit durchschnittener, blutender Kehle herumgingen, der Todesengel, gewaltige Schlangen, Bären, Pumas, seltsame Riesenvölker, die in den Bergen hausten... Opa Hurley nippte an seinem Rum und redete und redete, und ein paar der Kinder standen vom Tisch auf und gingen ins Wohnzimmer zu ihren neuen Spielsachen, und ein paar bleiben sitzen und hörten zu, und du saßest da mit einer Zigarette, hast nur mit halbem Ohr zugehört, du warst dem Alter entwachsen, wo man das alles noch glaubte, und dir fiel ein, wie sehr dich das alles früher einmal verängstigt hatte, und nun jagte er deinen kleinen Brüdern und Schwestern dieselbe Angst ein, und selbst Mama hörte zu oder gab vor zuzuhören und hatte die Arme verschränkt und schauderte; aber Mama glaubte ja alles, wenigstens, während es erzählt wurde, selbst die idiotischsten Fernseh-Serien, die tagsüber liefen, rührten sie zu Tränen... Da gab es die Peales, eine Sippe von Riesen, die in den Bergen hausten: die Männer fast drei Meter groß, ihre Frauen kaum kleiner, ihre Pferde so groß wie junge Elefanten. Sie waren Banditen, die von den Bergen herunterkamen und, wenn es gewitterte, Scheunen in Brand steckten, sie stahlen Vieh und raubten Kinder, und manchmal töteten sie auch Menschen – einfach zum Spaß. Sie waren häßlich, abstoßend häßlich. Sie hatten Reißzähne, die Eckzähne waren Hauer, wie bei Katzen. Mit ihren großen Augen konnten sie im Dunkeln sehen. Sie hatten alle schwarze Haare, Spinnen nisteten darin. Sie ritten auf mächtigen Rappen. Die Polizei war hinter ihnen her, fahndete schon jahrelang nach ihnen, aber sie ließen sich nicht erwischen. Einmal hatte Opa einen von ihnen gesehen, er galoppierte am hellichten Tag über die Brücke, über den Fluß, unweit des Schulhauses; das war vor langer Zeit gewesen, der Mann hieß Nelson Peale, er war der Anführer der Bande, er hatte einmal dreizehn Männer bei einem Streit besiegt und getötet und war zu Fuß einen Bergpfad hinaufgeflohen, und es wurde eine Belohnung von tausend Dollar für denjenigen ausgesetzt, der ihn lebendig oder tot einfangen würde, aber Opa hatte seine Flinte nicht dabei, also blieb er in seinem Versteck, denn er wußte, er durfte Peale nicht unter die Augen kommen. Das alles war vor vielen, vielen Jahren gewesen. Ehe noch irgend jemand von euch auf der Welt war. Stimmt, genau da auf der Straße, wo jetzt die Schule steht. Riesiger Mann mit schwarzem Haar und wilden Augen, mit einer Flinte über dem Sattel, der Rappen stampfte mit seinen Hufen, natürlich lebte er noch, droben in den Bergen, die Peales waren unsterblich, sie waren so böse wie Vielfraße und vermehrten sich so schnell wie Kaninchen; das Gerücht ging, sie wollten wieder so zahlreich werden, daß sie ins Tal zurückkehren konnten. Sie wollten sich das gute Ackerland, den fruchtbaren Boden sichern... Dann gab es Hamilton Boys, Opa hatte ihn selber gesehen, damals war er erst zehn Jahre alt gewesen und Hamilton vielleicht um die Vierzig, auf der Höhe seiner Kraft, gut zweieinhalb Meter groß war er, das war eine Tatsache. Er wog drei Zentner, bestand nur aus Muskeln und Knochengerüst, hauste am Fluß nicht weit von den Wasserfällen, kam alleine hierher und rodete sich ein Stück Land für seine Farm, schuftete Tag und Nacht, war immer auf dem Feld mit seinen Pferden, arbeitete selbst wie ein Pferd, bat nie um Hilfe oder borgte sich Geld aus, und später dann – er konnte sich nicht erinnern, wann es gewesen war oder wie es sich zugetragen hatte – jedenfalls waren irgendwann einmal Brüder aufgetaucht, älter waren sie, und irgendwie... irgendwie brachten sie ihn um seine Farm. Dann aber wählte man ihn zum Sheriff des Distrikts, weil jeder ihn respektierte. Trotzdem blieb er ein Einzelgänger, ging nirgendwohin ohne seine Schrotflinte und hatte eine Pistole im Gürtel stecken; er war lange Jahre Sheriff, verjagte alle Übeltäter aus dem Distrikt, veranstaltete Wettschießen und gewann jedesmal, er konnte ein Pferd zähmen, indem er es festhielt und streichelte und ihm gut zusprach, aber einmal hatte er ein Pferd, ein bösartiges Tier, getötet, indem er ihm mit der Handkante auf den Hals schlug: hatte ihm den Hals wie einen Strohhalm gebrochen. Danach ging alles verquer... Irgend etwas war passiert, was war es nur? ...Der Gouverneur des Staates, stimmt, der jagte Hamilton Boys aus dem Amt, der Gouverneur hatte von irgendwelchen Banditen oder von Boys' Brüdern Schmiergelder akzeptiert, sie waren neidisch auf Boys und wollten ihn immer in eine Falle locken und umbringen, aber er konnte ihnen entkommen, und deshalb bestachen sie den Gouverneur, und so verlor Boys sein Amt und zog sich in die Berge zurück und wurde selber ein Vogelfreier... Er überfiel Banken und Eisenbahnzüge und reiche Leute, und einmal rettete er einem armen schwarzen Mann und dessen Frau das Leben, denn man wollte sie lynchen, das war hier in Yewville, am Fluß, kurzum: Hamilton Boys rettete sie und nahm sie auf sein Pferd und ritt mit ihnen davon. Einer Familie, die nichts mehr zu essen hatte, schenkte er Geld zu Weihnachten; er nahm allen Gästen in einem vornehmen Restaurant das Geld ab außer einem Mann, den er aus seiner Jugendzeit wiedererkannte. Hamilton Boys erinnerte sich an ihn, denn er vergaß kein Gesicht, das er jemals gesehen hatte, er vergaß keinen Freund und keinen Feind. Er lenkte die Polizei auf die falsche Fährte, indem er sein eigenes Blut in einer falschen Richtung verspritzte; er tötete viele Männer, aber jedesmal nur in Notwehr, er schoß niemals jemandem in den Rücken, obwohl er oft genug Gelegenheit dazu hatte, denn er lauerte seinen Feinden hinter Felsen oder Bäumen auf ...Sein Versteck befand sich genau nördlich von hier, unweit von Mount Ayr. Wie er gestorben ist? Nun, es gibt Leute, die meinen, er sei nicht gestorben. Wieder andere behaupten, er wäre von einem seiner Brüder in den Rücken geschossen worden, der bereits eine Begnadigung des Gouverneurs in der Tasche hatte, aber es wurde auch... man sagte auch..., der Gouverneur hätte *ihn*, Hamilton, begnadigt und nicht den Mörder, und er hätte Boys gebeten, wieder das Amt des Sheriffs zu übernehmen, aber Boys wollte nichts davon wissen, er verließ diese Gegend und ließ sich in Wyoming nieder... Jawohl, Opa Hurley hatte Boys selber gesehen. Er würde die Statur dieses Mannes nie vergessen und auch nicht die des Hengstes, den er ritt!

Du hast das Geschirr abgeräumt, hast beim Abwaschen und Abspülen geholfen, du wolltest dich beschäftigen, du hast gesagt, der Tag gehöre der Mama, weshalb mache sie es sich nicht bequem, du und Nancy, ihr könntet aufräumen, du konntest Opa oben in seinem Zimmer hören, wie er sang, er war ein wenig beschwipst und lag bestimmt auf dem Bett, die Schuhe ausgezogen, vielleicht blätterte er in ein paar Zeitungen vom Vortag oder in alten Zeitschriften, und danach würde er einschlafen...

Diese Geschichten von Opa, hattest du Nancy gefragt, haben sie dir Angst eingejagt? Nancy saß ganz verträumt da, dachte an etwas anderes. Dann wurde ihr Gesicht sauer. Was, sagte sie, ich hab nicht hingehört, was hast du gesagt? Opas Geschichten, was ist mit ihnen? hast du gesagt. Ach, ich hab da auch nicht zugehört, hat Nancy geantwortet und mit den Schultern gezuckt. Ich hab an was Besseres zu denken.

Aber es gab auch ernste Geschichten, glaubwürdige Geschichten, die Opa erzählte, wenn er nicht so angeheitert war und wenn nicht so viele Zuhörer da waren. Vor vielen Jahren hat er dir immer gerne von den Zeiten vor deiner Geburt erzählt – von Familienmitgliedern, von Leuten, die du nie gekannt hast, von Nachbarn, die längst weggezogen waren – seine Stimme war leise und sanft, fast schmeichelnd, als wären diese Geschichten einfach weniger glaubwürdig, nur weil sie menschlicher waren. Du hast aufmerksam zugehört, auch dann, wenn die Geschichten allzu weitschweifig waren und du sie nicht mehr verstanden hast, auch wenn sie am Ende in eine verwirrende, lästige Litanei von Namen ausarteten, du hörtest zu, lagst in deinem Bett unter den schweren Decken, wurdest schläfrig, oder du saßest im Wohnzimmer an einem verschneiten Tag mit einer der Katzen auf dem Schoß. Opa zog an seiner Pfeife und redete, redete, redete, manchmal hielt er die Hände hinter dem Kopf verschränkt, seine Flanellunterwäsche guckte aus den Hemdmanschetten hervor. Du hast nur wenige Fragen gestellt. Du wußtest nicht, was du ihn hättest fragen sollen. Lebten diese Menschen noch? Wo waren sie? Warum kamen sie nicht zu Besuch? War es etwa Onkel Herman, von dem er gerade erzählte – der wegen einer Fünfdollarwette von der Alder-River-Brücke in den Fluß gesprungen war? – aber wie konnte es Onkel Herman gewesen sein, der war doch so behäbig und dick, wie konnte Onkel Herman so etwas getan haben? ... Und da war ein anderer Sohn, George, der zweimal hintereinander in der fünften Klasse sitzengeblieben war und trotzdem Opa bei seinen Kalkulationen über Ernte-Erträge und Marktpreise besser zur Hand gehen konnte als irgendwer sonst, der ohne irgendwelche Zwischenschritte kopfrechnen und kalkulieren konnte, der hinterher jedoch niemals erklären konnte, wie er darauf gekommen war. Er wußte es eben. Schon als Kind war er eigensinnig gewesen, in der Volksschule kam er nicht mit, und einmal – er hatte es ein letztes Mal in der sechsten Klasse versucht – hatte es Ärger mit der Lehrerin gegeben, George hatte am Abend vor Allerheiligen irgend etwas an ihrem Auto gemacht, Opa lachte schallend bei dem Gedanken daran, obwohl er den Wagen mit einem Pferdegespann hatte aus dem Graben herausholen müssen. Dein Onkel George: der ist nicht immer so ein Griesgram gewesen wie heute. Hatte sich in der Woche nach Pearl Harbour zur Armee gemeldet, hat in Frankreich und Belgien und Italien gekämpft, hat nicht einen Kratzer davongetragen, nur ein paar schlimme Erinnerungen, über die er nicht gern sprach – ja, das war dein Onkel George. Ist. Heut ist er anders... Und da waren Matt und Carrie, du hast doch die Photos von Carrie gesehen, als sie ein Mädchen war? – wirklich hübsch war sie, nicht so klein wie du, hatte eher Nancys Figur, ein nettes, strammes, handfestes, gutartiges Mädchen – sie und Matt und deine Mama, das waren meine Lieblingskinder, hab mich mit ihnen immer gut verstanden, und es hat auch niemals irgend etwas gegeben – schade, daß dein Onkel Matt sich diese Frau genommen hat, sie hat über die Hurleys immer ihre spitze Nase gerümpft und dafür gesorgt, daß Matt so weit weg zog wie möglich, ihre beiden Kinder, ich kenne sie kaum, sie sind erwachsen, und ich kenne sie kaum, ist das nicht schade? Aber Matt, der war wirklich ein guter Junge. Ein verdammt kräftiger Bursche. Er und ich, wir haben das Vieh gerade noch rechtzeitig freigeschaufelt, als ein Schneesturm den Pferdestall bereits ganz zugedeckt hatte, ich meine, der Schnee war bis fast zum Dach hinaufgeweht worden, das war eines Nachts im November gewesen, verfrüht und ganz unerwartet, und keiner war darauf vorbereitet, nur Matt war noch zuhause, und du hättest ihn mal sehen sollen, mit welcher Kraft er zugepackt hat, wie er den Schnee wegschaufelte und nicht aufgehört hat, bis die Arbeit getan war... Ein wirklich feiner Kerl und ein guter Sohn. Alle meine Söhne waren gute Söhne. Und fleißige Arbeiter. Auch Carrie: ein wirklich nettes, kräftiges Mädchen. Alle meine Kinder sind gut geraten. Auch die Enkel – wirklich gut geraten. Ich bin stolz auf euch alle, wirklich stolz. Ich bin da anders als manche, die ich beim Namen nennen könnte, die nörgeln und beschweren sich dauernd darüber, daß ihre Kinder oder ihre Enkelkinder niemals Zeit für sie hätten – du weißt schon, was ich meine. Ich bin ganz anders als diese alten Krähen. Natürlich, vielleicht ist es auch einfach ein Glücksfall, daß deine Mama so ist, wie sie ist, eine wirklich gute Tochter, auch wenn sie manchmal ein wenig zuviel Wirbel um alles macht – die Kleinen zu Weihnachten ganz wild macht vor Aufregung, das ist nicht gut... aber sie ist trotzdem ein echt gutes Mädchen, und ich kümmere mich einen Scheiß darum, was Carrie und die anderen reden, möglich, deine Mama hat von Zeit zu Zeit Probleme, aber sie ist nun einmal so – du weißt schon: Sie ist, was sie ist, und Schluß.

Du hast ihm eine Kanne Kaffee gebracht, stark und heiß, wie er ihn mag. Pulverkaffee, nicht frisch gemahlenen, wie er ihn früher verlangte – und ein Päckchen Süßstoff und keine Sahne dazu. Dank dir, dank dir, sagte er und lächelte und zeigte seine fleckigen Zähne, das war aufmerksam von dir, wirklich lieb, netter geht's nicht. War Weihnachten schön für dich, Laney? – was? Setz dich doch! Setz dich hin! Hier, wirf den Kram auf den Fußboden, so ist's richtig, wirf ihn nur runter – auf dem Boden ist genug Platz – muß eines Tages alle diese alten Zeitungen wegwerfen, deine Mama piesackt mich schon seit Wochen, will mit dem Staubsauger hier herumfahren. Ist doch nicht zu schmutzig für dich, Püppchen? Du darfst dir nicht deinen hübschen Pullover schmutzig machen, nur um deinem Opa zu gefallen, was? Das ist wirklich ein hübscher Pullover, sehr hübsch ist der, hübsches Rosa, den hat dir die Mama wohl selber gestrickt, oder nicht?

Die Zehen bewegten sich in den verdreckten Wollsocken. Auf seinem Kinn wuchsen Bartstoppeln, sie waren beim Rasieren stehengeblieben. Er legte sich zurück aufs Bett, die Kissen hinter sich gepackt, Asche auf der Bettwäsche, ein großer Brandfleck auf dem Nachttisch – ob Mama das wohl wußte?, der sah frisch aus – faul und zufrieden und vor sich hin brabbelnd, genau die richtige Art, betrunken zu sein. Opa, möchtest du sagen, kann ich mit dir über etwas reden? – über jemanden? Ich bin so einsam!... Aber selbstverständlich hältst du den Mund. Du sitzt in seinem Lehnsessel, hörst ihm zu, wie er in seinen Erinnerungen kramt, bist dankbar, hier zu sein, *hier*, hier bist du geborgen und er liebt dich, er kennt dich nicht, aber er liebt dich, liebt seine Enkeltochter, liebt alle

Kinder, jedes für sich, eins wie das andere, wie das andere... Jetzt berichtet er von einem Weihnachtsfest vor vielen Jahren. Er ist schläfrig geworden, die Augen fallen ihm zu. Opa, laß mich das wegstellen – Und du nimmst ihm die Kaffeetasse aus der Hand, stellst sie auf den Tisch; ganz sachte, damit er es nicht merkt. Weihnachten vor vielen Jahren, aber wie viele waren es? – als alle Kinder noch zuhause waren, alle außer dem ältesten – damals, als er noch all das Land besaß und es aufwärtsging und er Geld auf der Bank von Yewville hatte, wußtest du das? – jawohl, Geld auf einem Sparkonto und mit drei Prozent verzinst, alles ging aufwärts, es gab Putenbraten und Roastbeef und ein Spanferkel und einen Christbaum, eine Kiefer, die war so hoch, hatte so geduftet, damals war deine Großmutter noch am Leben, und eine Menge Leute haben bei uns übernachtet, weil draußen so ein Schneetreiben war, der Bruder deiner Großmutter und dessen Frau, sie hatten keine Kinder, das war ein wirklich nettes Paar, er hatte seinem Schwager auf dessen Farm geholfen und hatte niemals eine Gegenleistung erwartet, und die Frau war auch ein wirklich nettes Mädchen, sie sind alle gut miteinander ausgekommen, spielten gerne Stunde für Stunde in der Küche Rommé, der Holzofen glühte, das war das Weihnachten, an dem sie alle zusammengekommen waren, sie waren alle zusammen...

Du saßest da, während er schlief, er konnte schnarchen, so laut er wollte. Du dachtest immer an – nein, du hast einfach nur dagesessen. An diesem Weihnachten, diesem Weihnachtstag.

Die rosa Wolljacke, und Opa, der von der Familie erzählte, der dir Sachen berichtete, die du längst kanntest, und das Telephon läutete von Zeit zu Zeit im Nebenzimmer, und dein Leben, verborgen, dort, in jenem Zimmer, beschützt von deinem Großvater, obwohl er gar nichts von dir wußte: Erinnerst du dich?

Vier

Abend, Winter, Tag ohne Datum. Der Mond ist ein Stein, die Sonne Feuer, die Erde Schmutz, der Schnee kristallisiertes Wasser, es gibt keine Wunder, niemanden trifft Schuld. Kasch besitzt Vermögenswerte in Papierholz, Eisenerz und Kupfer nördlich des Lake Superior, Grundbesitz an der Main Street und entlang des Derby Highways gehört ihm über eine Schenkungsurkunde, von Anteilen an Kupfer und Mangan, die von der Heath Company in Südwestafrika abgebaut werden und die bis in die vierziger Jahre zurückdatieren, ganz zu schweigen. Kasch liegt im Bett und pflegt seine eigenen Körpersäfte wie eine Spinne, er vergiftet sich, er ist zu träge, um in die Stadt und in die Kasch-Gedenkbibliothek zu gehen, um nachzuschlagen, ob Südwestafrika überhaupt noch existiert... Auf Zehenspitzen durch die Gänge, Kasch weiß genau, daß ihn die Bibliotheksangestellten erkannt haben, sie schweigen diskret, wissen, daß er natürlich exzentrisch ist: der Sohn. Sie wissen doch, Fitz John – der, der wegging und sich einen Namen machte, der genial ist, aber exzentrisch – und wie, genau wie bestimmte andere Mitglieder der Familie. In der Bibliothek gibt es einen Raum, wo hinter Glas und in Hartholzschränken nichts als Gedichtbände stehen, manche davon in Leder gebunden, andere wiederum nagelneu, manche ganz dicke Wälzer – *Brownings Gesammelte Werke* – und dann wiederum ein paar ganz schmale unbedeutende Bändchen im Zeitschriftenformat: *Riddles* von F.J. Kasch selbst, Copyright 1965. Nein: lieber vergessen. Unmöglich, die Stufen jenes Lebens zurückzuverfolgen.

Könnte durch den Schneematsch in die Stadt gehen, zu McNeil, Lillard & Topley, mich über Südwestafrika informieren, über die Möglichkeit, die Anteile, Aktien und Wertpapiere und Investmentzertifikate und den Grundbesitz jemand anderem zu überschreiben... Nein, keiner gemeinnützigen Institution. Nein, keinem Familienmitglied... Aber warum, Fitz John, *warum?*

Willst du sie denn völlig vernichten?

Ich will... ich will...

Seht sie euch an, meine Verzweiflung, meine Hingabe, dieses Fragment aus meiner Heiligen Schrift, diesen Beweis, daß ich nur Leben für sie will, die Vielfalt und Freiheit von *Leben*:

Ich schlüpfe in dich, in dir, Laney, werde ich lebendig, ein Geist, der über deinem Kopf schwebt, der dir folgt, entlang der häßlichen erbarmungslosen Main Street einer schäbigen Stadt, die Yewville heißt, du drehst dich um, als spürtest du, daß jemand in der Nähe ist, du spürst etwas, deine schönen ernsten Augen können mich nicht entdecken: denn ich bin listig, listiger als du jemals vermutet hast. Ich schlüpfe in dich, ich fülle deine jungen ungeduldigen Glieder, ich schlüpfe in den Rhythmus deiner Lungen, deines Herzens, deines allergeheimsten Blutes... Bin ich es, oder bist du es, der die Tür aufstößt und in die überheizte Luft des Billigladens tritt? So vertraut! Kresge's Winterschlußverkauf. Jeder Gang zwischen den Verkaufstischen vertraut, der Geruch der Imbißecke vertraut, der schäbige Linoleumfußboden, die grellbunten Schilder für reduzierte Artikel, Damenbekleidung, Porzellan- und Glaswaren, Küchenbedarf, Damenunterwäsche, Spielsachen, Kosmetikartikel, Nähutensilien, Vorhänge, Schulbedarf, Süßwaren und Nüsse, Handtaschen, Handschuhe, Herren- und Knabenbekleidung, Lampen, Christbaumschmuck um die Hälfte reduziert... Du zögerst an dem Verkaufsstand, wo sich Handtaschen häufen. Alle im Sonderangebot, alle reduziert. Kunstleder, Krokoimitation in grellroten, grünen, gelben Farben, Taschen mit großen Metallschnallen, mit Schulterriemen, aus Karostoff gemachte Beutel zum Zuschnüren, Taschen aus Pelzimitation, so viele, ein paar bereits angeschmuddelt, mit Kratzern, mit einem gerissenen Schulterriemen, sehr stark reduziert: 3,98 $ statt

7,98 $. Kein Umtausch. Du nimmst die verbilligten Artikel in die Hand, vergleichst die Preisschildchen, du willst nichts kaufen, trotzdem suchst du weiter, aus Gewohnheit, suchst weiter, befingerst die Sachen und drehst sie um, wühlst an den Verkaufsständen, in den Körben, in denen sie aufgehäuft liegen: Was suchst du eigentlich?... Gegenüber, die Wand entlang, Mädchenbekleidung, kurze Röcke, Orlonpullis, Gürtel mit Silberschnallen, mit Schildpattschnallen, Rüschenblusen, durchsichtige Blusen, Baumwolljersey-Blusen. Wo ist es? Wo wirst du es finden?... Nachthemden, Schlafanzüge, Bademäntel. Aus Flanell oder seidig glänzend. Verführerisch! Ein Verkaufstisch, auf dem nur Unterkleider liegen. Mit Maschinenspitze besetzt, rosa und blau und weiß und schwarz, damals hast du so ein Unterkleid angehabt, damals... du lagst in Kaschs Armen und ihr beide habt geweint... Nein, es ist nicht wahr. Du hast nicht geweint. Er hat geweint, du nicht; du wirst es niemals tun... Du gehst weiter, in eine andere Abteilung. Was suchst du nur? Wo ist es? Wie lange hast du schon gesucht?...

Planloses Lesen: Santayana, Yeats, Hegel. So vertraut ihre Worte, immer wieder gelesen, aufgenommen, vergessen, ins Gedächtnis zurückgerufen. Bin ich eine Verkörperung ihrer Stimmen, sind sie eine Verkörperung meiner Stimme, was kann gesagt werden, das nicht schon gesagt worden ist?... so oft und so vergebens? Soll sich der Mensch Gedanken darüber machen, daß sein Sexualleben mit vierzig (mehr oder weniger) vorbei ist, ist das eine so bedeutsame Sache, eine kleine Drehung an der Schraube und alles ist verändert, der Mensch wird sowieso in die Ewigkeit geschnellt. Stimmen, Stimmen. Es gibt Geister nur in Stimmen, in Worten. Ich redete mit ihr, bevor ich sie ganz wahrgenommen hatte, ich hörte ihre verängstigte Stimme, ehe ich ihren mageren, verzweifelten Körper sah. Sollte mein Leben, neben das ihre gestellt, etwas bedeuten? Versagen, Versäumnisse, früher Erfolg und frühe Ironie, mein Irrtum lag (das sehe ich jetzt, jetzt, da es zu spät ist) in meinem Entschluß, um jeden Preis mein Talent für Worte zu entwickeln und meine anderen Talente verkümmern zu lassen, mich Hals über Kopf ins Leben des Intellekts zu stürzen, ein Krieger, ein listenreicher Krieger, versteckt in diesem unscheinbaren Körper. Mag sein, es war kein Leben nach den Gesetzen der Vernunft, aber doch ein Leben, von der Vernunft geleitet. Kein Spielraum, kein Bewußtsein, kein Dulden von Zufällen. Kasch wird sein eigener Vater. Kasch der Selbstgeweihte. Aber es gab natürlich Vorzeichen.

P..., prominenter Gelehrter, Kritiker und »Mann der Feder«, eine liebenswerte legendäre Vogelscheuche, während seiner Seminare alkoholisiert, geistig zerrüttet, hin und wieder ein Aufblitzen des Selbst und eine kluge, bissige, eisig-ironische Bemerkung, ganze Absätze, Seiten wortreichen Diskurses, als ob der vor unseren Augen sterbende Mann etwas wiederhole, was man ihm anvertraut hat, etwas Geheiligtes, das sich wehrte, mit ihm zu sterben. Die Administratoren der Universität warteten auf seinen Rücktritt, ersehnten sein Verschwinden, erpicht darauf, ihn hygienischer und weniger legendär von der Bühne abtreten zu sehen als auf die Art, auf die er schließlich starb: Er brach in der Bostoner U-Bahn zusammen, halluzinierte, lag zwei Wochen im Koma. Bedeutender Professor der, Inhaber des ... Lehrstuhls für amerikanische Literatur, Verfasser vieler Bücher, vieler Abhandlungen und Kritiken, vieler. Auch von vielen betrauert; mindestens theoretisch... Und H..., dessen kritische Nietzsche-Biographie ich mit solchem Enthusiasmus, solcher Leidenschaft gelesen hatte, dem ich als junger Mann einen begeisterten, fünfzehn Seiten langen Brief geschrieben hatte, peinlich, albern, demütig, offen, verletzlich, voll von dreisten Fragen; H..., der mich dann freundlicherweise einlud, ihn in New York zu besuchen, H..., damals ein Endvierziger, scharfsinnig, liebenswert, gütig, barmherzig, geduldig, großzügig, noch nicht allzu bekannt. Das kam erst später, viele Jahre später. Wochenenden in seiner großen Wohnung, meine Anwesenheit nicht nur geduldet, sondern wirklich – offenbar – willkommen; auch seine Frau gütig, ihre Sympathie, ihr Interesse für mich; Fitz John, der vielversprechende Student, Hellster der Hellen, ein würdiger Jünger, ein schmeichelnder Gehilfe und noch kein Konkurrent. Ach, wie H... für Ideen lebte.

Wie ich ihn anbetete! Auch heute noch, auch heute. In gewissem Sinne. Das Leben im Geiste – das *Lebendige* des Geistes, die Schöpfung des Geistes – bis spät in die Nacht hinein getrunken und diskutiert, diskutiert, diskutiert – was ich sagte, wurde ernst genommen, einerlei, wie schwach ich es ausdrückte – ich zitierte lange Passagen aus *Finnegans Wake*, aus Rabelais, aus... aber ist das wichtig, kann es *jetzt* noch wichtig sein? Nach dem Erscheinen meines ersten Buches war unsere Freundschaft zu Ende. Natürlich war es niemals eine echte »Freundschaft« gewesen; aber das wußte ich nicht, ich wußte damals nicht genug, um nicht verletzt zu sein... Wußte längst nicht genug. Seine Frau erklärte mir am Telephon, ich solle ihn nicht wieder anrufen, ihm nicht schreiben, es sei zwecklos, er lehne mich ab, hasse mich, höre nicht auf sie, wenn sie mich verteidige, und sie wisse genau, daß es keinen Sinn habe, habe sie nicht seit Jahren mit ihm gelebt, habe sie all das nicht schon mehrmals mitgemacht? Seine »jungen Freunde« hätten am Ende entweder nur seine Ideen plagiiert und ihn nicht als deren Urheber genannt, oder aber sie stellten sich absichtlich seinen Vorstellungen entgegen oder präsentierten sie in verstümmelter, beleidigender Gestalt. Viele, viele Male hätte sie es mitgemacht... Und dann war da B..., der Poet, kein eigentlicher Freund, nur ein Bekannter, B..., der, wenn es ihm paßte, sehr großzügig und, wenn es ihm nicht paßte, phantastisch kleinlich sein konnte, auch er ein Alkoholiker – ein Säugling, blubbernd, seine exquisite schrille Musik gurgelnd – B..., der sich am Tode einer Rivalin weidete, einer hinfälligen älteren Lyrikerin, der während einer ihm zu Ehren veranstalteten lärmenden Party auf ihren jungfräulichen Kadaver Trinksprüche ausbrachte, umringt von Bewunderern und Schmeichlern, seine vierte oder fünfte Ehefrau, sehr jung, sehr betrunken, neben ihm. Allesamt Vorzeichen. Amüsant? Nein. Vertraut? Gewiß doch. Leider. Ein Leben der Vernunft, ein Leben der Worte, ein Leben, das (wie wir es damals formulierten) den schönen Künsten »geweiht« ist: angefault wie von innen her durch etwas, das nicht nur nicht-vernünftig, nicht nur irrational, sondern ausgesprochen teuflisch war.

Und so habe ich mich in der Mitte meines Lebens von meinen eigenen Leistungen abgewandt, meinem eigenen mäßigen Erfolg, habe die Welt verlassen, in der »Fitz John Kasch« noch etwas galt. Wiedergeburt ist es, die ich suche – ich schäme mich nicht, es einzugestehen.

Aber manchmal macht es mir doch ein wenig Angst.

Am 28. Dezember kurz nach neun Uhr morgens hörte Arlene ein Geräusch vor dem Haus und rannte hinunter: Ein Postauto hatte in der Einfahrt gehalten. Zwei Postboten schleppten Pakete zum Nebeneingang, die Kinder waren außer Rand und Band, der Hund kläffte. Arlene befahl Ronnie, den Hund nach hinten in den Schuppen zu schaffen. »Was ist das, was soll das bedeuten?« fragte Arlene verwundert und gleichzeitig beunruhigt. »Was ist das, was soll das alles bedeuten?« Wahrscheinlich Weihnachtsgeschenke, sagte der Postbote, wegen der vielen Weihnachtspost am Hauptpostamt in Yewville über die Feiertage liegengeblieben. War sie Mrs. Bartlett, und würde sie bitte unterschreiben...?

»Aber von wem sind sie? Ist eine Karte dabei? Ein Absender?... Ach du lieber Gott«, sagte Arlene.

Über zwanzig Pakete, alle gleich verpackt in grüngestreiftem Geschenkpapier von Ogden Brothers, Port Oriskany, vom besten Kaufhaus am Platze. Die Kinder rissen bereits das Papier herunter, zerrten an den Schnüren und machten einen Riesenlärm. Nancy war die Treppe heruntergekommen, sie war noch im Nachthemd und hatte sich eine lange Strickjacke darübergeworfen: Was ist los, was ist los? rief sie. Weihnachten war gekommen und gegangen, und sie wartete noch immer darauf, daß ein Geschenk von ihrem Mann kam, oder zumindest eine Postkarte. Sofort wußte sie, daß Prentiss all *das* nicht geschickt haben konnte.

In der Küche hatten die Kinder das größte Paket zuerst geöffnet: Sie waren enttäuscht, es war eine Tischlampe mit einem schweren, fast undurchsichtigen Schirm, schwarz-goldorientalisch gemustert. »Ist das nicht traumhaft! Ist das nicht wunderbar!« rief Arlene. Ein weiteres Paket enthielt ein tragbares Radio mit einem knallroten Plastikgehäuse und einem Ledergriff und unzähligen Knöpfen und Skalen; die Kinder schalteten es sofort ein, und es spielte. Musik dröhnte los. In den kleineren Paketen war Spielzeug zum Aufziehen, Kipplorrys und Luftgewehre und Puppen und etliche vergoldete Armreifen und lange Halsketten und Handschuhe und eine Dose mit einem englischen Rosinenkuchen und verschiedene Damenpullover und pelzgefütterte Fausthandschuhe und eine Spielzeuggiraffe zum Aufziehen, die auf dem Tisch trippelte und schließlich auf den Boden fiel, und kleine, sorgsam verpackte Glastiere, wie Laney sie einmal gesammelt hatte – ein hellorangefarbener Schmetterling, ein zart-durchsichtiger Schwan, eine Sau mit einem braven Gesicht und drei winzigen Ferkelchen; dann ein Tischfußballspiel, und die Kinder motzten, denn sie hatten bereits genau so eines, ein wunderschöner, mit Goldfäden durchwirkter scharlachroter Schal, eine Geschenkpackung mit Puder und Eau-de-Cologne und Toilettenseife; eine kleine Eieruhr für die Küche, eine teuer aussehende Salatschüssel aus Schweden, Kinderschutzbrillen, Spielzeugflugzeuge, Spielzeuggeländewagen, ein kleines Zelt, ein großes Freßpaket vom Ogden-Kundendienst voller teurer Kekspackungen und Weihnachtsgebäck, Sahnebonbons, Fasanencremesuppe sowie eine Dose mit einer tafelfertigen gemästeten Poularde, Hasenpfeffer in der Dose, Porreesuppe, winzige eingemachte Tintenfische und Dosen mit verschiedenen Pasteten.

»Es ist von jemand, der uns kennt«, sagte Arlene mit tonloser Stimme, und Nancy, die sich gerade einen der Pullover anhielt, meinte, »Klar, Mama, zweifelst du daran? Mein Gott! Es kann doch nicht jemand sein, der uns nicht kennt!« und Laney, die inzwischen auch heruntergekommen war, um zu sehen, was der Lärm bedeutete, wurde leichenblaß und lehnte sich gegen den Türrahmen, als hätte sie Angst, näher zu kommen. »Was – was ist los?« fragte sie heiser. »Wer hat uns diese Sachen geschickt?« Aber es gab keinen Absender, sie konnten keine Karte finden, die Kinder hatten alles durcheinandergewühlt, überall lag Einwickelpapier, die Kinder trampelten darauf herum, und Nancy sang immer wieder mit hämischer, dreister Singsangstimme: »Der Earl, der ist ein rechter Kerl! Jawohl, der gute alte Earl! Was sagst du dazu, der läßt sich nicht abweisen, das muß man ihm lassen, Mama, der muß verrückt nach dir sein«, und Arlene tat so, als wolle sie ihr eine scheuern, aber Nancy kicherte und wich ihr aus. »Ist es Earl? Sind die Sachen von Earl?« fragte Laney. Sie hatte ein paar abgewetzte Jeans an und darüber einen Pullover, den sie seit ihrem elften Jahr besaß und der ihr jetzt ein wenig zu klein geworden war. Ihr Gesicht war graugelb. »Bist du sicher – bist du sicher, daß er es war?«

»Wer denn sonst«, antwortete Arlene mit tonloser Stimme. Nichtsdestoweniger hatte es sie ein wenig erregt; sie konnte sich nicht hinsetzen und ging immer wieder um den Tisch herum, hob Sachen hoch, legte sie wieder hin, starrte wie gebannt auf die Fülle der Geschenke. Welche Überraschung! Eine Überraschung nach der anderen! »Es macht aber keinen Unterschied«, sagte sie. »In unserer Beziehung, meine ich. Überhaupt keinen Unterschied. Keinen Unterschied... Verdammter Kerl, er soll mich gefälligst in Ruhe lassen! Dieses Miststück! Dieses elende Miststück!... Hab ich ihm nicht immer wieder erklärt, es ist aus zwischen uns, ich hab ihn satt, ihn und sein unverschämtes Mundwerk und sein Saufen und seine Herrschsucht, dieses Miststück, ich hab ihm erklärt, ich will ihn nicht mehr zu Gesicht bekommen, genau das hab ich gesagt, und ich habe es auch gemeint, ich werde es mir nicht anders überlegen... Hier, seht mal, was soll das bedeuten?« rief sie und griff sich eine der Goldketten heraus. Sie inspizierte sie genau und legte sie sich um den Hals. »Siebzehnkarätiges Gold steht da, *Gold.* Und sieh dir das mal an, Laney, dieses Freßpaket, lauter ausgefallene Sachen, Hasenpfeffer und Tintenfisch und Pralinen, da, nimm dir ein Stück Konfekt.«

Laney hielt die pelzgefütterten Fausthandschuhe hoch. Genau ihre Größe, außen ein herrliches Blaugrau, innen eine Art brauner Pelz. So weich. Warm. Dann entdeckte sie die winzigen Glasfiguren.

»Seht mal her!« rief sie, »Seht nur die winzigen Ferkelchen, seht sie euch an, die sind bestimmt für mich!«

Arlene befahl allen, das Geschenkpapier und die Kartons noch einmal zu durchsuchen, vielleicht fand sich der Absender, aber sie fanden ihn nicht. »Der verdammte Kerl! Der verdammte Kerl!« schrie Arlene. »Ich kann es nicht mehr ertragen... Er wird mich noch um den Verstand bringen; er will mich einfach nicht in Ruhe lassen!«

»Um Gottes willen, Mama, schrei nicht so laut«, sagte Nancy. »Man kann dich bis zu den Arkins hören und womöglich kommen sie und schnüffeln hier herum und das hätte uns gerade noch gefehlt.«

»Halt den Mund«, sagte Arlene. »Du gehst mir mit deinen Verhaltensvorschriften schon lange auf die Nerven, Mädchen. Bildest dir wohl was ein? Ziehst einfach mit deinen zwei Gören zu uns, und dein Mann, bei dem ist Sendepause, von dem hört und sieht man nichts und kein Sterbenswörtchen darüber, wann ihr auszieht –«

»Aber *Mama*!« riefen Nancy und Laney gleichzeitig.

»Was – was – ich stehe unter einem solchen Druck, ich werde noch wahnsinnig«, schrie Arlene und packte die Halskette, die sie trug, und zerrte mit solcher Kraft daran, als wolle sie sich etwas antun, »ich weiß tatsächlich nicht – weiß nicht – weiß nicht, wie ich weiterleben soll –«

»Vielleicht sind die Sachen gar nicht von Earl«, sagte Nancy verärgert. »Woher willst du wissen, wer sie geschickt hat? Vielleicht ist es ein Irrtum und sie sind versehentlich bei uns abgeliefert worden – es ist ja denkbar, daß die Post sie fälschlich bei uns abgeliefert hat, weshalb regst du dich so auf und ziehst gleich Schlüsse – mußt du denn immer denken, Earl Tuller sei verrückt nach dir, hm? wie jeder Mann, dem du zufällig begegnest –?«

»Auf der Adresse steht *Mrs. Lyle Bartlett*, und das bin ich! Ich! Ich und nicht du!« schrie Arlene. »Leg gefälligst den Pullover hin, wer behauptet, daß er für dich ist? Dieses Zeug wird, so wie es ist, zurückgeschickt! Ich will es nicht in meinem Hause haben! Ich hab immer wieder gesagt, ihn angefleht, er soll mich in Ruhe lassen, ich hab mich um meine Familie zu kümmern, auf mir lastet die ganze Verantwortung, das bringt mich noch um – ich bin verwitwet, ich muß mich um meinen Vater kümmern, dieses Haus ist abbruchreif –«

»Mama, ich bitte dich«, sagte Laney und hielt sich die Ohren zu, »sprich nicht so vor den Kindern.«

»Ich rede, wie ich will! Dies ist *mein* Haus und das von meinem Papa, ich werde noch verrückt vor lauter Verantwortung, und dabei habe ich zwei erwachsene Töchter, die nichts besseres zu tun haben, als auf mir herumzuhacken und mit mir zu streiten und die die Gegend mit gottweißwem verunsichern und sich herumtreiben und die mich nicht liebhaben und mich nur immer kritisieren –«

»Mama, das ist doch unsinnig«, sagte Laney.

»Unsinnig nennst du das? Glaubst du denn, ich habe den Verstand verloren? Daß meine eigene Tochter so mit mir redet«, sagte Arlene und brach in Tränen aus. »Die Leute verleumden uns, sie verbreiten die schlimmsten Gerüchte über uns, aber mein Leben gehört mir, sage ich ihnen, ich tu keinem was, wem tu ich was? ... Earl ist nicht verheiratet, er ist geschieden. Meine Töchter sind gute Mädchen, sage ich ihnen, nicht verwahrlost, nicht schlecht, und was muß ich hören? Laney hat dies angestellt und Nancy das, immer nur Gerüchte, ich hab jedesmal Angst, wenn das Telephon geht, ich weiß nie, was ich für einen Klatsch zu hören kriege, und Ronnie hat auch nichts besseres zu tun, als sich mit diesen verwahrlosten Typen in Marsena herumzutreiben und irgendwas anzustellen, ich kann keinen von euch mehr kontrollieren, konnte Vale nicht kontrollieren, Gott weiß, ich hab's versucht, ich hätte mit im Wagen sitzen sollen, als euer Papa verunglückt ist, dann wärt ihr alle froh, dann hättet ihr weder Vater noch Mutter und könntet machen, wonach euch der Kopf steht und könntet euch eure Freunde oder was immer sie sein mögen ins Haus holen und mit ihnen feiern, nicht wahr, ihr würdet auf meinem Grab herumtanzen, ihr habt eure Mutter nicht lieb, ihr respektiert sie nicht – Laney, komm zurück! Laney! – sie geht einfach weg, geht fort, dreht mir den Rücken zu, ihrer Mama, und verkriecht sich in ihrem geliebten Zimmer – ich kann weder sie noch dich, Nancy, kontrollieren, ich werd's auch nicht mehr versuchen – ihr treibt euch ja überall herum, bis nach Yewville und gottweißwo noch, und wenn ihr es nicht mit Gleichaltrigen treibt, sind es Männer, die alt genug sind, euer Vater zu sein. Ihr betrinkt euch und verunsichert die Landstraßen, ich kann euch nicht kontrollieren, ich hab Earl immer wieder erklärt, er soll mich in Ruhe lassen, ich bin jetzt eine andere Frau, ich will ein anderes Leben führen, er kann nicht einfach nur winken und ich komme angetanzt, nein danke, *nein* – die Zeiten sind ein für allemal vorbei, das hab ich ihm gesagt – und nun haben wir die Bescherung, seht euch diese Geschenke an – ich weiß genau, das Kaufhaus wird sie nicht zurücknehmen –«

»Schau doch, Mama«, rief Davy. Und er zog die Giraffe am Boden noch einmal auf.

Die anderen Kinder einschließlich Nancy aßen Plätzchen; Nancy hatte sich an den Tisch gesetzt und von Arlenes Ausbruch keinerlei Notiz genommen. Sie sah wieder sorgsam alle Geschenke durch. Auf ihrem runden, frischen Gesicht zeichnete sich so etwas wie Zorn ab, zugleich aber auch eine freudige Erregung; ein Plätzchen fest zwischen die Zähne geklemmt, hielt sie einen spitzengarnierten rosafarbenen Unterrock hoch, den sie anfangs übersehen hatte. Arlene, die inzwischen gemerkt hatte, daß ihr niemand mehr zuhörte, langte sich einen mit Schokolade überzogenen Keks. »Ich weiß einfach nicht, was aus uns werden soll«, murmelte sie undeutlich. »Aber da sich keiner darüber Gedanken zu machen scheint, da es allen einerlei ist – weshalb sollte *ich* es tun…? Ich habe es satt, in diesem Hause der einzige Mensch zu sein, der noch Sinn für Realität hat.«

Silvesterabend. Zuhause geblieben. Keine weiteren verzweifelten Ausflüge nach Port Oriskany. Kasch der Perverse, Kasch der Poet, Kasch der Feigling. Entweder/Oder sagt Kierkegaard: Entweder man lebt ästhetisch, oder man lebt ethisch. Ich fürchte, es ist möglich, wie ein Schwein zu leben, weder von

Schönheit noch von Ethik etwas zu wissen... Ich habe das Mädchen überrascht, als sie meine Hosen durchsuchte, nach meiner Brieftasche. Ich habe sie am Schlafittchen gepackt. Sie durchgeschüttelt, bis sie wimmerte. Sie hatte große Angst. Miststück, Hure, verkommenes Luder! schrie ich und versetzte ihr einen Stoß in den Bauch. Erbarmungslos. Nachher, als sie wieder zur Besinnung gekommen war, legte ich ihr ein kaltes feuchtes Handtuch auf die Stirn und noch eins auf den Unterleib. Sie hat sich entschuldigt, es tue ihr leid, sie bat mich um Verzeihung, wollte mir sogar die Hand küssen. Ich hockte über ihr, königlich und triumphierend. Am Ende ließ ich Gnade walten; selbst Perverse sind menschlich...

Am Silvesterabend bin ich zuhause geblieben.

In meinem Kopf, in meinem uterinen Geist, komponierte ich im Schlaf ein Gedicht, Rettung und Erlösung und Verdammung spotten meiner stündlich, diese lyrischen unaufhörlichen Stimmen, die ich nicht bezähmen kann –

Childwold
Mt. Ayr
Sheep's Hill
Oxbridge
Woodside
Arthabaska Creek
Muirkirk
Yew Creek
Skane
St. Joachim
Merlin
Heron Creek
Cranberry Lake
Cochrane Mills
Wahamiss Falls
White Rapids
Kingescote
Eden River
Rouyn

Timiskaming
Manitowick
Marsena
Shaheen
Childwold
Wolf's Head
Frothing
Black Squirrel Island
Rockland
Millgrove
Flambrugh
Moran Creek
Kinkardine
Blind Man's Creek
Chautauqua Falls

Ich fürchte mich nicht, ich fahre überall hin, hinauf in die Hügel, in die Berge, ich kehre nur um, wenn die Wege verschneit und unpassierbar geworden sind. Ein Land, das ich das erstemal in der erbarmungslosen überdeutlichen Klarheit von Träumen erblickte, ein Land, das darauf wartet, von den Träumenden beansprucht, besessen zu werden. Königlich und triumphierend. Der Träumer erwacht, der Träumer schreitet hinaus.

Schlaf neben mir, laß uns nebeneinander schlafen, keusch wie Bruder und Schwester, Vater und Tochter. Keusch wie die Toten. Ich werde dir kein Leid zufügen – kein Leid! Es sei denn, ich habe dir zuviel aus meinem Leben erzählt, aus meiner Vergangenheit. Hab ich das? Kann mich nicht entsinnen. Der Ehebruch, die Scharade der »Aussprache«, die Gerüchte, die in Cambridge verbreitet wurden – Fitz John ist, wußtet ihr das denn nicht, verrückt, habt ihr das denn nicht von Anfang an gespürt, paranoid, ist es denn nicht offenbar, ein potentieller Mörder, verrät sich das denn nicht in seinem starren Blick? – ganz, ganz irre. Kann mich nicht entsinnen, was ich gesagt habe. Trunkenes Monologisieren. Mädchen neben mir hört zu, zu eingeschüchtert, um etwas zu sagen. Ich liebe sie. Liebte.

Wage nicht, sie wiederzusehen. Ihretwillen, meinetwillen... Wenn wir doch nur nebeneinander schlafen könnten, vielleicht uns dabei an den Händen halten, gute Freunde sein, liebende Freunde!... nur das Beste für einander wollend, das Beste hoffend. Oder ist sie die Tochter, die mir versagt blieb, nach der ich mich sehne? Ihre grauen Augen, ihr schmutziges Engelsgesicht, ihr Rosenknospenmund, ihre tanzenden Locken... Kierkegaard war ein Krüppel wie ich, ein rachsüchtiger Zwerg, häßlich, verschrumpelt, keinen Tag ohne Schmerzen (wie auch Pascal: Warum ist so viel Schmerz in uns, im Genie?), was die Unerbittlichkeit seines Axioms Entweder/Oder erklärt. Aber es muß Sowohl/Als auch! SOWOHL/ALS AUCH sein! Sowohl das Mädchen als auch Gott, sowohl Zeit als auch Ewigkeit, sowohl Geliebte als auch Tochter, sowohl Ehefrau als auch Schwester, sowohl Schönheit als auch Güte. Beides! Beides!

Eine Frau war am Fuße der Treppe erschienen; ich blickte hinunter und sah, wie sich ihre Umrisse abzeichneten vor dem Schnee auf dem Steinplattenpfad, sie rief herauf zu mir, Kasch, Kasch? und mein Herz jubelte, niemals zuvor hatte ich eine so melodische Stimme vernommen, ich wußte, daß mein Schicksal besiegelt war. Fitz John ist ein dem Untergang geweihtes Kind, sagten sie. Flüsterten es. Hinter dem Rücken meiner Eltern. Sie meinten, ich hätte bei der Geburt einen Hirnschaden erlitten – meine Mutter hatte gezögert, bis sie fast vierzig war, »ein Kind zu bekommen« – warum, weiß ich nicht, kann ich nicht wissen, will ich nicht wissen – würdest du es wissen wollen? Erst mit drei Jahren fing ich an zu sprechen, ich kroch auch nicht mit dem üblichen Eifer herum, bewies nicht einmal die normale Neugier des Kleinkindes für seine Umwelt, ich mochte es auch nicht, wenn man mich hätschelte und abküßte und mir Wiegenlieder ins Ohr summte. Man nahm an, ich würde »zurückbleiben«, wenigstens schwachsinnig sein, und es geschähe den Kaschs recht, nicht wahr, sie waren so arrogant, solche schwärmerische, exzentrische Snobs, die das Geld des alten William

Kasch mit vollen Händen zum Fenster hinauswarfen wie Zwillingsgottheiten vom Land...

Aber ich war nicht zurückgeblieben, ich hatte nur schwache Augen, alles war mit einem vagen Regenbogen umgeben, ein Segen, eine Verzauberung, die korrigierende Brillengläser sehr bald beseitigten. Nun trage ich meine Brille oft absichtlich nicht, aus Bequemlichkeit oder Trotz, oder weil ich sie vergessen habe, und die Welt tanzt hübsch um mich herum, der Schnee glitzert durch die verstaubten Fensterscheiben, vertraute Alltagsgegenstände sind von einer weichzeichnenden schillernden Aureole umgeben. Ich sehe aus dem Fenster, zwinkere und beobachte, wie jemand durch den Park schlendert, vielleicht seinen Hund ausführt oder ich sehe ein Liebespaar, das sich an den Händen hält, oder jemand geht dort allein... und mein Herz klopft vor Hoffnung daß, vor Erwartung daß, im Bewußtsein daß... Aber jedesmal habe ich mich getäuscht: Niemand kommt hierher, niemand kennt mich, auf jeden Fall würde *sie* es nicht sein.

Kasch, kam die Stimme, Fitz John Kasch, wach auf, es ist Zeit, komm, komm zu mir, ich bin hier, es ist Zeit für dich, für mich, Zeit, aufzuwachen –

Aber ich brauchte zu lange, um mich anzuziehen, um mit zitternden Händen die Brille aufzusetzen, und es verging so viel Zeit, bis ich die Treppe hinunterkam, daß sie die Geduld verloren hatte: Sie war weg. Nur der Wind blies über die Hügel des Parks, fegte durch die Fichten und Ulmen und die niedrigen Wacholderbüsche, nichts als Dämmerung, diese immerwährende mitwinterliche Dämmerung, bloße Leere, bloße Substanz; gar kein menschliches weibliches Wesen. Nichtsdestoweniger hing etwas Leichtes und Duftendes, irgendwie pervers Süßes in der Luft. Muß wohl Flieder gewesen sein. Flieder? Und dabei ist der Frühling eine kleine Unendlichkeit weit weg.

Roterdig feucht, dünne Rinnsale, die weh tun. Der Bauch tut dir weh. Das erstemal warst du zu Tode erschrocken, deine Hände zitterten, du hörtest das Winseln in deiner Kehle: ein kleines, verwundetes Tier. Was geschah mit dir, mit *dir?* Mama hatte dich darauf vorbereitet, Nancy hatte dich darauf vorbereitet, deine Cousinen und Freundinnen und Schulkameradinnen hatten es dir gesagt, du hast es verstanden, hattest darüber gelesen in den Illustrierten und Magazinen, die deine Mutter zuhause herumliegen ließ, du wußtest alles über Babys, es gab nichts Mysteriöses, du hattest Katzen beobachtet, die Tiere auf der Farm, hattest mit deiner Mutter und ihren Schwangerschaften gelebt, da war nichts Rätselhaftes mehr, du verstandest die widerlichen Bemerkungen der Jungen, hattest die Witze verstanden und sogar gelacht, du warst kein Kind mehr, du warst nicht unaufgeklärt, keiner konnte *dir* Angst machen. Und doch fing es an, fing plötzlich an, zu irgendeiner Stunde eines sonst nicht bemerkenswerten Tages, das Gefühl, weinen zu müssen, die Leibschmerzen, weinend, schmerzend, die Kehle vor Schmerz wie zugeschnürt, als müßtest du weinen wegen des verlorenen Blutes, *dieses* Blutes, so dunkel, roterdig dunkel, so geheimnisvoll. Deine Hände zitterten. Deine Knie zitterten. Jetzt passiert es dir, jetzt dir. Dir. Ein Gefühl der Benommenheit, der Euphorie. Sie behaupteten, du wärest blutarm, du wärest zu blaß, sehen Sie doch mal, hatte der Arzt in der Stadt gesagt und deine Hand genommen und deinen Arm neben den von Mama gelegt, was für ein Unterschied in der Hautfarbe, sehen Sie? – sie ist unterernährt, ihre Gesichtsfarbe ist wächsern, wir wollen eine Blutprobe machen. Blutarm, benommen, schwindlig, wenn du allzu schnell aufstandest, so daß du den Kopf niederbeugen mußtest, wimmernd, bis du dich wieder gefangen hattest, das Gleichgewicht des Blutes wieder hergestellt war. Eisentabletten, Rindfleisch, Leber, Milch und Käse, viel frisches Gemüse. Du wurdest zornrot, wenn Mama deine »Periode« erwähnte. Du hast das Wort gehaßt, hättest ihr glatt ins Gesicht schlagen können, während der Arzt erstaunt die Augen aufriß, wie konnte sie es wagen, wie konnte irgend jemand es wagen, du hast etwas gemurmelt, und Mama war böse, du hast im Auto auf sie gewartet, wie konnte sie nur, konnten sie nur, es war ein Geheimnis, es war heilig, dein Körper erlitt es, wurde davon überschwemmt, wie konnte es irgend jemand wagen, dort einzubrechen oder gar etwas, das du erlebtest, beim Namen zu nennen...? Das Blut ein Segen, Finger damit befleckt, Wäsche befleckt, manchmal zuviel davon, Blutgerinnsel, was wäre, wenn du verblutetest?... Oh mein Gott, laß es nicht zu, bitte, laß es nicht zu... Erdfeuchtes, träges Blut, sieht schmutzig aus, fleckig, faszinierend, furchterregend, ein Geheimnis, das nicht beim Namen genannt werden sollte. Dir selbst hast du zugeflüstert: Es. Jetzt kommt *es*, jetzt ist *es* gekommen. *Es* tat dir weh. Die Krämpfe in deinem Bauch, in deinen Lenden, die Schwere im Unterleib, die Schwindelanfälle, die Furcht, du könntest im Schulbus oder in der Klasse ohnmächtig werden, und alle würden dich anstarren, und nachher würde es jeder wissen, die Jungen würden Spottverse machen über dich, über *es*, und du würdest wegrennen müssen. Entspann dich, sagt Mama, sei doch nicht so verkrampft, Schatz, davon bekommt man ja Krämpfe, du bist ganz verspannt, aufgezogen wie eine Uhr, Himmelherrgott, ich kann die Spannung fühlen, wenn ich dich nur anfasse, nichts wird passieren, Laney, entspann dich doch, hab nicht solche Angst, es ist nichts, es ist wirklich rein gar nichts, als junges Mädchen hatte ich auch Krämpfe, ich mußte jedesmal am ersten Tag im Bett bleiben und haufenweise Aspirin schlucken, und Papa hat mir dann ein wenig Brandy gegeben, er wußte, was los war, er war so lieb, und dann, nachdem ich Vale hatte, wurde es leichter und später dann immer leichter, und jetzt ist es gar nichts mehr, wirklich gar nichts, es macht mir überhaupt nichts aus, ich begrüße es beinahe, jawohl, ich *mag* es, die Regelmäßigkeit tut wohl, die Gewißheit, die es einem gibt, ich kann das nicht erklären, aber warum ist es dir so peinlich, Laney, warum bist du so böse auf mich? Meinst du denn, du bist die einzige...?

Barfuß, auf dem alten Pferd deines Vetters Amos, die Fußsohlen aus den Steigbügeln genommen und flach gegen die

Flanken des Pferdes gepreßt, bist du den Pfad entlanggeritten, träumend, mit dir selbst flüsternd, du würdest nicht zuhause bleiben, würdest nicht im Bett liegen mit einem Heizkissen auf dem Bauch; du bist hinausgerannt, wie stets hinausgerannt, du warst nicht krank, du bist immer gern über die Felder gewandert, zu deinen Geheimplätzen in den Wäldern, auf deinen geheimen Pfaden durch das Unterholz, bist am Flußufer entlanggerannt, du warst Laney, wie immer, nichts würde dich zuhause halten, du bist dann verschwitzt und verdreckt bei deiner Tante Carrie angekommen, und sie hat dir ein Mittagessen gemacht, hat ein paar Rühreier und Schinken in ihrer großen alten Eisenpfanne gebraten, und du hast mit den Katzen gespielt und deine Lieblingskatze herumgetragen, bis sie sich freigestrampelt hatte, du hast Amos' alte Schecke gesattelt und bist auf ihr den Weg zwischen den Getreidefeldern entlanggeritten, Laney wie immer, Laney Bartlett, ganz in dir drin, verborgen und schmerzend, als wäre es zornig, das dünne Blutrinnsal, unversiegt, du konntest spüren, wie es aus deinem Körper trat, winzige, blasenartige Tropfen, du hattest keine Furcht mehr, der Schmerz war nichts mehr als ein schwaches Bauchgrimmen, es ließ sich ertragen, du würdest dich nicht ins Bett legen, damit es jeder im Hause wußte, und du wolltest auch nicht, daß Mama einen Wirbel machte, du wolltest ihr Mitleid nicht; du warst sicher, daß du sie haßtest.

Du bist bis zum Ende des Pfades geritten, hast am Zaumzeug des Pferdes gezogen und die Stute einen Abhang hinuntergelenkt, zum Bach; sie war störrisch und bequem und wollte nicht traben, wollte sich mit dir messen, dich auf die Probe stellen, aber du hast sie gezwungen, ihr schwarzer Schweif peitschte hin und her, sie schüttelte den Kopf, schnaubte, stampfte, seufzte, aber du bliebst unbeugsam, sprachst mit ihr, hast sie gescholten. Wie damals die Insekten gelärmt hatten!... Summten wie verrückt im Sumpf, in den hohen Schilfrohren und Schachtelhalmen, im Unterholz am Flußufer. Und erst die Vögel, Sumpfhordenvögel, singende, lockende, heisere, unheimliche Rufe, Vögel mit winzigen gelben und roten Tupfen auf dem Rücken, sie schaukelten auf den Schilfrohren, deine

Gegenwart hatte sie aufgestört. Nichts hat sich verändert: Hier ist der Sumpf, hier der kleine Bach, der durch das Grundstück deines Onkels fließt, der von diesem Ufer so und vom gegenüberliegenden Ufer wieder anders aussieht, der sein Gesicht verändert, wenn du stromabwärts blickst, und dann wieder, wenn du stromaufwärts blickst, aber jedesmal ist es derselbe kleine Bach, der Yew Creek, er verändert sich nicht. Das Rauschen, das Vorbeifließen, Plätschern und Sprühen, Wellen, die sich an den größeren Felsbrocken brechen, der Anblick eines aufgescheuchten, hüpfenden Frosches; du weißt, wo du bist, du bist geborgen, hier ist es ruhiger als am Fluß, ruhiger als bei dir zuhause, wo so viele Menschen wohnen.

Du starrst auf das Wasser. Wasser und Licht, lichtgefleckt, lichtgetönt. Der Bach fließt von den Bergen herunter. Du kannst ihn nur eine kurze Strecke stromaufwärts verfolgen, die Böschungen sind zu dicht bestanden, dein Blick ist abgeschnitten, du starrst und siehst nichts außer dem dir entgegenstürzenden Wasser, hörst nichts außer dem Plätschern, dem leisen Gemurmel, spürst nur das Sonnenlicht auf deinem Gesicht und deinem Rücken und die bebenden Flanken der Stute. Du lebst, lebst. Alles lebt. Du ziehst das eine Knie an und hebst das Bein über den Sattel und legst es gegen das andere: Das lindert den Schmerz ein wenig.

Ufergesträuch, Sumach und Weiden, und Reben, die sich auf den Bach zu schlängeln, trocken wie Maishülsen, schulterhohe Kapernsträucher, Fliegengesumm, überall Bienen, Wegwarte, Quecke, kleine weiße Falter, ein Wasserpieper spaziert am gegenüberliegenden Ufer entlang, ein Falke kreist langsam in der Entfernung, der heiße Himmel tiefblau, das unmerkliche Blutsickern. Weißgebackene Flußsteine, braun gebackenes Moos in den Felsspalten, Wasserzikaden, Wasserspinnen, Himmelsflecken, die sich widerspiegeln, windbewegtes Sumpfgras, Vibrationen, die du langsam zu spüren beginnst, Wasser, das flußabwärts stürzt, flußabwärts, das mächtige, tiefbrüstige Atmen der Stute, die brennende Sonne, das sickernde Blut: Du bist erstaunt, wirst aus deinem Schmerz herausgehoben, deine

Fäuste krallen sich in die struppige Pferdemähne, und du hörst deine eigene Stimme, wie sie merkwürdige Worte singt, Worte, die dir unverständlich sind. Was bedeutet das, warum bist du hierher gekommen, was hat dich *hierher* geführt? – ein Ort, ein weiteres Versteck, ein geheimer Ort, an den du dein ganzes Leben lang denken wirst. Weshalb gerade dieses und nicht jenes Flußufer, weshalb die Farm deiner Tante Carrie und nicht die von jemand anderem, weshalb heute, weshalb jetzt, weshalb Laney, wenn andere Kinder der Familie gestorben sind, wenn der Friedhof von Childwold voll ist von den Toten? Hier lebt alles, alles ist lebendig. Die Luft zittert vor Leben. Das Licht ist so stark, du kannst kaum sehen; es stürzt dir entgegen, blendet dich, ergießt sich herab von den Bergen, von der Zukunft, es bahnt sich seinen Weg zu dir, rauscht an dir vorbei, bricht sich an den Steinbrocken ein paar Meter weiter. Dein Blick trübt sich. Dir ist nicht schwindlig, nicht benommen zumute, du siehst die münzgroßen Sonnenflecke, hörst sie, spürst sie in deinem Blut zerbersten, lehnst dich nach vorne, um den Schmerz zu lindern, dein Bauch nähert sich deinen Schenkeln, dein Rücken ist über den Sattelknopf gebeugt, die Finger festgekrallt in der Pferdemähne, die Lippen bewegen sich. Du sprichst. Du singst. Flüsterst. Du redest dem Pferd gut zu, tröstest es, um es zu beruhigen, um dich zu entschuldigen. Du redest mit dem Bach. Mit Laney. Es ist wunderbar, es wird dir nicht weh tun, nichts wird lange weh tun, du mußt es akzeptieren, es ist normal, es ist schön, es ist lebendig, es lebt, dein Körper gehört dir nicht, der Bach gehört dir nicht, du kannst ihn nicht zähmen, darfst es nicht versuchen, mußt dich mit der Strömung treiben lassen, dem Sturz der Wasserfälle, mußt die Augen zumachen und dich treiben lassen, alles ergießt sich dir entgegen, um dich herum, in dich hinein, durch dich hindurch, dein Blut fließt mit ihm, du bist Strom und Fluß und Bach, in dir pulst ein Herzschlag, um dich herum –

Unter dir bewegt sich das Pferd, es ist ungeduldig, es peitscht mit seinem langen, harten Schwanz, erhebt sich ins Leben. Ein großer Körper rührt sich, ein fremdes Leben unter dir, ein Geschöpf in seinem Körper, wie du es in deinem bist. In dir rührt sich Ehrfurcht, vor seiner gezügelten Kraft, der Anmut seiner muskulösen Flanken, vor seinen harten Hufen. Ein Herzschlag im Körper, in beiden Körpern, ein Pulsschlag im Bach, im Pochen der Luft, in der Sonne; Wellen im Fleisch, schnaubend, wiehernd, ein fröhliches Wiehern, winziges Tänzeln der Hufe, Augen, die aus ihren Höhlen treten, dunkelbraune, starr blickende Augen, und wieder das ungeduldige Werfen des Kopfes, und du bist aufgewacht und hast deine Füße in die Steigbügel gleiten lassen und hast den Kopf der Stute zwischen den Ohren getätschelt, hast ihr ins Ohr gesummt, dich entschuldigt, hast sie umkehren und nachhause traben lassen.

Letzter Sommer der Kindheit, letzter Juli, Mädchen und Flußbett, nackte Fersen und Zehen, Schlaf, laß mich im Kindversteck, Mama deckt dich gut zu, Mama singt dich in den Schlaf, Liebesversteck, Liebeslied, Liebeswild, deine Finger befleckt, das Bettzeug befleckt. Blute nur, blute, sagt Mama, neinmeingott, keingott, dunkle erdignasse Rinnsale, geheimnisvoll, Schlaf, der Bach schwemmt es weg, die Worte ertrinken, du gehörst dir nicht. Der Herzschlag geht weiter.

Die alte Mrs. Krassov, Josefs Mutter, sitzt in ihrem Schaukelstuhl auf der Veranda, einen neuen, grünlich-steifen Hut auf dem Kopf und schält Erbsen, ihre Finger bewegen sich langsam, die Gelenke sind geschwollen, häßlich, Gichtknoten, es muß die Hölle für sie sein, einundneunzig Jahre alt, formloser zusammengesunkener Körper, breithüftig, bläulich-weiße, krampfaderndurchzogene Beine, dicke verrutschte Baumwollstrümpfe, Filzpantoffeln mit weggeschnittenen Kappen, damit die Hühneraugen nicht so schmerzen, den ganzen Vormittag schält sie Erbsen, ein Gesicht wie ein faltiger Handschuh, nur ein paar Zähne im Kiefer stehengeblieben, ein vorsichtiges Lächeln, Grinsen, ein Augenblick des Erkennens, froher, männlich klingender Gruß, *hallo*. Ach du bist's, Joseph, schön, daß du gekommen bist, schön, mein Junge.

In dem hohen, breitgetretenen Gras leben Schlangen – harmlose Nattern – aber Vorsicht bei Mokassins – und in den Bergen gibt's Klapperschlangen. Im Flußbett, in den Läufen der Bäche sind Wassernattern. Langsames, lässiges Schlängeln. Ein Rätsel ihr Schwimmen, ihr Vorwärtsbewegen, ihr Leben. Josephs Sohn spielte mit dem Krassov-Enkel in der kleinen Scheune, er saß auf dem alten Pflugsitz, wirbelte Staub auf, Rascheln, könnten Mäuse gewesen sein, Rascheln im Heu, die Kinder waren barfuß, sind barfuß, er hörte einen Schrei, und dann noch einen, Mrs. Krassov hatte nicht aufgehört zu reden, Mrs. Krassov war schwerhörig, er drehte sich von ihr weg, betete, mit weißem Gesicht betete er: nein nein nein nein, und dann rannte er, er rannte, das Schreien war verstummt, dann fing es wieder an, und als er die Scheune erreichte, kam ihm der Krassov-Junge entgegengelaufen und schrie… Die Kinder barfuß, rennen überall herum in dem hohen Gras, die braungebrannten Füße mit Schorf bedeckt, die Beine voller Narben, du hast keine Schuld. Schreien, Schreien. Oh Gott, wie entsetzlich!… Mrs. Krassov hörte nichts, hört nichts, die kleinen milchigen Augen zwinkern verständnislos, diese Augen im Spiegel, diese Schmutzkrusten in der Haut, was ist passiert, Joseph? – was ist los? Die Schreie werden leiser, das Kind, der Junge, dein Sohn: Er wird nicht sterben. Du weißt das. Du weißt, daß der Biß nicht tief ging, das Gift war mild, er ist nicht gestorben, wird nicht sterben: Zuerst kommt der Schreck, die Angst, und dann ist es vorüber. Du hast die Wunde mit dem Taschenmesser geöffnet. Sie blutete, blutete sich aus. Niemand ist gestorben. Dein Sohn ist nicht gestorben… Welcher Sohn war es? Kann mich nicht erinnern. Ein Sohn und dann ein zweiter und noch einer und… Welcher war es damals, an jenem Tage bei den Krassovs? Der Schreck! Die Furcht, etwas so Schlimmes könnte noch einmal passieren! Lieber Gott, nein, nein, erspare meinen Kindern solche Augenblicke –

Wieder das Schreien. Wieder, wieder. Die alte Mrs. Krassov blickt auf von dem Kochtopf in ihrem Schoß, zwinkert, erstaunt, ganz verwirrt.

Was ist los?

Warum?

Ist es eine Strafe für Pearl, weil er sie so geliebt hat? Weil er sie verloren hat?

Ist es, was geschehen muß, was einmal geschehen ist und immer, immer wieder geschehen muß?

Diese Stimme, langgezogen und gutmütig und spöttisch: Du hast sie gehört und dich nicht umgedreht, keine Überraschung gezeigt. Du hast dich vor das Schaufenster von Montgomery Ward gestellt, wo sie den Ausverkauf annonciert hatten. Riesige rote Flaggen. WINTERSCHLUSSVERKAUF WIR WÜNSCHEN UNSEREN KUNDEN EIN FROHES NEUES JAHR. SONDERANGEBOTE WIE NOCH NIE. Dein Gesicht brannte, du wußtest kaum, wo du warst, du starrtest auf sein vorbeigehendes Spiegelbild im Schaufenster, unmittelbar hinter dir ging er vorbei – du sahst, daß er dich nicht bemerkt hatte.

Schneematsch, überall Schneematsch. Nicht kalt genug für Fausthandschuhe, deshalb hast du sie in die Manteltasche gestopft. Jeannie neben dir, zeigt auf etwas in der Auslage, sie ist empört, übertreibt ein wenig, als erwarte sie, daß alle ihr zuhören. Scheiße, sieh doch mal, diese Schuhe, hast du diese Schuhe gesehen? – die mit den Knöchelriemchen, aus Wildleder? – die kosteten achtzehn Dollar neunundachtzig Cent als ich sie gekauft habe, und jetzt, jetzt kann man die verdammten Dinger für ganze zehn Dollar haben – wie findest du das, sag doch. Du drehst dich um und siehst ihm nach, wie er weitergeht: das rotbackige Gesicht im Profil, Kamelhaarmantel, um den Hals ein karierter Wollschal. Wer trippelt da neben ihm? – eine zierliche Frau, ohne Hut, blondes, toupiertes Haar, steifgesprüht mit Festiger, wie Drähte, eine Frau von vielleicht fünfunddreißig, nicht übel aussehend. Wer? Weiß nicht. Kann sie nicht erkennen. Er spricht mit ihr, lächelt, nickt, sie lacht beflissen, allzu beflissen. Sie gehen weiter. Er sieht dich nicht, hat dich nicht wahrgenommen.

Dir ist schwindlig. Jeannie bemerkt es nicht, sie ist noch immer wütend wegen der Schuhe. Wenn du nun plötzlich

Blutleere im Gehirn bekommst und hier, mitten auf der Straße, die Besinnung verlierst? Nein! Es darf nicht passieren!... Außerdem ist er weg, weg. Hat dich nicht gesehen.

Laney, um Himmels willen, ist dir schlecht? Was ist los? Du siehst ihm nach, aber es ist niemand da. Fußgänger, Kauflustige. Hauptsächlich Frauen. Wer? Wer war das? Niemand. Hättest du ihn umbringen können...? Wärst du die Einfahrt entlanggelaufen in jener Nacht, wäre es denkbar gewesen, irgend etwas davon, oder war es ein Traum, wie du den Flintenlauf gehoben und in sein verdutztes Gesicht gefeuert hast, in *dieses* Gesicht, du, *du*, unter diesem Bann, dieser Verzauberung...? Nein. Undenkbar. Niemals. *Du* nicht.

Langsam glaubst du, daß am Ende doch nur alles geträumt war. Mag sein, du warst eines Nachts ein wenig betrunken, du hattest Alpträume – war es nicht so? Und was das Abfeuern einer Kugel in Earl Tullers Gesicht betrifft: Das war einfach nicht möglich. Wäre niemals möglich gewesen. Auf *ihn* nicht, du nicht. *Das* nicht.

Am siebten Januar kam Mrs. Gordanier, um mit Arlene zu reden und sich im Hause umzusehen, und traf sie, in eine Decke gewickelt mit Chuckie, der offenbar seine Erkältung nicht abschütteln konnte, am späten Vormittag vor dem Fernschschirm an; Arlene war immer noch in Nachthemd, Bademantel und Pantoffeln. Gegen die Zugluft hatte sie Wollsocken an. Ihr Haar war ungekämmt, ihr Gesicht glänzte und war farblos und unansehnlich, die Augenbrauen waren nicht nachgezogen, sie trug keinen Lippenstift. Sie leistete Chuckie Gesellschaft, weil er so still war, gar nicht wie sonst, er interessierte sich auch kaum für die Zeichentrickfilme, und Arlene lag neben ihm, träge und verträumt, und beachtete den Unsinn nicht, der gerade im Programm lief, sondern folgte ihren eigenen Gedanken und rauchte und aß die letzten der englischen Sahnebonbons. Es war Januar, Neujahr lag hinter ihr, das Jahresende war ereignislos verlaufen, sie war zuhause geblieben, war nicht ausgegangen um zu feiern und sich närrisch aufzuführen, obwohl Earl sie angerufen hatte und ihr bestellen ließ, er würde auf sie warten, jawohl, das würde er, warten, sie könnte es sich noch eine Weile überlegen. Sie dachte nicht an Earl, sie dachte nie an Earl, es war die schlimme Zeit, gleich nach Neujahr, gerade jetzt, sie fühlte sich so bedrückt, so niedergeschlagen, so kaputt; sie dachte an den Telephonanruf, an die berittene Polizei, Lyle war tot, sofort, sagten sie, das war ein Segen, meinten die Leute, wenn es nun einmal so kommen mußte: *Er hat überhaupt nichts gespürt, Arlene.* Seid doch still, hatte sie geschrien, zum Teufel mit euch! Laßt mich in Frieden! Laßt mich in Frieden!... Neujahrstag, gegen Mittag, die Schande, daß er nicht zuhause war, auch in der Silvesternacht nicht, war mit seinen Kumpels irgendwo saufen gegangen, ehemalige Klassenkameraden, Versager, Penner, die ihren Familien auf der Tasche lagen, Dreckskerle, sie kannte sie gut, sie wußte, daß sie mit Lyle herumzogen, daß sie ihn um sein Geld erleichterten. Die Schande, die Schande, alle wußten es, tuschelten, alle logen, die Leichen waren so verstümmelt, daß man nicht auseinanderhalten konnte, wer in welchem der Autos gesessen hatte, es war eine Lüge, daß er eine andere Frau bei sich hatte, Arlene hatte es niemals geglaubt, sie kannte diese Frau, das Mädchen, und konnte es einfach nicht glauben: Ginny Gallagher, *die* sollte etwas mit Arlenes Mann haben? Nie im Leben! Ginny war ein nettes Mädchen, Arlene konnte sie gut leiden, war jahrelang mit ihr befreundet gewesen, es war traurig wegen Ginnys Mann, aber niemand konnte etwas dafür, auch Arlene nicht, sie konnte es einfach nicht glauben, daß Ginny ihr so etwas hätte antun können, sie glaubte es nicht, Ginny mußte in dem anderen Wagen gesessen haben: gewiß logen die Leute. Neujahr war vorbei, die schlimme Zeit war vorbei. Sie hatte es hinter sich gebracht. Kein Alkohol außer mit der Familie, drüben bei Carrie und einmal mit Opa ganz spät abends, sie waren beide noch auf, sie hatte ihn gehört, wie er in seinem Zimmer rumorte und vor sich hinsang – wie gern dieser Mann doch sang – hatte immer gerne gesungen – *Dort auf dem Old Smokey, da schneit es den Schnee, verlor ich mein Liebchen... und der Abschied tut weh* – und dann brummelte er und redete mit sich selber, vielleicht stritt er sich mit Menschen, die längst gestorben waren. Und Arlene hatte bei ihm angeklopft und sie beide hatten sich an den Küchentisch gesetzt, im Dunkeln, und Brandy getrunken und dabei auf den Hof hinausgesehen, den Schnee, den Himmel, der in einem seltsamen Tintenblau leuchtete, hatten nicht viel gesprochen, waren nur so zusammengewesen, stundenlang, eine Flasche Brandy war leer geworden, sie hatten noch eine aufgemacht, waren aber nicht betrunken, waren nur warm und zufrieden und träge und wollten nicht schlafen gehen. Möglicherweise wollte sie mit ihm über Earl sprechen. Über die Kinder. Das Haus, das Grundstück, über die kommenden Steuererhöhungen. Ach Gott ja! Nancys Mann hatte schließlich doch noch eine Karte geschickt, aus Alaska. Alaska. Daraus ging nicht hervor, was er dort tat: Ob er sich nun als Pilot für Frachtflüge oder aber als Flugzeugführer einer Linienmaschine ausbilden lassen wollte, war nicht klar. War er immer noch in der Ausbildung, in Anchorage? Er sagte es nicht. Aber er wollte Nancy und die Kleinen bald nachkommen lassen. Sowie alles geregelt wäre. Bald, bald. Und nun war er schon über ein Jahr weg. Sie wollte mit Opa darüber reden und über Laney und über die Duschvorrichtung in der Küchenecke, die Brause tropfte, die Dusche war verrostet, sie wollte über das schadhafte, reparaturbedürftige Dach reden und über ihn, über seine Gesundheit, sollte er nicht zum Arzt gehen? – bitte reg dich jetzt nicht auf, Papa, werd nicht wütend, so müßte sie anfangen, denn sie fürchtete seinen Zorn – minimale, unbedeutende Dinge machten ihn heutzutage wütend, man brauchte nur seine Gesundheit zu erwähnen – und sie wollte mit ihm auch über Lyle reden und über die Tatsache, daß es bald zehn Jahre her sei, volle zehn Jahre, mein Gott, wer hätte das gedacht, wie konnte die Zeit nur so schnell vergehen, und Arlene immer noch am Leben und jung...

Aber sie sagte nichts, sie sagte nichts, die Hurleys sprachen nie über solche Dinge, es gehörte sich nicht, über so etwas zu sprechen, man sprach nicht von Gott oder vom Tod oder von der Liebe, man erwähnte niemals den genauen Preis der Dinge, was man z. .B. für ein Stück Land bekommen hatte oder für ein Feld, das man vor der Ernte loswerden wollte, weil man es selber nicht hatte abernten können. Statt dessen unterhielten sich die Hurleys über die Zubereitung des Essens, über das Wetter, sie klatschten, erzählten sich Geschichten, schimpften über ihre Nachbarn, über ihre Kinder, sie waren gutmütig, waren gute Menschen, sie aßen und tranken gern, machten keine Umstände. Nie hatte Arlene Genaueres über ihre Mutter wissen wollen, weil Opa das Thema peinlich war: Er wich ihm aus, brach die Unterhaltung ab, ging weg, entfloh. Auch hatte sie ihn niemals etwas über ihren ältesten Bruder John gefragt. Wenn er reden wollte, redete er, und dann konnte ihn niemand zum Schweigen bringen, er schimpfte, er stritt sich, äffte die Stimmen und Angewohnheiten anderer Hurleys oder anderer Leute, die Arlene niemals gekannt hatte, nach, machte sich lustig über Menschen, die seit Jahren tot und nicht mehr da waren. Und Lyle? – sie wagte es nicht, ihn zu fragen. Sie fürchtete sich davor, daß der Alte sie nur anstarren würde, daß er nicht wußte, wer Lyle war. Als sie ihn geheiratet hatte, war sie erst fünfzehn gewesen. Mit zwölf war sie von der Schule abgegangen, sie wurde zuhause gebraucht, und außerdem haßte sie es, stillzusitzen und zuzuhören, wenn die Lehrerin immerzu über Sachen redete, die niemand wissen wollte, über die Geschichte der Vereinigten Staaten oder wie man große Zahlen multiplizierte oder dividierte. Ihre Freundinnen hatten auch mit der Schule aufgehört und alle Jungen ebenfalls. Sie wurden auf den Farmen gebraucht, außer im härtesten Winter, aber dann war die Schule sowieso geschlossen, denn alle Wege waren verschneit. Lyle war Mitte Zwanzig, wirkte aber jünger. Er sah gut aus, so feinknochig, so lieb. So lieb. Es hatte auch andere junge Männer gegeben, Arlene war sehr beliebt, sie konnte sich ihre Freunde aussuchen, prahlte gerne vor Nancy und Laney, wie sie sich als Teenager jeden hätte aussuchen können, aber sie war gescheit genug gewesen, einen Mann zu heiraten, der sanft und lieb war, der ihr nicht weh tun würde. Und die anderen! Herrgott, was aus denen geworden war, ein paar Jahre später waren sie verheiratet und hatten Kinder und soffen herum.

Ginny Gallagher zum Beispiel, ihr Mann saß im Gefängnis, weil er bei einer Messerstecherei jemanden umgebracht hatte, und andere Freundinnen von Arlene, Mädchen wie sie, hatten ein paar Jahre später ganz schlimme Probleme, als sie verheiratete Frauen waren, Mütter, und das Leben so ganz anders war... Aber sie, sie hatte sich in Lyle Bartlett verliebt, Lyle, der so sanft war, und jedem hatte die Tatsache imponiert, daß der Zweig der Bartlett-Familie, der er angehörte, nach Yewville gezogen war und dort ein Geschäft besaß, ein Eisenwarengeschäft: Sie waren Stadtmenschen. Selbst Arlenes Vater, der die meisten Stadtmenschen verachtete, schien beeindruckt zu sein. Drei seiner Söhne waren Farmer, seine Älteste war die Frau eines Farmers geworden, er war zufrieden, hatte sich nicht beklagt, aber seine Jüngste, das Nesthäkchen, das Lieblingskind würde Lyle Bartlett heiraten, dessen Vater eine Eisenwarenhandlung in der Erie Street in Yewville besaß: das war etwas, womit er angeben konnte.

Aber das Geschäft ging nicht gut, kränkelte jahrelang. Lyles Vater wußte genau, wer die Verantwortung dafür trug: die Politiker, die Leute, die die Wirtschaft ruiniert hatten, ausländisches Kapital, ausländische »Einflüsse«, Hersteller, deren Produkte zu teuer waren, Valley-Farmer, die sich bei ihm verschuldet hatten und ihre Schulden nicht bezahlen wollten. Es wäre Zeitverschwendung gewesen, sie deshalb vor Gericht zu bringen, sie hatten einfach kein Geld. Das Gerichtsurteil gab zwar Mr. Bartlett Recht, aber hinterher geschah nichts, es war zwecklos, den Gerichtsvollzieher zu schicken, wenn kein Geld vorhanden war, überhaupt kein Geld... und er konnte diese Leute doch nicht zwingen, deswegen ihr Land zu verkaufen? Dann kursierten Gerüchte, immer nur Gerüchte, von Vereinbarungen, die die Gerichtsbeamten getroffen hätten, Abmachungen über geheime Verkäufe, Versteigerungen, Hunderte von Morgen sollten für eine geplante Fluglandebahn oder für eine Wohnsiedlung oder ein Industriegelände verkauft worden sein. All diese schlimmen Gerüchte führten dazu, daß Lyles Vater frühzeitig starb. Sein Geschäft wurde verkauft, der Warenbestand, das Inventar, die Inneneinrichtungen, alles. Lyle war zwar erschüttert, behielt aber seinen Optimismus. Er meinte, er würde nicht verzweifeln, wie sein Vater. Er würde auch nicht die Fehler machen, die sein Vater gemacht hatte.

Schlank, knabenhaft, mit lockigem hellbraunem Haar und großen grauen Augen, so sanft … der sanfteste Mann, der Arlene jemals begegnet war, bis er sich veränderte. Anfangs, als die Kinder kamen, war er verängstigt gewesen, fürchtete sich, sie zu halten, genierte sich, wenn er sie füttern oder trockenlegen mußte. Trotzdem war er ein guter Ehemann – ein guter Mann. Sie hatte ihn sehr geliebt. War ganz verrückt nach ihm. Er schmiedete Pläne, beteiligte sich als Partner bei einem seiner Onkel, der in Yewville einen kleinen Gemischtwarenladen betrieb. Nahm einen Kredit auf. Arbeitete fleißig. Von neun Uhr vormittags bis neun Uhr abends, manchmal auch an Sonntagen. Damals wohnten sie in der Stadt, in einem Bungalow in der Nähe der Bahnlinie, in einer Straße mit lauter ähnlichen kleinen Bungalows, und Arlene gewöhnte sich an die vorbeifahrenden Züge, sie liebte ihr Leben, ihren Mann und ihre Kinder; es war merkwürdig, aber sie vermißte die Farm kaum, auch den Vater nicht. Dann war ein weiteres Baby gekommen und dann noch eins. Lyle lieh sich wieder Geld aus, ohne ihr etwas davon zu sagen, und steckte es in ein Projekt, das ein paar der in Yewville ansässigen Männer finanzierten – man wollte in einem anderen Teil des Bundesstaates, in der Südostecke des Berglandes, nach Öl bohren. Ohne Arlene etwas zu sagen, lieh er sich dreitausend Dollar von der Bank. Aber das Projekt schlug fehl, natürlich schlug es fehl, irgend jemand hatte diesen Männern aus Yewville ihr Geld abgeschwatzt und war dann verschwunden, und nichts war übriggeblieben, nichts war dabei herausgekommen – kein Öl, nicht einmal die geeignete Bohrturminstallation. Danach hatte es eine Untersuchung gegeben, es wurden sogar ein paar der Beteiligten festgenommen, aber wem nützte das? Was für Narren waren das gewesen! Arlenes Vater wütete und krächzte, alle lachten sich ins Fäustchen, diese Idioten, sich so einwickeln zu lassen… Ihre Namen wurden veröffentlicht, jeder konnte es in der Zeitung lesen, jeder gab seinen Senf dazu. Was für Narren!

Lyle war nun häufig im Laden; sie stritten sich, das Haus war zu klein geworden, deshalb blieb Arlene öfter auf der Farm, manchmal nur über Nacht, manchmal für ein paar Tage. Die Kinder hatten Spaß daran. Auch ihr gefiel es dort: Sie konnte mit den Kindern Spaziergänge machen, mit ihnen angeln gehen, dort war sie selbst wie ein Kind, es gab immer genug zu essen, und es machte ihr Spaß, für ihren Vater und die Familie große Mahlzeiten zu kochen. Es gab Zuckermais, es gab Hühner, es gab frische Eier und Milch und Butter und Sahne, gutes Gemüse und gutes Obst und keine Büchsenkonserven, wie sie der arme Lyle verkaufte, dieses zerkochte, geschmacklose Zeug. Im Zentrum von Yewville war ein Loblaw-Supermarkt eröffnet worden, der erste dieser Art in der ganzen Gegend, und viele von Lyles Kunden waren übergewechselt, wer konnte es ihnen verargen? – Arlene sah sich selbst im Supermarkt um und staunte über die weiten Gänge zwischen den Verkaufsregalen, über die große Auswahl: Hunderte von Dingen gab es zu kaufen, Tausende, und außerdem bekam man Rabattmarken, und die Preise waren nicht zu unterbieten, so niedrig, selbst manche der frischen Waren wurden preiswerter angeboten als auf dem Wochenmarkt und viel billiger als in Lyles Geschäft. Wer konnte seinen Kunden einen Vorwurf machen, wenn sie ihn verließen? Er nahm eine Teilzeitbeschäftigung in Vanderdeen's Gebrauchtwagensalon an, arbeitete dort am Wochenende, er trug einen Anzug und eine Krawatte und einen elegant aussehenden Strohhut mit einem roten Band und spendierte den Kunden Zigarren und verdiente recht gut dabei – er war immer beliebt gewesen, die Leute mochten ihn gern, er behauptete, sie würden ihre Wagen von *ihm* kaufen und ihn allen anderen Verkäufern vorziehen. Aber er trank auch mehr und blieb bis spät abends weg. Er zankte sich mit Arlene, aber er schlug sie nur selten; sie wußte das zu schätzen. Jetzt blieb sie immer häufiger draußen auf der Farm, und Lyle kam zu ihnen zu Besuch auf ein paar Tage. Jedesmal gab er sich große Mühe, sich im Beisein seines Schwiegervaters besonders korrekt zu benehmen, aber er gab sich auch immer große Mühe, sobald als möglich wieder wegzukommen. Jahre vergingen: Das Geschäft wurde verkauft, und Lyle arbeitete jetzt ganztägig im Autosalon. Die Familie zog nach Childwold, und manchmal wohnte er bei ihnen und manchmal in einem möblierten Zimmer in der Stadt. Er war noch immer zierlich, schlank und sah auch im Tod noch knabenhaft jung aus, obwohl er damals schon weit über vierzig war, und Arlene war vierunddreißig – kein Mädchen mehr.

Er war tot, war gestorben, es war am besten, nicht an ihn zu denken. Niemals würde sie jemand so lieben, wie er es getan hatte – er war so sanft, so zärtlich gewesen! Ihr junger Ehemann war tot, sie war jetzt fast so alt wie er damals, als es passierte, sie sollte wirklich nicht mehr solch traurigen Gedanken nachhängen, sie war nicht morbide, sie wußte Bescheid, und außerdem war der Mann, der damals ums Leben gekommen war, ein anderer geworden, war nicht mehr der, den sie so geliebt hatte, sie sollte sich das endlich einmal eingestehen... Der Strohhut mit dem roten Band, dieses alberne Ding, wie sie es gehaßt hatte, wie ihr Vater sich darüber amüsiert, sich hinter Lyles Rücken über ihn lustig gemacht, sie beschämt hatte! Es war ihr peinlich gewesen, ihn überhaupt geheiratet zu haben. Wo war der Hut nur hingekommen? Nach Lyles Tod hatte sie ihn irgendwo weggelegt, wahrscheinlich draußen in der Lagerscheune. Furchtbar, ihn dort eines Tages wiederzufinden, wiederzusehen. Furchtbar. Aber sie sollte wirklich nicht mehr an so etwas denken, das tat nicht gut. *Sie* war es schließlich, die jetzt dem Haushalt vorstand.

Mrs. Gordanier vom Bezirkswohlfahrtsamt war eine grobknochige Frau mit kurzgeschnittenem Haar, einem aufmerksamen Eichelhäherblick und schien nur aus Fragen zu bestehen. Sie war nicht gerade das, was man wohlgesonnen nennen konnte. Aber Arlene führte sie trotzdem durchs Haus und redete unaufhörlich auf sie ein, ließ keine Pause aufkommen, als wäre sie nicht entsetzt darüber, daß das verfluchte Weib sich gerade diesen Tag ausgesucht hatte. Was für ein Pech! Immer hatte sie solches Pech! Warum mußte sie ausgerechnet heute, jetzt hereingeschneit kommen, war etwas nicht in Ordnung, etwas, von dem Arlene nichts wußte, würden die regelmäßigen Zahlungen gestrichen? Oh dieses Luder! Mit Vergnügen hätte sie der Gordanier die Augen ausgekratzt, hätte schreien und schreien und schreien können, es war ungerecht, es war so ungerecht, Chuckie krank und die Küche verdreckt und das Zimmer der kleinen Jungen unaufgeräumt, und außerdem roch es so schlecht, weil die Matratzen fleckig waren und es draußen zu kalt war, um sie zu lüften, und Nancy war auch noch nicht angezogen und ihr Zimmer in Unordnung und die Kinder überall im Weg und außer Rand und Band, überall auf den Treppenstufen Schuhe, zerbrochenes Weihnachtsspielzeug, Handtücher, zerknüllte Papiertaschentücher, Toastrinden vom Frühstück. Siebenter Januar, das war zu kurz nach den Feiertagen, sagte Arlene zu Mrs. Gordanier, sie hätte keine Zeit gehabt, alles aufzuräumen und sauberzumachen, hätte keine Minute erübrigen können. Ihrem Sohn ginge es nicht gut, und ihr Vater fühle sich auch nicht besonders, und die Heizung habe wieder einmal versagt, die Räume im oberen Stock seien immer eiskalt, und der Geruch – der Geruch käme von der Heizung, sie funktioniere überhaupt nicht mehr richtig, aber es käme niemand heraus, um sie zu reparieren. Es gab nur eine Toilette, im Erdgeschoß, und auch die funktionierte nicht richtig, die Duschvorrichtung in der Küche war verdreckt, Arlene wußte, wie verdreckt sie war. Sie hätte sich fest vorgenommen, sie in den nächsten Tagen zu reinigen, aber sie glaube, normale Scheuermittel seien nicht stark genug, und sie fürchte sich, ein Toilettenputzmittel zu benutzen, das sei zu ätzend, sie würde bei der nächsten Gelegenheit einen Spezialammoniakspray besorgen, der ihr empfohlen worden sei ... aber die Kacheln waren so rissig, alles war so abgenutzt, es würde einen ganzen Tag dauern, die Dusche zu säubern. Und dann dieses ewige Tropfen! Ihr Sohn Ronnie hatte versucht, die Brause zu reparieren, aber es ging nicht.

Staubflöckchen, überall Fusseln, winzige, fast unsichtbare Spinnweben an den Wänden und besonders oben in der Nähe der Zimmerdecken. Die Teppiche und Böden voller Flecken.

Gläser und Bestecke lagen überall herum, in den merkwürdigsten Ecken. Arlene versuchte zu lachen, überrascht, fragte sich, ob ihr die Kinder einen Streich hatten spielen wollen, sie hatte es nicht gewußt, hatte es nicht gemerkt. In ihrem Zimmer war das Bett noch nicht gemacht, gottseidank hatte sie die Tagesdecke darübergeworfen und die Sachen auf der Kommode einigermaßen in Ordnung gebracht. In ihrem Zimmer roch es durchdringend nach Katzen; vorher war es ihr nicht aufgefallen, hatte etwa eine der Katzen in ihrem Zimmer ihr Geschäft gemacht? Und ausgerechnet an diesem Vormittag? Verfluchte Biester! War das nicht typisch für sie? Eine von ihnen strich gerade herum, die wabbelbäuchige, weiß-rot gefleckte. Sie legte die Ohren an und fauchte... Arlene lachte, gab der Katze einen sanften Tritt und führte Mrs. Gordanier hinauf in Laneys Dachzimmer, in den einzigen aufgeräumten Raum des ganzen Hauses, das Bett war gemacht, alles war ordentlich, gottseidank, die Tupfenmusselinvorhänge nett, die Zierkissen und Photos und die alte Puppe hübsch, gottseidank, obwohl es hier oben schrecklich kalt war und der Aschenbecher auf Laneys Kommode bis zum Rand voll mit Asche und Zigarettenkippen. Überall roch es nach kaltem Rauch. Mrs. Gordanier starrte die Photos und die Bilder an, sagte jedoch nichts. Arlene fuhr fort, auf sie einzureden, ihre Tochter Laney gehe seit zwei Jahren ins Gymnasium, sei sehr fleißig und bringe gute Zeugnisse nach Hause, recht gute Zensuren, schade, daß die Busfahrt so lang war, die Kinder aus Childwold verbrachten Stunden in diesem verfluchten Bus, statt inzwischen etwas Nützliches zu tun... Es kam alles irgendwie falsch heraus, hörte sich irgendwie verkehrt an. Das Wort *verflucht* klang falsch. Mrs. Gordanier murmelte nur etwas und ging hinaus.

Der Fernsehapparat? Ein sehr altes Modell, uralt. Kein Farbempfänger, nur schwarz-weiß. Bestimmt hatte sie ihn in ihren Akten vermerkt, den Fernsehapparat...? Sie hatten ihn seit Jahren... Eine neue Lampe, das war ein Weihnachtsgeschenk, ein Geschenk von einem Bekannten. Der Wagen draußen in der Einfahrt? Auch ein Geschenk. Spielsachen überall verstreut, das Pfadfinderzelt zusammengebrochen hinten im Flur, Davy und Mary Ellen und Louise kicherten um die Ecke, und jemand hatte den Hund in die Küche gelassen, sein Schwanz peitschte gegen einen Stuhl, Arlene kannte das Geräusch, Mrs. Gordanier war es fremd, denn sie sah sich immer wieder mit ihrem Eichelhäherblick um, und Arlene erzählte ihr gerade von den Weihnachtsgeschenken und konnte das Thema nicht wechseln... Himmelherrgott, was für ein Pech! Sie hätte immerzu schreien und sich das Haar büschelweise ausreißen können, hätte Mrs. Gordanier die Haare einzeln ausreißen können, was wollte diese Schreckschraube eigentlich, wollte sie ihnen nachspionieren als seien sie der letzte Dreck, als wollten sie die Fürsorge austricksen? Und dabei war Arlene verwitwet und hatte eine große Familie zu versorgen und außerdem noch einen alten Vater, und dann noch dieses baufällige Haus... Die Frau befragte sie wegen Vale: Hatte er Arbeit, schickte er ihnen etwas von seinem Lohn? Er hätte Arbeit, sagte Arlene bedächtig. Als sie das letztemal von ihm gehört hätte, sei er auf der Werft von Port Oriskany beschäftigt gewesen, und außerdem bekäme er eine monatliche Zuwendung als Vietnam-Veteran, er hätte sein Auskommen, aber er schicke kein Geld nachhause. Nein. Dafür sei sein Verdienst zu knapp. Das war die Wahrheit – die Wahrheit. Gesundheitlich gehe es ihm nicht besonders, er sei fast umgekommen, das Gesicht und die Schulter und ein Teil des Brustkastens seien zerfetzt worden, acht Monate sei er im Lazarett gewesen, auch jetzt sei er noch nicht ganz wiederhergestellt, sie hätten zwar gemeint, daß er wieder völlig gesund werden würde, aber das stimmte nicht, er sei ein braver Junge, ein sehr guter Sohn, ein Kriegsheld – man hätte ihn mit dem *Purple Heart* ausgezeichnet, wußte Mrs. Gordanier das? – und er hätte Arbeit und sei fleißig, aber es reiche nicht, um im Augenblick auch noch etwas von seinem Geld nachhause zu schicken. Und das war die Wahrheit .. das war die Wahrheit.

Während sie sich verabschiedete, wollte Mrs. Gordanier wissen, wie es um Arlenes Gesundheit stehe, und Arlene antwortete, gut, bestens. Sie war niemals krank. Hin und wieder ging es den Kindern nicht gut, es waren meist nur Erkältungskrankheiten, jedenfalls nichts Ernsthaftes, aber Arlene selbst sei bei bester Gesundheit. Brauche sie einen Arzt? Nein, wirklich nicht, antwortete Arlene langsam, verwundert. Worauf wollte die Frau hinaus, was hatte sie im Sinn...? Unbewußt berührte Arlene ihr Gesicht, aber die Verletzungen waren verheilt, die Blutergüsse verschwunden, keine Spur war zurückgeblieben außer der Narbe über der Braue. Nun, das freut mich, Mrs. Bartlett, sagte die Frau und sah ihr offen ins Gesicht. Ihr Blick glitt hinunter an dem losen, weiten Hausmantel, den Arlene trug, während sie sich den eigenen Mantel zuknöpfte; das freut mich.

War es das? War es das? Arlene war schockiert, wollte etwas entgegnen, sagte aber lieber nichts. War es das? Die Frau glaubte, Arlene sei schwanger!... Nein, ich fühle mich sehr gut, sagte Arlene und zwang sich dazu, ruhig zu sprechen. Es gibt nichts zu berichten.

Nachher riegelte sie sich im Badezimmer ein, drehte die Hähne auf und weinte, weinte bitterlich, und nicht einmal die an die Tür hämmernden Kinder oder Nancys verängstigte Stimme konnten etwas ausrichten. Mama, Mama...? Was ist denn los, Mama?

Durch das Teleskop sah er den Mann genau, aber der Mann sah ihn nicht. Haha! Im Unterholz versteckt. Neben ihm ein zweiter – noch einer aus der gleichen Einheit – er konnte nichts erkennen wegen der Vegetation. Nun war er im Fadenkreuz, nun nicht mehr. Abdrücken? Abdrücken. Manchmal starb das Tier vor lauter Schreck, rannte im Zickzack, spie Blut und heulte und rannte, bis es tot umfiel, man mußte die Blutspur verfolgen, den Blutpfad, die kleinen Fliegen summten bereits, rieben sich erwartungsvoll Beine und Flügel. Lebten sie noch, ergriff man sie, erklärte sie zu Gefangenen, dann flog man davon, in den Himmel hinein.

Er ging mit seinen Kameraden aus, kaufte sich eine wuschelige Phantasieperücke, unheimlich wildes, krauses, karottenrotes Haar, das mindestens einen Viertelmeter um seinen Kopf herumstand. Die Leute starrten ihn an. Die Leute wiesen mit dem

Finger auf ihn. Die Leute waren verblüfft. Im Vergleich dazu war Fitzgeralds Haar zivilisiert, Fitzgerald hatte Stil, aber mit Vale konnte man ihn nicht vergleichen. Trotzdem war er nicht neidisch. Die Jungen hatten sich angefreundet und gingen zusammen aus, manchmal war Johnny mit von der Partie, manchmal waren es andere Jungen. Sie amüsierten sich, sie lachten. Sie hatten sich vorgenommen, sich auch daheim gut zu amüsieren.

Nun arbeitete Vale als Teilzeitkraft bei einem Freund von Fitzgerald. Ein paar Stunden die Woche arbeitete er hart, den Rest der Woche hatte er frei. Er hatte Geld, also machte er erst einmal eine Anzahlung auf ein neues Auto, einen schwarzen, schnittigen Wolverine-Sportwagen. Manchmal tat ihm sein Körper weh, die alten Wunden wurden wieder lebendig und quälten ihn. Zur Betäubung schoß er sich, wie er es gelernt hatte, etwas Heroin unter die Haut, aber wenn es nicht allzu schlimm war, brauste er einfach mit seinem Wagen durch die Gegend und ging mit seinen Freunden aus und trank Bier. Hauptsächlich amüsierte er sich. Über das, was vergangen war, dachte er nicht nach. Er kaufte sich einen eleganten neuen Anzug aus Wildleder mit einer Weste, herbstbraun, ein wunderschönes, leuchtendes Herbstblätterbraun. Er bezahlte vierhundert Dollar in bar dafür. Die Hosen kniffen etwas im Schritt und juckten ihn manchmal, das Material war recht schwer und ließ ihn schwitzen, aber er trug den Anzug oft, weil er ihm so gut stand. Sowohl Männer als auch Frauen drehten sich nach ihm um.

Was eine Frau nicht alles anfaßte! – was eine Frau nicht alles streichelte! Er kannte sie alle, kannte sie im voraus. In seinem Teleskop nahm er sie aufs Visier, im Fadenkreuz, genau im Fadenkreuz: Sollte er abdrücken oder nicht? Kann sein ja, kann sein nein. Das hing ganz von ihm ab, war ihm überlassen, er konnte tun, was er wollte. Danach gehörte ihm die Beute. Die Toten lagen auf dem Feld verstreut, ihm zu Füßen, er hatte nicht einmal Zeit, sie zu zählen. Dieses gurgelnde, blubbernde Geräusch war ihr Blut, das in die Erde sickerte. Unter ihnen befanden sich Frauen, die seine Füße umklammerten. Tut mir leid. Niemand hat schuld. Er warf die Waffe weg und zermalmte einige von ihnen mit Steinen, die er in beiden Händen hielt. Im Nahkampf war es die wirksamste Methode. Außerdem kam man dabei wunderbar ins Schwitzen.

Sowohl Männer als auch Frauen warfen ihm gewisse Blicke zu. »Restauriertes« Gesicht, »restaurierter Torso«, künstliches Gebiß, das ihm manchmal weh tat und ihn fürchten ließ, sein Zahnfleisch könne schrumpfen – einer der Veteranenärzte hatte es einmal vage vorausgesagt; aber trotzdem gut aussehend, sehr gut aussehend; er hatte Stil, hatte Klasse, hatte etwas Besonderes, was er zuvor, zuhause, nie gehabt hatte. Zuhause, da war er nur ein Bauernjunge gewesen, mit einem frisierten, kotflügellosen Auto, der der Polizei zu schaffen machte. Die Anklage wurde fallen gelassen – es gab keine Zeugen –, aber sie hatten ihm doch einen Schrecken eingejagt, die Mistkerle. Damals hatte er es nicht besser gewußt. Aber jetzt hatte er Stil, jetzt wohnte er in der Stadt, jetzt verstand er sich gut mit seinen Freunden. Fitzgerald mit seinem breiten Haschisch-Grinsen, den glänzend-braunen Augen, groß wie die eines Pferdes, die beiden näherten sich dem Feind, einer gab dem anderen Rükkendeckung, ein Kamerad beschützte den anderen. Herrgott, in Childwold hatte er die Nigger verachtet, hatte nicht einmal ein Wort mit ihnen gewechselt, geschweige denn einen zum Freund gehabt! Aber jetzt war er mit Fitzgerald befreundet. Manchmal gab es Meinungsverschiedenheiten, aber das kam nur selten vor. Sein zweitbester Freund war Johnny. Johnny betrank sich zu oft, möglich, daß irgend etwas in seinem Kopf nicht mehr stimmte; seine Reaktionen waren zu langsam, und einmal war er auf dem Northern Boulevard in einen Kettengliedzaun gefahren. Man konnte sich nicht auf ihn verlassen. Aber auch er war ein guter Freund, ein guter Junge – ein Farmerssohn aus Shaheen. Erinnerte Vale an, wer war es noch? – den Freund seiner Schwester Nancy. Nein: den Mann. Konnte sich an seinen Namen nicht erinnern.

Ging zufällig eines Abends an dem College vorbei, ging hinein, nur so zum Spaß, allein, ging den Gang entlang in seinem Wildlederanzug, trug keinen Mantel darüber, weil er sich warm und wohl fühlte. Wo war noch ihr Klassenzimmer? Wo hatte sich das Luder versteckt?... Aber der Raum war dunkel. Nahe dem Ausgang fand eine Unterrichtsstunde statt, die Klassentür stand offen, Vale lauschte einer Männerstimme, hörte Lachen, Kichern, dann kam die Stimme wieder, es ging um Zinssätze. Vale starrte ins Klassenzimmer. Pultreihen, Studenten, hauptsächlich Männer. Der Lehrer war ein kleiner, quirliger Kerl, er kritzelte so schnell auf die Tafel, Vale konnte es kaum glauben. Tag, sagte Vale, wo finde ich Miss Carlson? Der Mann sah ihn an, ein großes Stück Kreide in der Hand, und die Studenten drehten sich um, und Vale wiederholte seine Frage, wo finde ich Miss Carlson, sie hat doch früher ein paar Klassenzimmer weiter ihre Kurse gehalten, und schließlich lächelte der Mann und sagte, er wisse es nicht, habe keine Ahnung; es tue ihm leid, aber Vale solle sich bei der Registratur im dritten Stock erkundigen... Nur wäre jetzt niemand mehr da; Vale solle morgen wiederkommen. Vale bedankte sich und ging und lächelte und dachte an die Frau, dachte, er könne vielleicht wieder zu ihr in die Wohnung gehen, sie besuchen, vielleicht, vielleicht auch nicht, er hatte ihr nicht weh getan, hatte sie nicht angefaßt, sie hatte sich sehr nett mit ihm unterhalten, und er hatte zugehört, und ein wenig später hatte er sie ausgezogen, also mußte er sie wohl angefaßt haben, und es kam ihm, der Gedanke kam ihm, daß er sie überraschen würde, sie und all die anderen: Also sagte er ihr, sie sei häßlich, abstoßend, sagte ihr, sie ekele ihn an, wie sie aussah, was sie für eine Sau war, zum Kotzen, wußte sie denn nicht, daß *alle* Frauen sich zwischen den Beinen rasierten...? Die Sau, die widerliche häßliche Sau, er hätte nicht übel Lust, ihr dorthin einen gezielten Tritt zu versetzen – als Strafe. Aber sie war so überrascht und so verängstigt gewesen, daß es überflüssig war.

Vielleicht würde er sie irgendwann einmal besuchen, vielleicht auch nicht. Vielleicht zusammen mit Fitzgerald. Vielleicht aber auch nicht.

Im Himmel gähnende Löcher. Wind aus Nordost, ein schneidender Wind, ein Mond, der flackert und ausgeht und wieder scheint; die Luft so kalt, daß es weh tut, weh tut. Wolkenfetzen, das Universum in Fetzen, tiefe, stoßweise Atemzüge, warum bin ich hier herausgerannt, wo bin ich, welches Jahr haben wir...?

Das Wehen in den Baumkronen! *Paß auf, die Kobolde* schilt eine Stimme, *komm rein und iß dein Abendbrot, ehe sie dich mitnehmen*, dann Stille, Augenblicke der Stille, Dekaden. Die Nacht ist voll Wind, die Luft kommt in Stößen, der Himmel ist entzweigegangen und treibt in Stücken über meinen Kopf weg. Nichts kann ihn aufhalten. Ihr Gesicht, ihre Finger auf meiner Wange, ihr Duft, ihre Stimme – aber ihr Name, ihr Name, wie war ihr Name? – *Joseph*, warnen sie, *beeil dich doch! Beeil dich. Warum starrst du ins Leere?*

Verliebt ist er; und bereits verheiratet; und Vater. Vorwärts und rückwärts schieben sich die Worte, wie eine Nadel, die immer wieder eingefädelt wird, immer geht es daneben, der Faden schlüpft heraus aus dem Öhr, ungeschickt, schrecklich, die Finger sind zu groß, zu klobig, etwas stimmt nicht. Der Himmel bäumt sich auf und schüttelt sich, der Himmel macht ihm Angst, er starrt auf die hell leuchtenden drohenden Wolken, die über die Berggipfel wehen und kann nichts erkennen: Wie einfach es doch wäre, sich zu verlieren, auf seinem eigenen Grund und Boden! Selbst hier, auf seinem eigenen Grund und Boden! Der Wind bläst alles an den falschen Platz.

Wolkensplitter, Fetzen, Lumpen, Streifen, Perlmutter, in Stücke gebrochen. Der Mond erscheint, verschwindet. Erscheint wieder. Blödgesichtig, ausdruckslos, unbarmherzig. Und so hell! – dann kommt eine gewaltige Wolkenbank gesegelt und deckt ihn zu. Der Pulsschlag, der Schmerz: Welche Sprache hat er, um seinen Schmerz zu beschreiben? In solchen Augenblicken erinnert er sich nicht einmal mehr an den Namen der Frau. Liebe, ist es das? Dies? Jetzt?

Dies...?

Er will dich! Hör ihn betteln! seufzen! schnauben! japsen! Wischt sich die Finger am Bettlaken ab, glaubt, du hättest es nicht bemerkt.

Er will dich, das Gefühl ist wie ein Kitzel: wie Elektrizität, wie Strom, der durch dich durchschießt, in dich hineinfährt, so heftig, daß du aufschreien möchtest, vor Schrecken.

Ekle ich dich an, sagte er, und du hast zu lachen angefangen, dein Körper schüttelte sich, du dachtest an den Gelfant-Jungen, sechzehn Jahre, dicke, rosafarbene Backen, Augen, die ihm im Kopf herumrollen, so fröhlich, er trottet auf dem Lehmpfad an der Schule vorbei, fummelt an seinen Hosen herum, will die Mädchen erschrecken. Hinter ihm seine Brüder und andere Jungen, johlend, lachend, ihn anfeuernd. Und du bist gerannt, du und die anderen Mädchen, ihr seid gerannt, habt gequietscht, seid in das Schulhaus gelaufen, die hohe schnelle unsinnige Fistelstimme des Jungen hinter euch, das war keine menschliche Stimme, hehehehehehe, sie sagten, der Gelfant-Junge gehöre in eine Anstalt, nur eben, er half so fleißig auf der Farm seines Vaters mit: packte fester zu als die beiden Saisonarbeiter, behauptete sein Vater. Und dann die kleine Zinner, ihre Schultern waren so rund, sie war fast bucklig, sommersprossig und altjung und häßlich, die Hände bedeckt mit Warzen, es hieß, sie sei achtzehn, aber sie konnte genauso gut vierzig sein und dann wieder vier oder fünf, wenn man sie nach der Stimme beurteilte und nach der Art, wie sie ununterbrochen ihre Handtasche schwenkte, ununterbrochen. An der Bushaltestelle drängelte sie sich ganz dicht an dich heran, schien dich gern zu haben, betrachtete dich als ihre Freundin, erzählte dir schmutzige Witze, weidete sich daran, kicherte, dir wird mal was Schlimmes passieren, ihr wissender, verschlagener Blick, ihr Kichern, es wird etwas passieren, geflüsterte Worte, immer dieselben Worte, bis du dir die Ohren zugehalten hast, bis du gebrüllt hast, sie solle gefälligst den Mund halten, sie sei nicht richtig im Kopf, alle meinten, sie gehöre in die Klapsmühle! – aber es schien ihr nichts auszumachen, sie ließ sich nicht abschütteln, fragte immer, ob sie neben dir im Bus sitzen könne, obwohl sie einmal erklärte, als sie sich ein wenig beleidigt fühlte, daß sie deine Katze mit einem Beil erschlagen würde, wenn sie sich nur noch ein einziges Mal auf ihr Grundstück wage...

Hör ihm zu, hör ihm zu: Er ist betrunken, er will dich, er weint, kann dich ohne Brille nicht sehen, sein Gesicht ist so jung, so hilflos, du hast Angst, ihn anzusehen. Er ist betrunken, aber dich will er nicht trinken lassen. Das brauchst du nicht, es schmeckt dir doch nicht, du kannst ohne Alkohol auskommen. Den Kopf zwischen den Knien, kotzend, die Polizisten haben die Jungen angebrüllt, sie sind angewidert von dir, einer faßt dich hart am Oberarm. Seht euch die mal an! Seht sie an! Was für ein reizender Anblick!... Er will dich, er liebt dich, du wünschtest, du könntest ihn auslachen, verspotten, aus dem Bett klettern, dich anziehen und wegrennen. Liebe: dieses Wort. Die Zinner hat immer »ficken« geflüstert, ficken, immer immer immer, hat sich dicht neben dich gestellt, dich angestoßen. Ficken ficken ficken. Das werden sie mit dir tun – das wird passieren. Du hast mit deiner Cousine Jeannie und auch manchmal mit Nancy in dem Autowrack unter den Apfelbäumen gesessen, hast stundenlang in Comics geschmökert und in Magazinen geblättert, manchmal hat es geregnet, und die Tropfen haben auf die Windschutzscheibe geprasselt, und du hast geschaudert, es war so anheimelnd, so versteckt; du hast *True Romance* gelesen und *True Confessions* und *True Love* und *True Story* und *Modern Screen Romances* und *True Experience* und *Real Romances* und *My True Story* und *My Romance* und *True Secrets* und *Secret Story*, und du hast die Magazine mit deinen Cousinen getauscht, mit den Mitschülerinnen, und natürlich hat Mama sie manchmal gelesen, wollte aber nicht, daß du es merkst: Du hast sie mehrmals in der Küche überrascht, das Bügelbrett war aufgestellt, das Bügeleisen auf dem Metalluntersatz, Mama saß am Tisch, mit einer Tasse Kaffee und einer Zigarette, sie las in einem Magazin, war verärgert, wenn sie dabei ertappt wurde, aber wenn du die Treppe laut genug heruntergepoltert kamst, hatte sie Zeit, das Heft wegzulegen, es unter den Stapel alter Zeitungen und Zeitschriften zu schieben, der immer auf dem Fußboden neben dem Kühlschrank war. »Gott hat mir ein mißgebildetes Baby gesandt«, »Meine Abtreibung«, »Meine Schande«, »Er sagte, ich könnte nicht schwanger werden – aber es klappte doch!«, »Mein Freund ist ein Sadist«, »Das Privatleben eines Großstadtmodells«, »Die Ehefrau meines Chefs beging Selbstmord – und ich hatte schuld!«, »Drogen, Alkohol, Gefängnis und Liebe«, »Hungern, stehlen oder auf den Strich gehen«, »Das Liebesleben einer Nonne«, »Der Vergewaltiger von Cincinnati«, »Mein Schwiegervater hat mich geschwängert – um seinem Sohn eins auszuwischen!«, »Ich habe einen Homosexuellen geheiratet«, »Ich habe seinen Versprechungen geglaubt – ich war erst elf Jahre alt!« Diätratschläge, um Brüste und Hüften zu stärken, um abzunehmen, ohne zu hungern; Horoskope, Weihnachtsdekorationen und Rezepte und Inserate für Reizwäsche. »Ich war wild und eigensinnig«, beichteten die Mädchen auf diesen Seiten, »Ich habe nicht auf meine Eltern gehört«, klagten sie verzweifelt, »Ich wußte nicht, was ich an meinem Mann besaß, bis er mich verließ«, weinten sie herzzerreißend und zerrten an ihren Kleidern, »Ich hatte es auf meinen Chef abgesehen, ich habe die Tragödie, die dann folgte, verdient«; in den meisten Fällen waren sie ein paar Jahre älter als du, »Nur dank meines Glaubens habe ich mich selbst und meine Kinder nicht umgebracht«. Sie waren Töchter von Fabrikarbeitern und standen selber am Fließband, oder aber sie waren vom Land wie du, »Die Liebe eines guten Mannes ist das Kostbarste auf Erden, und ich hätte es fast weggeworfen«; manchmal waren sie Stenotypistinnen oder Sekretärinnen oder »Chef«-Sekretärinnen oder Serviererinnen oder einfach nur Hausfrauen oder auf den falschen Weg geratene Oberschülerinnen, »Endlich nahm ich Vernunft an – als es schon fast zu spät war«; ihre Ehemänner oder Freunde waren in der Regel Fabrikarbeiter, aber hin und wieder waren es auch kleine Geschäftsleute oder Akademiker: Ärzte, Anwälte, Pfarrer – aber ihre Existenz war nur angedeutet, ihre Tätigkeit vage, und ob es finanzielle Probleme oder Arbeitslosigkeit oder Streiks oder drohende Inflation gab – davon wußten diese Mädchen in den Geschichten nichts zu erzählen, sie und nur sie allein waren die Schuldigen, *sie* waren die Sünderinnen, egoistisch und grausam und unwissend, der wahre Mittelpunkt des Universums lag zwischen ihren Beinen, »Mein erster Kuß – neun Monate später mein erstes Baby!«, und niemand sonst war dafür verantwortlich, eine größere Welt gab es nicht. Du hast die Geschichten überflogen, hast dir die Photos genau besehen, ein Heft gegen ein anderes ausgetauscht, da war die Rede von Vergewaltigern und treulosen Freunden und perversen Schwiegervätern und grausamen Chefs und Entführern und Bekannten, aber jedesmal stand das Mädchen im Mittelpunkt der Geschichte, jawohl, du warst der Mittelpunkt der Story, hast dich küssen lassen, hast gesündigt, warst wild vor lauter Liebe, und dann kam das Unheil über dich, und du hast geweint, oder du wurdest fast zu Tode geprügelt oder erlittest eine Fehlgeburt oder bekamst ein mongoloides Kind als Strafe für deine Sünden, aber es gab auch gute Männer, jawohl, es gab auch gute Männer, sie waren Ehegatten und Väter und gütige Pfarrer, am Ende hast du sie geheiratet, mit ihnen gelebt, ihre Kinder zur Welt gebracht, gute gesunde normale Babys, »Ich habe zwar meine glückliche Ehe nicht verdient, aber ich werde den Rest meines Lebens damit zubringen, sie zu erhalten«... Du hast die Hefte durchgeblättert und sie beiseite geworfen und in den Obstgarten hinausgestarrt, die Füße auf dem Wagensitz, die Arme um die Knie geschlungen, die Knie gegen deinen Brustkasten gedrückt. Du hast in den Regen hinausgestarrt, auf die tropfnassen Blätter und Zweige, auf die grünen Äpfel, in den Nebel, der oft vom Boden aufstieg, du hast dir zugeflüstert, daß du dich gefürchtet hast, du hast dich gefürchtet, aber wovor? – du warst verwirrt und verärgert und auch voller Verachtung, aber was hast du verachtet, was nur? – du konntest es nicht sagen. Worte gab es dafür nicht, die Heftchenromane gaben dir keine Worte, die Mädchen waren wie du selbst, und doch waren sie es nicht, sie sprachen dich an, aber sie logen, müssen gelogen haben, müssen absichtlich gelogen haben.

Kasch, hast du gesagt, Fitz John, sagst du leise, schüchtern, als wäre der Klang seines Namens ein Frevel, warte, bitte warte doch – es tut mir leid – ich kann nichts dafür – ich liebe dich ja –

Aber er antwortet nicht, er schläft, sein Atem geht mühsam und langsam, er schläft, oder er ist betrunken, er ist weg, du wirst ihn niemals wiedersehen, du bist sehr erleichtert, der Verlust macht dich krank, du hast triumphiert.

Da war ein kleines Schild unweit des Pfades, auf dem stand *Privat*, aber der Schnee hatte es fast zugedeckt. Arlene ignorierte es und ging schnurstracks zur Tür der Remise und klingelte. Daß er oben wohnte, wußte sie. Hatte er einen Hund? Sie hatte sich bereits darauf gefaßt gemacht, Hundegekläff zu hören, auf dem Lande hatte jeder einen Hund, und man mußte achtgeben, wo man den Wagen abstellte, wenn der Hund einen nicht kannte. Vielleicht war die Klingel außer Betrieb, vielleicht hörte er sie nicht. Sie klopfte an. Dann drückte sie einfach die Klinke herunter – es war nur eine Fliegengittertür, noch dazu in schlechtem Zustand und nicht verschlossen – also trat sie ein und rief die dunkle Treppe hinauf: »Hallo, hallo? Ist dort jemand?«

Behutsam stieg sie die Stufen hinauf und hielt sich sicherheitshalber am Geländer fest. Es war dunkel, gefährlich, aber wenigstens waren die Stufen nicht morsch. »Hallo«, rief sie wieder, »ist dort jemand? Mr. Kasch?« Oben auf dem Treppenabsatz klopfte sie wieder an, keine Antwort, sie legte das Ohr an die Zimmertür, aber drinnen war es ganz still, nichts rührte sich, nichts. Konnte ja sein, er war zu Hause und hatte sich vor ihr versteckt. Konnte auch sein, er war ausgegangen. Weggezogen – keiner würde es gemerkt, keiner würde ihn vermißt haben. Er konnte auch tot sei, einsam gestorben, vergessen, wie die Einsiedler, von denen Opa immer erzählte, in ihren armseligen Unterkünften erfroren oder zu krank, um sie zu verlassen, zu geschwächt durch Hunger, manchmal waren es auch alte Ehepaare, Mann und Frau, man fand sie tot im Bett, die Leichen halb verwest und miteinander verschmolzen. Arlene schüttelte sich. Wieder pochte sie an die Tür, wieder rührte sich nichts.

Sie ging durch den Park zum Museum, das sie, obwohl sie

aus der Gegend stammte, nie besucht hatte; sie war einfach nie dazu gekommen. Für Februar war das Wetter erstaunlich mild, am Himmel Wolken wie Pferdeschweife, die Sonne warm genug, um die Eiszapfen aufzutauen, im Park roch es angenehm, immergrüne Sträucher mit wächsernen roten Beeren, ein Walnußbaum doppelt so hoch wie ihrer zuhause, feuchtglänzende Baumrinde, alles lebendig und frisch und neu aussehend. Schön.

Das Kasch-Gedenkmuseum: Ein Natursteinbau, schiefergedeckt, unzählige Kamine, beeindruckend, aber doch düster, dachte Arlene, die Fenster hatten so viele verspielte Scheiben und waren so klein. Eingang durch den Hof. Dort hatte man den Schnee nicht weggeräumt, nur einen Pfad freigeschaufelt; in den Ecken irgendwelche Zierbäume in Betonkübeln. Im Frühling, dachte Arlene, würde es hier wahrscheinlich sehr hübsch sein... Eine riesige geschnitzte Holztür, wahrscheinlich Eiche, mit blankgeputzten Messingbeschlägen: so schwer, daß Arlene sie kaum aufstoßen konnte. Die Eingangshalle war ziemlich düster. Arlene zwinkerte, ein wenig geblendet. Hatten hier einmal Leute gewohnt? Hier? Es war kaum zu glauben.

Bestimmt war sie der einzige Museumsbesucher. Auf einem Klappstuhl saß ein uniformierter Wärter und las in einer Zeitung; am Eingang stand ein Tisch, dahinter eine junge Museumsangestellte oder Beamtin, die erwartungsvoll hochblickte. Sie lächelte zaghaft, als Arlene auf sie zuging. Es war sehr still.

Nein, zum Glück war der Eintritt frei; Arlene hatte ohnehin nicht die Absicht, Eintrittsgeld zu bezahlen, sie hatte kein Geld übrig für so etwas. Nichtsdestoweniger interessierte sie das Museum; sie las, daß das Haus aus den zwanziger Jahren des vorigen Jahrhunderts stammte, daß es 1860 teilweise durch eine Feuersbrunst zerstört worden war, daß es danach neu aufgebaut und vergrößert wurde, daß man das Fundament mit Beton verstärkt hatte und daß es Fußböden und Mauern von über einem Viertelmeter Dicke besaß. Und vierzig Räume umfaßte. Vierzig Räume! ...Stand unter Denkmalsschutz und war dem Bezirk auf Grund einer Schenkung von Sydney und Elvira Kasch gestiftet worden.

Indianisches Kunsthandwerk, Pfeilspitzen, Äxte, Skizzen von »Grabhügeln«, vom »Jungmaisfest«, Indianerpuppen, die um einen dampfenden Kochtopf herumtanzten, mit kohlschwarzen Haaren und knallrot gefärbten, ein wenig mürrisch aussehenden Gesichtern: Huronen, Mohikaner, Irokesen, Tuscaroren. Rekonstruiertes Indianerwerkzeug: Bogen, Speere, Kopfputz, Fallen für Wild und Fische, Gamaschen, Mokassins, Schneeschuhe, Halsschmuck. Skizze von einer Portage: ein Indianer, der leicht gebückt ein Kanu aus Birkenrinde auf den Schultern und über den Kopf gestülpt trug. Indianer, mit einem breiten, um die Stirn geschlungenen Tragriemen, die Rückenlast zu beiden Seiten mit einer ledernen Schlaufe befestigt. Indianer am Ufer eines reißenden Flusses, den Speer gezückt. Hager, grimmig, finster... Eine nachgebaute unterirdische Blockhütte: ein kreisförmiges großes, tiefes Erdloch mit Reisig und Lehm zugedeckt, innen mit Zederbaumrinde ausgekleidet, der Eingang durch einen Rauchabzug und über eine Leiter aus Baumstämmen. Im Sommer, so stand zu lesen, bewohnten sie ihre Wigwams... Opa hatte von den Indianern erzählt – immer verächtlich. Damals wurden sie von jedermann gehaßt; heute waren sie verschwunden, es gab keine mehr in ihrem Bezirk – Arlene hatte niemals einen zu sehen bekommen. Sie lebten in einem Reservat, hieß es, irgendwo im Westen. Arme Hunde, dachte Arlene, kein Wunder, daß sie nicht lächeln.

Es gab Räume mit Andenken aus der Zeit des Amerikanischen Freiheitskrieges, aus dem Sezessionskrieg: Musketen, Schießeisen, Messer, Orden, Fahnen und Banner, brüchige Landkarten und Zeitungen und Aufrufe in Glasvitrinen. Alte sepiafarbene Photographien, auf denen Regimenter, Generäle, Kriegshelden abgebildet waren. Arlene gähnte. Stiefel, Gürtel, Uniformen, Schwerter, Helme, Handschuhe. In einem der Räume das rekonstruierte Innere einer typischen Blockhütte der Pioniere des Eden Valley: sie machten keinen viel primitiveren Eindruck als manche Behausungen, die Arlene gekannt, ja in denen sie selbst gewohnt hatte. Düster, dürftig, vollgestopft mit Gegenständen, die Wiege im Mittelpunkt, mit hübschem, duftigem Material ausgeschlagen, sogar eine Babypuppe drin.

Auf dem Tisch aus ungehobeltem Holz eine einzige brennende Kerze. Keine echte Kerze. Arlene sah, daß es eine elektrische Lampe in Kerzenform war.

In Schaukästen Mineralien. Topographische Landkarten. Noch mehr Zeitungen, Schlagzeilen aus dem Ersten Weltkrieg. Photos, Listen der fürs Vaterland Gefallenen. Ein kleines Klavier. Eine Harfe. Bilder von Bergen, Flüssen, Wäldern – Pastelle ortsansässiger Maler. Von Hobbykünstlern gemalt? – sie waren nicht sehr gut, aber Arlene gefielen die Farben, die leuchtend blau getönten Himmel, die grünen Fichten. Wäre es nicht herrlich, malen, zeichnen zu können... Sie konnte es sich nicht vorstellen, wie man es anstellte, was zuerst kam: eine Bleistiftskizze der Landschaft, die man dann mit Farbe ausfüllte, oder fing man einfach an zu malen, so schnell wie möglich, und hoffte, es stimmte...? Sie konnte überhaupt nicht zeichnen, konnte nicht einmal ein paar Striche zusammenbringen, die wie ein Baum oder ein Haus oder ein Gesicht oder ein Berg aussahen. Als Kind hatte sie es versucht. Die Striche blieben Striche, Bleistiftzeichen. Sie schwebten auf dem leeren weißen Papier und sahen lachhaft aus. Wie zum Teufel brachten Künstler es fertig, wie konnten ihre Hände wissen, welche Bewegungen sie zu machen hatten, wie stark sie aufdrücken sollten, wo sie anfangen, wann sie Schluß machen sollten?

Dann aber entdeckte sie etwas, was sofort ihre Aufmerksamkeit fesselte: eine vergrößerte Landkarte des Bezirks, mindestens ein Meter mal einsfünfundzwanzig. Wie interessant! Größere Ansiedlungen, Kleinstädte, Dörfer, Weiler, Flüsse, Buchten, Seen. Berggipfel, Landstraßen, Nebenwege, alte Pfade, Bergpässe! – mein Gott, das war ja der Eden County Bezirk, er hing da an der Wand, so groß, als wäre es der ganze Bundesstaat. Sie stand davor, starrte die Karte an. Wo war Childwold? Wo...? Zuerst glaubte sie, es sei nicht eingezeichnet, sei zu klein, um festgehalten zu werden, aber dann fand sie es, sie freute sich laut, es gefunden zu haben und fuhr mit dem Finger ihre eigene Route nach Yewville entlang, auf der sie am Vormittag gekommen war. Erst auf dieser Straße, dann auf der und dann auf der... über diese Brücke und jene Brücke und die

Landstraße entlang bis Main Street und Bridge Street und Indian Trail... und jetzt war sie hier, genau *hier,* wo ihre Fingerspitze ruhte. Sie lächelte, sie war außerordentlich zufrieden. Weshalb, das wußte sie selber nicht. Der Gedanke kam ihr, daß sie ihr ganzes Leben lang, von Geburt an bis jetzt, nur innerhalb eines kleinen Umkreises auf dieser Landkarte zugebracht hatte. War das gut, war das schlecht? War es von Bedeutung? Sie lächelte immer noch; etwas an dieser Entdekkung, etwas an dieser Landkarte hatte sie berührt. Hier bin ich glücklich gewesen, dachte sie.

Auf der Toilette warf sie einen prüfenden Blick in den Spiegel: Der Persianer war elegant, das Kleid aus blaugestreiftem Jersey war elegant, das Haar – vor kurzem erst hatte sie die Spitzen blond getönt – trug sie in einer Ponyfrisur, die sie mindestens um zehn Jahre jünger machte. Sie war sehr zufrieden damit; Nancy hatte es gut gemacht. Sie hatte sich sorgfältig geschminkt: die Haut war glatt, wirklich hübsch, auf den Wangen ein leichtes Rouge, dazu hellroter Lippenstift und auf den Augenlidern ein diskreter Lidschattenhalbmond. Was ließ sich für eine Frau, die so aussah, nicht alles ersinnen? Welche Zukunft stand ihr bevor, welch neues Leben, welches Schicksal! Wenn Earl sie jetzt sehen könnte, würde es ihm bestimmt leid tun, diesem Mistkerl. Diesem brutalen ungehobelten unflätigen Mistkerl... Aber er würde sie nicht sehen, sie würde ihm keine Gelegenheit dazu geben.

Als sie zur Remise zurückging, als sie die Treppe hinaufgestiegen war und an die Tür klopfte, hatte sie Glück: Jemand antwortete, rief *Ja? Was?*, und einen Augenblick darauf öffnete sich die Tür.

Bebend –

Schaudernd, er war so –

Sein Körper schmerzte vor Erregung, die alten Wunden wurden wieder lebendig. Wie von zu heißem Wasser auf den vernarbten Stellen. In seinem Kopf fing es an, pulsierte dann hinunter in seinen Körper. Wie weh das tat, wie schädelsprengend weh. Schmerz Schmerz Schmerz.

Sie hatten ihm Morphium gegeben.

Tabletten, ein Schuß Heroin unter die Haut, ein paar Dosen Bier, der Wolverine Sportwagen.

Danach ging es ihm wieder gut, außer daß er es eilig hatte. Er warf sich in sein Auto, fuhr rückwärts in die Straße und brauste mit kreischenden Reifen los. Er hatte es so eilig, eilig. Mußte hinkommen. In seinem Kopf hämmert es vor Begierde, der ganze Vale hämmerte vor Begierde wie ein einziger Herzschlag.

Speicherhäuser, Lokomotiven, Rangierbahnhöfe, Getreidesilos, Preston Steel, Snackbars, Swannie's Bar-B-Q, Überführungen, Abwässerkanäle, Tore, Mauern, von Stacheldrahtverhauen gekrönt, Kleinlaster, Asphalt, Esso, Exxon, Hi-Life-Konserven, Frachter und Schleppkähne und kleine Fischerboote auf dem See, bei gutem Wetter auch ein paar Segelboote, eine dauernde Brise. Der Wind fegte über den See. Er kam aus verschiedenen Richtungen zugleich. Vale sah, wie sich die Wellen wie verrückt kräuselten, mal in dieser, dann wieder in jener Richtung. Er konnte es niemals lange an irgendeinem Platz aushalten, er lenkte den Wagen herum, fuhr den holprigen Sandstrand entlang und zurück zur Landstraße. Schmerz Schmerz Schmerz. So ein Wind. Im Sand nichts als Schutt und Abfälle – alte Autoreifen, ausrangierte Matratzen, kaputte Stühle, Flaschen, Dosen, tote Möwen, tote Fische. Um einen Angelplatz Stacheldraht. Ein Schild: *Baden und Angeln nur auf eigene Gefahr. Gesundheitsamt von Port Oriskany.*

Er fuhr die Landstraße entlang. Im Wagen mit ihm Stimmen. Manchmal flüsternd, dann wieder neckend, hin und wieder singend. Wenn sie sangen, sang er mit, er kannte den Text.

Sie schob ihren Karren
durch Straßen, die waren…

Dort auf dem Old Smokey,
da schneit es den Schnee,
verlor ich mein Liebchen…

und der Abschied tut weh
Denn Lieben macht Freud
Und Abschied bringt Leid…
Und ein untreues Lieb…

Du weißt doch, du bist
die Einz'ge für mich,
Du brichst mir das Herz
Doch ich liebe nur dich…

… und pries an ihre Waren:
Frische Muscheln, frische Muscheln,
frisch ausgefahren!

Das Pony rennt und bockt und springt,
Es wirft meinen Meister in den Graben.
Er starb, und die Geschwornen fragen…

Denn Lieben macht Freud
Und Abschied bringt Leid
Und ein untreues Lieb
Ist schlimmer als ein Dieb…
Der Dieb raubt dich aus
Und nimmt dir dein Geld,
Doch ein untreues Lieb…

Und das war das Ende
der Molly Malone…

Der Teufel hol die Pferdebremsen!

Im Süden der Stadt lag eine Wohnsiedlung für Feldarbeiter, dort war immer etwas los, dort gab es ein Wohnwagen-Camp, einige Zelte und ein halbes Dutzend Kneipen gleich nebeneinander. Vale fuhr hin, aber die Siedlung war verlassen – die Saisonarbeiter kamen erst zur Erntezeit, und jetzt war es zu früh, Vorfrühling, März, April, er konnte sich nicht erinnern. Aber eine der Kneipen war offen. Er stellte den Wagen neben einem Pritschenfahrzeug ab, sprang heraus und rannte hinein, er fühlte sich schon sehr viel wohler.

Solche Freude, solches Entzücken! Wie stark das Blut pulsiert! – wie zuversichtlich!

Ich untersuche die um mich herumliegenden Fragmente, ich

hebe sie mit beiden Händen auf, ich bin so glücklich, mir schwindelt vor Glück – hat jemals ein Mensch das Glück verdient, wenn es endlich zu ihm kommt?

Es gibt keine existente Gesellschaftsform, die der philosophischen Natur genügt, sagte Platon, er spricht jetzt zu mir, ich entsinne mich seiner Worte genau: Warum habe ich niemals die herrliche, befreiende Wahrheit hinter ihnen erfaßt?

Ich bin verliebt, verliebt, verliebt...

... Migränesymptome machen sich bemerkbar...

Nein, nein, bitte nicht. Nicht jetzt. Nicht ausgerechnet jetzt... Zwölf, fünfzehn Stunden lang. Schmerzen wie Hammerschläge, Tränen strömen übers Gesicht, die Augen fest geschlossen: nein. Nein.

Ich bin verliebt. Kasch ist verliebt, Kasch ist erlöst.

Im Schädel pocht es. Fieber. Um den Kopf eine pulsierende heiße Aura, kann sie tatsächlich spüren. Kasch gibt sich den Befehl, vom Schreibtisch aufzustehen – Vorsicht Vorsicht – ins Badezimmer zu gehen und den Gesichtslappen in kaltes Wasser zu tauchen und zurückzukommen und sich behutsam hinzulegen nicht so hastig ruhig bleiben als gelte es ein Ei auf dem pochenden Schädel zu balancieren behutsam hinlegen nicht aufs Bett nicht auf die durchgelegene Matratze leg dich auf die kühlen Dielen mit dem Lappen überm Gesicht...

Hab vergessen, die Rollos herunterzulassen. Oh mein Gott.

Wage es nicht, mich zu bewegen.

Kopfschmerz, Schwerkraft der Erde, Mineralien im Schädel, immer tiefer heruntergezogen, tiefer, kann nicht widerstehen. Ich bin verliebt. Wer ist verliebt? Mineralien können nicht lieben. Ich, ich bin verliebt. Zum erstenmal in meinem Leben bin ich verliebt.

Füße weit weg. Atmung regelmäßig. Anflüge von Schmerz. Überraschender Schmerz. Nicht unerträglich. Noch nicht. Hab früher oft gedacht, *mit mir ist's aus, das ist das Ende!* – freudig erregt. Erleichtert. Wenn der Schmerz nachläßt, solltest du dich einfach auf die schwankenden Füße stellen und hinausgehen und dir einen Revolver besorgen und dir eine Kugel in den Kopf jagen. Das ist alles. Das ist alles... Wenn der Schmerz jedoch nachläßt, läßt er nach. Du weinst vor Freude. Du bist überzeugt, es wird sich nicht wiederholen.

Verliebt, verliebt. Zuviel Aufregung.

Wage es nicht, mich zu bewegen.

Migräneanfälle von der Mutter geerbt, genau wie meine Backenknochen, meinen Körperbau, die zu tief liegenden Augen. Elvira Kasch. Elvira Hendon, ihr Vater E. M. Hendon, Hendon-Konserven, flußabwärts Fabriken, ihm gehörte fast das ganze Dorf South Yewville. Kränkelnde Frau, einunddreißig Jahre alt, als sie meinen Vater heiratete. Damals war er erst fünfundzwanzig. Beide gläubig auf unverbindliche Art, konfessionslos. Unitarier, Christliche Wissenschaftler, Rosenkreuzer. Sie schwebte gewichtlos durch das alte Haus, ein Gespenst, ein Dunst, hochgewachsen und bleich und elegant und mit eingefallenen Augen, eine Gestalt aus Edgar Alan Poe, nichtsdestoweniger aktiv in den Frauenverbänden, bei Wohltätigkeitsveranstaltungen, Organisatorin von Spendenaufrufen, Gala-Diners, Ausflügen. Vater kleinwüchsig, gehemmt, früh glatzköpfig. Wortkarg. Beide Nichttrinker, Puritaner, das Haus voll von Kupfer- und Zinnutensilien aus der Kolonialzeit; alte Butterfässer, eine antike Wiege in Vaters Arbeitszimmer, in der er Holzscheite stapelte, alte Fellteppiche – Bär, Puma – alte Stiche, gerahmte Aufrufe, Familienportraits, der Patriarch Fitz John, in einem allzu glatten, »flämisch«-kolorierten Stil gemalt, mein Namensvetter, Gottvater der Kaschs mit Koteletten und einer breiten Schweinsrüsselnase. Blut von meinem Blute. Venen. Nebenflüsse. War falsch, der Versuch, sie zu ignorieren, zu verleugnen, zu transzendieren. Ich *bin* sie.

Der Körper, das muß ein Irrtum sein, sagte meine Mutter nachdenklich, er kann nicht erklärt werden, fast mein ganzes Leben lang habe ich nach einer Erklärung gesucht, habe alles gelesen, was es darüber zu lesen gibt, oder fast alles .. Nichts kann ihn erklären, kann uns sagen, weshalb wir für eine ganz bestimmte Zeitspanne in einem fleischlichen Vehikel gefangen sind. Grausam, grausam. Launenhaft. Ich habe fast mein ganzes Leben zugebracht, es zu erkunden, und ich habe sehr, sehr lange darüber nachgedacht, und ich bin zu der Überzeugung gelangt...

Und mein Vater, ein andermal, mit rotunterlaufenen Augen und seltsam pervers bebenden Backen in dem knochigen Gesicht: Deine Mutter und ich haben die Rätsel des Lebens erforscht, die Erfüllung unserer Bürgerpflichten war nur Schein, unsere eigentlichen Interessen lagen anderswo, anderswo, aber wir haben versagt, versagt, ganz erbärmlich versagt... Ich weiß, du mußt mich hassen, du mußt mich verachten.

Ja, sagte ich. Offen gesagt, ja.

Nein, sagte ich.

Wir beide haben leise geweint. Mutters Tod, das muß es gewesen sein. Vater und Sohn, Sohn und Vater. Verleugnen, transzendieren. Fliehen. Erben. Die Mutter war gegangen, könnte ja sein, daß auch die Kopfschmerzen verschwinden würden...? Unglücklicherweise nicht. Die Kopfschmerzen verschlimmerten sich.

Offen gestanden, sagte ich, ich bin verliebt und bereit, alles auf diese Liebe zu setzen. Offen gestanden, sagte ich Vater ins klägliche Gesicht, ich liebe dich, und ich verachte dich, und ich gehe für immer von zuhause weg, um mein wahres Königreich zu suchen. Ich werde niemals wiederkommen. Lebend bringst du mich nicht nachhause zurück.

Migränesymptome lassen nach.

Aber vorsichtig, vorsichtig...! Keine abrupten Bewegungen, kein plötzliches Luftholen.

Keine Gedanken an *sie*. Keine Gedanken an Heirat, an Übersiedlung nach Childwold, an Liebe; noch nicht. Kann keine Aufregung mehr riskieren. Kann nicht riskieren –

Hoffnung –

Kann nichts riskieren.

Ein Vorzeichen: Ein kleiner Vogel (ein Waldsänger?) flog gegen das Fenster, fiel auf die Erde, betäubt, ich lief hinunter, sah ihn neben der Hausmauer liegen. Olivfarben mit hellgelber Brust, schwarzen Streifen. Kanarienvogelgroß. Muß ein Waldsänger gewesen sein. Ich hob ihn auf, hielt ihn in der hohlen Hand. Seine Augen öffneten und schlossen sich. Er blieb ganz still. Stirb nicht. Nicht! Absurd, wie aufgeregt ich war... Kann es mir nicht leisten, mich so aufzuregen.

Setzte den Vogel auf einen tiefhängenden Ast, ging wieder hinauf, kam eine Viertelstunde später zurück, und er war weg.

Meine Phantasie hängt sich daran wie an ein Omen, ein gutes Vorzeichen: ein Zeichen dafür, daß Hoffnung nicht etwas zu Überhebliches ist.

In der Morgendämmerung ist der Kopf am wachsten.

Die Nacht ist die Hölle, erfüllt von Kindergeschrei und Kälbermuhen und Krähengekrächz, Krähen, die mit ihren Schnäbeln zustoßen; etwas breitet die Schwingen aus, bis dein Schädel es nicht mehr faßt. Ein Frösteln, ein Schaudern. Du wachst auf, und der linke Arm ist eingeschlafen, das linke Bein. Gefühllos. Kalt. Lähmung. Füße weit weg – weit weg! Kein Gefühl... Auch Kopfschmerzen. Niemals irgendwelche Kopfschmerzen gehabt, ein Leben lang ohne Kopfschmerzen gewesen. Dauerte eine Minute, und dann versankst du wieder in Schlaf, und dann bist du aufgewacht, die Hähne haben gekräht draußen im Scheunenhof und dann ein paar Meilen weiter weg bei den Arkins und noch weiter weg bei den McCords und noch weiter... Aber die McCords sind verschwunden, in alle Winde verstreut. Die Farm der Krassovs ist verlassen. Die Scheune verfallen, eine Schande, dieser Anblick. Fenster im Haus zerbrochen. Schande. Solch gutes Land. Schande Schande Schande.

In der Morgendämmerung ist der Kopf am wachsten. Die Nacht vergißt man lieber.

Rauh, kalt, klar. Aprilsonne. Windjacke, Wollmütze, Überschuhe. Grunzen. Kann die Überschuhe nicht zuschnallen.

Rauhreifatem. Winterkahl die Landschaft, weiche dunkle Birnbaumrinde, Äste verdorrt, beim Sturm im vergangenen Winter abgebrochen. Muß wieder Ordnung machen – tagelang, wochenlang. Harte Arbeit. Erbarmungslose Arbeit auf einer Farm. Gestrüpp ausreißen, die harte Erde umpflügen, erschöpft hinter dem Pferdegespann herstolpern. Große muskulöse Beine, unaufhörlich peitschende Schweife. Arme, von Fliegen geplagte Viecher, und keine Linderung für sie. Hölle auf Erden, Höllenerde. Dieses frühe Gewitter, Salat vernichtet, Tomatenernte vernichtet, Weizen umgeknickt... Trotzdem Appetit aufs Mittagessen, Speichel sammelt sich im Mund, Duft von gebackenem Schinken und frischem Brot. Wie spät ist es? Noch so früh!... so früh.

Keine Pferde mehr, brauche sie nicht zu füttern, zu tränken. Pferdestall leer. Dient jetzt als Abstellraum. Kinderfahrräder, Leiterwagen, Rodelschlitten, zerbrochenes Spielzeug, ausrangierte Möbel, altes Bettgestell. Inventar längst verkauft. Die Kleinsten werden sich nicht einmal mehr daran erinnern.

Netzwerk von Nerven in der Luft, bebend. Aprilsonne. Aber kalt. Haben wir April, jetzt schon? Wieder. Wieder! Schnee noch nicht weggetaut. Das Rhabarberbeet, die Maisstengel, die Weinstöcke in allen Richtungen wuchernd... Ranken zittern in der Luft, merkwürdig, hab niemals vorher solches Leben gesehen, wie Finger, pulsierend und schlängelnd wie unter Wasser. Er hatte einen Schlaganfall, sagten sie. Und dann einen zweiten. Pearls Mann, so ein Schock, ich wollte sie herumdrehen, wollte sie küssen, ihren schreienden Mund mit meinem bedecken, sie mit Fäusten traktieren, nur damit sie aufhörte, aber sie stieß mich weg... Schuld. Wer hat schuld. Wie schade, sagten sie, daß die Farm so verkommen ist, daß das Land an Fremde verkauft wird, wie schade, eine Witwe, kinderlos, Orkanwarnung am Tage des Begräbnisses, schwere Wolken und dazu ein warmer Wind, ein schrecklich warmer Wind, und dann dieser Regenguß, mußten in der Kirche warten, wagten uns nicht hinaus, die Kirche nicht unterkellert, jedermann still, zu Tode erschrocken, meine Anna mit geschlossenen Augen, Lippen, die sich bewegten, meine Anna mit ihrer ganz persönlichen Beziehung zu Gott. Pearl in Schwarz, sah mich nicht an. Ich stand genau vor ihr. Sah ihr ins Gesicht. Vor allen hab ich sie angesehen. Hätte mich zu ihr bekannt. Aber sie sah mich nicht, wollte sich nicht hinsetzen, stand da mit verschränkten Armen und seitlich geneigtem Kopf, als horche sie auf etwas, auf ihrem Gesicht eine Art Lächeln, unheimlich, furchterregend. Sie war immer seltsam gewesen, sagten sie. Nach seinem Tode sagten sie es ganz offen. Sie zog weg, heiratete wieder. Sie muß sich gewundert haben, weshalb ich ihr nicht gefolgt bin. War noch jung, kaum dreißig als er starb, ein Mädchen, dieses ausgelassene Lachen, dieser überraschte Blick, diese unverhofften Pausen beim Sprechen: Pausen und Neuanfänge, ungelenker Körper. Schade. Aber es war nicht unsere Schuld. Wie hätte es unsere Schuld sein können? Anna hat nichts gesagt. Anna, spröde, sarkastisch, zog John absichtlich vor, um mich zu ärgern. Wollte meine Arlene nicht zur Welt bringen, aber ich hab's ihr gezeigt – ihnen beiden gezeigt.

Ihnen allen gezeigt.

Meine Arlene und ihr kleines Mädchen, wie heißt sie noch, kleiner Lockenkopf, mein Liebling, wie heißt sie noch, wie haben sie sie genannt... Schätzchen. Püppchen, das sind sie. Manchmal aufbrausend, aber dafür können sie nichts. Sollten in ihrem Alter noch nicht rauchen. Wie heißt sie noch, Lockenkopf, Püppchen, hat immer auf meinem Schoß gesessen, wollte alle Geschichten erzählt bekommen, wollte sich gruseln, schon als Baby... Wenn Anna das gewußt hätte! Aber sie konnte mich nicht davon abhalten. Niemand konnte das.

Einen Schlaganfall hatte er. Gelähmt. Die Augen quollen hervor, die Zunge hing heraus. Pearl hat ihn gefunden... Sein Enkel hat ihn gefunden. Einer der Krassov-Jungen Ein Schlaganfall, Herzinfarkt, die Leber hatte versagt, hieß es, man könne nichts weiter tun als abwarten, sagten sie. Wenn sie dich erst einmal in ihren Klauen haben, dich erst einmal mit ihren Nadeln pieken –! Du liegst da gelähmt und hängst am Tropf, und sie füttern dich durch einen Strohhalm oder gleich in deine Venen mit einer Spritze, waschen dich im Bett, ich habe es in der Klinik gesehen, Gummiunterlagen und stöhnende, fluchende Pfleger mit Schwämmen und Kübeln voller Seifenwasser, meine Tochter mußte draußen im Wagen auf mich warten. Josef, hab ich geflüstert, kannst du mich hören? Gib mir ein Zeichen. Bitte, gib mir ein Zeichen.

Nebel entlang des Flußufers, noch nicht in der Sonne verdunstet. Kalter Wind. Muß acht geben, daß ich nicht auf dem Pfad ausrutsche... Eins der Kinder wäre hier einmal beinahe ertrunken, wer war es noch, war es Arlene?...beinahe ertrunken, heimtückisches Wasser, die Strömung hatte sie im Nu werweißwieweit flußabwärts gerissen. Sonntags angeln mit Josef. Brombeerwein. Likör. Ein Muskalunge, über zwei Meter langer Fisch, zähes Vieh, aber ich hab ihn an der Schnur gehabt und herausgefischt, hab gestöhnt und geschwitzt dabei. Heutzutage sind keine Muskies mehr im Fluß. Die Jungen angeln Hecht und Rotaugen. Nichts Besonderes. Kleine Jungen, wissen nicht, wie man angelt, haben keine Geduld. Vertreiben die Fische... Auf der Jagd mit Josef und einem seiner Söhne und meinen drei Jungen, nördlich von Kinkardine, dem Rotwild auf der Spur, töten, Haut abziehen, ausweiden; war damals verflucht kalt, Finger und Zehen fast erfroren. Blut, das auf den Händen zu Eis erstarrte. Anfangs war mir der Geruch widerlich, aber dann gewöhnt man sich daran, besonders in der kalten Luft. Harte Arbeit, den Kadaver zu zerlegen. Sehniges, zähes Fleisch. Hab mir eigentlich nie viel aus Wild gemacht, hab es aber trotzdem gegessen. Gejagt und geschossen und getötet und gehäutet und ausgeweidet; und gegessen... Dieser Bauchschuß, mein Fuß muß ausgerutscht sein, hatte niemals vorher oder nachher danebengeschossen, wir haben das arme Biest fast zwei Kilometer lang verfolgt, wir alle, wir sind gerannt und haben gejohlt, waren alle ein wenig betrunken, mein Junge Matt war als erster zur Stelle, das arme Vieh lag auf der Seite, eine Damhirschkuh, die Vorderläufe zuckten, die Hufe im Schnee, ganz feiner Pulverschnee, sie warf den Kopf hin und her, ach Gott, wie traurig, die Eingeweide traten heraus, armes Biest, armes Biest, sah uns an und wollte aufstehen, hörte sich ganz entsetzlich an, der Atem pfeifend und gequält, ich konnte nicht schießen, ich hob die Flinte und brachte es nicht fertig, Josefs Junge hat gejuchzt und sich auf die Hirschkuh gesetzt, das Jagdmesser in der Hand, dummer Kerl, die Hufe hätten ihn verletzen können, er wippte betrunken auf ihr und hatte das Messer in der Hand, dann hat er ihr die Kehle durchschnitten, nie wieder, nie wieder, nie, nie wieder, so lange her, so lange, lange her, nie wieder; ich hab ihnen erklärt, ich mache mir nichts draus, es schmeckt mir nicht, Wild. Hat mir nie geschmeckt. Nie wieder.

Josef, hab ich gesagt, erinnerst du dich? Gib mir ein Zeichen, sagte ich. Hör doch, alter Mann: He! Ich kann nicht ewig hier sitzen, meine Tochter wartet draußen!

Eisschollen treiben vorbei, blauschimmernd rasend. Wasserstand ist hoch. Zehn, zwölf Zentimeter seit dem Vorjahr gestiegen, sagen sie. Kalter Wind. Muß die Ohrenklappen herunterlassen. Der Fluß ist die Grundstücksgrenze, ist es immer gewesen. Wie er kracht, wie die Wellen rauschen: ist immer so gewesen hier. Hab vorsorglich auf einer Anhöhe gebaut, war stolz auf das Haus, ist nie von Hochwasser bedroht gewesen, sieh doch diese Wellen! – mein Gott. Könnten das ganze Tal überfluten. Aber mein Haus ist niemals gefährdet gewesen... Siebenmal zehn Jahre, stimmt's, höre ich das Geräusch. Spülend, hämmernd, brüllend. Krachend. Eisbrocken von weiter oben, von den Bergen; wie etwas, das man am Nordpol sieht. So kalt! Dieser Wind!

... Dies ist nicht der Sommerfluß, dies ist nicht der Fluß, in dem wir geangelt haben. Weiß nicht, wie dieser Fluß hier heißt. Macht einen fast blind, wie sich das Licht auf den Wellen bricht. So viel flimmernde Lichter. Zwinkern, funkeln. Machen einen schwindlig... Man könnte es nicht photographieren, es würde zur Lüge. Im Augenblick, wenn man das Bild gemacht hätte, würde es zur Lüge. Welcher Fluß ist das, wohin bin ich geraten? So früh am Morgen. Wind, Wellen, Stimmen, dieses anschwellende Gebrüll, es reicht, um das Tal zu überfluten. Und wenn er über seine Ufer tritt? Er würde die ganze Welt überfluten.

Hab von diesem Fluß geträumt! Hab einmal davon geträumt.

Vor Jahren. Jawohl. Dieser erste Herzanfall. Und die Wochen danach, kränkelnd, apathisch, der Kopf ganz wirr von allem, was ich mitansehen mußte. Hab mich erholt und bin hierher gekommen, hab keinem was gesagt, stand hier auf dem Pfad und hab vor mich hingestarrt, immer vor mich hingestarrt, es war der Fluß, es war etwas mit dem Fluß, er rief mich.

Es war *dieser* Fluß.

So dicht am Sterben damals! Aber ich bin nicht gestorben. So nah, so kalt! Muß mich erinnern, wie es gewesen ist, muß es noch einmal sehen, noch einmal hören...

Wellen, Licht, das in tausend kleine Scherben bricht, Millionen kleine Stücke, wie Sterne. Ein lebendiges Netz, bebend, singend, rufend: Wellen, Wind, Stimmen.

Muß mich erinnern.

Muß zurückgehen.

Opa...? Hallo.

Mein Herzblatt, mein Lockenköpfchen, bist so heimlich und leise herangeschlichen, ich hab's nicht gehört. Hat mich ein wenig erschreckt.

Mama sagt, das Frühstück ist fertig, kommst du?... Frühstück ist fertig. Sie legt die Hände um den Mund und ruft, weil der Wind so laut geht.

Ich will nicht zurück ins Haus, noch nicht. Ich will mich an etwas erinnern... Hab keinen Hunger, Püppchen, wirklich nicht, sag der Mama einfach, ich werde mir später mein eigenes Frühstück machen. Kann für mich selbst sorgen, das wißt ihr doch.

Fast erwachsen ist sie: roter Mund, Augen zu alt, für die Schule zurechtgemacht und nicht sehr geduldig mit ihrem Opa. Ich kann alles auf ihren Gesichtern lesen... Mama sagt, du wirst dich hier draußen erkälten, du wirst dir eine Lungenentzündung holen. Heut gibt es Buttermilchpfannkuchen, Opa. Sie sagt, ich soll dich zurückbringen.

Darüber muß ich lachen, ich kann nichts dafür.

Opa, was ist so komisch?

Wenn ich dran denke, wie ich gekämpft habe, damit sie zur Welt kam, damit sie alle zur Welt kamen: die Kinder haben keine Ahnung. Werden niemals eine haben. Sind einfach Babys, sehen mich an und runzeln die Stirn und hören nicht auf zu reden und wollen mich mit Pfannkuchen ins Haus zurücklokken, eine Küche voller Kinder, ein großes, wimmelndes, kreischendes Haus. Sie ahnen nichts. Können nichts ahnen.

Ist schon gut, Püppchen. Ist in Ordnung. Geh zurück und bestell deiner Mama, daß alles in Ordnung ist, wie immer, und daß sie sich um mich keine Sorgen zu machen braucht. Geh schon!

Versteck spielen in den Wellen, das Licht bricht sich in den Wellen. Schwimmend, tauchend, anschwellend, abklingend... und wieder steigend, um die ganze Welt zu überfluten.

Fünf

Eine halbe Meile lang, dieser steile Hügel. Millgrove Street. Über einen Steg, der parallel zur Eisenbahnbrücke verläuft, hoch über dem Fluß, entlang den neuen, an ein paar Stellen schon rissigen Bürgersteig, vorbei an leerstehenden Bauplätzen, der Hügel zu steil, um bebaut zu werden, dann wieder bergab an der Sägemühle vorbei und dem Baumaterialienmarkt – *Lewisohn's Lumber and Building Materials* – und der ziegelorangefarbenen katholischen Kirche mit den wuchernden Schneeballsträuchern um das Pfarrhaus herum, weiter die Millgrove Street entlang und dann in eine schmalere, nach rechts abbiegende Straße, Cheektawaga Street... nur eine Viertelstunde zu Fuß vom Zentrum von Yewville, zehn Minuten von der Schule.

Wenn die Tante weg ist, hockst du am Fenster, die Schuhe abgestreift, die Beine angezogen, lesend, träumend, du malst winzige Gesichter und geometrische Muster auf einen Zeichenblock, du hebst den Kopf, wenn ein Fahrzeug von der Millgrove Street in die Cheektawaga Street einbiegt, das ist eine Sackgasse, ruhig, mit nur einem Halbdutzend kleiner, mit Schindeln gedeckter Bungalows, wie der deiner Tante; ruhig, ruhig. So ruhig. Du liest, machst deine Hausaufgaben, du seufzt, du grübelst, du träumst, du sprichtst mit dir selbst, du singst, du summst, du blickst auf die Uhr: ein Geschenk zu deinem fünfzehnten Geburtstag im vergangenen März, eine Armbanduhr mit einem kleinen eleganten Zifferblatt und einem schmalen schwarzen elastischen Armband. So ruhig, so ruhig. Was für eine Wohltat. Eine neu entdeckte Welt, in der es nach Bohnerwachs riecht und nach der angenehmen, sonnendurchwärmten Muffigkeit des Wohnzimmers deiner Tante und nach dem zarten, fast unmerklichen Duft ihrer Usambaraveilchen und wächsernen Begonien und dem Aroma des Pillenbaumes. Wunderbar. Ein Paradies. Du hörst die Glocken der katholischen Kirche läuten, du sagst ganz laut: *Ich bin ja so glücklich...!*

Manchmal fängst du an zu weinen und kannst nicht aufhören.

Heimwehkrank, obwohl du die Mama täglich anrufst oder die Mama dich, um sich nach dir zu erkundigen. Und jeden Freitag nimmst du den Schulbus und fährst nachhause. Und bleibst dort bis Montag früh.

Heimwehkrank, weil es im Haus so still ist. Ein winziges Haus, ein Bungalow, holzverschalt mit Fensterläden und Schindeln und ein Schornstein mit einem Ofenrohr und ein winziger Vorgarten, nur ein paar Sträucher und eine kleine Bergesche vorne und nach hinten hinaus zwei dürre Holzapfelbäume, und die Nachbarhäuser ganz dicht angrenzend, manchmal kann man mithören, wenn sie laut reden oder sich zanken. Die Nachbarn so dicht! Erstaunlich. Aber deine Tante hält es nicht für seltsam, sie behauptet, es seien nette Leute, alle würden sich gut miteinander vertragen, sie wohne schon seit fünfundzwanzig Jahren hier und würde niemals wegziehen.

Du bist nicht einsam. Du vermißt die Farm nicht. Deine Augen laufen dir manchmal über vor Dankbarkeit; in Wahrheit hast du gar kein Heimweh. Ach was, Laney vermißt uns überhaupt nicht! Keine Spur! Schaut doch mal, wie froh sie ist! – so neckt dich Mama. Durch die Vermittlung einer Bekannten deiner Tante und dadurch, daß sie als Sprechstundenhilfe eine Menge Leute kennt, arbeitest du ein paarmal die Woche als Babysitter; während der Osterferien hast du dir fünfundvierzig Dollar als Aushilfskraft bei Kresge's verdient; in den großen Ferien wirst du bis September ganztägig dort arbeiten. Wenn du allein zuhause bist, wartest du auf das Läuten des Telephons, oder du bildest dir ein, die Kinder schreien und krakeelen zu hören und wie sie treppauf treppab rennen, du glaubst, du könntest die Stimme deiner Mutter hören, verzweifelt, jemand ruft deinen Namen – aber nein, nichts: du bist tatsächlich geborgen, es ist Wirklichkeit geworden. Du addierst Zahlen, multiplizierst und rechnest, du bist sehr froh, du hast schon dreißig Dollar auf der Bank auf einem Sparkonto unter deinem Namen; du willst Mama etwas von deinem Geld geben oder Tante Esther, aber sie sagen nein, nein, das ist nicht nötig, das ist nicht nötig. Sollst es für dich behalten.

Die Armbanduhr ist ein Geschenk von Kasch; anfangs wolltest du sie in der Schule nicht tragen. Deine Freundinnen haben es bemerkt. Was ist das, was ist das! – ein Geburtstagsgeschenk? Von wem? ... Brad ruft dich nicht mehr an, er geht jetzt mit einem Mädchen aus South Yewville, sie hat pechschwarzes Haar, ist achtzehn Jahre alt, angeblich soll sie verheiratet gewesen sein und dann ist etwas mit ihrem Mann passiert, ein Motorradunfall hat ihn zum Krüppel gemacht, er hat sich einen Gehirnschaden zugezogen, und deshalb hat sie sich von ihm scheiden lassen; kann auch sein, daß er in Vietnam gefallen ist; oder er ist aus Vietnam verwundet und verändert zurückgekommen, und deshalb hat sie sich scheiden lassen. Du kennst sie nicht, dir ist es egal. Die Leute tragen dir allerlei zu, aber du zuckst nur mit den Schultern. Ist das nicht schade, Laney, sagen deine Freundinnen, fehlt er dir nicht?

Jeannie meint, sie sei schwanger... Ein paar Tage später erzählt sie dir, es sei eine Fehlanzeige gewesen: Gottseidank, sagt sie und fängt an zu weinen.

Gottseidank, gottseidank...

Du bist nervös wegen des Babysittens, du willst es richtig machen, willst, daß die Kinder dich gern haben. Die Eltern, das Geld, das du bekommst, das Sparkonto, die Stunden der Ungestörtheit, die Angst, wenn du dir überlegst, welche Verantwortung du übernimmst – für die Kinder dieser Unbekannten und für dich selber, für dein eigenes Leben; im Bett, in dem kleinen Alkovenzimmer, das nach hinten gelegen ist, schläfst du sofort ein, erschöpft. Deine Tante steht früh auf, vor sieben Uhr. Du kannst sie in der Küche hören, obwohl sie sich bemüht, leise zu sein. Du liegst noch eine Zeitlang im Bett, weißt nicht, auf was du lauschst – das Knarren eines Astes gegen das Dach, das hohle, hallende Heulen des Windes in dem alten Getreidespeicher, vielleicht auf das Kläffen von Butch oder auf das Zuschlagen der Hintertür. Aber nein: nein. Diese Geräusche existieren zwar, in Childwold; aber du bist nicht mehr dort, um sie zu hören.

Manchmal weinst du, aber nicht, wenn es die Tante sehen kann. Manchmal rufst du deine Mutter an, ehe du in die Schule gehst oder während der Schule, in der Mittagspause. Hallo? Ich ruf mal an, um... ich will nur guten Tag sagen... Wie geht's euch denn? Wie geht's dem Baby? Dem Opa? Deine Mutter ist immer froh, wenn du anrufst, außer, wenn sie gerade fortgehen will oder mit etwas beschäftigt ist.

Es ist Laney, sagt sie zu den anderen, die daneben stehen. Tag Schatz. Wie geht es dir?... Was du für Umstände machst, was für Umstände, du bist doch nur zwanzig Meilen von zuhause weg, und außerdem besuchst du sie jedes Wochenende, und es ist ja dein eigener Wunsch gewesen, oder?... Hast du dir diese Freiheit nicht geradezu erfleht?

Aber gewiß doch, Laney kann gern bei mir wohnen, hat deine Tante gemeint, du weißt doch, Arlene, wie lieb mir das wäre... Manchmal bin ich sehr einsam.

Deine Tante ist eigentlich die Tante deiner Mutter. Sie ist über fünfzig, aber so klein und zierlich, daß sie wie ein Mädchen wirkt, sie ist kaum größer als du selbst und hat hellbraunes Haar, das sie alle paar Monate in frische Dauerwellen legen läßt, immer genau die gleiche Frisur. Hat nie geheiratet. Sauber und ordentlich, anspruchslos. Spricht mit so leiser Stimme, daß du sie manchmal kaum verstehst, aber sie ist eine ausgebildete Krankenschwester, hat fast ihr ganzes Leben lang in der Stadt gearbeitet, alle in der Familie respektieren sie, obwohl sie immer sagen, daß sie ihnen leid tut – armes Ding, hat niemals einen Mann gefunden! Und dabei ist sie doch so nett.

Du kannst bei mir bleiben, so lange du willst, sagt sie. Wann wird deine Mutter wieder heiraten...?

Das ist noch nicht sicher, antwortest du und siehst weg.

Du hast Bücher, die Kasch dir geschenkt hat, du borgst dir Bücher aus der Bibliothek, du liest in medizinischen Zeitschriften, die Tante Esther aus der Arztpraxis mitbringt. Wenn du besonders unruhig bist, zwingst du dich, mit einem Bleistift in der Hand zu lesen, aber ein paar Minuten später hast du alles außer dem, was du gerade liest, vergessen, dein Gesicht zieht sich vor lauter Anstrengung zusammen, du willst alles begreifen, alles *wissen*. Alles willst du wissen. Es gibt so viele Bücher... so viele Bücher, die nur darauf warten, von dir gelesen zu werden. Du willst alles wissen. Du wirst alles wissen.

Für jede *einzelne* der Millionen heute noch auf dieser Erde lebenden Tiergattungen, liest du, gibt es hunderte, die inzwischen ausgestorben sind.

Du liest und liest es immer wieder, unterstreichst Sätze, machst dir Notizen am Rand; manchmal möchtest du Kaschs Bemerkungen entziffern, aber seine Handschrift ist zu klein. Ein andermal liest du, ohne zu begreifen. Du liest, liest und liest noch einmal. Das Thema ist das Leben: das Leben selbst. Du wirst nie damit fertigwerden... Die Lebensformen ähneln sich weit mehr, als sie sich voneinander unterscheiden; du blätterst in einem Buch, und du stößt auf schematische Zeichnungen eines Vogelflügels, eines Männerarms, des Vorderbeines eines Hundes, eines Wals. Du liest, daß auf bestimmten Ebenen das Leben nicht mehr aufzuhalten ist. Du willst es verstehen, aber das Phänomen scheint nicht zu existieren um begriffen zu werden; du liest von einem Experiment, bei dem ein Tierembryo zu Brei zerdrückt wird und trotzdem nicht stirbt – Fasern eines zehn Tage alten Kükenembryos zerdrückt und zerkleinert und durch ein Nylontuch gesiebt, dann wieder komprimiert und auf die Membrane eines anderen, sich entwikkelnden Embryos verpflanzt, und innerhalb von wenigen Tagen bilden die durcheinandergemengten Augenzellen Augen, die Leberzellen eine Leber; Nieren, Herz, Gehirn, Haut, Federn – immer noch lebend, immer noch sich zu ihren unveränderlichen Formen entwickelnd. Das Leben ist ein Fluß, ein mächtiger, gelenkter Fluß, der sich nicht aufhalten läßt, nicht lange aufhalten läßt. Du liest gespannt, zitterst vor Erregung. Du vergißt alles um dich herum. Das Leben ist Organisation, das Leben ist befristet, komplex, es besteht aus Wechselwirkungen, die wir beobachten, aber nicht erklären können. Es gibt immer eine bestimmte Richtung – immer einen Plan. Er besteht auf seiner eigenen Erfüllung. Es ist der Sieg der Organisation auf molekularer Ebene über die Neigung zum Chaos. Aber er soll nicht begriffen werden, nicht einmal von seinen gewissenhaftesten, exaktesten Beobachtern.

Mama, sagst du und siehst sie im Garten vor dem Haus beim Umgraben des Blumenbeetes, Mama, rufst du und läufst jeden Freitag nachmittag die Einfahrt entlang auf sie zu, alles in Ordnung? Es ist doch alles in Ordnung, nicht wahr?

Weshalb um Himmels willen sollte es denn nicht in Ordnung sein, sagt Mama und ist verwundert.

Was für ein Krach: Die Kugeln rollen die Bahnen entlang, die Kegel purzeln um, die Männer rufen, unaufhörliches Stimmengewirr, Gelächter. Solche Begeisterung! Alle sind sie so glücklich! Der Ort greift dir ans Herz, du spürst, wie sich dein Gesicht zu einem breiten, leeren hoffnungsvollen Grinsen verzerrt. Was könnte *hier* schiefgehen?... Eine schwarz-grün marmorierte Kugel rollte eine Bahn neben dir hinunter, der Spieler in Wurfhaltung, das eine Bein graziös verdreht, der sehnige Arm ausgestreckt, wie ein Tänzer, auch die Finger ausgestreckt; die Kugel trifft die Kegel, und sie fliegen, fliegen, es ist ein Volltreffer, ist es ein Volltreffer? – nein, einer ist stehengeblieben – ein Kegel – nur ein Kegel – der Spieler stampft mit dem Fuß auf, schreit etwas Unverständliches, seine Mitspieler schreien, der Kegel wackelt, aber fällt nicht um fällt nicht um. Auf der angrenzenden Bahn saust eine Kugel entlang und trifft alle Kegel, und sie fallen um, und auf der nächsten Bahn wird eine Kugel durch den Rücklauf zurückgeschickt; jemand hat eine Münze in den Musikautomaten gesteckt, und Musik ertönt, irgendwo rieselt sie herunter, aber niemand hört zu; ein paar Männer sind hereingekommen mit ihren Kegelkugeln in den Tragetaschen und den Kegelschuhen in den Händen, gehen dicht an dir vorbei, und nun setzt der Mann mit der schwarz-grünen Kugel erneut zum Wurf an, macht einen Schritt vorwärts und schickt die Kugel zum Abräumen die Bahn hinunter, und sie trifft den stehengebliebenen Kegel, und der Mann wirft den Kopf zurück und dreht sich um, schüttelt sich das Haar aus den Augen und tut so, als widere es ihn an. Auf der angrenzenden Bahn saust eine schwarze Kugel mit voller Wucht auf die Kegel zu, und sie purzeln krachend um und...

Fünfundzwanzig Kegelbahnen. Freitagabend. Rauch, Lärm, Bier, monogrammbestickte Hemden, Männer, ein paar Frauen, die angrenzende Bar in vollem Betrieb. Du bist allein, du bist unsichtbar, du fühlst dich merkwürdig zuversichtlich.

Es stellt sich heraus, daß er der rotgesichtige Mann am Zigaretten- und Süßwarenstand ist: Er stützt sich auf die Glasplatte der Auslage und redet und albert mit der Kassiererin und mit zwei Männern in Kegelhemden herum: eine Zigarre steckt in seinem Mund. Hochgewachsener, stattlicher, gut aussehender Mann, muß früher einmal sehr gut ausgesehen haben, er lacht so schallend, daß sein Mund ganz faltig ist. Earl Tuller. Kneift die Augen zu und brüllt vor Lachen, erstickt fast vor Lachen über einen Witz, den einer der beiden Männer gerade erzählt hat: irgendwas über einen Lastwagen, der rückwärts eine Rampe hinauf bugsiert werden soll. Earl Tuller, Earl Tuller, Mr. Tuller, kann ich Sie einen Augenblick privat sprechen, bitte um Verzeihung, Sie sind doch Earl Tuller, man hat mir gesagt, Sie seien Earl Tuller und ich, bitte verzeihen Sie die Störung, ich würde mich gerne –

Ja, was gibt's denn?

Lächelt noch immer, blauäugig, richtet sich zu seiner vollen Größe auf, steckt sich automatisch das Hemd in den Hosenbund, macht einen höflichen, ja fast formellen Eindruck. Du fühlst dich auf einmal angezogen; er gefällt dir, du wärst froh, wenn du ihm gefallen würdest, wenn er mit dir Witze reißen würde wie mit den anderen. Mr. Tuller, ich bin –

Aber nein, nennen Sie mich Earl; Mein Name ist Earl.

Mein Name ist –

Stimme zu leise, kann bei diesem Lärm nicht durchdringen. Earl beugt sich nach vorne, gibt dir einen freundschaftlichen Klaps auf die Schulter, bittet dich in sein Büro. Setzen Sie sich. Kennen wir uns? Reitet mit gespreizten Beinen rückwärts auf dem Stuhl. Hat keine Hemmungen, sich wie ein Cowboy zu benehmen, breites schwitzendes freundliches Gesicht, der Hals so dick wie dein Oberschenkel. Du dagegen hast ein schmales Gesicht und einen schmalen Körper und ein schmales Benehmen, deine Stimme ist unangemessen kultiviert, er kann dich wirklich noch immer nicht verstehen, so laut ist der fröhliche Höllenlärm.

Dann endlich begreift er, wovon du sprichst.

Was? *Die?* Das Miststück?... Hören Sie mal, Freund, ich weiß zwar nicht, wer Sie sind oder was Sie von mir wollen, aber ich habe *nichts* mit diesem Luder am Hut, rein gar nichts, würde sie nicht mal mit der Feuerzange anfassen... Sie behauptet was? Daß ich sie belästige, ich? Belästige? Ausgerechnet *sie*!...Wer sind Sie überhaupt, sind Sie von der Polizei? Ich kenne Sie nicht, weiß nicht, wer Sie sind... Ein Freund der Familie sagen Sie? Das heißt...? Na klar, Sie sind also ihr neuer Freund. Haha! Ich gratuliere! Sie können sie haben, Sportsfreund. Ich würde sie nicht mit der Mistgabel berühren. Und was sie Ihnen da berichtet hat, das ist alles übertrieben... mir ist's egal, und wenn auch das ganze Pack es behauptet... hat den Wagen genommen, stimmt's, und ihn in Zahlung gegeben und dabei noch einen Profit gemacht, ich weiß genau, wieviel es war, ich kenne das Luder durch und durch, Ihnen kann sie vielleicht eine Zeitlang was vormachen, aber mir hat sie nie was vormachen können... Wie war doch der Name? Was? Lauter, um Himmels willen!... Ich kenne Sie nicht, und Sie kennen mich nicht, und wir haben einander nichts zu sagen, es besteht überhaupt kein Anlaß, daß wir uns miteinander unterhalten. Deshalb gehen Sie jetzt brav hinaus und in die Bar, und ich spendiere Ihnen einen auf meine Kosten, heben Sie einen für Earl, und die Sache ist erledigt, nichts für ungut, immer den Arsch in den Hosen lassen, ich hab mit dem Weibsstück überhaupt nichts mehr im Sinn, das ist die reine Wahrheit, und wenn sie Ihnen was anderes aufgetischt hat, dann ist das alles erstunken und erlogen. Sie hat immer wie gedruckt gelogen, die ganze Sippschaft ist Gesindel... Ich hab ihren Mann gekannt. Ich kenne sie alle. Sie läßt die Kinder verkommen, ist selber eine Schlampe, eine Hure, würde es für Geld machen, aber das kratzt mich nicht, ich hab nichts mehr mit ihr am Hut, ruf sie nie mehr an, gar nichts. Wenn sie mir vorwirft, daß ich sie bedrohe, wenn sie solchen Kohl verbreitet, dann soll sie sich lieber in acht nehmen, ich hab zufällig einen Anwalt, und der ist der beste Anwalt in der Stadt, denn das könnte üble Nachrede sein, stimmt's, Sportsfreund?... Nein, ich hab nichts weiter zu sagen, ich hab zu tun, wir haben Hochbetrieb, Ligaspiel: Sie zischen ab in die Bar und sagen dem Barmann, daß Earl einen ausgibt, und damit ist die Sache erledigt: erledigt.

Es tut mir leid, wenn ich unhöflich erschien, aber es ist sehr wichtig, daß – daß Sie verstehen...

Verstehen!... Aber da gibt es doch nichts zu verstehen. Ich hab Ihnen das doch bereits klargemacht, oder?

Dieses raschelnde Geräusch.

Dieses Flüstern.

Wie Papier, Stücke Papier, etwas Scharfes, Trockenes, Dünnes. So hör doch, hör zu, das nimmt kein Ende, endet nie, endet nie, du rennst weg, und die Blätter zerkratzen dir das Gesicht, und dann rennst du weiter in einer anderen Richtung und keuchst, und die Maisstauden sind so hoch – über einen halben Meter höher als du – du kannst nichts mehr sehen, weißt nicht mehr, wo du bist, weißt nicht mehr, wo du hergekommen bist. Du willst um Hilfe rufen, so helft mir doch, helft, helft, helft mir doch...

Du wirst gefüttert; sie müssen dich gefunden haben. Lieg still.

Ober- und Unterkiefer mit Draht zusammengehalten. Du trinkst durch einen Plastikstrohhalm. Die Flüssigkeit ist geschmacklos. Die Zunge ist weggerissen, etwas nach Gummi

Schmeckendes und Kaltes hat man dir eingesetzt, die Flüssigkeit gleitet schmerzlos daran vorbei, schmeckt nach nichts, es tut nicht weh. In den Ohren ein hohes Summen, wie das Summen in den Telephondrähten im Winterwind. Du hast dich nicht verlaufen, schreiend bist du in das Maisfeld gerannt, bist gerannt und gerannt, und die Blätter haben dir das Gesicht zerkratzt, du hast aus unzähligen Wunden geblutet, es war dir gleich, hattest keine Zeit, dich zu bemitleiden, wolltest nur fliehen. Dieses Rascheln, dieses Flüstern! Dieses Summen! Mmmmmmmmm! Maisfasern, trocken und braun und welk, große Maiskolben, die dir gegen die Stirn schlugen, die hohen geraden Maisstengel in endlosen Reihen, Anfang September war es, der Tag, an dem du dich verlaufen hattest, du bist durchs Feld gerannt und hast geweint wie ein kleines Kind, wie ein verdammtes kleines Kind. Wo steckt Vale nur, haben sie gelacht, wo kann das Baby nur sein? Aber, aber, er hat sich in die Hosen gemacht! In die Hosen gemacht!

Sie lachten und lachten, und Mama hat ihn weggezerrt, hat ihn gewaschen, er war ein großer Junge, zu groß, nicht wahr, um sich noch in die Hosen zu machen.

Ans Bett geschnallt, hochgehoben, damit man ihm die Bettschüssel unterschieben kann.

Saugt gierig durch einen Plastikstrohhalm.

So hungrig, so hungrig!

Verrückt vor Hunger!

Du ißt alles, du gierst und stöhnst, du schämst dich nicht, das Leben in dir will herausspringen, du kannst es nicht zurückhalten. Hast vier Schokoladeriegel auf einmal gekauft, stimmt's, und einen nach dem anderen ausgewickelt und sie mitten auf dem Gehsteig hinuntergeschlungen: einen Milky Way und eine Tootsie Roll und eine Mallo Cup und einen O'Henry-Riegel, hast dir die klebrigen Finger abgeleckt, so gierig, so bebend vor Hunger, die Verkäuferin am Kiosk lachte, Vale gefiel ihr, Vale gefiel allen, allen. Enge blaue Hosen, Reißverschluß vorn wie bei Männerhosen, ihr Bauch wölbte sich ein wenig, prall und doch hart. Sie hieß Joellen, sagte sie. Du hast ein Päckchen Erdnüsse für zehn Cent erstanden und ihr ein paar angeboten, und sie warf sie sich aus der hohlen Hand in den Mund, kaute, lächelte, trug ein kurzes Jackett, so kurz, daß es gerade bis zur Taille reichte, rosa Lederimitation mit passendem rosafarbenen Pelzkragen, großer Metallreißverschluß mit großem Ring, Joellen war ihr Name, du gefielst ihr wie allen anderen. Du hast sie gefragt, ob sie aus der Gegend stamme, arbeite sie jeden Tag als Verkäuferin am Kiosk, wart ihr beide euch nicht schon früher einmal begegnet…? Diese Fragen und noch ein paar andere hast du gestellt. Sie hat darauf geantwortet. Das alles hatte sich schon oft abgespielt, man brauchte nicht hinzuhören, brauchte nur abzuwarten, bis die Worte heraus waren. Man brauchte sich keine Gedanken zu machen, daß es sich anders hätte abspielen können.

Hilfe, willst du rufen, helft mir doch, helft, helft, helft mir doch…

Bist du bereit für das Ziel, für das Aufgehen des Vielfältigen in dem einen, wo weder das Auge sieht, wo es weder Worte noch Sinn gibt…?

Das Zittern meiner Hand teilte sich dem Tisch mit, den zahllosen Stapeln von Papieren, ein zischender, flüsternder, kaum wahrnehmbarer Ton. Gewiß bin ich bereit! Ich habe doch all dies unter Kontrolle gebracht, nicht wahr? Bin ich nicht der Eine, der die vielen beherrscht…?

Ich trage die Last der Welt, ja, aber ich habe mich keineswegs in ihr verloren!

Bist du bereit für das Hervorlodern des göttlichen, allem innewohnenden Geistes, um den du all diese vielen Monate lang geworben hast, treu und verzweifelt und gierig wie jeder Liebende?

Das Zittern erfüllte meinen Körper, meine Zähne schlugen aufeinander. Ich versuchte, mich zu beruhigen, ich fürchtete einen Migräneanfall – jenen beschämenden Rückfall in die Sterblichkeit – und die Gefahr ging vorüber, vorüber, vorüber.

Das Dach sollte repariert werden, dort, wo die Schindeln schadhaft geworden sind. Und diese Duschvorrichtung! Unmöglich. Muß herausgenommen werden, ein neues Badezimmer muß gebaut werden, zwei neue Badezimmer. Der Heizkessel, der nach Öl, nach Asche, nach Verbranntem riecht. Der Keller so feucht – es geht einem bis auf die Knochen – unheimlich. Der Lehmboden sollte mit Planken bedeckt werden. An der Decke nackte Birnen, nur zwei für den ganzen Keller. Dort, unter den Dielen des Hauses, lebt eine geheime nächtliche Welt; ging hinunter mit einer Taschenlampe, um das Leck zu inspizieren und entdeckte im schrägen Lichtkegel Holzstöße, Haufen von Säcken, eine Eisensäge, eine Hacke mit einem zerbrochenen Stiel, Dauben, Schürhaken, ein Faß mit Teer und Malerpinseln, Weißblechplatten, ein umgestürztes Fäßchen mit rostigen, überall verstreuten Nägeln, eine Schneeschaufel, zusammengerollten Hühnerdraht, auf einen Haufen geworfene Einmachgläser, in denen Spinnen hausten. Meine Hand zitterte, obwohl es nichts gab, wovor ich Angst zu haben brauchte, obwohl die Kinder sich hinter mir versteckten, mich an der Hand, am Arm, an den Beinen zerrten. So muffig-feucht, so schräg und schwankend im schwachen Lichtschein meiner Lampe! – sicherlich hausen Ungeheuer in diesem Keller und müssen vertrieben werden.

Und die Treppe sollte repariert werden; zwei der Stufen konnten jeden Moment nachgeben.

Die zerbrochenen Fensterscheiben müssen ersetzt werden; und Sturmfenster für den kommenden Winter eingebaut werden; und ein neuer Kühlschrank muß her und ein neuer Herd – aber alles nach und nach, nach und nach, es muß ja nicht alles auf einmal geschehen, es ist nicht nötig, sich deshalb zu ereifern. Als erstes müssen die Schulden abgetragen werden. Ihre Schulden. Jahrelanges Kreditaufnehmen, bei der Bank und bei Privatpersonen. Kann mich an die meisten nicht mehr erinnern, sagt sie. Zwei Hypotheken auf dem Haus, aber die Abzahlungen halten sich in Grenzen. Quittungen, Rechnungen, Mahnungen, eine ganze Schublade voll amtlicher Formulare, dazwischen Bindfäden, Gummiringe, Reißnägel, Bleistiftstummel, die Versicherungspolicen verklebt mit ausgeronnenem flüssigem Leim aus einer im Billigladen erstandenen Tube, ein verknitterter Trauschein, vergilbte, zerrissene Geburtsurkunden, Bündel von Schulzeugnissen... Alles ist irgendwo hier, sagt sie, muß irgendwo hier sein.

Eines der Kinder ist krank und muß zum Arzt gefahren werden – zu einem Arzt, nicht ins Krankenhaus; und die anderen müssen demnächst alle zum Zahnarzt. Der Großvater atmet so rasselnd und schwer, ich hab es selbst gehört, hab ihn in seinem Zimmer gehört, allein, es heißt, es gehe ihm nicht gut, aber er möchte nicht davon sprechen, braust auf, wenn ihm irgend jemand in die Quere kommt, hat keinen Appetit mehr, schläft nur wenig, geht stundenlang in den Wäldern und am Flußufer spazieren... Aber er will nicht mit mir sprechen; steht nur so da und tut, als höre er zu, will sich nicht hinsetzen, ist schwerfällig und geistesabwesend, aufreizend, nennt mich nie beim Namen, blickt mir nie gerade ins Gesicht.

Warum nur, warum...?

Weiß er denn nicht, daß ich bereit bin, selbst *ihn* zu lieben?

Die Frau hob mir die Arme entgegen.

Ihr Gesicht blendete mich: so einfach heiter, erhoben, erwartungsvoll. *Bist du bereit, bist du bereit...?* Ihr Ausdruck wechselte, die feine strahlende Haut zog sich zusammen, eine Gesichtshälfte wurde plötzlich dunkel, ein purpurfarbenes Orange, und Blut sickerte aus einer Platzwunde genau über dem Auge. Ich taumelte ihr entgegen. Ich wollte fliehen, aber statt dessen taumelte ich ihr entgegen, ergriff ihre Hände, küßte die Wunde. Ja, ja, ja. Ich liebe dich, ich gehöre dir, ich bin Liebe in dir, um dich herum, durch dich hindurch. Ich gehöre dir.

Du liebst mich also?

Ich liebe dich.

Wirst du zu mir ziehen?

Ich will nichts lieber – ich habe niemals etwas anderes gewollt.

Und du wirst mich niemals verlassen?

Niemals.
Niemals.

niemals

niemals

Niemals

Niemals.

Regen. Tagelang Regen. Wäscht alles rein. Aber da ist auch Schlamm, Dreck, eine Kälte, die niemals weggeht, das junge Gras und die frischen hellen Triebe vom Frost bedroht, der Fluß führt Hochwasser, ist reißend und lärmend. Hör es jetzt immerzu, ob ich schlafe oder wache. Wie Donner. Wie Felsen und Steine und Kiesel, die immer wieder umgewälzt werden, die unter der Wasseroberfläche wandern, sich in das Flußbett wühlen. Krachende, zermalmende Wellen... so kalt, so grausam... Stimmen in ihnen, die gehört werden wollen, aber sie werden weggespült, gehen verloren. Ist das ein Trost, hab ich ihn gefragt und mich an sein Ohr gebeugt, so nahe, daß es niemand hören konnte: Ist Trost im Schweigen, im endlichen Verstummen?

Gib mir ein Zeichen, ein Zeichen!

Ein Zeichen!

Die Schwester kam herein, sie schnatterte und zog die Rollos herunter und roch nach Parfüm, ich hab es niemals leiden können, wenn Frauen nach Parfüm rochen, und ich hab ihr gesagt, sie soll still sein und nicht so viel schwatzen und gefälligst verschwinden, bis ich soweit sei, mich zu verabschieden.

Sie hat mich mit offenem Mund angestarrt, wie eine Idiotin.

Ein Zeichen, ein Zeichen... Eins davon glotzte mich in dem Büro dieser Maklerfirma in Derby an, wo ich hereinspaziert war mit aufgeschnallten lehmigen Stiefeln, wo ich den Mistkerl sprechen wollte, der mich übers Ohr gehauen hatte, mag sein, ich war ein wenig betrunken, aber ich wußte genau, was man mir schuldig war, wußte, was recht war. Sie haben geglotzt, geglotzt! Sollten sie. Du wirst dich noch umbringen, Papa, du wirst wieder einen Herzanfall bekommen, jammert mein Mädchen, Gott im Himmel, Papa, trag sie nicht, sie ist alt genug, um allein zu laufen, sie ist nur faul... Stell sie nieder, stell sie nieder, du wirst dich noch umbringen, laß die Badezimmertür nicht offen, bitte, bitte, Papa, muß ich das immer wieder sagen, Papa, bitte Papa, nimm den Telephonhörer nicht immer von der Gabel und unterbrich die Verbindung nicht, wenn das Telephon klingelt, es könnte ein dringender Anruf für uns sein oder für die anderen Teilnehmer, Papa, du weißt doch Bescheid, warum hast du im Ausguß wieder einen solchen Dreck hinterlassen, Papa, warum hast du die Abfälle nicht in Zeitungspapier gewickelt, auf dem Fußboden liegt es stapelweise, zum Einwickeln von Abfällen, Papa, es stinkt so, der Geruch zieht durchs ganze Haus, die ganze Nacht im Ausguß und wenn ich morgens aufwache, schlägt mir dieser Gestank entgegen, weißt du denn nicht Bescheid, warum mußt du die Flinte in deinem Zimmer haben, was soll das heißen, die Jungen vertreiben die Kühe, wir haben doch keine Kühe mehr, du hast sie alle selber verkauft, wir haben keine einzige Herefordkuh mehr, wir haben keine Pferde mehr, keine Schafe, keine Ziegen, keine Schweine, wir haben nur ein Dutzend mickrige Hennen und einen Gockel und einen Hund und zwei Katzen, du weißt das doch, Papa, gib mir die Flinte, ich stelle sie weg, Papa, eine Schrotflinte sollte man nicht geladen im Hause herumstehen lassen, bitte Papa, gib sie mir, ich stelle sie in den Gewehrschrank, dort kannst du jederzeit an sie heran, Papa, sprich nicht so laut, du weckst die Kinder, weißt du denn nicht, daß es erst drei Uhr früh ist, Papa, ich bin vor Schreck fast gestorben, als ich hier unten jemand herumgehen hörte, wer konnte das nur sein, ich dachte, womöglich ist es Earl, mir ist fast das Herz stehengeblieben, mein Gott hast du mich erschreckt, Papa, gib mir die Flinte, bitte, was sagst du, ich versteh dich nicht, sprich langsamer, Papa, bitte, und nicht so laut, wenn nun die Kinder aufwachen und herunterkommen, was dann, und wenn sie dich mit der Flinte hier sehen, uns mit der Flinte sehen, gib sie mir, Papa, du solltest genug Verstand haben, mich nicht so zu erschrecken, hab ich denn jetzt nicht genug Sorgen, ist unser

Leben denn nicht schon schwierig genug, du weißt doch, daß niemand draußen ist, Papa, das ist nur der Regen, es sind keine Jungen, die bei uns in die Scheune eingebrochen sind, das war vor vielen Jahren, Papa, das war, als ich selber noch ein Kind war, und außerdem ist nichts weiter passiert, es hatte keinen Grund gegeben, sich so aufzuregen und sie mit der Flinte zu verjagen, wie du es getan hast, was wäre gewesen, wenn du einen von ihnen angeschossen hättest, es waren doch nur Kinder, sie hatten sich nichts dabei gedacht, das ist schon lange her, Papa, gib mir die Flinte... gib mir die Flinte.

Ja, es war der Regen. Sie hatte recht. Aber ich hab die Flinte doch behalten und sie steht hier auf dem Fußboden an meinem Bett, sechzehn Kaliber, riecht gut und stark, hab sie vor kurzem erst wieder gereinigt. Falls sie mich abholen wollen, falls sie mich mit dem Rettungswagen abholen wollen. Falls sie mich anfassen. Falls sie mich hinterrücks überfallen wollen.

Regen und ein langsam sich verdüsternder Himmel, und der Wind ging immer stärker, und mittags war es wie sechs Uhr abends, und Regenströme wurden gegen die Hauswand geworfen, und es wurde immer kälter, es war April, aber es wurde kalt, kalt wie im Januar, aus dem Regen wurden Graupeln, ein Hagelwetter ging nieder, ein Schneesturm, es hagelte den ganzen Tag, Graupelkörner aufs Haus, aufs Dach, gegen die Fenster, die Türen, sie prallten ab und tanzten und klopften und schaukelten das Haus, die Kinder außer Rand und Band, um zwei Uhr nachmittags fiel der Strom aus und kam erst am nächsten Vormittag um elf Uhr wieder, dir war zum Weinen zumute, dann hast du geweint, oben in deinem Zimmer, hast das Gewitter belauscht, die Scheune war kaum zu erkennen, hast dagesessen, zwei Pullover an und in eine Wolldecke gewikkelt, und trotzdem hast zu gezittert, es war dir bis auf die Knochen kalt. Viele Jahre später hast du dich noch immer an diesen Hagelsturm erinnert, hast dich erinnert, wie du dachtest, du kämest nun nicht mehr so häufig nachhause, du würdest immer öfter in der Stadt bleiben, bei deiner Tante Esther, dann würdest du am Ende überhaupt nicht mehr nachhause kommen, nicht mehr zurück in eine solche Welt.

Wieder ist das Immergrün ganz schwer vom Schnee, aus der Form und aus dem Gleichgewicht gebracht; wieder sind die Bäume mit Eis bedeckt, der alte Nußbaum schwer beschädigt, einer der Äste abgebrochen, hängt herunter; die Sonne weißglühend, blendend, blutarm, bleich, sie wärmt nicht, keine Hoffnung, nur dieses gefrorene, frostige Gleißen, das dich blenden würde, wenn du die Augen nicht abschirmtest. Spatzen und Schneefinken im Wind gefangen, sie fliegen gegen den Wind, werden zu Boden geschleudert. Was wird aus den Tulpensprößlingen, den Forsythienknospen, dieser Wind vom Fluß, vom Norden, so beißend, so bösartig, so launisch, was wird passieren, die Straßen gefährlich, die Schulen bereits vier, fünfmal geschlossen in diesem Jahr, was, wenn dein Großvater allzu weit vom Hause weggegangen wäre, um rechtzeitig zurückzukommen, was, wenn er weit weggewesen wäre, wenn er vom Sturm überrascht worden wäre, wenn er sich verlaufen hätte, geschwächt und verwirrt, wie er ist...? Du hast geweint, weil die Obstbäume gelitten haben und die Tulpen und die blühenden Sträucher, du hast geweint, weil dir so kalt war zuhause, so elend in diesem dummen, engen, einst so geliebten Zimmer, du hast geweint wegen deines Großvaters und weil du wußtest, wußtest, deine Mutter und Fitz John Kasch würden niemals heiraten, könnten niemals heiraten. Du hast geweint, weil du wußtest, du würdest diese Menschen bald verlassen; sie würden dich selber vertreiben und würden dich niemals verstehen.

Armer Fitz John! Kein Wunder, bei dem Vater.

Mein Vater –?

Natürlich: er hatte Freundinnen, wußtest du das nicht? Jeder wußte es. Er war so verwirrt, so rührend, so schamlos – der arme Sydney! Die erste war eine Sekretärin aus seinem Büro, aber dann wurde er übermütig und entwickelte Phantasie, lief den Mädchen vom Lande nach, sogar den Tagelöhnerinnen, machte ihnen lächerliche Geschenke wie zum Beispiel Kleider, mit denen sie nichts anfangen konnten, und Armbänder und Armbanduhren und Ohrringe, kaufte ihnen Mäntel, Schuhe, pelzbesetzte Stiefel, gab ihnen Geld – natürlich waren sie nur darauf aus: die kleinen Herzchen waren doch nicht blöd.

Mein *Vater* –? Nein, nein, unmöglich. Nein. Wirklich, es ist unmöglich. Du willst mich nur verwirren. Ich kann verstehen, daß du nicht einverstanden warst –

Darum ging es nicht, jeder hat nur Mitleid für ihn empfunden. Er konnte nichts dafür. Deine Mutter hat alles gewußt, ihre Bekannten haben ihr immer alles hinterbracht, sie konnte nie genug bekommen, sie hat ihn nicht verurteilt, sie hat geglaubt, es sei einzig und allein ihr Fehler gewesen, sie habe ihn in einen solchen Wahnsinn getrieben, aber sie hat sich deswegen nicht schuldig gefühlt: *Was sein muß, muß sein* – das war ein dauerndes – fast hätte ich gesagt *Gebet* deiner Mutter, aber es war kein Gebet, es war ein Gebot.

Ich kann es nicht glauben –

Selbstverständlich nicht. Du hast sie ja überhaupt nicht gekannt. Du hast uns überhaupt nicht gekannt.

Tante Leita, so groß wie ein Kind und so grausam wie ein Kind. Lächelnd, sich weidend. Gekränkt, weil ich sie so lange nicht besucht habe – schmollend, giftig, erschreckend. Ich starre sie an, überwältigt, weiß nicht, was als nächstes kommt.

Senil.

Das alte Haus in der Mayberry Avenue, eine noble Ruine, das einzige in dieser Straße noch stehengebliebene Wohnhaus; der Stadtteil ist längst als Bürolandschaft verplant, und eine Reihe blanker Fassaden steht schon, ein winziger Platz – Chemische Reinigung, Lebensmittelgeschäft, Chinesische Delikatessen, Drogerie. Sie ist verbittert, sie ist einsam, sie ist senil. Sie beobachtet mich mit diesem verdammt selbstgefälligen Lächeln.

Bricht mir das Herz.

Tante Leita, ich erwarte nicht, daß du oder irgendwer sonst es begreift – aber ich bin verliebt, zum erstenmal in meinem Leben hab ich mich richtig verliebt – meine Ehe war ein Fehler, ein unverzeihlicher Irrtum, ich hatte mich in eine Frau verliebt, die mir zu ähnlich war, sie hätte meine Schwester sein können, wir beide waren so – du erinnerst dich an sie, nicht wahr – nein? – aber du hast doch behauptet, daß du sie gern gehabt hast, ich erinnere mich deutlich, wie du einen Wirbel um sie gemacht hast, wie du gesagt hast, wie schön sie ist! Aber wir waren uns im Temperament viel zu ähnlich, wir standen immer in Konkurrenz, selbst in unseren privaten Gesprächen waren wir Konkurrenten, wir haben versucht, einander auszustechen. Mrs. Bartlett ist ganz anders – Arlene ist ganz anders – Sie hat Angst davor, dich kennenzulernen, aber wenn du ihr entgegenkommen würdest – wenn du mir versichern könntest... ich meine, sie ist ein warmherziger, wunderbarer Mensch, in meinem Alter, sie hat ein schweres Leben gehabt, aber sie ist so liebenswert, so warm, so vernünftig –

Tanta Leita lächelt, lächelt. Bietet mir wieder Tee an, obwohl meine Tasse noch nicht leer ist: faden, wässrigen Kräutertee, der nach Luzerne riecht. Auf der Marmorplatte des Teetisches stehen ein blindes Messingtablett mit einer Papierserviette darauf, einer Serviette, die ohne Zweifel schon einmal benutzt worden ist, und ein paar Schokoladenkekse aus der Dose. Das »Mädchen«, die Bedienerin, ist eine dickliche, schwerfällige Kreatur von mindestens sechzig Jahren in Pantoffeln und einem unter dem Arm zerrissenen Hauskleid; sie war eher überrascht als zuvorkommend, als ich an der Tür läutete und verstand mich zuerst nicht, weil der Radioapparat in der Küche zu laut spielte.

Das Haus hat fünfzehn Zimmer oder mehr, aber Tante Leita wohnt nur noch im Erdgeschoß, und auch einige der Räume, die unten liegen, werden nicht mehr benutzt. Dies Zimmer ist jedoch sehr wohnlich und recht attraktiv, soweit es mir in der Erinnerung geblieben ist: weißgetäfelte Wände, gepolsterte Fensterbänke, Brokatvorhänge mit duftigen weißen Stores dahinter; ein Perserteppich; dick gepolsterte Sessel und Sofas, die aussehen, als hätte nie jemand darauf gesessen. In einem anderen, nach hinten hinausgehenden Zimmer ein Käfig mit Sittichen. Blicke ich über Tante Leitas Kopf hinweg und hinaus auf den Hinterhof, sehe ich jenseits der drei noch stehengebliebenen Ulmen eine sich langsam drehende Figur in der Luft, erst weiß, dann weiß und rot, eine Art Wunder, die kreisende Neonlichtreklame für ein Rasthaus an der Landstraße: Ich glaube, es ist ein weißer Eimer mit einem Männergesicht darüber, das grinst und in eine Hühnerkeule beißt.

Du weißt gar nichts über uns, sagt Tante Leita mit ihrer hohen, trillernden Stimme. – Du weißt gar nichts.

Nun, sage ich und lache ein wenig gekränkt, nun – *was sein muß, muß sein.*

Später, beim Wegräumen und Aussortieren meiner Besitztümer, meiner Eitelkeiten, beim Wegfegen all des unseligen Abfalls, der sich zu meinen Füßen aufgehäuft hat, fällt mir wieder meine Tante ein, meine letzte noch lebende Verwandte, und es tut mir weh, wenn ich an ihre überhebliche Geistlosigkeit denke – als hätte sie für mich keinerlei Zuneigung mehr übrig, keine Anerkennung! Kein Gefühl für unsere gemeinsame Menschlichkeit! Als ob sie mir nicht wohlwolle.

Kasch wird also doch weiterbestehen. Für immer. Dummes Weib, konnte sie das nicht begreifen? Der Bräutigam bereitet sich vor. Seine Erben. Gott spielt in den tropfenden Dachrinnen Versteck, im funkelnden Sonnenlicht, im Jammern der Vögel. Ich bereite mich auf ein neues Leben vor. Kasch, der Sohn von Kasch, der Vater von. Drehpunkt. Gleichgewicht. Nach beiden Seiten blickend: das Vergangensein der Vergangenheit, die unentrinnbar berauschende Freude der Zukunft. Konnte sie es denn nicht erkennen, konnte es niemand von ihnen erkennen? Kasch arbeitet eilig, wirft Sachen in Kästen, in Pappkartons. Überall Staub, Mäusedreck und diese ekelhaften weißen Krümel auf dem Boden, Überreste und Panzer von Insekten, die die Spinnen verzehrt haben; natürlich gibt es auch unzählige Spinnweben, aber die Spinnen sind weg. Meine Überschwenglichkeit vertreibt sie.

Das Mädchen nahm seine Hände weg vom Gesicht, die Frau öffnete mir ihre Arme. Ich sehe, ich werfe mich nach vorn, ich stürze auf die Knie. Ich bin nicht würdig. Aber man liebt mich, den Unwürdigen. Endlich werde ich geliebt. Der Fluch ist behoben, der böse Zauber gebannt... Sollte diese Bücher verbrennen, die Seiten einzeln herausreißen und verbrennen, zwecklos geworden, nutzlos, gehören meiner elenden Vergangenheit an, sind Teil von Kaschs Larvendasein, nun überflüssig, nun eine Belastung, so viel gedruckte Weisheit: Wozu brauche ich sie in ihren Armen? Wozu brauche ich irgend etwas anderes? Meine Bruchstücke werden gesammelt und vom Tisch herunter rücksichtslos in eine Kiste gefegt, ich werde sie nie mehr ansehen, ich bin ihnen entwachsen, ich bin allen Hypothesen entwachsen, allen Verbalisierungen; Fetzen Papier, mit verschiedenen Handschriften bedeckt, enigmatisch, Traumskizzen, Rätsel, Einblicke in das Leben anderer, Kaschs Stickerei, Kaschs Rosenkranz, Kaschs Gebetsmühle, das alles wird zurückgelassen, jetzt, da das Leben selbst neu beginnt. Meine Liebe! Meine Lieben! Die *Pensées* können es mit euch niemals aufnehmen, weg damit, auch die Werke Meister Eckharts, die *Bhagavad Gita*, *Walden* und Whitehead und Johannes vom Kreuz und *Die dunkle Nacht der Seele* und... Und meine eigenen Bücher, die ich nicht aufgeschlagen habe, seit ich hierher gekommen bin, und die ich auch jetzt nicht aufschlagen, die ich mit allem übrigen in einen Karton werfen werde – die Gedichte, die ich *Riddles* nannte, die schmale, preziöse, asketische Parabel *Golden Girls and Boys*, die sich wie ein Roman liest und den Kritikern gefiel, jedoch von jedem, der darüber ein Urteil abgab, mißverstanden wurde; die Studie über utopische und distopische Literatur, von einem Universitätsverlag veröffentlicht, die ich, seit ich die Druckfahnen korrigierte, niemals wiedergelesen habe; *Wildheit und Mystizismus*, eine erweiterte und vertiefte Version der Studie, die von der Harvard-Universität als Doktorarbeit angenommen wurde, ach ja, das war vor Jahrhunderten, und damals war ich ganz lächerlich stolz darauf; und ein paar weitere Bücher, deren Titel mir so fremd sind, als hätte sie jemand anderes geschrieben, und ich wäre jetzt nur mit der Aufgabe betreut, sie beiseite zu schaffen, in Sicherheit. Sollte es mich wundern, daß ich so viel geschrieben habe, daß ich all diese Werke veröffentlichte...? Das sollte es, gewiß sollte es das. Denn jetzt ist in meinem Kopf nur noch eine verzückte Leere. Ich bin neu, ich zittere, so neu bin ich, ich bin wie ein Kind, unschuldig, ohne einstige Leistungen, einstige Vergehen, es gibt keinen Zusammenhang, keine Verknüpfung, ich werfe diese Dinge von mir, übermütig vor Freude über... übermütig vor Freude.

Die Bruchstücke meines Lebens liegen mir gehäuft zu Füßen. Jetzt sind sie ganz ungefährlich. Ich steige über sie hinweg, ich fege sie in eine Zimmerecke... Bald, bald! Der Bräutigam eilt zu seiner Braut. *Was sein muß, muß sein.* Ich nehme es mit jedem Schicksal auf. Ich bin mein eigener Urheber. Jemand hat meinen Arm ergriffen, ihre Greisenklauen krallten sich in mein Fleisch; jemand brach aus Liebe zu mir und vor Sorge um mich und vor lauter kindischen Altweiberängsten zusammen; zu spät, zu spät für derartige Gefühle! Zu spät. Meine Mutter und mein Vater waren die Mittel, durch die ich in die Welt kam, durch sie erlangte ich Bewußtsein, jetzt aber bin ich neu, bin improvisiert, bin nur noch freudige Erfindung, nichts kann mich aufhalten. Meine Braut wartet. Meine Bräute.

Altes Weib, geh mir aus dem Weg...

Morgendämmerung. Dunst. Eine kalte Brise. Am Fluß entlang Nebelschwaden, in langsam treibenden, unregelmäßigen Fetzen. Überreste der alten Anlegestelle schaukeln und knarren. Wie ein menschlicher Schrei – ein hohes Wimmern. Die Strömung des Flusses ist einfach zu stark, jedes Frühjahr müssen die Anlegestellen, die vom Eis beschädigt worden sind, repariert werden. Sonst muß man auf sie verzichten, muß sie preisgeben, aufgeben. Es ist besser so – überlaß sie nur dem Fluß, damit er sie auseinanderreißt, Pfahl für Pfahl, Planke für Planke. Die schwachen Dinger.

Soll der Fluß alles davonschwemmen!

Brauch die Flinte nicht. Verwirrung eines alten Mannes. Fieber eines alten Mannes.

Diese lebhaften Träume aus der vergangenen Nacht noch in

der Erinnerung: das Farmland so hell, glühend, wie von unsichtbaren Flammen in Brand gesetzt. Solche Hitze, solche Strahlen...

Das Lukenfenster unter dem Dachgiebel erleuchtet, glühend, blendend, mein Liebling, meine Pearl, mein süßes verängstigtes Mädchen im Fensterrahmen, lehnt hinaus, mit ausgestreckten Armen, so reizend, ihre Haut glüht, ihre Augen, wie sie zu Lebzeiten waren – wie sie zu Lebzeiten waren.

Warum hast du Angst? Brauchst keine zu haben... rief ich ihr zu, als wäre ich nicht überrascht, sie dort zu sehen; als wäre es nichts Ungewöhnliches.

Der Traumfluß rauscht und umspült meine Füße. Hohe Wellen, trotzig, von Licht durchbohrt. Rüde rohe wiehernd lachende Geräusche. Viele Rhythmen, viele Pulse. Donnernd. Kann sie nicht auseinanderhalten – kann sie nicht einzeln hören. Rufen sie mich? Stimmen? Die Toten? Nicht nötig. Ich stellte die Flinte zurück in den Schrank, tat es behutsam, ohne daß sie mich hörte, ich brauche sie jetzt nicht, brauche sie nicht, im Dunkeln bin ich aus dem Haus gegangen, sie schliefen noch, und nun bricht der Tag an, es dämmert, Nebel und Dunst und nasse Luftschwaden, komm wieder, wieder, die Wellen in Aufruhr, sie brechen sich zu meinen Füßen, wieder und immer wieder, der Traumfluß bricht sich zu meinen Füßen, ungeduldig, geduldig, ein Zeichen? So kalt! Sickert in meine Schuhe: so kalt! Ein Zeichen, ein Zeichen? Mein Herz will vor Freude bersten... vor Furcht... vor Freude... Vielpulsig, stürmisch. Der Traumfluß rauscht aus der Nacht und umspült meine Füße, ungestüm und trotzig und lebendig, mein eigenes, mein –

Unter der Kellertür auf den Steinstufen, die ins Freie führen, geduckt, versteckt, schaudernd, kichernd: Dort! Ein Weberknecht! Der wird dich fangen! Wird dir den Hals hinunterkrabbeln! Der Kriechraum hinter dem Heizofen, die stinkende alte Kartoffelkiste, die haufenweise gestapelten Bretter und Säcke und alten Körbe, werd dir dein häßliches Maul breitschlagen, wenn du uns verpetzt, werd dir die Augen ausstechen – auspikken – werd dir alle Zähne einschlagen, verdammte Heulsuse, werd dir den Arsch in den Fluß befördern! Das alte Auto unter den Apfelbäumen, Türen, die nicht mehr schließen, Rücksitze, deren Füllung herausquillt, werd dir den Arsch aufreißen, werd dir die Fratze polieren, Scheißbaby, der Verschlag bei der Kellertreppe, der alte Pferdewagen in der Scheunenecke, der Tunnel durch die Schneebeerenbüsche, Mamas Kleiderschrank, das Versteck in dem alten Pferdestall unter den Landmaschinen, staubiger, öliger Geruch, die blöde Laney kann uns nicht finden, Dickarsch-Nanny, Mama-macht-klatsch-klatsch kann uns nicht finden, alle sind weggegangen, niemand zuhause, Auto weg, Opa weg, kriechend, stoßend, glucksend, gurgelnd, gagamachend, wiehernd, winselnd, gluck-gluck-Hühnchen, Schnecken, Schleim, Frösche, Kokons, Weberknechte, die tote Groppe, die Butch zur Hintertür geschleppt hat, die wirst du essen, blöde Heulsuse, wir sperren dich in den Keller ein, da kannst du heulen heulen heulen, niemand hört dich, niemand hört dich!... Einer von uns ist mit dem Kopf gegen Jimmy gestoßen, niemand zuhause, Mama-macht-klatsch-klatsch-klatsch, Ronnie der Angeber weg, laß das Baby heulen, niemand hört es, ich bin eine Riesenschlange und werd dich ersticken, Rotznase, die Nase läuft ihr, sie zieht hoch, wisch dir die Nase ab oder ich hau sie dir breit! Hörst du das Baby! Plärrt Rotz und Wasser!... Jagd um den Tisch herum, ein Stuhl fällt um, jemandes Knie hat's erwischt, jemand bekommt eine Ohrfeige, haha! geschieht dir recht! Heißgerötetes brennendes Gesicht, Augen in Tränen schwimmend, werd der Mama alles erzählen, sie wird dir den Arsch aufreißen, werd es der Mama und Nan erzählen, was du mit Louise gemacht hast, eine Handvoll Kieselsteine wie Schrotkugeln geworfen, jemand kreischt, wenn das Fenster kaputt ist? – blödes Sauluder, blödes Arschloch – jemand hat einen Schlag ins Genick gekriegt, und das tat weh, tat weh! Die Treppe hinaufgerannt und in Nans Zimmer und unters Bett, und jemand hat den Vorleger weggezogen, um sich damit zu verteidigen, wer springt aufs Bett, wer wird zu Mus gehauen, wer tritt da um sich, wer meckert so gemein, großschnäuzige Breitwandfresse, Schimp-Schimp-

Schimpanse, jemand ist auf der Treppe ausgerutscht, schlug mit dem Kinn auf den Treppenabsatz, großer Gott, wie das blutet, das blutet! Jemand holt ein Handtuch, jemand rennt im Kreise herum, stoßend, boxend, immer mit dem Kopf voran, ich bin ein großer Stier, ich bin ein Elch, ich werd euch Typen am Boden zerstören, der Fernseher so laut, niemand zuhause, niemand hört zu, sieh doch, die Vase ist umgefallen, wenn sie jetzt auf den Boden rollt, die Fensterscheiben klirrten, jemand kam ins Zimmer gestürmt und rannte herum und dann wieder hinaus und die Treppe hinauf und den Korridor entlang, rutschend, gleitend, keuchend, kreischend, kichernd, röchelnd, wiehernd, trampelnd wie Pferde, stoßend und trabend, auf der obersten Stufe Blut, jemanden hat's erwischt, jemand kriegt den Arsch voll, recht geschieht ihm, es gab Hiebe, Tritte, jemand machte Schattenboxen und trat rückwärts in die Stehlampe, Butch kläffte, Butch jaulte wie von Sinnen, das Haus zitterte, jemand mit einem fieberheißen Gesicht kroch über den Küchenboden, den Kopf in einem Kissenbezug, bangbangbangbangbang, hab euch erwischt, ihr Miststücke, ihr Sackaffen, acketijacketijack, raus aus Opas Zimmer, wirf ihn raus! halt ihn fest, halt ihn fest, halt ihn am Bein fest! – Werd dir die Fratze polieren, und du hör auf zu heulen, hör auf zu heulen, eh Mama wiederkommt, hörst du? – geht in Ordnung, in Ordnung, keiner wird petzen, keiner wird petzen – wir sollten jetzt lieber aufräumen – Opa wird gleich wieder da sein und euch Jungen vertrimmen, ist euch das klar? Jemand kroch in Mamas Kleiderschrank und steckte sich den Daumen in den Mund und schlief ein.

Getreidesilos, Kettengliedzäune, Lastkähne, Schlepper, Rohrkolben, Vogelknöterich, Wegwarte, Purpurweide, Telephonmasten, Coulos Autodienst, Honey-Bee Drainage-Service, Lake View Motel, Verkehrsampeln, Mondlicht, Lone Lee's Delikatessen, Stacheldrahtumzäunungen, Wassertürme, Schlote, Kein Durchgang, Beton, North Oriskany Wagenwaschanlage, Planierraupen, Kräne, Gasbehälter. Mamma Mia Unterseeboote, Rampen, Unterführungen, Dieselmaschinen, Greyhound-Busse, Schienenstränge, Grundstücke zu verkaufen, Chuck's Hafenkneipe.

Wie heißt das hier, fragte Vale, ich kenn mich nicht aus, wer sind diese Leute? – aber es war richtig, Chuck's Hafenkneipe war richtig. Fitzgerald legte seinen langen schlaffen Arm um Vales Schultern und beruhigte ihn.

Hier ist's richtig, erklärte Fitzgerald.

In der Kneipe roch es nach Bier und Rauch und Menschen: ein guter Geruch.

Groß wie eine Scheune, eine lange lärmende Theke und ein Hinterzimmer voller Tische mit Aussicht auf den See. Vale wußte, daß da der See war, auch wenn er ihn nicht sehen konnte. Der Widerschein in den Fenstern war zu verwirrend. Männer und Frauen, im Raum zusammengepfercht, zu verwirrend.

Kenne ich hier wen? fragte Vale.

Schsch, sagte Fitzgerald.

Richtig, sagte ein anderer junger Mann, laß ihn nicht zu laut werden.

Er ist doch nicht laut, sagte Fitzgerald. Er ist in Stimmung.

Kenn ich jemanden von euch? fragte Vale.

Nur ein paar drehten sich nach ihm um. Es herrschte ein solcher Lärm, es wurde so viel durcheinandergeredet, so viel gelacht, wie konnte ihn da jemand hören? Sie gaben ihm überhaupt keine Chance.

Kennt mich jemand von euch, schrie Vale.

Fitzgerald drückte etwas in Vales Hand, und er spülte es mit einer Flasche Bier herunter, Stroh's Bier, in ein paar großen Schlucken.

Er mußte Durst gehabt haben. Sofort war ihm besser.

Diese Dreckskerle kennen keinen von uns, sagte Fitzgerald.

Es hatte keinen Anlaß gegeben, er hatte nichts angestellt, aber eines Vormittags kurz nach seiner Entlasssung aus dem Krankenhaus kamen sie auf ihn zugerannt, seine eigenen Kumpel, vier, fünf von ihnen mußten ihn festhalten, obwohl er mitten im Schreien so kühl wie eh und je war und die Situation im Griff hatte. Seine Kameraden beneideten ihn, stimmt's? Hatten ihn immer beneidet. Aus gutem Grund. Vale Bartlett hatte Stil, Vale war ruhig und kalt und tödlich, niemand legte sich mit ihm an, niemand traute sich, ihm zu widersprechen. Er war bekannt im Tal und auch in Yewville, ja bis nach Derby. Niemand ließ sich einfallen, eine Bemerkung über seine Familie oder seine Mutter zu machen. Sie wußten, was dann passierte, Vale und seine Gang besaßen Motorräder, und sie ratterten die Straße entlang und rasten auf der alten Rennbahn auf dem Rummelplatz hin und her, und nicht einmal die Verkehrspolizei kam ihnen in die Quere. Es hatte keinen Anlaß gegeben, aber sie hatten sich auf ihn gestürzt und ihn niedergehalten und ihm weh getan, hatten ihm eine Rippe gebrochen. Den kleinen Finger hatten sie ihm ausgerenkt. Ich mach dich tot, ich mach euch alle tot, schrie jemand, und dann warfen sie sich auf ihn, setzten sich auf seine Brust, rieben sein Gesicht in den Dreck. Ich werde euch alle totmachen, flüsterte jemand.

Während der Explosionen war er gestorben, dann war er wieder wachgerüttelt worden, um ein zweitesmal zu sterben. Man hatte ihm keine Chance gegeben. Seine Finger waren glitschig, deshalb konnte er nicht zugreifen und sich hochziehen. Wäre er erst einmal auf den Füßen gestanden, wäre er in Deckung gegangen, wäre er schnell weggerannt, niemand hätte ihm weh tun können. Sie hätten gestaunt, wie schnell er rennen konnte. Aber man hatte ihm keine Chance gegeben. Der Feind war unsichtbar. Der Feind umzingelte ihn von drei Seiten... Er starb mit dem Gesicht im Dreck. Wimmernd. Sabbernd. Etwas schoß ihm aus der Magengrube und er machte in die Hosen, wie ein Baby, und in seinen Lenden pulsierte und zuckte es vor Verlangen, sein Leben in den Boden, den Schlamm, die Erde zu verströmen... Gesichter rasten an seinem Blickfeld vorbei wie aufgeblätterte Spielkarten, er sah Mädchen, die er nicht kannte, die Vielfalt ihrer Gesichter und Mienen erstaunte ihn, er sah das Gesicht seiner Schwester Nancy und Laneys Gesicht und das seiner Mutter und die Gesichter seiner Cousinen, ja sogar die seiner Vettern und die anderer, ihm unbekannter Jungen, er sah die Gesichter bestimmter Kameraden, er sah Wesen mit

Hundsköpfen, die wie er winselten und sabberten und von deren Zungen Speichel troff. Die feuchte Erde war lebendig und zu Fleisch geworden, er spürte, wie seine Lenden sich schmerzhaft krümmten, wie sie sich wanden und sich verströmten, sich von Vale befreien wollten, Vale, der starb, den man weggeworfen hatte wie einen wurmstichigen Apfel oder eine verfaulte Birne. Oh wie heftig es war, es wollte aus ihm herausschießen, aus seiner Magengrube, sein Penis versteifte sich, wurde zum Schaft, er konnte es nicht zurückhalten, konnte nicht aufhalten, was geschah! – sein Leben, sein lebendiges Innerstes raste durch ihn durch und in den Schlamm und war weg. Kein Gefühl, keine Ekstase: nur ein stöhnender, winselnder, dreschender Kampf. Es wollte sich aus seinem sterbenden Körper befreien, sich mit der Erde paaren und sie befruchten.

Viel später dann hielten sie ihn nieder und wickelten ihn fest in eine Decke, die Arme wie in einer Zwangsjacke. Trotzdem gelang es ihm, seine Zähne in jemandes Handgelenk zu graben. Haha! Seine Kiefer schlossen sich wie die einer Schnappschildkröte... Etwas stechend Heißes floß in seine linke Gesäßbacke, einer von ihnen hatte ihm Gift eingespritzt, aber wie konnte es ihm noch schaden, nun, da er tot war?

Sie drückten ihm ein Glas in die Hand. Er trank es aus.

In Chuck's Hafenkneipe war nichts los, deshalb fuhren sie weiter, am See-Ufer entlang. Zuerst glaubte Vale, es sei sein Wagen und er sollte ihn eigentlich fahren, aber dann merkte er, daß es ein fremdes Auto war. Er saß auf dem Vordersitz.

Dort droben auf dem Old Smokey, da schneit es den Schnee, verlor ich mein Liebchen...

Sie hielten bei Darby's, um ein Bier zu trinken, die Pinte war eng, gerammelt voll, Vale in seinem Wildlederanzug, schwitzend und verärgert. Er war viel zu fein angezogen, viel zu gut für dieses Gesocks. Von irgendwo kam Musik. Musik. Aber bei Darby's gab es keine Musikbox. Vale ging aufs Männerklo im Souterrain und sah, daß es dort unten noch mehr Tische und ganz hinten eine Plattform gab, auch hier war es gestopft voll, die Stimmung war gut, laut, die Leute jung, es waren Unbekannte in seinem Alter, und ein etwa zwanzigjähriger junger Mann spielte Gitarre, sang dazu und gab sich Mühe, den Lärm zu übertönen. Es gab zwar ein Mikrophon, aber offenbar funktionierte es nicht. Es gab auch einen einzigen Scheinwerfer, eine ganz gewöhnliche Lampe, deren Schirm hochgestellt war... Der junge Mann war hochgewachsen und mager, er trug einen Jeansanzug, hatte den lockigen Kopf über sein Instrument gebeugt. Seine Lippen sangen den melancholischen Text: *Eure Flagge, ich werde sie niemals mehr hochhalten; eure Uniform, ich werde sie niemals mehr tragen*, seine Stimme war weinerlich, näselnd, unsicher. Collegestudenten. Vale drängte sich nach vorn, kümmerte sich nicht um Arme und Füße, die ihm im Weg waren, und lehnte sich an einen Pfeiler, um besser zuhören zu können. *Will in deinen Kriegen nicht mehr kämpfen, Tod, in deinen Paraden nicht mehr marschieren...* Gerade als der Gitarrist sein Lied beendet hatte, kam Fitzgerald, der Vale gesucht hatte. Es wurde vereinzelt applaudiert, und dann trat ein anderer junger Mann ans Mikrophon.

Was tut sich hier, fragte Fitzgerald.

Der Junge sah sehr jung aus. Es war beunruhigend, wie jung er aussah. Auch wenn er einen Bart trug und einen schwarzen Rollkragenpullover. Er sah viel jünger aus als Vale – er erinnerte ihn an seinen Bruder Ronnie.

Kostet nichts, sagte Vale.

Der Junge fing an, einen Text vorzulesen, er sprach mit leisen, überstürzten Worten. Was war es? Etwas über das Fischsterben im See. Vale konnte nicht jedes Wort verstehen. Er hörte zwar zu, aber es ergab keinen Sinn. Es ärgerte ihn, daß sich der Junge dort oben überhaupt produzierte und dem Publikum etwas vorlas, das sinnlos war, und es ärgerte ihn auch, daß das Publikum nicht aufmerksam zuhörte.

Der meiste Krach kam von Männern, die hinten im Saal standen und keine Studenten waren. Es waren junge Leute Mitte Zwanzig oder älter. Unmittelbar vor der Plattform waren drei lange Tische aufgestellt; an ihnen saßen Jungen und Mädchen, die aufmerksam zuhörten; Vale erkannte auf einmal, daß diese jungen Leute miteinander befreundet, daß sie Kameraden waren. Einer stand auf und rief den Männern am Eingang zu, sie sollten ruhig sein, bitte! – und der bärtige Junge sah furchtsam hoch. Furchtsam in diesem Lokal, hier in diesem sicheren, behüteten Loch. Vales Lippen bewegten sich verächtlich, er machte eine angeekelte Geste. Fitzgerald wollte gehen, aber Vale rührte sich nicht vom Fleck, und ein wenig später kamen ihre Freunde auch herunter, weil sie sie suchten, und sie nahmen sich alle einen Tisch und bestellten zwei Krüge Bier. Kostet nichts, sagte Vale wieder, wir haben ein Recht, es uns anzusehen. In der Luft hing dichter Qualm. Die Decke war zu niedrig, man sah die Balken, und die Wände waren nur zum Teil verputzt, aber irgendwie war es gemütlich, es gefiel Vale, die Jungen und Mädchen machten ihn neugierig, er wollte wissen, wer sie waren, wer die Mädchen waren und ob einige von ihnen möglicherweise an seinem Englischkurs teilgenommen hatten und sich an ihn erinnerten.

Ein anderer bärtiger Junge, mit einer Brille. Er stimmte so lange an seiner Gitarre herum, daß seine Freunde anfingen, ihn zu hänseln. Er hatte ein frisches Gesicht, blonde Haare und ein nervöses Lächeln; Vales Lippen zuckten vor Mitgefühl. Ein Mädchen kam auf die Plattform und wollte ihm helfen, das Mikrophon einzustellen, aber es funktionierte nicht richtig: produzierte nur verstärktes statisches Rauschen und Krachen. Vale starrte das Mädchen an. Enganliegende Jeans, ein roter Pullover, Haare, die bis zur Taille fielen. Goldblond. Hübsch. Zu mager. Ihr Freund, der mit der Gitarre, sah nicht besonders gut aus. Vale gefiel er nicht. Wieder drehte er am Mikrophon herum, und wieder funktionierte es nicht. Er entschloß sich, trotzdem anzufangen und murmelte etwas über das Lied, das er singen werde und das er selber geschrieben habe. Selbstmordbrigaden, das Ende Saigons, der Untergang des Imperiums, die Schwarze Pest, Milzbrand, die Eroberung des Mondes. Lauter, rief jemand, wir können dich nicht hören, lauter!

Eine einfache Country-Melodie, klimpernd und halbwegs vertraut. Die Stimme des Sängers auf einmal überraschend klar. Vale hörte zu, erregt. Aus irgendeinem Grund war er erregt. Er konnte dem Text nicht folgen, konnte die Worte nicht richtig zusammenfügen, aber bestimmte Namen waren ihm geläufig, es waren Ortsbezeichnungen in Vietnam. Zum Schluß gab es Beifall, und obwohl er nicht klatschte und weiter mit eng über der Brust verschränkten Armen dasaß, machte ihm der Beifall Freude.

Noch ein Lied. Diesmal ein Liebeslied. Vale fuhr sich mit der Hand über die linke Gesichtshälfte, zärtlich, langsam; er tastete seine Haut ab, fühlte Verkarstungen, Furchen, Risse, Gipfel und Täler und Abgründe, er fühlte Stellen, die so glatt waren wie die Haut eines Babys, dann wieder andere, die so hart waren wie Schwielen. Er war gestorben, sein Gesicht war zerquetscht worden, aber sie hatten ihm ein neues verpaßt, und hier war er nun. Mit den Vernarbungen auf Brust und Schulter war es anders, sie waren noch immer gerötet und bizarr anzusehen, aber wer sah es schon? Frauen liebkosten, streichelten ihn, jawohl, es gab Frauen, die das taten, die alles tun würden, was er verlangte. Alles.

»Vale Bartlett« war etwas, das er trug, wie diesen Anzug. Er brauchte ihn, um darin spazieren zu gehen. Er versteckte sich hinter ihm, hinter dem Gesicht. Vale? sagten sie, und er hörte, wenn er wollte, auf seinen Namen. Hatte es sein ganzes Leben lang getan, ohne zu wissen, warum. Er konnte sich die ganze Aufmachung vom Leibe reißen und nackt herausspringen und alle überraschen, oder aber er konnte in seiner Hülle bleiben, versteckt, bis die Zeit für seinen Aufbruch gekommen war. Wenn er nervös war, fürchtete er, es könne jeden Augenblick passieren. Falls er dann nicht schnell genug handele, würden sie ihn wieder zu Boden werfen, ihn in eine Decke wickeln und ihm eine Spritze in den Oberschenkel jagen, aber er glaubte, wahrscheinlich schnell genug handeln zu können, nun, da er wußte, wie die Dinge standen.

Gehn wir, sagte Vale, und sie stiegen hinter dem Gitarristen und dem Mädchen die Treppe hinauf, es war gegen Mitternacht, ein paar Leute brachen auf, und auch Vale hatte genug. Draußen vor dem Lokal erklärte Vale dem jungen Mann, daß ihm seine Lieder gefallen hätten. Inzwischen hatte es angefangen zu regnen. Ist es nicht allerhand, sagte Vale zu seinen

Freunden und zu dem Jungen und seinem Mädchen, das ein paar Meter abseits stand und sich die Jacke zuknöpfte, wenn man bedenkt, daß sich jemand einfach einen Text einfallen läßt, ein Lied daraus macht und es auch noch singt, ich wünschte, ich könnte das... Der junge Mann lächelte und bedankte sich. Er schien nervös zu sein. Das Mädchen lächelte auch. Im Schein der Straßenlampen sahen sie beide weniger auffallend aus als unten im Saal. Das Haar des Mädchens war braun und nicht goldblond. Ich weiß, was du meinst, sagte Fitzgerald, ich stimme mit dir überein. Früher einmal hab ich auch ein wenig gesungen und hab auch eine Gitarre gehabt. Natürlich keine so komplizierte, teure... Die ist nicht sehr kompliziert, lachte der Junge. Vale wollte wissen, ob die beiden noch irgendwo etwas trinken würden, irgendwo, wo es gemütlicher war als bei Darby's, aber der Junge sagte, sie wären auf dem Wege in die Wohnung eines ihrer Freunde, also erbot sich Vale, sie in seinem Wagen mitzunehmen, aber sie meinten, es wären nur fünf Minuten zu Fuß, nicht der Rede wert. Was du gesungen hast, sagte Vale, hat mir wirklich gefallen. Ich würde es gerne ein zweitesmal hören. Der Junge kicherte, es war ihm offenbar peinlich. Das Mädchen ließ ihren Arm unter den des Jungen gleiten und schüttelte ihr langes Haar; sie lächelte Vale zu, lächelte ihm voll ins Gesicht, er konnte ihre Zähne schimmern sehen. Ich heiße Vale, sagte er. Und ich heiße Sally, und das hier ist Jake, sagte das Mädchen ... Seid ihr sicher, daß ihr nicht mitfahren wollt, fragte Fitzgerald und legte den Arm um Vales Schultern, wobei sein glänzender Aluminiumhaken sichtbar wurde. Der Junge wollte ablehnen, aber das Mädchen sagte plötzlich ja; ja gerne. Es wäre wohl länger als nur fünf Minuten zu Fuß, und außerdem regnete es. Es wäre also furchtbar nett, wenn sie mitfahren könnten.

Ich werde niemals so alt werden, dachte Ronnie.

Der häßliche Anblick war weg, der Sarg geschlossen und in das Grab gelassen. Das Grab, in dem der Regen Pfützen hinterlassen hatte. *Hurley, Anna, geb. 1901, gest. 1941.* Sie würden nun seinen Namen dazumeißeln, sein Geburtsdatum und seinen Sterbetag, und damit war es erledigt. Ronnie vermißte ihn nicht, er hatte nicht geweint. Er war peinlich berührt, verärgert und verlegen. Er wollte nicht darüber reden... Anna Hurley, wer war Anna Hurley? Seine Großmutter. Ein Gesicht auf ein paar vergilbten Photos, er konnte sich nicht einmal daran erinnern, wollte sich nicht erinnern.

Joseph Hurley, Anna Hurley. Mögen sie in das Reich Gottes einziehen.

Warum hat Mama nur immer so geschnieft, weshalb hat sie so einen Wirbel gemacht?

Unten beim Zaun in den Beerensträuchern nisteten Vögel und flogen hin und her. Außer ihm hatte es niemand bemerkt. Über ihren Köpfen eine Düsenmaschine, hoch oben im Himmel, mit einem langen weißen Kondensstreifen. Dann zerfiel er und verblaßte. Ronnie beobachtete es – Er rieb sich die Faust gegen die Nase.

Nun war es vorüber, nun waren Aufregung und Wirbel und Peinlichkeit ausgestanden. Aber er wollte seine Freunde nicht treffen: Sie würden sich ihm gegenüber unnatürlich benehmen. Scheiße. Scheiße. Er wollte diesen Stein auf dem Pfad aufklauben und ihn in die Büsche pfeffern, mit aller Kraft, vielleicht erwischte es einen dieser Vögel.

Lyle Bartlett. Papa. Weißer Grabstein, fleckig geworden; sah billig aus. Auch an seinen Vater konnte er sich kaum erinnern, es sei denn, er konzentrierte sich darauf. Wozu auch, zu welchem Zweck? Wem nützte das? Nichts von dieser Scheiße nützte jemandem.

Das Bestattungsinstitut in der Stadt: Mama und die anderen Frauen in Hüten und Schuhen mit Absätzen. Die Männer in Anzügen. Seine Brüder und Schwestern in ihrer besten Kleidung, sie sahen unglücklich aus, verängstigt und verwirrt und blöd. Opas Augen geschlossen, Lippen geschlossen; Opa in seinem dunklen Anzug; die Haut mit einer Art Knetmasse aufgefrischt, um die Schnittwunden und blutunterlaufenen Stellen zu kaschieren. Nach vorn gekämmtes Haar, um die Risse am Schädel zu verdecken... Leichter Chloroformgeruch.

Warum zum Teufel weinte sie so, warum machte sie einen solchen Wirbel? Er konnte es nicht aushalten. Er würde es nicht aushalten! Gestern hatte sie sich wer weiß wie aufgeführt und die Kleinen erschreckt, *meine Schuld, es ist meine Schuld, ich hätte ihn nicht so hinausgehen lassen sollen, ich wußte, daß er einen Unfall haben würde, ich ahnte, daß ihm etwas zustoßen würde*, er und Davy, sie waren gerade draußen, sie trieben sich beim Haus herum und wechselten Blicke und mußten loskichern. Es war zu komisch! Herrgott! Jeder machte ein Theater, Mama heulte entsetzlich, arme Mama, sie war so komisch, Ronnie mußte sich die Faust vorhalten, mußte Davy stehenlassen, auf den Heuboden in der großen Scheune klettern und sich dort verstecken, weil er einfach nicht aufhören konnte, die Tränen liefen ihm übers Gesicht, sein Bauch tat weh, so komisch war es, so verrückt, wie Mama weinte. Wenn es die Nachbarn hören würden? Die waren zwar eine gute halbe Meile weit weg, aber wenn der Wind es hinübertrug?

Er vermißte seinen Großvater nicht. Er hatte nicht geweint. Alle führten sich merkwürdig auf, alle waren gehemmt und verlegen. Mama hielt ein zerknülltes Papiertaschentuch in der Hand, einen gelben Fetzen Papier, und wischte sich dauernd die Nase. Sie trug einen Hut mit einem Schleier. Ihr Gesicht war geschwollen. Ihr neuer Freund stand daneben und sah verängstigt aus, hatte die Stirn in Falten gelegt und sah verängstigt aus. Ronnie schenkte ihm nur einen kurzen Blick. Da war Nancy, da war Laney: Laney, die in seine Richtung blickte, ihn aber nicht sah. Sie trug ein Kleid und Strümpfe und Schuhe mit Absätzen, aber keinen Hut. Schon seit langem führte sie sich merkwürdig auf, als ob sie woanders wäre, als ob sie mit ihren Gedanken ganz woanders wäre. Manchmal starrte sie Ronnie unmittelbar ins Gesicht, ohne ihn zu sehen. *Bitte erzähl es niemandem*, hatte sie an jenem Vormittag auf der Veranda gesagt, während Ronnie sich den Schlamm von den Schuhen kratzte, *bitte erzähl es niemandem, auch nicht der Mama, ja?* – *aber ein Unfall ist es niemals gewesen, er wußte verflucht genau, was er tat, einmal bin ich ihm früh morgens nachgegangen, und er war oben auf der Böschung beim Fluß, er stand am äußersten Rand, es sah aus, als wollte er in den Fluß gehen, und ich wollte ihm zurufen, ihn warnen, nein, mach's nicht! – Ich hatte solche Angst – ich rannte hinauf, und er war wütend, weil ich ihn gestört hatte. Er wußte genau, was er tat, Ronnie. Er wollte sterben! Er wollte sterben!* Sie redete so schnell und so leise, daß Ronnie ihr kaum folgen konnte. Es war ein Geheimnis zwischen ihnen, aber er wollte es nicht teilen, er wußte nicht, was er damit anfangen sollte, er hatte sogar Angst, Laney anzusehen, sie war so blaß, ihre Haut grau wie Spülwasser, ihre Augen feucht und gerötet und häßlich, an den Wimpern hingen Tränen, jeden Augenblick würden sie ihr über das Gesicht laufen. *Er wollte sterben!* flüsterte sie.

Ronnie war es egal. Er hatte nicht geweint, außer ein paar Minuten, als ihn keiner beobachtete, er wollte auch nicht viel darüber nachdenken; er wollte eigentlich über gar nichts viel nachdenken. Er würde schon alles packen. Hatte gerade den Garten für den Alten umgepflügt, und das Getue, das Mama gemacht hatte von wegen Opa und wie er zu schwach für solche Knochenarbeit sei und wie er sich zuviel mit der Hacke zumutete – jetzt würde es jemand anders tun.

Mir ist's egal, dachte er. *Ich schaff's allein… ich werde sowieso niemals so alt werden.*

Verzaubert, gefesselt, hingerissen, meine Geliebte, meine Geliebten, hinaus in deine Arme, köstliches blumiges Whiskygelächter erhebt sich von allen Seiten, Kasch taucht hinein und versinkt und kommt wieder an die Oberfläche und taucht wieder unter, suchend, selbstgesucht. Pilger. Vielarmig. Vielgliedrig. Seine Geliebten sind vieläugig, funkelnd und zwinkernd. Er ist endlich zuhause. Er ist hier.

Der Bräutigam wird in sein Hochzeitsgemach geleitet.

Wer ist es? Wird er hierbleiben? Wird er bei uns bleiben? – rufen die jungen Stimmen.

Ruhe, Ruhe!

Wird er bei uns bleiben? Wird er niemals weggehen?

Die Tage werden länger, die Sonne hat den Himmel erobert,

die Sommer-Sonnenwende ist nah. Wird er nie mehr weggehen?

Niemals niemals niemals niemals.

Eins nach dem anderen werfen sie die Arme um ihn. Ihr helles frohes Gelächter, ihre Blumengesichter, glänzend und blank, von durchdringender Schönheit. Eins von ihnen, liebreizender als alle übrigen, steht scheu beiseite, der graue Blick verschleiert, die Lippen langsam sich öffnend, verstohlen, um die feuchten Zähne zu zeigen, kleine weiße feuchte Zähne, ach die Überraschung, ihre Überraschung! Wie der Stempel einer Blüte, der sich plötzlich in diesem Knospenmund enthüllt. Gelächter, Küsse, hohe schrille aufgeregte Stimmen, Engelsstimmen, Engel belagern ihn. Du bist nicht betrunken, auch nicht von der Musik ihres Lachens oder den heißen begeisterten Küssen; zum erstenmal in deinem Leben siehst du klar.

Meine Geliebte, meine Geliebten, meine einzigen, bringt mich zu euch, in euch, laßt mich in euren Armen liegen, in euren vielen warmen, wärmenden Armen, verlaßt mich nie, verratet mich nie, verstoßt mich nie: niemals.

Bestimmt ist Kasch gestorben und tritt nun ins Paradies ein.

Die Glocken begleiten seinen Einzug. Erst die eine und dann noch eine und noch eine. Sie singen. Wold, Wald, Welt, umworben. Bleib. Sei still. Süß, sehr süß! Die Kälte ist vorüber, die Sommer-Sonnenwende ist nah. Hinauf die enge Treppe, die Engelsstimmen werden höher, ihre parfümierten Arme, Schultern, ihre Brust, ihr Bauch, ihre starken breiten Hüften und Schenkel, ihre schmalen Fesseln, die blaugeäderten Füße, die kleinen kantigen Zehen, wirst du niemals fortgehen, wirst du immer lieben? Niemals. Immer. Die alte Vettel hat dir das Herz gebrochen mit ihrem nach Gras schmeckenden Tee und ihren muffigen Krämerkeksen und ihrem lappigen bibbernden Fleisch, das nicht deins war, nicht deins, nicht das deiner Mutter, nicht deine Schuld, sie brach dir das Herz und kicherte und dann, als du gehen wolltest, brach sie auf einmal in Tränen aus und krallte sich in dir fest, die Finger krallten sich ein wie Klauen, greifend, schrecklich: Aber es war zu spät. Du bist ihr entkommen. Du warst frei.

Bist frei: Mit einem Kuß auf deinen Augenlidern gehst du die Treppe hinauf. Ihr Atem schmeckt nach Wein, ihre Schultern und Brüste nach Flieder, sie steht oben am Treppenabsatz und wartet auf dich, mit ausgebreiteten Armen, ihre Hände ergreifen deine Schultern, ihr schöner Mund neigt sich auf deine Stirn, auf deine dankbaren Augen. Sie schließen sich; sie küßt die Lider; niemals zuvor hast du so klar gesehen.

Deine Sinne sind bis zum Rand voll, sie laufen über. Du hast Angst. Du stehst auf den Zehenspitzen. Du hast für das gelebt, was du hier, in diese Ecke getrieben, bekommst, Gesichter, die in der Dunkelheit um dich auftauchen und um dich schweben; Kinderstimmen, die anschwellen, leiser werden, verklingen und wieder anschwellen, während eines der Kinder – ein kleines, kaum vierjähriges Mädchen – dir voranläuft, ins Schlafzimmer, eine Lampe anschaltet und oh, die Überraschung dieses Lichts, dieses warmen rot-orangenen Scheins auf der Tapete und auf dem Nachttisch und dem Bettzeug, den Kopfkissen!

Weshalb hast du so lange gewartet, bis du wiedergekommen bist, ruft die breitgesichtige junge Frau und hält dir einen Säugling entgegen: Schau ihn dir an, schau ihn dir an! Das ist der nette Mann, den wir im vergangenen Jahr kennengelernt haben, das ist er, entsinnst du dich, ist es nicht lieb, ist es nicht wunderbar, daß er zu uns zurückgekommen ist? Wir haben so lange gewartet, der Winter war so lang, so kalt; wir sind so einsam gewesen! – Aber weshalb hast du bis jetzt gewartet, ehe du zurückgekommen bist? Der Säugling zwinkert, sein Blick will sich auf dich konzentrieren. Er wedelt mit den drallen Fingerchen; du beugst dich vorwärts, um sie zu küssen, und sie tasten nach deinem Gesicht, deiner Nase, alle lachen vor Entzücken, du berührst die Finger ganz sacht mit der Zunge, du bläst sanft auf sie, und der Kleine lacht laut, überrascht, entzückt.

Warum, warum hast du so lange gewartet?

Wirst du nie fortgehen, wirst du immer lieben?

Nie. Immer.

Wirst du –?

Kinder huschen in die schattigen Ecken des Zimmers; ein

Kind versteckt sich unterm Bett. Ein anderes schlägt die Bettdecke zurück, bedächtig, ehrfurchtsvoll, der graue Blick auf dich gerichtet, die geschürzten Lippen zittern. – Ihr Rasselbande! Runter mit euch! Verschwindet! Die kleinen Biester haben tatsächlich Wein getrunken und sauren Most, die Biester!

Du machst die Wandschranktür auf, und eins von ihnen hat sich dort verkrochen, den Saum eines Kleides über dem Gesicht.

Es krabbelt auf allen Vieren weg und kichert.

Fort mit euch, fort! Laßt uns in Ruhe!

Bis an den Rand gefüllt pulsieren und wanken deine Sinne. Du stehst auf Zehenspitzen. Deine Finger streifen die Wand, du tastest dich vor wie ein Schlafwandler, mit offenem Mund, tappend.

Weg mit euch, weg!

Sie krabbeln aus den Schatten hervor, poltern die Treppen hinunter, das alte Haus bebt, so ausgelassen sind sie. Am Fuß der Treppe hockt der alte Mann, zu schwach, um die Stufen zu bewältigen. Sie werden niemals fortgehen, ruft er. Niemals. Meine Geliebte –

Ich weiß genau, daß mein Schicksal besiegelt ist –

Die Straßen münden in Straßen, tiefer und tiefer, sie biegen ab, senken sich plötzlich, wiederholen sich, ein Dickicht, eine Verblüffung, sie versinken zwischen bewaldeten Hügeln, Getreidefeldern, feucht und naß vom Frühlingsregen, erdignaß, tonrot, erfüllt vom Glucksen neugeborener Frösche. Hügel, Äcker, Mulden, Gräben, der Fluß, das riesige scheunenartige Haus, der aus allen Richtungen wehende Wind, die schwankenden Reben, die krachenden Baumäste, Fitz John wach auf, es ist Zeit, komm, komm zu mir, zu uns, wir haben so lange gewartet, komm, komm jetzt, jetzt singen die Waldgeister, es ist Zeit, daß du aufwachst, Zeit, daß du – Im Keller Lehmboden, feucht und nässedurchtränkt, Schatten, erfüllt mit geheimem Leben, Treppen, in alle Richtungen führend, verbarrikadierte Gänge, leerstehende und verriegelte Zimmer, das Dach schadhaft und eingefallen, böse große Vögel um den Kamin krächzend, allein hörst du ihnen stundenlang zu, nun jenseits aller Furcht, aller

Sehnsüchte; aber nein, du bist nicht allein, wirst niemals wieder allein sein, die Frau steht vor dir, sie wartet, hat die ganze Zeit über gewartet, sehnt sich nur danach, dich in ihre Arme zu schließen und dir Schlaf zu bringen.

Von weit her rufen dir die Kinder etwas zu, der alte Mann brummelt etwas, das du nicht verstehst, die Winde stöbern im Haus herum, vielfingrig, neugierig, Die Frau lacht. Voll bis an den Rand ist sie, die Brüste prall, der Bauch kompakt, die Hüften, Schenkel kräftig, fest, glatt. Meine Geliebte! Mit feuchten Lippen, verstohlen lächelnd, hält sie zwischen den Zähnen einen Samen, einen Samen? – einen winzigen Kern – einen Eibensamen – du gehst dicht an sie heran und legst zitternd deinen Mund auf den ihren, deinen gierigen Mund auf den ihren, du küßt, du schmeckst, du ißt: einen winzigen Kern von einem Eibenzapfen. Ah! Deine Hand wird ergriffen, Finger flechten sich in deine, ein scherzhafter Handschlag, deine Lider zittern, deine Lippen sind gierig, feucht, jemand streicht dir das Haar aus der Stirn, ihre kühlen Finger streifen deine heiße Haut. Meine Geliebte! Meine Geliebte! Du küßt, du schmeckst, du ißt. Du hältst sie alle in einer einzigen Umarmung. Die sengende Flamme schießt durch dich und verdreht dir die Augen, und es ist vorbei, es ist getan, deine Worte werden dir entrissen:

Ich liebe –

Du hältst sie alle in einer einzigen Umarmung. Alle. Immer. Für immer.

Ich liebe –

Ich –

Erschöpft schläfst du in jemandes Armen, als wärst du mit einer Axt erschlagen, eine Kreatur mit einem ungepanzerten Körper bist du jetzt, warm, gewärmt, schlafend, ein Schläfer mit einem verwundbaren Körper, das Rückgrat außerhalb deines Körpers, um dich für immer zu beschützen, ihre Arme, um dich zu beschützen, ihrer aller Arme, ihre warmen feuchten Wangen, ihrer aller Küsse. Sie gehören dir. Sie sind du.

An die Straßenseite gewinkt, an die Bordkante. Ach du lieber Herr Jesus Christ, flüsterte Vale.

Uniformiert, ledergestiefelt, Schutzbrille; marschierte auf Vale zu und starrte ihm ins Gesicht. Ein Fremder. Ihren Führerschein bitte. Zulassungsschein bitte.

Am Civic Stadium stehend, den Motor im Leerlauf, wartete er, während man seine Wagenpapiere inspizierte, und las die Ankündigung der Wettkämpfe für diesen Freitagabend: Sourdough Kelly gegen The Psychic war die Hauptattraktion; »Mamma« Hernandez gegen »Black Angel« Jackie als Aufwärmer.

Bin unter dem Limit geblieben, sagte Vale höflich.

Überfall am Northern Boulevard, Wagenbeschreibung paßt auf Ihren, aber Sie waren es nicht; er war siebzehn, vielleicht auch jünger. Hat die Exxon-Tankstelle überfallen. Manny Hendrix – kennen Sie ihn?

Nein. Kenne ich nicht.

Waren übrigens zwei. Jugendliche. Haben Manny angeschossen, sind dann mit zwölf beschissenen Dollar davon, Manny ist schwer verletzt und wird vielleicht nicht durchkommen; halbe Kinder noch, Jungen. Kleine Mistkerle. – Und außerdem weiß.

Ist ja grauenhaft, sagte Vale.

Kommt heute jeden Tag vor, sagte der Verkehrspolizist. Tut mir leid, daß ich Sie belästigt habe. Okay?

Ist ja grauenhaft, wiederholte Vale bedächtig.

Als sie zurückkam, rief sie Laney auf, kann ich dich einen Augenblick sprechen, Laney? – und du bist sofort zu ihr gegangen, du wußtest es, wußtest es, du hast ihr nicht ins Gesicht gesehen, hattest Angst vor dem, was darin stehen könnte.

Hinter dir war die Klasse still geworden, die Mädchen beobachteten dich: in ihrer Turnkleidung, einige ohne Turnschuhe, nur in Socken. Sie starrten dir nach. Laney? Ist schon wieder was los, was ist los mit Laney?

Miss Flagler berührte dich am Arm, und du bist zurückgezuckt, ohne ein Wort. Auch dann hast du sie nicht angesehen.

Ein Telephongespräch aus dem Zimmer des Schuldirektors, sagte sie verlegen, du kannst es hier entgegennehmen, am Apparat auf meinem Schreibtisch; irgend etwas bei dir zuhause, mit deiner Familie –

Du wußtest es, du wußtest es. Erst drei Wochen nach dem Tod deines Großvaters, und nun schon wieder, schon wieder: dein Inneres zog sich zusammen – gewappnet. Wieder? So bald? – Aber nein, es war nicht möglich, du wußtest es nicht, du konntest es nicht geahnt haben.

Du kannst den Anruf hier entgegennehmen, Laney –

Schon gut. Danke.

Ich mache die Tür zu, dann bist du ungestört –

Schon gut.

Du konntest es nicht geahnt haben.

Sechs

Vierter Juli. Die Freiwillige Feuerwehr von Marsena feiert den Jahrestag der Unabhängigkeit. »Herrgott, ich kann nur beten, ich treffe niemanden, der mich kennt«, sagte Arlene leise.

»Und wenn schon«, entgegnete Wallace.

Die Picknickwiese hinter dem Spritzenhaus: wimmelnd von Menschen. Drei gigantische Zirkuszelte, zahllose kleinere Zelte, Bierausschank, Buden, Lautsprecherankündigungen, kreischende, schreiende, tobende Kinder. Die meisten ihrer Kinder waren hier, irgendwo. Arlene wollte ein Auge auf sie haben, sie wollte nicht, daß sie irgend etwas anstellten.

»Was für ein Gedränge! So viele Menschen«, sagte sie.

Ein Riesenrad, ein Karussell, überall rannten Hunde frei zwischen abgestellten Wagen und Lastautos herum; eine Reit-Vorführung, Halbwüchsige auf den Pferden; Kinder mit rosa Zuckerwatte am Stiel; Lärm, Lärm; Leben. So viele Menschen. Arlene starrte längst vertraute Dinge an, jedes Jahr im Sommer hatte sie sie angestarrt, und ein merkwürdiges Lächeln erschien auf ihrem Gesicht. So viele Menschen! So viel zu sehen! – Sie hatte also den richtigen Entschluß gefaßt, den Tag in Marsena zu verbringen.

Die dichtesten Menschenmengen waren vor dem Bingo-Zelt und dem Bierausschank. Taubenschwärme, frech und ungeniert, pickten an den auf dem Boden verstreuten Hot-Dog-Semmeln, am Puffmais und an anderen Abfällen, und als Wally sie wegscheuchen wollte, flatterten sie nur ein paar Meter weit weg, setzten sich auf ein Zeltseil und schlugen mit den Flügeln, benahmen sich wie betrunken, so dreist.

Feuerwerksfrösche wie Revolverschüsse. Ein paar Jungen hatten sie auf einem Acker losgelassen. Sonnenschein: Hitze. Ein Junge, er sah aus wie Ronnie – war er es? – duckte sich gerade mit zwei anderen unter eine Zeltwand. Ein hechelnder Irish Setter setzte ihnen nach. Ringewerfen, es gab lackierte Spazierstöcke zu gewinnen, auf denen irgendein Glitzerzeug funkelte: Sternstaub. So viele Menschen! Hiram Tanner, ein alter Bekannter von Arlene, drehte vor einer der Buden das Glücksrad. Dazu trug er einen eleganten, nagelneuen Strohhut mit einem knallgrünen Band und einer Fasanenfeder; sowie er Arlenes ansichtig wurde, grinste er, winkte und beugte sich ein wenig nach vorn, denn er war neugierig, wer ihr Begleiter war – aber er kannte Wally nicht, oder doch? – vielleicht kannte er ihn. Wally stammte aus der Stadt, aber viele schienen ihn zu kennen.

Ach ja, der Hühnereintopf – dieses Jahr schmeckte er noch besser. Er wurde in großen schweren Bechern serviert, mit Salzgebäck, ein dicker, dampfender, köstlicher Chowder mit Fettaugen drauf. Arlene leckte sich die fettigen Lippen ab. Wo waren die Papierservietten? Niemals gab es genug Papierservietten! Wo war das Salz? Keine Bänke, nicht einmal Klappstühle, die Menschen standen einfach nur vor der Bude oder auf dem Pfad und löffelten. War er nicht gut? Besser als letztes Jahr? Judy Wreszin war da mit ihren beiden Kleinen, in Shorts und Oberteil, Sandalen, wabbelnden Brüsten, um die Mitte hatte sie zugenommen, was für ein Anblick! – einen Augenblick lang zögerte sie, wollte sich wegdrehen, wollte Judy Wally nicht vorstellen. Wie konnte diese Frau nur an einem Sonntagnachmittag und noch dazu an einem Vierten Juli in einem derartigen Aufzug ausgehen, kümmerte es sie denn gar nicht, wie sie aussah? Es war direkt peinlich. Aber Arlene grüßte sie doch, und sie kam herüber und zerrte die beiden Kleinen mit, ihr Gesicht hellte sich auf, sie sah fast hübsch aus, es ergab sich, daß ihr Mann und Wally einander seit langem kannten – ehe er zur berittenen Polizei gegangen war – hatte er nicht damals auf der Farm seines Vaters in The Rapids gearbeitet? –, und so plauderten sie ein wenig, Judy war wirklich sehr nett, immer zu

Scherzen aufgelegt, Arlene hatte sie immer gerne gehabt, hatte niemals den bösen Tratsch geglaubt, den man über *sie* verbreitete. Sie war wirklich nett. Zum Beispiel sagte sie Arlene gleich ein paarmal ganz offen, direkt vor Wally, wie gut sie aussehe: Dein Haar ist einmalig! – Steht dir glänzend, und dieses Kleid, wie ist es hinten geschnitten? – so schick – du hast es tatsächlich selbst geschneidert? – Gütiger Gott! Das alles vor Wally, Arlene wurde rot und mußte kichern wie ein junges Mädchen. Judy wabbelig, Krähenfüße in den Augenwinkeln, wahrscheinlich suchte sie ihren Mann, die beiden Gören balgten sich zwischen ihren Beinen, aber trotzdem war sie nett: die Menschen *waren* nett. Keine Silbe über Arlenes Pech, kein Wort, nur eine Bemerkung, als sie sich zum Gehen wandte, daß man den alten Joseph vermisse. – Er war immer so gerne auf das Feuerwehrfest gekommen, hatte sich immer so köstlich amüsiert – es war traurig, wie er gestorben war, so unerwartet, so ein schrecklicher Unfall – aber vielleicht war es doch zum besten gewesen, wer konnte das wissen? – ihr eigener Vater, das wußte Arlene, war jahrelang bettlägrig gewesen. Arlenes Augen füllten sich mit Tränen, dankbar drückte sie Judys Arm, ja, sie war wirklich lieb, sie müßten sich öfter sehen, müßten mal zusammen nach Yewville zum Einkauf fahren und dann gemeinsam Mittag essen – wenn die Schule erst einmal wieder angefangen hatte.

Ein freier Platz, eine kleine Menschenmenge, Kinder zwischen zehn und dreizehn, ein »Ski-Rennen«. Ein dicker Mann, Arlene kannte ihn flüchtig, wie hieß er doch? rief durch ein Megaphon. Es gab zwei Mannschaften, aus je sechs Kindern, die dicht hintereinander auf langen Skiern standen. Es war ein Wettrennen, eins-zwei, eins-zwei, links-rechts, links-rechts, links – Aber die eine Mannschaft verhaspelte sich und flog hin und kreischte vor Lachen, eines der Kinder hatte den falschen Tritt erwischt und den Rhythmus unterbrochen, seine Mitstreiter purzelten hin. Ihr Anführer, ein Junge, der Arlene bekannt vorkam – es war wohl einer der Arkins, dieses Gesicht und das Kinn und die vielen Sommersprossen –, er rief: links-rechts! links-rechts! links-rechts! links-rechts! Die andere Mannschaft hatte sich aufgerappelt, sie formierte sich und startete von neuem, die Zuschauer klatschten, und dann passierte etwas mit der ersten Mannschaft – ein Mädchen kam aus dem Tritt – und jemand purzelte hin – und dann gab es ein allgemeines Geschrei und Gestöhne und Gelächter, und der dicke Mann hopste herum und machte Witze und schrie: Los doch, los! los! Weitermachen, weitermachen! durch sein Megaphon.

»Hast du als Kind diese Spiele mitgemacht?« fragte Wally.

»Ich habe alle Spiele mitgemacht«, sagte Arlene.

Das Bingo-Zelt: hauptsächlich Frauen. Ein paar ältere Männer, ein paar Jungen. Saßen auf langen Bänken, im Schatten, schoben sich Maiskörner auf Bingokarten zu. Das Spiel wurde hitziger, *Bingo* war wohl sehr nahe; der Ansager rief mit lebhafter, eindringlicher Stimme. Auch hier war es voll. Die Feuerwehr würde diesmal viel Geld einnehmen, war das nicht schön? Sie verdiente es. Vor ein paar Jahren, nicht wahr, hatte es dieses furchtbare Gewitter gegeben, es war fast ein Wirbelsturm gewesen, das Picknick war verregnet, und so viel Geld war verlorengegangen – aber dieses Jahr waren mehr Besucher da als jemals, das würde wohl eine Rekordzahl sein, war das nicht schön? Sie verdienten es bestimmt. – Wally fragte, ob sie Bingo spielen wolle, und sie sagte, ach wo, nein, sie wolle sich nicht hinsetzen und den Spaß versäumen, Bingo interessiere sie nicht, obwohl ein paar der Preise nicht übel waren: dort zum Beispiel, im Mittelpunkt des Zeltes, dieser rosafarbene Wäschekorb und dann diese Stehlampe mit dem Fransenschirm, ein Vogelbad, Zierat für den Garten, ein Rodelschlitten, ein Puppenhaus, ein elektronisches Fußballspiel, eine komplette Tischbesteckgarnitur aus rostfreiem Stahl, Porzellangeschirr. Und selbstverständlich gab es auch Bargeldpreise. Als Mädchen war Arlene ganz wild auf Bingo gewesen und hatte mit ihren Freundinnen jedesmal auf drei Karten gleichzeitig gesetzt und einmal sogar hundert Dollar gewonnen – hatte *Bingo!* geschrien, war so aufgeregt gewesen, daß sie kaum mehr sehen konnte und war immerzu hochgesprungen, auch ihre Freundinnen waren begeistert und es hatte gestimmt – ihre Karte wurde überprüft, und sie hatte wirklich Bingo, und der erste Preis war einhundert Dollar in bar, und sie konnte es einfach nicht fassen und sie würde nie, nie dieses wilde aufregende Gefühl vergessen – obwohl sie in den Jahren danach, als sie wieder spielte, nie auch nur in die Nähe des Hauptgewinns gekommen war. Außerdem sagte man, das Spiel sei abgekartet – kein direkter Betrug, aber fast – deshalb hatte sie dafür keine Zeit mehr übrig. Immerhin, die bloße Erinnerung an diesen Tag und wie überglücklich sie gewesen war und wie alle ihr gratuliert hatten – das tat ihr jetzt noch gut.

Sie erzählte Wally davon, und er legte seinen Arm um ihre Taille und drückte sie fest; er sagte, sie hätten sich schon damals kennen sollen.

Hot-Dogs, Riesenbockwürste, Hamburger, Chiliburger, Pizzaburger, Senffrüchte und Mixed Pickles und Ketchup, Maiskolben, überall Fliegengesumm, auf Band aufgenommene Gitarrenmusik über ihren Köpfen, die Sonne stechend heiß. Arlene entdeckte June mit zwei anderen kleinen Mädchen und irgend jemandes älterer Schwester, das war beruhigend, aber sie wollte doch lieber mal nachsehen. Deshalb lief sie zu ihnen und fragte June, ob sie Geld brauche, ob es ihr Spaß mache? – und gab ihr einen Dollar. Iß nicht zuviel Süßigkeiten! Verdirb dir nicht den Magen! »Das ist aber ein niedliches kleines Mädchen«, sagte Wally. »Stimmt«, sagte Arlene. »Stimmt, sie ist wirklich irgendwie süß.«

»June, nicht wahr?«

»June«.

Trotz der Hitze fühlte sie sich wohl. Herrgott, wenn sie bedachte, daß sie beinahe nicht gekommen wäre! – daß sie beinahe den Sonntag allein verbracht hätte. Wally war ein paarmal gekommen, und sie hatte sich natürlich mit ihm unterhalten, konnte ihn nicht einfach so mir nichts dir nichts wegschicken, einmal hatte sie ihm Kaffee und ein Stück frischen Pfirsichkuchen angeboten, und ein andermal war er, als es Schmorbraten gab, zum Abendessen geblieben; sie wußte, daß ihr der Braten gelungen war. Aber sie hatte gezögert, sich mit ihm in der Öffentlichkeit zu zeigen, auch in der Kneipe von Childwold, irgendwie war ihr nicht danach, sie scheute die

Mühe, mit einem neuen Mann wieder anzufangen, sie war nicht mit Leib und Seele dabei. Nicht noch einmal, nie wieder... Es lohnte sich nicht. Sie war so verletzt, ihr Leben war so umgekrempelt worden, es war so unerwartet gekommen, immer hatte sie solches Pech, vielleicht lastete irgendein Fluch auf ihr, vielleicht war es, daß manche Männer sie nicht genug liebten und sie verletzten und daß andere sie wieder zu sehr liebten, daß sie den Verstand verloren, und auch die verletzten sie und richteten in ihrem Leben noch mehr Schaden an als die anderen. »Mein Gott, mein Gott, mein Gott«, hatte sie gestöhnt, wenn sie an Earl und Kasch dachte, wenn sie es sich wieder ins Gedächtnis zurückrief, immer wieder, und wie sie wochenlang danach kaum hatte schlafen können, »Mein Gott, mein Gott... Laß sie aufhören, laß es nicht zu, bitte, bitte...«.

Aber weshalb an die Vergangenheit denken, an die traurigen Ereignisse. Weshalb sich diesen schönen Tag verderben? Weshalb, weshalb, wem nützte das? Wally war so lieb, so lieb. Weshalb sollte sie nicht seine gute Stimmung teilen, das Leben einfach genießen, weshalb sollte sie nicht wie alle anderen sein...? Das Bierzelt war am beliebtesten. Die Menschen drängten sich davor. Wally mußte sich mit den Ellbogen einen Weg bahnen, um für sie beide Bier zu holen. Arlene winkte den Leuten zu, die sie kannte. Die Sonne war heiß, ihr ausgeschnittenes Kleid war vielleicht nicht gerade passend – sie war in diesem Sommer oft im Haus geblieben, hatte Trübsal geblasen und gegrübelt, hatte versucht, wieder zu Kräften zu kommen, und deshalb war sie blaß – wenn sie sich nun einen Sonnenbrand holte? Auf den Schultern tat es besonders weh. Auf den Oberarmen und auf den Schultern: Herrgott, was war das für eine Bescherung gewesen damals, in dem Sommer, als sie etwa so alt war wie Laney und schwimmen gegangen war! Der Tag war eigentlich nicht besonders heiß gewesen, die Sonne verschleiert, und trotzdem hatte sie sich einen derartigen Sonnenbrand geholt, daß die Haut voller Blasen war, das sah vielleicht aus! Tagelang mußte sie sich mit Salbe einreiben. Die Sonne war heiß, sie schwitzte ein wenig, aber sie fühlte sich merkbar besser. Das Bier war so kalt! So gut. Und sie war durstig, Wally war durstig. Er trank sein Bier in ein paar Zügen aus und ging zurück, um mehr zu holen... Gesalzene Erdnüsse, Kartoffelchips, Brezeln. Die Chips waren ein wenig muffig. Das Bier war gut, oder? – Zapfbier, aus riesigen Fässern. Am Vormittag mit einem Lastwagen vom Hafen von Port Oriskany geliefert. Über die Menge Bier, die bei dieser Veranstaltung getrunken wurde, gab es viele Witze. Am Bier wurde viel verdient. Naja, die Freiwillige Feuerwehr von Marsena brauchte das Geld. Es waren wirklich nette Leute, die meisten von ihnen jedenfalls. Und vor ein paar Jahren war das Volksfest verregnet...

Das war das Jahr, nicht wahr, wo der alte Mann während eines Bingospiels gestorben war, stimmt's? – an einem Herzschlag, und die anderen Spieler wollten nicht aufhören, Bingo war nahe, und sie waren verärgert, sie wollten das Spiel nicht abbrechen; die Zeitung von Yewville berichtete davon, und danach griffen es die anderen Zeitungen im Bundesstaat auf, die Artikel waren beinahe gehässig, nicht wahr, und man machte sich über die Hinterwäldler lustig... Marsena, Childwold, The Rapids, Frothing: man machte sich über uns lustig. Nein, in jenem Jahr war es nicht gewesen, konnte es nicht gewesen sein, es war das Jahr davor. Jedenfalls –

Wally entdeckte ein paar Bekannte, und er und Arlene gingen zu ihnen und setzten sich mit an einen Tisch in einer schattigen Ecke des Bierzeltes. Es waren nette junge Männer, jedenfalls machten sie einen netten Eindruck, der eine war auch bei der Polizei wie Wally, aber natürlich war er in Zivil und hatte seine Waffe nicht dabei. Er wollte sich entspannen, sich amüsieren. Sie gefielen Arlene sehr. Während der Unterhaltung folgerte Arlene, daß einer von ihnen Wallys Frau kannte, denn er hatte sie beiläufig erwähnt, die Stirn gerunzelt und den Kopf geschüttelt, als wollte er andeuten, daß es ihm leid tat, aber – was soll's?, wenn zwei Leute nicht miteinander auskamen, wenn sie sich dauernd stritten, wenn die Ehefrau die Kinder gegen den eigenen Vater aufhetzte, was blieb einem da übrig? Arlene war froh über ihr neues Kleid, sie wußte, daß ihr das türkisblaue und orangefarbene Muster gut stand und auch zu ihrer Haarfarbe paßte. Die Ohrringe waren preiswert, weiß-und-orange, mit passender Modeschmuckkette, die Perlen wie winzige Fruchtkerne, wirklich sehr schick. Sie fühlte sich wohl. Das Bier war ihr zu Kopf gestiegen, und sie hörte sich kichern wie ein junges Mädchen. Von Zeit zu Zeit drückte Wally ihre Taille oder legte ihr seinen Arm um die Schultern, und einmal küßte er sie sogar laut auf die Stirn – er war in der allerbesten Stimmung, so lieb, so lebhaft und witzig, kein besonders gut aussehender Mann, aber durchaus attraktiv auf seine Art, groß und stark und zuverlässig, mit sonnengebräuntem Gesicht und Händen und mit einem herzhaften, tief aus der Brust kommenden Lachen, das sie an Earl erinnerte, aber er war nicht so poltrig wie Earl und nicht so herrschsüchtig und gemein und verrückt wie Earl – dieser arme Hund.

Gottseidank war es möglich gewesen, das alte Haus von den McInnis zu mieten, nur fünf Minuten zu Fuß von Carrie und ihrem Mann – damit sie nicht dauernd an ihr Unglück erinnert würden, damit sie nicht immer an den alten Opa erinnert würden; es war schlimm genug für Arlene, daß sie seit seinem Tode immer wieder aufgewacht war, weil sie glaubte, sie könne ihn oben in seinem Zimmer im Schlaf seufzen und brummen hören, oder sie meinte, er schimpfe auf den Hund im Hinterhof oder er mache mitten in der Nacht die Kühlschranktür auf oder er wandere wie eine verlorene Seele unten im Haus herum... Die Farm gehörte ihm, das Haus gehörte ihm, jeder Raum und jede Kammer und jede Ecke gehörte ihm. Er mußte erst sterben, ehe sie sich klar geworden war, wie sehr das Haus *er* gewesen war, wie es *ihm* gehörte und wie es niemals jemand anderem gehören konnte. Auch die Kleinen glaubten, ihn zu hören, ja sogar zu sehen: Davy bestand darauf, daß Opa einmal nachts im Schlafzimmer der Jungen gewesen sei und ihnen etwas sagen wollte. Aber seine Stimme war zu leise und zu undeutlich und die Worte waren ganz verdreht gewesen. Und Mary Ellen und sogar June waren zu Arlene ins Bett gekrochen, weil sie Angst hatten, in ihren eigenen Betten zu schlafen, und selbst Nancy, die weiß Gott alt genug war, jagte den Kindern einen Schreck ein, weil sie schwor, sie hätte einmal nachts unten Schritte gehört, sie hätte *ihn* gehört, wirklich! – und war zu

Arlene frech geworden, als sie sie beruhigen wollte. So etwas wie Gespenster gibt es nicht! Gibt es nicht! hatte Ronnie geschrien. Und dann Earl: entsetzlich, was mit ihm passiert war. *Verdammt nochmal!* hatte Ronnie alle angeschrien, *Gespenster gibt's gar nicht!*

Es war deshalb viel gescheiter, einfach wegzuziehen. Es war das einzig Richtige.

Biete die Farm zum Verkauf an, rieten ihr die Leute, vielleicht hast du Glück und findest einen Käufer, und war denn da nicht auch Land dabei, ein paar Morgen? – acht Morgen? – und vielleicht bringen die Landmaschinen auch noch etwas ein. Die Abgaben steigen ständig, jedes Jahr wird die Steuerschraube des Landkreises angezogen, und ehe man sich's versieht werden alle die alten Landwirtschaftsbetriebe auf den Markt geworfen, niemand kann sie sich mehr leisten außer den großen Unternehmen, den Geldinstituten, es wäre bestimmt das Vernünftigste, eine Frau in deiner Situation. Bleibt dir denn eine andere Wahl? Aber sie konnte die Farm nicht verkaufen, sie brachte es einfach nicht fertig. Das ging doch nicht! Ihr Vater kaum unter der Erde, und schon sollte die Farm zum Verkauf angeboten werden, noch dazu von seiner eigenen Tochter!... Sie konnte es nicht. Konnte nicht. Schade, daß Fitz John Kasch weder das Land noch die angrenzenden Grundstücke, wie er ursprünglich wollte, erworben hatte; er hatte so begeistert davon gesprochen, er wollte die zweihunderfünfzig Morgen zurückkaufen, die Arlenes Vater seinerzeit gehört hatten. Aber vielleicht hatte er es nicht ernst gemeint, vielleicht wußte er nicht, was er sagte. *Ich will... ich hoffe... ich beabsichtige...* Ja, es war durchaus denkbar, daß er nicht wußte, was er sagte.

Das Haus der McInnis war ein häßliches altes Gebäude mit einem Dach aus Teerpappe und ohne Keller, aber es war wenigstens groß genug für alle und genau besehen, obwohl Arlene es nie zugeben würde, baulich in besserem Zustand als ihr ehemaliges Heim. Außerdem lag es näher an der Landstraße, nur fünf Minuten zu Fuß, und Ronnie konnte bequem den Schulbus nehmen. Im kommenden September würde er zum erstenmal mit dem Schulbus nach Yewville fahren, um dort die

Hauptschule zu besuchen. Wie schnell doch die Zeit verging! Die Jahre, die Jahre...! Ronnie, der schon Stimmbruch hatte, der stämmig wurde, der Junge mußte im vergangenen Jahr gute acht Zentimeter gewachsenen sein, er würde mindestens so groß wie Vale, und er würde auch so jähzornig sein wie Vale... Und doch war er ein guter Junge, er hatte sich um alles gekümmert, hatte sich klugerweise sofort mit der Polizei in Verbindung gesetzt, damit alles seine Ordnung hatte, er war ein braver Junge, alle Kinder waren brav; sie konnte stolz auf sie sein, einerlei, wie oft sie sie ausschimpfte. Die arme Judy Wreszin mit diesem zwergenhaften, rotznäsigen kleinen Balg, das seine Mutter mit Fußtritten traktierte und nicht ganz bei Troste war, wie man erzählte, wirklich bedauernswert!... Aber Arlenes Kinder waren alle wohlgeraten. Zugegeben, Laney war für ihr Alter immer noch etwas zu klein, aber sie hatte nie richtig gegessen; vielleicht gelang es Esther, sie dazu zu bringen, daß sie sich ordentlich an den Tisch setzte und nicht immer im Stehen aß und die ganze Zeit weglief wie eine verängstigte Katze. Jedenfalls war sie einigermaßen gesund... Jetzt, wo Prentiss zurückgekommen war, blühte Nancy auf: sie war wieder schwanger. Was war das für eine Überraschung, als Prentiss zurückkam, ganz unverhofft, nicht einmal angerufen hatte er, war das nicht typisch für die Männer? Sie staunte darüber, daß er so dünne Arme hatte und so knabenhaft aussah, Arlene hatte es fast vergessen oder hatte ihn inzwischen mit jemand anderem verwechselt. Jedenfalls war er zurückgekommen und hatte beim Anblick von Louise und dem kleinen Dennis geweint, er liebe sie so sehr, er schwor, seine Familie nie wieder allein zu lassen, nicht einmal einen einzigen Tag lang – für den Rest seines Lebens – Wirklich lieb, dieser Prentiss und genau der Richtige für Nancy, wenn man die beiden zusammen sah. Sie wohnten jetzt in Derby, Prentiss hatte eine gute Arbeit in der Eisengießerei, Nan versorgte die Kleinen und richtete das Haus ein, ein hübsches Haus, aber viel zu eng, Arlene würde bald wieder hinfahren müssen und Nan mit den Gardinen helfen... Naja, das war jedenfalls gutgegangen. Nach all den Sorgen, den Tränen, den Drohungen, dem gehässigen Klatsch, den Arlenes sogenannte Freunde und Freundinnen verbreiteten, hatte sich Nancys Ehe trotzdem als dauerhaft erwiesen... Gottseidank.

Aber der arme Kasch! Armer Fitz John! Sie schob den Gedanken an ihn von sich, immer wieder, sie wollte sich nicht unglücklich machen. Es nützte nicht, sich düstere Gedanken zu machen, bei Vergangenem zu verweilen und immer wieder darüber zu grübeln, wie es damals ausgegangen war, wie es hätte ausgehen können, wie innerhalb von ein paar Minuten das Leben aller Beteiligten unwiderruflich verändert wurde. Waren einmal die Würfel gefallen, war keine Zeit mehr, darüber nachzudenken, keine Zeit, weiterzudenken: die Sache war erledigt. Wenn Kasch doch nur nicht in der Nähe gewesen wäre, als Earl auftauchte... Es hätte ihr nichts ausgemacht, noch einmal von Earl verprügelt zu werden, vorausgesetzt, er hätte sie nicht zum Krüppel geschlagen oder umgebracht, dieses besoffene Großmaul von einem Mann, dieser gewalttätige schweinische Hund... Wenn Kasch damals nur nicht draußen auf der Farm gewesen wäre, wenn... Aber... Armer lieber Kasch mit seinem nervösen Mund, den zitternden Augenlidern, wenn er bei ihr war, kurzsichtig, unterernährt, mit seiner verbindlichen Stimme wie ein Ansager beim Fernsehen, wahrhaftig ein redlicher Mensch, ein Gentleman, der auf ihr Bankkonto so viel Geld eingezahlt hatte, für sie, für das Haus und die Kinder, der die Farm kaufen wollte, der sie beschwor, ihn zu heiraten, anflehte...

Du bist so schön hatte er gesagt und sie angestarrt. Merkwürdig, diese Augen hinter den Brillengläsern: zu durchdringend, zu stechend. Es war, als hätte er in ihren Kopf hineingeschaut, in etwas, was sie überhaupt nicht war, etwas, was er erkannte, aber von dem sie nichts wußte; es war ihr nur peinlich und unangenehm gewesen, wenn er so redete und sie so anstarrte. *So schön*... Sie war nicht schön, das war lächerlich. Sie wußte genau, wie sie aussah. Hatte sie denn nicht vierzig Jahre lang mit ihrem Körper gelebt, war er ihr nicht allzu vertraut, es war einfach peinlich, so etwas gesagt zu bekommen. Aber natürlich war er lieb gewesen, es war nicht seine Absicht, sie verlegen zu machen. Es war nicht seine Absicht, daß so etwas passieren würde. Und jetzt...

Aber weshalb an die Vergangenheit denken. Weshalb, weshalb, es hatte doch keinen Zweck. Gleich würden ihr wieder die Tränen kommen. Und Wally war so lieb, einer der nettesten Männer, der ihr jemals begegnet war. Er wußte, was passiert war, und es war ihm gleichgültig, er machte ihr keinen Vorwurf, wie andere Männer es getan hätten, er erwähnte das Thema überhaupt nicht.

Seine Bekannten verabschiedeten sich, und er fragte Arlene, ob sie Lust hätte, irgendwo zu Abend zu essen, oder wolle sie noch bleiben? Er hätte sich königlich amüsiert, sagte er, aber nun habe er genug und würde jetzt gerne nach Wolf's Lake Head fahren, in die Lodge, und gebratenen Fisch essen, wie finde sie das?

Arlene fand es großartig. Sie hatte tatsächlich Appetit. Trotz Bier und Nüssen und Kartoffelchips und Brezeln hatte sie tatsächlich Appetit... Ja, sagte sie, das finde sie eine großartige Idee.

»Wir werden die Straße am Flußufer entlang nehmen«, sagte Wally. »Das ist eine echt schöne Straße.«

Du hast den Hörer aufgenommen und gehorcht, und auf Miss Flaglers Schreibtisch stand eine kleine Uhr, ein Reisewekker in einem roten Kunstlederetui, du hast daraufgestarrt und konntest die Zeit nicht ablesen, du hast dagestanden und gezittert, hast zugehört, hast Nancys Stimme am anderen Ende der Leitung gehört, so viele Meilen weit weg, du hast das alles schon einmal erlebt, nicht wahr? – hast es schon oft durchgemacht, viele Male, du entsannst dich der Uhr in dem Reise-Etui und erinnertest dich an das von Büchern und Zeitschriften und Pamphleten überquellende Wandregal, du erinnertest dich an die plötzliche Kälte in dir, an das Gefühl, daß dir deine Zunge wieder einmal nicht mehr gehorchte, hast du denn diesen Augenblick nicht schon früher erlebt, viele, viele Male? Du lagst im Bett, und jemand stand über dir und beugte sich herunter. Laney? Püppchen? Opa hatte sich über dich gebeugt; Mama saß neben dem Bett, ihre Hand auf deiner Stirn und sprach mit Opa, als wärest du nicht da. Opas Lippen bewegten sich. Du sahst ihm genau in die Augen, genau in die Augen. Aber er sah dich nicht. Mama sagte, der Arzt würde nicht den ganzen Weg hinaus zur Farm kommen, vielleicht sollte man dich warm einwickeln und zu ihm in die Praxis bringen, oder wäre das riskant, was wäre da am besten zu tun, Papa, was soll ich tun? – Ich weiß nicht, was ich tun soll! – Ich weiß nicht, was ich tun soll! Opa hat deine Wange berührt, sich über dich gebeugt und dir einen Kuß auf die Stirn gegeben, du hast den Tabakatem gerochen, und das war nicht angenehm, du hast ihn an der Nase ziehen wollen, aber deine Hand bewegte sich nicht, sie stak unter den Decken, und die Decken waren zu schwer. Was soll ich nur tun, sagte Mama, was um Himmels willen soll ich tun? – Sie hat über vierzig Grad Fieber, Papa, und dieser Mistkerl will nicht zu uns herauskommen – Opa fuhr zurück, und du strecktest die Arme nach ihm aus und fingst an zu weinen, und Mama hielt dich fest, Mama saß auf der Bettkante und hielt dich fest: Es ist schon gut, Schatz, es ist schon gut, er war ein alter Mann, es ist gut so, ich glaube, es ist gut so, er war so gebrechlich, so mager, Schatz, Laney, es war so traurig, ich hab es niemandem erzählt, es war so furchtbar traurig, er hat mir einmal abends erklärt – wir saßen in der Küche, nur wir beide ganz allein – wir saßen nur so da – und er hat gesagt, er glaube, er könne mit den jüngeren Männern nicht Schritt halten, draußen auf dem Feld, er glaube, er könne nicht mehr den ganzen Tag über draußen arbeiten. Er erinnerte sich damals an eine ganz andere Zeit, Laney, gut zwanzig Jahre früher muß es gewesen sein, aber es war ihm so peinlich, es tat ihm so weh, es mir sagen zu müssen, er verlangte, ich solle ihnen erklären, daß er am kommenden Tag nicht die ganze Zeit über arbeiten könne, ob ich es ihnen sagen würde? – er schämte sich so, er konnte die Worte kaum herausbringen! Armer Papa! Außerdem hat er in den letzten Wochen so gut wie gar nichts mehr gegessen, er behauptete, wenn er nicht arbeite, habe er sich auch kein Essen verdient, und in den letzten Wochen hat er kaum noch etwas getrunken. Er ahnte es, er ahnte es. Er ahnte, daß etwas passieren würde! Ich glaube fast – aber – nun, nein – nein, ich sag's lieber nicht, Laney, es ist doch gut so, nicht wahr? Meinst du nicht, es ist gut? Er war so klapprig geworden, seine Gicht hat ihn so sehr gequält, du weißt, daß er nie geklagt hat, er hat gesagt, man solle ihm eins mit der Schaufel über den Kopf geben, wenn er sich jemals so aufführen würde wie meine Mutter, die allen Angst eingejagt hatte und immerzu stöhnte und jammerte und vom Sterben redete, du weißt ja, wie er das immer gesagt hat, und er hat sich auch nie beschwert, hat niemals ein Wort der Klage gesagt, der arme Papa, er hat *niemals* ein Wort gesagt und alles für sich behalten bis zum Schluß –

Opa stand dicht neben dir. Fröhliche Weihnachten, sagte er. Hat die Augen verdreht, ein Gesicht gemacht: weil Weihnachten albern war. Was für ein Wirbel jedesmal, was für ein Klamauk! Du hast ihn gefragt, ob ihm dein Geschenk gefallen habe, und er hat gesagt, ja, es habe ihm sehr gut gefallen, es sei das schönste Geschenk, das man ihm gemacht habe, aber Mama mußte sämtliche Kartons vom Boden aufheben und die Dinge aussortieren, weil Opa nur so tat, als ob ihm seine Geschenke Freude machten, und manchmal gerieten sie unter das Einwikkelpapier und wurden versehentlich weggeworfen: Eins seiner Geschenke, ein hübscher, kakaobrauner Wollschal, ging vor ein paar Jahren auf diese Weise verloren, es war so schade darum, er war aus reiner Wolle. Trauerst du um mich, Laney, hat er gesagt und sich dicht neben dich in Miss Flaglers Zimmer gestellt, wirst du dein ganzes Leben lang einsam sein? Wirst du uns alle vermissen? Unseretwegen weinen? Tu es nicht! Zum Teufel damit!... Dein Leben fängt doch gerade erst an.

Du hast geweint. Als du den Hörer wieder auflegen wolltest, glitt er dir aus der Hand und wäre beinahe zu Boden gefallen. Sicher stand Miss Flagler draußen vor der Tür, würde wissen wollen, was passiert sei, würde dich bemitleiden wollen; du wolltest aber nicht mit ihr reden, du wolltest mit niemandem reden. Mama? Opa?... Ich will nicht mein ganzes Leben lang einsam sein, hast du gesagt. Ich liebe ihn. Ich habe ihn nicht geliebt. Ich wollte ihn lieben, aber ich habe es nicht getan, ich wußte nicht wie. Ist es zu spät? Es ist zu spät.

Mama, hast du gesagt, sei doch nicht so kindisch! Er ist nur ein Freund, ich könnte ihn niemals lieben.

Du hast die Tür aufgemacht, aber Miss Flagler war nicht zu sehen, sie war wohl zu den anderen Mädchen in die Turnhalle zurückgegangen. Gottseidank! Du bist in den Umkleideraum gerannt, hast deine Turnbluse aufgeknöpft, die Finger kalt, steif. Du konntest nichts sehen. Dort war dein Spind, du hattest es unverschlossen gelassen, du hast dir deinen Rock und deinen Pullover herausgeholt, du hattest es so eilig, so schrecklich eilig. Jahre später wirst du dich nur halbwegs daran erinnern. Nicht ganz. Zu viel Schmerz, zu viel Chaos, schieb es weg von dir, beiseite, zum Teufel damit, zum Teufel mit dem Schmerz – Was ist denn, Laney? Weine doch nicht, weine doch nicht, du bringst mich soweit, daß ich auch wieder anfange! Schau her, Schatz, wir werden's schon schaffen. Haben wir es denn nicht immer...?

Vale zog die Gitarre unter dem Bett hervor. Sie war staubig, weil er monatelang nicht daran gedacht hatte, daß er sie unters Bett geschoben hatte, und nun war es ihm wieder eingefallen. Er streifte die Schuhe ab, rekelte sich aufs Bett und zupfte an den locker gewordenen Saiten. Er zog sie straff. War das besser? Er klimperte auf den Saiten, sie schnitten ihm in die Finger. Er benutzte den Rand seiner Fingernägel... Er klimperte immer lauter. Schnell. Dann schlug er jede Saite einzeln an, zupfte an ihnen, erfand spontan eine Melodie. Ein kleines Lied. Vielleicht könnte er eines Tages einen Text dazu machen. Wie ging die Melodie? Er wollte sie ein zweites Mal spielen, aber er konnte die Töne nicht mehr zusammenbringen. Musik war nicht leicht zu behalten, sie wurde in die Luft hinausgetragen und war weg. Er würde sich also eine neue Melodie ausdenken müssen.

Er trank einen Schluck Bier, hielt die Gitarre im Arm und klimperte leise eine Weile darauf; dann spielte er ein wenig lauter. Er zupfte an einer Saite und schob den Finger darunter. Als er ihn wieder wegzog, gab es ein dröhnendes Geräusch. Das war lustig. Er lachte. Er wiederholte es ein paarmal, klimperte dann die Saiten herauf und herunter, schnell, ungeduldig, als suche er etwas, als wolle er sich an etwas erinnern. Wie ging noch das Lied, das der Junge gespielt hatte... Ein Gesicht schoß ihm durchs Hirn, zwei Gesichter; er hörte jemanden schreien, aber er machte einfach weiter, es war das einzige, was er tun konnte, die einzige Methode: laß die Explosionen kommen, bleib ungerührt, verzieh nicht einmal das Gesicht, und mit der Zeit wird wieder alles normal.

Er klimperte schnell und laut, kräftige Akkorde, klang wie ein echter Profi, er fing an, sinnlose Wortfetzen zu der Melodie zu singen, es machte ihm Spaß, er hielt ein Bein über das andere geschlagen, wippte im Rhythmus der Musik. Es machte Spaß, aber als er aufhörte, hörte auch die Musik auf, und die Finger taten ihm weh. Nichtsdestoweniger, dachte er, würde er eine Zeitlang weiterüben, jedenfalls ein paar Minuten lang...

Der Teufel hol die Pferdebremsen!

Kasch, du bist verwandelt.

Wie fiel, wie gefallen? Wold wald weald weld wild wood. Unfall. Eigentlich. Ein paar Millimeter Unterschied und keine Umkehr, kein Wiedergewinnen. Unfall: Gehirnsubstanz auf den aschenbestreuten Weg verspritzt. Kann sie nicht wieder einsammeln. Vielleicht habe ich es in meinem Wahn versucht? Versucht, die Gehirnmasse wieder einzusammeln, sie in die zerschmetterte Schale zurückzudrücken?

DER PILGER
Nimm dich in acht, nimm dich in acht!
Sehnsucht erwacht.
Nimm dich in acht, Wünsche erfüllt!
Tod: Triumph: Tod

Der Säugling zwinkert, sein Blick richtet sich auf dich, und seine drallen Finger öffnen sich, er gluckst überrascht, und alle lachen vor Entzücken, du lachst vor Entzücken, du beugst dich nach vorn, um die Finger zu küssen, sie greifen nach deiner Nase, tasten nach ihr, rutschen ab, du lachst, du berührst die Finger ganz leicht mit der Zunge, du bläst sanft auf sie, und der Kleine lacht plötzlich los, überrascht, erstaunt. *Warum bist du so lange weggeblieben? Wirst du nie wieder weggehen?*

Ein großer Stein, mitten in das Handgemenge geworfen, ungeschickte, grunzende schluchzende Schreie, ohne jede Anmut, Erwachsene, die wie Riesenkinder herumstolpern, gib ihn her! Hier! Gib ihn her! Und dann –

EINE MELONE ZUM FRÜHSTÜCK

Ein so starker Duft, mein
Kopf zuckte vor – Zucker-
melone – schmeck sie & iß –
Sinne bis an den Rand gefüllt
– Schönheit, Schönheit
Schönheit – aus der Erde
springend, diese Früchte,
diese Seelen. Schmeck. Iß.
Meine Augen verdrehen sich –
o Liebe, Liebe!

Wann wird –?

Die Form, der Geruch, die
vielen klebrigen Samen,
schleimig-glatt, ein wenig
weich, gequetscht – diese
Früchte, diese Kopfschalen –
Schädel – Kann es sein!
Was! Ich! Er! Dies!
Wo –? Was hat –?

Wann wird –?

Nie.

Wie geschah es, dieser Fall; aber wie geschah es, so brutal gefallen? Alle schuldlos. Schuldlos, alle. Vermählt, wir drei, aber schuldlos; es muß uns verziehen werden. *Ihr* muß verziehen werden. Nur damit er mit seiner Raserei aufhörte, damit er aufhörte, mein armes Gesicht völlig zu zerschlagen, nur damit er aufhörte zu keuchen, nur damit der Schrecken seines Körpergewichts, seines brüllenden, Stieratems, seiner Fäuste, seiner Wut gebannt würde, nur damit er aufhörte – ihre Schreie, ihre kraftlosen Fäuste – nur damit er aufhörte: bückte sie sich, um den Stein aufzuheben, ließ ihn fallen, so daß er sein Bein streifte, zu Boden fiel, und ich – nicht sie – niemals *sie* – ich, ich beugte mich hinunter und hob ihn mit beiden Händen auf – dummer weißgetünchter Zierstein – und so – und – Wieder, wieder, wieder. Verwandelt.

Im Schlamm hatten sie miteinander gerungen wie zwei sinnliche wollüstige Liebende. Kühn. So kühn! Zögerte nur einen Augenblick lang, anfangs, als ich ihn hörte, hätte mich im Haus verstecken können – hätte mich im Keller verkriechen können, mit an die Mauer gepreßtem Gesicht, die Arme ausgestreckt, den klammen, schwitzenden Stein umfassend, hätte mich tagelang, jahrelang verstecken können! – aber ich war kühn, tollkühn, rannte hinaus, um mich ihm zu stellen. Ihm: ihnen: dem Schicksal. Und so schnell schrie einer dies und ein anderer das, so schnell tat einer dies, das, der eine und dann der andere, und dann der andere – der arme Kasch wußte nicht, was es war, das auf seine Hände spritzte. Die Welt schiebt sich in solche Muster zusammen, wenn Gott durch die Wolken bricht; im Nu schlüpft er in uns hinein, tollkühne, wahnsinnige, alles verschlingende Kreaturen, und doch göttlich, nicht wahr? – denn sicher wohnt Gott in solchen Augenblicken in uns. Unsere Kraft kommt nicht aus uns selbst.

Kasch betritt das Brautgemach. Kasch sucht seine Braut. Blumenhaft unter Blumen versteckt sie sich zwischen den Kindern. Warum bist du so lange weggeblieben? Warum so grausam? Muß an dem alten Mann am Fuß der Treppe vorbei, muß über ihn steigen, darf ihn nicht beachten. Tot! Verwandelt! Das Singen wird zum Herzschlag: Childwold, Childwold. Es läutet dich ein. Muß vorsichtig sein, vorsichtig. Darf niemals weh tun. Niemals weh tun. Eine einzige Umarmung wird sie alle umfassen.

Ich will so schnell als möglich hingerichtet werden.

Mit beiden Händen erhoben und mit beiden Händen hinuntergeschmettert, so hart, so hart! – nie vorher war solche Kraft in mir – bestimmt war Gott in diesem Augenblick in mich gefahren. Aber wenn Gott in mich fuhr, ist er auch wieder gegangen. Kasch ist gegangen. Nun ist niemand mehr da. Nichts. Kasch ist Moleküle, Atome, Korpuskel, nichts. Kasch der Dichter, Kasch der Liebende: totgeschlagen von Kasch dem Mörder. Er ist fort, fort. Aufgesammelt und begraben mit seinem lüsternen Rivalen. Es tut mir so sehr leid, meine Freunde, so sehr, sehr leid, ach meine Freunde, was hab ich getan, was wurde durch mich getan, durch dieses rohe Instrument, das ich bin, jetzt trage ich immerwährende Trauer, mein Inneres krümmt sich vor Trauer, es faßt nicht mehr Fuß, meine Eingeweide brennen vor Kummer; ach meine Freunde, ich bin Strafe genug für Kasch, ich bin ein leidendes Rohr im Wind, eine zerbrechliche zitternde Membrane, nichts weiter, es tut mir so leid, meine Freunde, wann glaubt ihr, ist es an der Zeit, mich auszulöschen? Denn es gibt unsterbliches Leben, es ist mir klar geworden: und wir sind mitten in ihm.

Notwehr. Totschlag. Der Richter, eine jung-alte Version seines Vaters, Freund eines Freundes meines Vaters, voller Mitleid, voller Entsetzen, formell, ein Blick auf mich, und er sah meine Unschuld, meinen Schiffbruch. Nicht schuldig wegen zeitweilig verminderter Zurechnungsfähigkeit... Aber es war Notwehr, nicht wahr? Solcher Schmerz, solcher Terror, um das höllische Weiterleben des eigenen Selbst zu sichern?

Ich fordere, so schnell als möglich hingerichtet zu werden.

(Selbstmord, wird behauptet, ist ungesetzlich. Nichtsdestoweniger gibt es eine Verschwörung aller an diesem Ort, an dem sie mich gefangen halten, das Gesetz zu brechen: Kichern und Pläne und Bestechungen und Träume vom Tod durch Scheren, Rasierklingen, Gabeln, Pinzetten, Stricke, Bindfäden, Tabletten, Nägel, Reißzwecken, zerrissene Laken, Steckdosen, Ertrinken im Waschbecken, in der Badewanne, in der Toilettenschüssel, Ersticken an übergroßen Fleischbrocken, Zeitungspapierknäueln, Waschlappen. Haha! Die Erfinderischsten bekommen die Preise!)

Laney, Evangeline, verzeihst du mir? Erinnerst du dich überhaupt noch an mich? Ich habe dich mit ihr betrogen; es hat mir an Mut für dich gefehlt. Jahre vergehen. Unser Leben vergeht. Mein Liebes, mein liebliches Mädchen, habe ich dein Leben ruiniert, deine Kindheit vergiftet?... Kasch, sagen sie, schelten sie, sei brav, bescheide dich, nimm deine Medizin, iß deine Mahlzeiten, ruh dich aus, erhol dich, denk nicht so viel an die Vergangenheit, an diese Menschen, ihr Vergangensein ist unwiderruflich. Du wirst leben und leben und leben... Aber es gibt keinen Kasch. Wo ist Kasch? Nichts. Z. Wenn sie nicht an Kasch denkt, wo ist Kasch?

> Ich schlüpfe in dich, ich rühre deine Glieder auf, deinen Schlaf. Ich erwache hinter deinen lieblichen Augen. Aber was für eine Welt ist das? Ich erkenne nichts. Wo bist du, Laney? Wohin bist du gegangen? Ich habe dich verloren. Gibt es dich? Hat es dich je gegeben? Du bist von Childwold weggegangen, ich kann das spüren: aber wohin? Du bewegst dich, du erwachst, kommst zur Besinnung, wirst auf die Dünen der Besinnung geworfen; aber wo bist du, warum bist du so weit weggegangen? Die Bücher, die du liest, sind nicht meine Bücher, die Sprache, die du sprichst, ist nicht meine Sprache. Ich kann dich nicht mehr erkennen! Du gehörst mir nicht mehr!

Grimmig hervortretende Elchaugen hatten wir; grunzende, zerrende, lächerliche Körper. Wir kämpften um deine Mutter, er und ich. Er hatte ihr weh getan, tat ihr weh, wollte sie nicht loslassen; ich stürzte vorwärts und in mein Verderben. Die

Unbeholfenheit des Märtyrertums! Wenn wir uns nur hätten sehen können, wenn wir nur die Würde gehabt hätten, in Gelächter auszubrechen... in schallendes, hilfloses, hilfloses Gelächter... Aber wir sahen uns nicht, es gab keine Würde. Es gab kein Gelächter. Es gab keine Zeit. Trotz unserer Raserei steckte eine seltsame, verstockte Trägheit in uns. Die Dummheit roher Gewalt: eine entsprechende Dummheit im Körper, bis ins Mark. Zwecklosigkeit. Vergeudung. Sie haben recht, recht, die Heiligen, wenn sie die Versenkung lehren und vor der Tat zurückschrecken. Sie haben recht.

Was geschehen ist, kann nicht ungeschehen gemacht werden.

So taumelten wir, er und ich, in unseren Tanz hinein. Worte fielen, Flüche, Püffe, Stöße, Ausrufe, Drohungen. Ein Schlag gegen mein Kinn, Fassungslosigkeit. Unmenschlicher Schmerz. Ungläubigkeit. Geschehen solche Dinge, geschehen solche Dinge wirklich? Ich hatte es nicht gewußt... Schwarz vor den Augen, Dröhnen im Kopf, wie grausam lächerlich, unfaßbar, konnte nicht sein, kann nicht sein, torkelte und wurde ein zweites Mal geschlagen, die Brille aus dem Gesicht geschlagen, eine Stimme, die meine gewesen sein muß, bettelte, nein nein nein bitte, mein Gott, bitte, geschehen solche Dinge...? Zusammengekrümmt vor Schmerz, geblendet, blind, die Frau schreit, der Rivale wendet sich ihr zu: gnadenlos!

Nase und Wangenknochen gebrochen, Blut schießt mir in den Mund. Muß es ausspucken, ausspucken. Keine Brille. Kann nicht sehen. Blutgeäderter Nebel. Unter der Veranda heulte der Hund wie verrückt. Wieder und wieder und wieder, beide Hände umklammern den Stein, schlagen plötzlich zu, hämmernd, können nicht aufhören, können nicht aufhören, bis ich über ihn gebeugt war, grunzend, schluchzend, bis die Flamme von mir wich, der Stein mir aus den Händen glitt, blutverschmiert, hirnverschmiert, mit Fetzen von Fleisch und Haaren verklebt.

Keine Gnade.

Sie führte mich weg. Eine Frau mit wirrem Haar, eine Fremde. Das Gesicht häßlich, weiß, verzerrt. Eine Unbekannte. Die Flamme war von mir gewichen, nun mußte ich mich vorwärtstasten, konnte nur behutsam gehen, auf Füßen, die im Schlamm versanken. Feucht roterdig naß. Ein Frühlingstag. Blut füllt mir den Mund, es würgt mich, muß es ausspucken, ausspucken. Warum hat der Hund so geheult? Warum weinten die Kinder? Auch sie weinte; sie wusch mir das Gesicht und weinte, weinte. Jenseits ihres Kummers war das Land ruhig, die ganze Schöpfung war ruhig. Ist immer noch ruhig.

...Lagerhäuser, Getreidespeicher, Preston Steel, Snackbars, Ziegeleien, Unterführungen, Wolken, Frachter, Eisenbahngeleise, Güterwaggons, Tauben, Bab's Bar & Grill, Red Eagle Motel, Diesellokomotiven, Überlandbusse, Leitschienen, Wassertürme, Beton, Schlote, Ladeplätze, Atkinson Shipping, Gasbehälter, Öltrommeln, Standard Hydraulics, Stacheldraht, *Parkverbot,* Civic Stadium, Tore, Feuerleitern, Zeltbahnen, Eastport Tavern, Lastwagen, Asphalt, Kettengliedzäune, Planierraupen, Kettensägen, Hydranten, Rampen, Turmspitzen, Eden Savings & Loan, Jacey's (»Wir schließen nie«) Restaurant, Wolfsmilch, Disteln, Plakatwände, Autoreifen, Telephonmasten, Gräben, Rohrkolben, Gras, Vogelknöterich, Knotenwurz, Senfkraut...

Hallo... Ist jemand zuhause...?

Hinter einem Fenster im ersten Stock bewegt sich etwas: zitternd und bleich wie eine Kerzenflamme. Er erscheint und verschwindet sofort wieder... Hallo, rufst du. Wie einer der Reiher, die du eben im Sumpfgelände entlang der Landstraße beobachtet hast, stehst du da, reglos, lauschend. Deine Stimme ist nicht so laut, wie du es gerne hättest.

Hallo...?

Diese Ruine von einem Haus, schlimmer, als du es dir vorgestellt hattest, mit eingefallenem Schornstein, die Veranda ganz schief und verzogen, das Dach bemoost und voller Klettertrompeten. Die große Scheune zerfallen, Schößlinge und mannshohes Unkraut im Scheunenhof, auf dem alten Heuschober. Ein Alptraum, eine Ruine! Überall wuchert Unkraut, himmelhohes triumphierendes Unkraut, nur ein paar vereinzelte Tigerlilien und Stockrosen und Sonnenblumen konnten sich noch behaupten, von allen Seiten ertönt das Summen und Zirpen der Grillen und anderen Insekten – du hast vergessen, wie laut sie sein können. Welch winzige, arrogante Schreie! Sägende, schabende, krachende, raspelnde, kratzende kleine Schreie...! Du hast beinahe vergessen, wie laut diese Insekten sind... Beobachtet er dich? Du kannst niemanden sehen. Das Haus scheint verlassen zu sein, man spürt die Leere, die Verlassenheit. Stare stolzieren auf dem Dach herum, furchtlos. Die Fenster im oberen Stock sind mit billigen Sperrholzbrettern vernagelt; eins der unteren Fenster ist zerbrochen und notdürftig mit Zeitungspapier und alten Lumpen geflickt. Oder ist es ein alter Vorhang? Der Stoff kommt dir bekannt vor.

Hallo...? Bitte, ich will ja nur... Ich bleibe auch nicht sehr...

Du stehst in der Einfahrt, gehst nicht näher an das Haus heran. All diese *Kein Durchgang*-Schilder! Du solltest lieber nicht hinausfahren, haben sie gesagt, bleib weg von dem, der ist verrückt, was weißt du denn, wozu so einer fähig ist, sieh doch, was er einmal getan hat; er könnte das wieder tun, nicht wahr? Einfach durchdrehen und jemanden umbringen. Sie sagen, daß er niemandem die Tür öffnet. Wenn jemand mit dem Wagen kommt, versteckt er sich im Keller oder in der Scheune. Hat alles Land aufgekauft und läßt es brach liegen, jagt nicht einmal oder angelt oder stellt Fallen, niemand weiß, was er eigentlich treibt... Die Leute lassen ihn in Ruhe. Er bezahlt seine Steuern und seine Rechnungen mit der Post, er hat ein Konto auf einer

Bank in Yewville, holt sich Lebensmittel und Vorräte in einem Supermarkt in der Fußgängerzone, wo er meint, niemand kenne ihn. Sie behaupten, er sei nicht verrückt. Nur geizig... Aber er muß verrückt sein, sagen sie, ein Mann, der so allein haust wie er, mit niemandem Kontakt hat, der sich gehen läßt, Einsiedler sind immer ein wenig verrückt, man begegnet ihnen auf der Straße, sie reden mit sich selber und sehen die anderen überhaupt nicht; natürlich ist er verrückt. Sie sind es alle. Und alle haben Geld... oder die meisten von ihnen... Entweder unter der Matratze versteckt oder in Kopfkissenbezügen oder im Schweinestall vergraben oder im Brunnen... Es gab mal einen verrückten Einsiedler, der wohnte in der Nähe der Marsena Road, der hatte dreitausend Dollar in einer Angelgerätekiste versteckt, die in einem Netz in seinem Regenwasserspeicher hing. Der Speicher war trocken, und als er starb, wußte niemand was davon, tagelang, kann sein monatelang, hat es niemand gewußt, und als sie endlich nachforschten, hatten Tiere seine Leiche fast völlig gefressen, und die Knochen lagen an den merkwürdigsten Stellen herum, und du kannst dir ausmalen, wie überrascht wir alle waren, als wir das Geld fanden! ...dreitausend Dollar in bar, und der arme alte Kerl in einem solchen Dreck...

Bewegt sich da etwas am Fenster? Du lächelst, du winkst. Aber nein: ist wohl Einbildung.

Und dann erscheint er, plötzlich. Geduckt, bleich, gespenstisch. Still. Vollkommen still. Ach, es ist also wahr, was man dir erzählt hat, ist wahr. Sein Haar ist farblos geworden, ausgebleicht, blaßblond oder silbrig, der Bart wirr, ein helles, metallisches Grau. Das Gesicht hager und schmal.

Ich bin Laney, erinnerst du dich...? Laney Bartlett...?

Vor ein paar Jahren bist du mit deiner Mutter wer weiß wie weit überland in die Nervenklinik gefahren, um ihn zu besuchen: aber man sagte euch, er wolle keinerlei Besuch empfangen, er weigere sich, mit irgend jemandem zu sprechen, auch nicht mit dem Pflegepersonal, er sei tot, er bestehe darauf, daß er tot sei, und er sah keinem ins Gesicht, schien niemals zu hören, was man sagte. Nein, es war unmöglich. Besuch, der nicht zum engsten Kreis der Familie gehörte, in einem Fall wie diesem, wirklich unmöglich. Er meint er sei *tot?* hatte deine Mutter geschrien und die Schwester beinahe am Arm gepackt. *Tot...?* Können Sie es ihm denn nicht ausreden, können Sie ihn nicht überzeugen, weshalb können Sie ihn nicht – zum Beispiel – vor einen Spiegel stellen, damit er sich selbst überzeugen kann, und dann – würde das nicht funktionieren?... Und dann bist du, ein Jahr später, allein hingefahren, du hattest inzwischen deinen Führerschein, und ein befreundeter Student hatte dir seinen Wagen geliehen, aber er weigerte sich immer noch, dich zu empfangen. Es gehe ihm viel besser, sagten sie, in ein paar Monaten werde er wahrscheinlich entlassen werden. Vorausgesetzt, es gebe keinen Rückfall. Aber er weigerte sich immer noch, mit jemandem zu sprechen, weigerte sich beharrlich, die wenigen Besucher, die überhaupt gekommen waren, zu empfangen, behauptete, daß ihn kein lebender Mensch mehr interessiere. *Kein lebender Mensch.*

Du hast ihm einen Zettel geschrieben, und die Schwester hat ihn ihm gegeben.

Du hast gewartet. Im Restaurant, im Warteraum, in der Halle. Beim Eingang. Du hast gewartet, bist in den öffentlichen Anlagen der Klinik herumgegangen, hast die von den Insassen betreuten Blumenbeete und Gemüsegärten bewundert, hast Gesprächsfetzen aufgefangen, hast dich besorgt in der Toilette im Spiegel betrachtet, hast dich gefragt, wie er wohl nach so vielen Monaten aussehen werde und wie du in seinen Augen aussehen würdest. Aber den Zettel hat er nicht beantwortet... Er will Sie nicht sehen, hat die Schwester gesagt.

Also bist du nach Yewville zurückgefahren.

Es ist Laney, rufst du. Erinnerst du dich...?

Er ist wieder vom Fenster verschwunden.

Du zwinkerst ein paarmal, du hast ihn aus den Augen verloren, du kommst näher und bleibst stehen, du weißt nicht, was du tun sollst. Er ist am Fenster gewesen, aber er hat sich weggewandt, ist verschwunden, du hast ihn verloren, was sollst du jetzt tun...? Dein Rock voller Kletten. Die Augen brennen. War er es wirklich, dort im Haus, war er es *wirklich...?*

Nein, das Haus steht leer.

Stare, Stärlinge, Kuhstare. Krähen. Hohes, schrilles Insektengeschrei. Große Wolkenformationen, wie Felsbrocken, wie Packeis, wehen von den Bergen herunter. Kasch? Mitten in alldem? Verloren in alldem? Das Dach wird bald einstürzen. Einer der drei dicksten Äste des Nußbaums ist verdorrt. Etwas raschelt im Unterholz und läuft am Haus entlang... Ich bin hier, ich bin Laney, erinnerst du dich nicht mehr an mich? Kasch? Liebst du mich nicht mehr?

Etwas weint, wimmert. Der Wind. Die Vögel. Insekten. Muß auf Giftefeu aufpassen, es gibt Schlangen in dem hohen Gras. Hahnenfuß, wilde Möhre, Braunwurz, Goldrute, blaublühende Wegwarte, insektenzernagte Blüten. Fressend. Verschlingend. Wolken schieben sich in Wolken hinein, Knospe in Blüte in zerfranste, zerrissene Blütenblätter, Raupen in der Apfelplantage, im Birnbaumgarten, gut die Hälfte der Obstbäume verunstaltet durch ihre häßlichen grauen Zelte – warum kommt denn niemand und brennt sie nieder? Drei Meter hohe Saudisteln am Fuß der Scheune. Gibt es niemanden, der sie vernichtet, sie mit der Wurzel ausreißt? Das alte Getreidesilo, die alte Windmühle. Eingestürzt. Trümmer. Dieser Autofriedhof, verrostete Wracks, Skelette, im Gras verborgen. Der alte Hühnerstall: zusammengesackt. Keine Hühner mehr, kein Gockel. Keine Katzen. Kein Butch; sie haben jetzt einen neuen Hund zum Spielen, einen braunen Spaniel mit Hängeohren, ganz jung, ein Weihnachtsgeschenk von Mamas Freund. Er darf nicht aus dem Hof heraus, er winselt und jault, sehnt sich nach den Kindern, wenn sie in der Schule sind, den ganzen Tag über ist er im Hof eingesperrt, damit er nicht auf die Fahrbahn rennt, wo immer so viel Verkehr ist, wo Tag und Nacht die Autos und die schweren Lastwagen vorbeifahren. Der Stadtverkehr braust vorbei, das Haus bebt, die Fenster zittern. Hier ist es ruhig; du kannst die Stille hören, kannst hören, wie sie unter dem Lärm der Insekten pulsiert... Kasch? Bist du es wirklich? Hier? Nach so langer Zeit? Aber warum? Bin ich es, die dich ruft, die hier steht? Warte ich auf dich? Kasch? Mein Geliebter? Bist du wirklich da, lebst du noch? Bist du es, der sich in dieser Ruine von einem Haus verborgen hält? – vor mir verborgen hält? Kasch? Bärtig, hager, krankhaft blaß, mit farblosem Haar wie das eines Toten, die Augen im Schatten, trockener, bitterer Mund im Schatten, ist es Kasch, hier, ist es Laney, hier, die ihre Augen abschirmt, die auf ein Zeichen wartet?

Ein Zeichen, ein Zeichen...?